HEINZ G. KONSALIK

Natalia, ein Mädchen aus der Taiga

Konsalik
Natalia, ein Mädchen aus der Taiga

1.– 3. Auflage 1977
4.– 6. Auflage 1978
7.– 8. Auflage 1979
9.–11. Auflage 1980
12.–13. Auflage 1981
14.–15. Auflage 1982
16. Auflage 1983
17. Auflage 1984
18. Auflage 1985
19. Auflage 1986

© Copyright 1976 by author and Gustav Lübbe Verlag GmbH,
Bergisch Gladbach
Herausgeber: Gustav Lübbe Verlag GmbH,
Bergisch Gladbach
Printed in Western Germany 1986
Einbandgestaltung: Manfred Peters
Titelfoto: Gruner & Jahr
Gesamtherstellung: Ebner Ulm
ISBN 3-404-00606-2

Der Preis dieses Bandes versteht sich einschließlich
der gesetzlichen Mehrwertsteuer

I

Das hatte es seit fast zwanzig Jahren nicht mehr gegeben: nach Satowka kamen Fremde! Nicht Besuch aus der Nachbarschaft, auch nicht aus der Kleinstadt Batkit – und das war schon selten, denn wenn von dort jemand kam, war's ein Parteifunktionär oder einer von der Steuer, Gott strafe ihn! –, nein, richtige Fremde mit vier Lastautos, zwei Geländewagen und einer fahrbaren Funkstation. Sie quälten sich über den schmalen Pfad, den man in die Taiga geschlagen hatte, mühsam vorwärts, hupten aber trotzdem fröhlich, als sie in Satowka einfuhren.

Jefim Aronowitsch Tschasski, ein harmloser Idiot, der nur grinste und wie ein Affe aussah, und von dem sein Mütterchen behauptete, er sei als Säugling aus der von der Decke schaukelnden Wiege gefallen, und daher sei er nun ein armer Mensch mit einem platten Gehirn, eben jener sagte beim Betrachten der fremden Kolonne: »Jesus, hilf uns! Ich höre das Unglück brummen!« Er meinte damit sicherlich die Motoren, aber bei Jefim Aronowitsch duldete man solchen Unsinn ohne Widerspruch.

Besuch in Satowka! Na ja, werden alle sagen, was ist schon dabei? Warum soll Satowka nicht einen Hauch der weiten Welt mitbekommen? So fragen kann nur einer, der nicht weiß, wo Satowka liegt.

Da gibt es in Sibirien, dort, wo es am einsamsten ist und wo selbst die Biber mit Tränen in den Augen ihre Wasserburgen bauen, einen schönen breiten Fluß, den man die Steinige Tunguska nennt. Weil sich das Wasser durch das flache Hügelland gesägt hat und die Ufer des Stromes nun riesige Geröllhalden sind, wird sie so genannt: Ein Fluß mit klarem Wasser, mit silbernen Fischen, mit Buchten, in denen Luchs und Bär baden und Renhirsche ihren Durst stillen. Ein Paradies, wenn das Land nicht so dicht mit Urwald überwuchert wäre. Ein Mensch, wenn er durch diese Taiga zieht, hat das Gefühl, die Welt sei eben erst erschaffen worden und er sei der einzige, der auf ihr lebe.

Und nördlich der Steinigen Tunguska, am Rande des Golez-Kamms, einem Hügelzug, wo sich zwei Taigapfade kreuzen, dort liegt das Dorf Satowka. Genau dreiundvierzig von Gärten umgebene Holzhäuser, mit steinbewehrten Dächern, ein paar Gemüsefelder, der Taiga abgerungen, das war eigentlich schon alles. Und, natürlich, eine Kirche! Auch aus Holz, mit einem Türmchen und einer Glocke darin, die aus Omsk gekommen war, nachdem man den Patriarchen endlich davon hatte überzeugen können, daß an der Steinigen Tunguska ehrbare Gläubige lebten und nicht Überbleibsel aus der Kreidezeit.

Die Welt ist seltsam. Normalerweise wäre kein vernünftiger Mensch auf den Gedanken gekommen, hier ein Dorf zu bauen. Aber da hatte es vor 150 Jahren einen Hauptmann des Zaren gegeben, der sich mit einhundertzehn nach Sibirien Verbannten auf dem Weg von Poligus nach Batkit verlaufen hatte. Zwei Wochen war er ziellos durch die Taiga geirrt, fluchend, Gott verdammend und sein Schicksal beklagend. Er merkte, daß es kälter wurde und der Winter heranzog, und deshalb hatte er eines Tages dort, wo heute Satowka liegt, beschlossen: »Hier bleiben wir! Im nächsten Frühjahr geht es weiter! Holz ist genug vorhanden – was wollen wir mehr?«

So entstanden die ersten Häuser aus Rundhölzern, richtige, derbe Blockhütten, die kein Eissturm umwehte. Der Hauptmann nannte den elenden Flecken Satowka, warum, das weiß keiner mehr. Vielleicht war er in einem anderen Ort gleichen Namens geboren, oder seine Schwiegermutter hieß so, und nun wollte er Rache an ihr nehmen – jedenfalls starb der Hauptmann des Zaren in Satowka kurz nach der Schneeschmelze des nächsten Jahres; aber das ist eine Geschichte für sich. Zurück blieben die einhundertzehn Verbannten, zwanzig zaristische Soldaten und ein Kind, das in dem Winter geboren worden war.

Das waren die Vorfahren der jetzigen Bürger von Satowka, und das Kindchen wurde die Urgroßmutter von Anastasia Alexejewna Morosowskaja. Geduld, wir lernen sie noch kennen!

Die Fremden mit ihren Fahrzeugen ratterten also durch Satowka, bestaunt von den Bewohnern, und beschlagnahmten ein Stück Feld am Taigarand, das dem Bauern Wiljam Igorowitsch gehörte. Er war mächtig stolz über die Ehre, daß man gerade in sein Land Pflöcke für Zelte trieb, einen Graben aushob, der sich später als überdachte Latrine erweisen sollte, und die fahrbare Funkstation aufbaute, mit einer langen, federnden Antenne, höher als die höchsten Bäume.

Genossen, ein Wunderwerk des Fortschritts! In Satowka hatte man so etwas noch nicht gesehen. Tigran Rassulowitsch Krotow, der Pope, ein schwarzbärtiger, sehr gelehrter Mann mit einer Baßstimme, der beim Gottesdienst alles niederbrüllte und damit Gottes Mächtigkeit demonstrierte, erklärte die Antenne den Leuten von Satowka mit bewegten Worten.

»Mit diesem Stahlmast kann man Amerika hören!« sagte er ergriffen. »China, Japan, Brasilien und Swerdlowsk! Nach Satowka ist die ganze weite Welt gekommen. Halleluja!«

Japan und Brasilien kannte man nicht, aber Swerdlowsk. In Satowka breitete sich Ehrfurcht aus. Freunde, welch eine grandiose Sache: Da steckt man einen Stahlmast in die Erde, hält ihn an Stahlseilen fest, spannt ein paar Drähte – und schon kann man bis Swerdlowsk hören! Unglaublich!

Während die Fremden also ihr Lager aufbauten, Zelte hochzogen, den Latrinengraben aushoben und lustige Musik aus ein paar Transistorradios ertönte, fuhr ein einzelner Mann mit seinem Geländewagen zurück ins Dorf. Ein großer, schlanker Mann war es, mit blondem Haar, blauen Augen, breiten Schultern und langen Beinen, die in hohen Stiefeln staken. Ein Brüderchen, zu dem man Vertrauen haben konnte, und weil er allein einen Wagen fuhr und nicht wie die anderen seines Trupps arbeitete, nahm man an, daß er der Natschalnik war, der Anführer, eben etwas Gehobeneres.

Der Fremde fuhr kreuz und quer durch das Dorf und hielt schließlich vor dem Haus von Anastasia Alexejewna. Dann stieg er aus dem Wagen, reckte sich etwas und betrachtete schließlich ein klobiges, aus dicken Baumstämmen gefügtes Haus, das der

Hütte von Anastasia gegenüberlag. Ein gemeinsamer Zaun ließ keinen Zweifel daran: die beiden Häuser gehörten ein und demselben Besitzer.

Der Fremde öffnete die Gartenpforte, betrat Anastasias Garten und ging auf das Blockhaus zu. Es war unbewohnt: man sah es an den kahlen Fenstern; kein Rauch wehte aus dem mächtigen Kamin, gemauert aus den Steinen der Tunguska, die dicke Bohlentür verschlossen und mit zwei gekreuzten Eisenstangen noch besonders gesichert. Das schien den Mann zu interessieren.

Er ging an eines der Fenster, preßte das Gesicht an die blinde Scheibe und blickte in das Haus. Natürlich sah er nichts als Leere, Spinnweben und als einzige Einrichtung eine Eckbank, einen rohen Tisch und einen gemauerten Ofen, der unten ein offener Herd und oben die Plattform für die Schlafenden im Winter war.

Auf der Straße standen ein paar Männer aus Satowka und stießen sich an, als sich der Fremde abwandte, hinüberging zu Anastasias Hütte und sie nach einem Anklopfen betrat. Die Zuschauer blickten sich stumm an und nickten sich – wie es schien – erschrocken zu. Dann strebten sie auseinander und verbreiteten die ungeheure Nachricht im Dorf: Der fremde Natschalnik hat das »Leere Haus« berührt! Zwar nur die Scheibe und mit der Nase, aber immerhin: er hat es berührt! Drei Männer liefen sogar zum Popen, um ihm das Ereignis mitzuteilen.

Tigran Rassulowitsch schlug ein Kreuz, beugte vor dem Bild der Schwarzen Muttergottes das Knie und sagte: »Man muß ihn warnen! Schütze ihn, Mutter aller Schmerzen! Auch wenn's ein Aberglaube sein sollte – man soll die dunklen Mächte nicht reizen und heraufbeschwören!«

Dann steckte er einen Kanten Brot und ein Tütchen mit Salz in die Tasche seiner Soutane, segnete die drei Boten und machte sich mit langen Schritten auf den Weg zu Anastasia Alexejewna.

Allerdings machte er einen Umweg, um, getreu seiner priesterlichen Pflicht, nachzusehen, was die Fremden am Dorfrand machten. Er sah den Idioten Jefim Aronowitsch mit großen Gesten reden, aber das war unwichtig. Erschreckender und alarmierender war es, daß bereits fünf Mädchen, kichernd und mit sich drehenden Unterkörpern, bei den Fremden standen und den Kontakt zur unbekannten weiten Welt knüpften.

Der Pope kannte sie alle, drei davon hatte er sogar getauft. Er beschloß, am kommenden Sonntag eine Donnerpredigt über die Sünde fleischlicher Lust und deren irdische Gefahren loszulassen. Er betrachtete den Antennenmast, stellte sich noch einmal vor, daß dort oben an der Spitze sogar Australien hängen konnte, und ging einen abgekürzten Weg zum Haus der Witwe Morosowskaja.

Natürlich hatte Anastasia Alexejewna, an ihrem Fenster sitzend, gesehen, wie der Fremde in das leere Haus geblickt hatte. Als er jetzt zu ihr ins Zimmer trat, mit einem vertrauenerweckenden Lächeln und einem Leuchten in den blauen Augen, das sogar der reifen Witwe Morosowskaja unter die Haut fuhr, war sie sehr verlegen und kratzte sich den Nasenrücken. Vom Herd her duftete es köstlich: Wenn Anastasia eine Kascha kochte und Tigran Rassulowitsch es erfuhr, eilte er zu ihr, segnete sie mit dem Brustkreuz, verzieh ihr alle Sünden und aß drei Teller leer.

»Es ist eine große Ehre, daß Sie hereinkommen«, sagte Anastasia stockend zu dem blonden Fremden. »Ein Herr aus der Stadt! Es kommen selten Unbekannte nach Satowka. Ab und zu aus Batkit ein Lastwagen mit Geräten, zweimal im Jahr die Händler – und dann der Genosse von der Steuer, der immer schon an den Türen schreit: ›Seid gnädig mit mir! Ich bin nur ein ausführendes Organ! Ich habe die Steuer nicht erfunden, ich nicht!‹ Zweimal im Monat holt einer von uns die Post aus Batkit. Aber wer schreibt schon nach Satowka? Wichtig sind nur die Zeitungen und die Batterien für die Radios. Wir haben neun Radios im Dorf ...«, sagte sie stolz, verstummte dann, sah den Fremden hilflos an und dachte: Nun rede du doch auch ein

Wort! Glotz mich nicht so an! Ich bin kein junges Mädchen mehr, auch wenn die Brüste noch fest sind. Ich bin neunundvierzig Jahre alt, Brüderchen, und seit zehn Jahren Witwe. Und es gibt fünf Kerle im Dorf, die mir heimlich nachstellen. Wie Böcke benehmen sie sich ... Ich schlafe nur mit einem dicken Knüppel an meiner Seite ...

»Ich heiße Michail Sofronowitsch Tassburg«, sagte der Fremde. »Darf ich näherkommen?«

Welch ein gebildeter Mensch, dachte Anastasia verzückt. Fragt, ob er näherkommen kann. Das muß man den anderen sagen, diesen Holzköpfen von Bauern! Die poltern ins Haus, putzen ihre dreckigen Stiefel nicht ab und spucken noch dazu in die Ecken.

»Michail Sofronowitsch«, sagte sie und zeigte auf einen Stuhl. »Nehmen Sie Platz.« Sie lachte etwas geziert. »Tassburg ... ein komischer Name.«

»Meine Eltern stammen aus Livland. Die Vorfahren waren Deutsche.«

»Meine Urugroßmutter war sogar eine Gräfin!« Anastasia kratzte sich wieder den Nasenrücken. Eine Unterhaltung ist mühsam, wenn man nicht weiß, was man voneinander will. »Satowka ist ein Dorf, das von Deportierten gebaut wurde.«

»So etwas Ähnliches habe ich mir gedacht.« Michail Sofronowitsch setzte sich auf den breiten Stuhl und streckte die Beine in den hohen Stiefeln von sich. »Ich suche ein Haus«, sagte er. »Meine Leute bauen ihr Lager hinter dem Dorf auf, aber ich brauche feste Räume für ein Büro, für den Zeichentisch und einige sehr empfindliche Instrumente. Das Haus gegenüber – gehört es Ihnen?«

»Ja!« sagte sie verschlossen. »Ich heiße Anastasia Alexejewna Morosowskaja – übrigens ...«

»Das Haus steht leer ...?«

»Ja!«

»Es interessiert mich. Ich möchte es mieten, Anastasia Alexejewna.«

»Das Haus steht mit kleinen Unterbrechungen seit hundertfünfzig Jahren leer ...«, sagte sie voller Abwehr.

»Ein Beweis, wie gut es gebaut ist! Kann ich einziehen?«

»Nein!«

Michail Sofronowitsch sah sie verblüfft an. Das Nein war fast hinausgeschrien. Anastasia schien plötzlich sehr erregt zu sein. Sie lief zum Herd, rührte in ihrer Kascha herum, dann strich sie sich die angegrauten Haare aus der Stirn und stocherte in dem niedrig gehaltenen Feuer herum. Zuviel Hitze ließ den Brei anbrennen. Dann goß sie nervös Wasser in die Kascha, was der Pope sicherlich als Sünde bezeichnen würde, denn ein gutes Essen, das man dem Priester anbietet, zu verwässern, ist schon fast eine Lästerung.

»Es geht nicht«, sagte Anastasia. »Es ist unmöglich!«

»Es ist das einzige freie Haus im Dorf.«

»Ich sagte: Man kann es nicht bewohnen!« Sie probierte die Kascha, leckte sich danach die Lippen und spürte Michails Blick im Rücken. Sie wußte, sie hatte gerade Beine und einen runden, griffigen Hintern; sie hatte sich gut gehalten in zehn Witwenjahren mit keuscher Lebensführung. »Es starrt vor Dreck.«

»Wir werden es so herausputzen, als sei es gerade erst gebaut worden!« sagte Tassburg. »Vor Schmutz haben wir noch nie kapituliert. In drei Stunden blitzt das Haus!«

»Und wenn Sie es ausmalen wie die Klosterkirche von Sagorsk ... es ist unmöglich!« rief Anastasia beinahe verzweifelt. »Fragen Sie die Nachbarn. Man wird Ihnen was erzählen! Die Augen werden Ihnen tränen!«

In diesem Moment griff Tigran Rassulowitsch, der Pope, ein. Er stürmte ins Haus, als sei Anastasia vom Teufel besessen, blieb mitten im Zimmer stehen und drückte das Kinn an, wodurch sich sein langer schwarzer Bart nach vorn sträubte. Er sah sehr imponierend aus, und das wußte Tigran. Wozu hat man einen Spiegel, vor dem man zerschmetternde Posen üben kann?

»Willkommen!« brüllte Tigran mit seinem Donnerbaß. »Gott segne euren Eingang und gebe euch Frieden! Amen! Mein Name ist Krotow, Tigran Rassulowitsch Krotow.«

Er blickte Tassburg mit einem durchdringenden Blick an – auch den muß man üben, denn er zermürbt jeden, der zur Beichte kommt – und wartete, bis sich Michail Sofronowitsch auch vorgestellt hatte. Dabei erfuhr auch Anastasia, daß der Trupp aus Geologen und Ingenieuren bestand, die durch die Taiga zogen, um Erdgasvorkommen zu entdecken.

Das war etwas völlig Neues. Anastasia konnte sich nichts darunter vorstellen. Gas, das aus der Erde kommt? Woher denn? Die Erde ist aus Erde, und die ganze Taiga wurzelt darin. Wenn da Gas wäre, müßten alle Bäume ja schweben?

Sie blickte den Popen an, aber dieser schien den Fremden ernst zu nehmen, auch das Gas. Oder tat er nur so, um den Fremden nicht zu reizen? Wußte man, wie die Herren aus der Stadt reagierten?

»Sie haben kein Quartier, Michail Sofronowitsch?« fragte Tigran und strich seinen Bart. Er war jetzt nicht mehr gesträubt, der Effekt war nicht mehr nötig. Man stand einem gebildeten Menschen gegenüber, das war jetzt geklärt. »Ich habe ein Zimmer in meinem Haus frei, wenn es nicht zu klein ist...«

»Es ist ein großes Zimmer!« rief Anastasia sofort. »Ich kenne es! Ein riesengroßes Zimmer! Ein Saal! Das größte Zimmer weit und breit – nehmen Sie es, Michail!«

Tassburg ging an das Fenster und blickte hinüber zu dem leeren Haus. Tigran und Anastasia wechselten einen Blick. Wir werden es schon regeln, sagten Tigrans Augen. Nur Ruhe, Ruhe, Anastasia! Ein Priester ist immer ein Fels!

»Sie will mir das Haus gegenüber nicht geben, obgleich es unbewohnt ist«, sagte Tassburg und drehte sich um. »Es wäre für meine Zwecke ideal...«

»Ich weiß es nicht.« Der Pope musterte Tassburg wie einen seiner Täuflinge. »Fänden Sie es ideal, wenn man Ihnen nachts die Kehle durchschneidet?«

»Ist das üblich in Satowka?« Tassburg lächelte schwach. »Sie haben rauhe Sitten hier, Tigran Rassulowitsch.«

»Es ist eine alte Geschichte, mein Sohn.« Der Pope setzte sich, auch Tassburg nahm wieder Platz, und Anastasia rannte zum Herd, brachte irdene Schüsseln und klatschte mit einer Blechkelle dicke Kascha hinein. Da das Priesterchen gern Süßes aß, stellte sie noch ein Glas mit gezuckerten Preiselbeeren auf den Tisch und verkroch sich dann auf den gemauerten Sitz neben dem Ofen. Was nun berichtet werden sollte, war nur zu ertragen, wenn man sich dauernd bekreuzigte. Ab und zu ist Gott wirklich ungerecht. Was konnte die Witwe Morosowskaja dazu, wenn vor 150 Jahren eine schöne, nach Sibirien verbannte Gräfin mitten im Urwald der Taiga noch an Sittsamkeit dachte? Ist das eines ewigen Fluches wert? Im Gegenteil, doch wohl mehr...

»Die Gräfin Albina Igorewna Borodawkina war vom Zaren zu zwanzig Jahren Sibirien verurteilt worden, weil sie ihren Mann mit einem Feuerhaken erschlug, als sie ihn bei ihrer Zofe im Bett vorfand«, begann Tigran Rassulowitsch und schüttete sich Preiselbeeren über die Kascha. Er verschlang schmatzend zwei volle Löffel und fuhr fort: »Danach zog die unglückliche Gräfin mit anderen Verbannten teils in der Kalesche, teils zu Fuß nach Sibirien. Die Führung des Transports hatte ein Hauptmann Alexander Anatolowitsch Kusmin übernommen, ein sehr strenger, gutgenährter, aber anscheinend nicht ganz klar denkender Offizier, der sich, nachdem er Batkit verlassen hatte, in den Wäldern verirrte. Dadurch entstand Satowka.«

Tigran aß während seiner Erzählung. Es schmeckte ihm sichtlich und hörbar, und er leerte wie üblich drei Schüsseln und das halbe Glas Preiselbeeren dazu. Anastasia freute sich. Was man einem Priester Gutes tut, wird bei Gott notiert. Ihr Konto mußte einen guten Stand haben, das Fegefeuer war schon bezahlt...

»Wie das so ist, Michail Sofronowitsch«, fuhr der Pope fort, »wenn man ein Haus gebaut hat, bleibt man meistens dort hängen. Die Verbannten und Soldaten gründeten unser Dorf, der Zar war weit, die Taiga und der Fluß ernährte jeden, und ein Feldscher war auch bei der Truppe, so daß man vor Krankheiten, faulen Zähnen oder Knochenbrüchen keine Angst zu haben brauchte. Außerdem waren vierunddreißig Frauen bei den Deportierten, die durchschnittlich zwei Männer in Zufriedenheit versetzten, ohne daß es zu Streitigkeiten kam. Man war eine große brüderliche Gemeinde. Nur die Gräfin machte nicht mit. Stolz war sie, hübsch, schlank, gebildet ... es blieb eigentlich von den Männern nur einer übrig, der ihrer wert war: der Hauptmann Alexander Anatolowitsch. Und was macht der wilde Bursche? Kaum ist das Haus der Gräfin fertig, fällt er über sie her, fesselt sie an Händen und Füßen, reißt ihr die Kleider vom Leib ... und dann ging's los wie der sagenhafte Jäger von Sibirien! Aber sagte ich es nicht: er war ein nicht ganz klar denkender Mensch. Nach zwei Tagen bindet er die Gräfin Albina los, und was tut sie in der Nacht? Na? Sie nimmt den Krummdolch von Alexander Anatolowitsch und schneidet ihm die Kehle durch. Bis auf den Nackenknochen – es war ein scharfer Dolch! Dann stieß sie sich selbst die Klinge ins Herz, um zu sterben. Aber sie hatte nicht bedacht, daß es ein Krummdolch war. Statt nach oben rammte sie sich die Klinge nach unten in die Brust, die Spitze traf nicht ins Herz, sondern ins Leere. Gräfin Albina Igorewna überlebte, der Feldscher behandelte sie ein Vierteljahr lang, ein Gericht trat zusammen und sprach sie frei des Mordes an Alexander Anatolowitsch, denn – bei aller Leidenschaft – so darf man eine Gräfin nicht behandeln. Nach neun Monaten kam dann ein Mädchen zur Welt.«

»Meine Urgroßmutter!« rief Anastasia aus der Ecke des Herdes. »Gott segne sie.«

»Albina Igorewna überlebte die Geburt nur drei Tage. Sie starb an einem hitzigen Fieber, aber vorher verfluchte sie das Haus, in dem sie Alexander Anatolowitsch die Kehle durchgeschnitten hatte und nun selbst an seinem Kind zugrunde ging. Wie gesagt, das war vor hundertfünfzig Jahren!«

Tigran Rassulowitsch kratzte den letzten Rest Kascha aus der Schüssel, leckte den Finger ab und holte aus der Soutane eine selbstgeschnitzte Pfeife und einen ledernen Beutel, der einen greulich riechenden Tabak enthielt. Solange der Pope in Satowka lebte, rätselte man herum, was er rauchte. Tabak konnte es nicht sein, denn im Sommer ging Tigran rauchend durch seine Kirche, und die Kirche war das einzige Haus in Satowka, das dann fliegenfrei war. Die Tierchen fielen einfach von den Wänden oder verendeten in der Luft, wenn sie in den Qualm des Popen gerieten.

»Seitdem haben mehrere Wahnsinnige versucht, in dem Haus zu wohnen«, sagte Tigran und sah dabei Tassburg durchdringend an. »Ignoranten alles! Der Fluch vernichtete sie. Vier wurden ermordet, drei starben an Vergiftungen, einer erhängte sich am Ofen, ein anderer zerhackte sich beim Holzspalten die Hand und verblutete, noch ein anderer starb qualvoll an einer Fischgräte, die ihm im Hals steckenblieb. Keiner überlebte. Der letzte war Anastasias Mann, der gute Morosowski.«

»Gott sei ihm gnädig!« rief Anastasia vom Ofen her. »Ein lieber Mann war er.«

»Morosowski, der hier einheiratete, respektierte neun Jahre lang den Fluch und betrat das Haus nicht. Luft war es für ihn, oder wenn es sich nicht vermeiden ließ, daß er es sah, bei der Gartenarbeit etwa, spuckte er gegen die Wände. Einmal im Jahr, zu Ostern, komme ich selbst und besprühe es mit Weihwasser, aber das ist nur äußerlich. Der Satan sitzt drinnen! Im zehnten Jahr aber ...«

»Herr, erbarme dich unser!« schrie Anastasia aus der Ecke.

»... im zehnten Jahr machte Morosowski einen Fehler. Durch das Fenster sah er, daß im Haus eine schöne, stabile Eckbank stand, viel zu schade, um zu zerfallen. Ha, dachte er, es wird den Kopf nicht kosten, wenn ich die Bank heraushole. Will ja nicht wohnen in dem Haus, nur das Bänkchen retten. Das geht wie der Wind ... Tür auf, hinein, die Bank gepackt, nach draußen gezerrt, Tür zu und verriegelt ... das war eine Minutensache. Er hat's getan, der Arme.«

Tigran brannte seine Pfeife an. Ein Duft wie verdunstende Jauche erfüllte das Zimmer, aber er sog fröhlich an dem Mundstück und rollte den Qualm erst im Gaumen, ehe er ihn pfeifend ausstieß.

»Die Bank kam hier ins Haus, und was passierte? Sie werden es nicht glauben, Michail Sofronowitsch! Der brave Morosowski legt sich zu einem Mittagsschläfchen auf die Bank, fällt im Schlaf herunter und bricht sich das Genick. Eine Woche nachdem er sich die Bank aus dem verfluchten Haus geholt hat! Ich habe einen Sondergottesdienst abgehalten, die Bank mit Weihwasser besprengt, und dann haben wir sie, unter dem Schutz des Kreuzes, in das Haus zurückgebracht. Zu spät! Unsere liebe Anastasia war Witwe. Wo bleibt der Tee, Mütterchen?«

»Sofort, Väterchen Tigran, sofort. Das Wasser kocht gleich. Ein paar Sekunden noch...«, sagte Anastasia bedrückt.

Der Pope faltete die Hände. »Wissen Sie jetzt, lieber Bruder Michail Sofronowitsch, warum Sie in dem Haus nicht wohnen können? Man kann es nicht verantworten, einen so lieben Gast so schnell wieder zu verlieren.«

Bis dahin hatte Tassburg der Erzählung zugehört, ohne ein Wort dazwischen zu werfen. Es wäre auch unmöglich gewesen, Väterchen Tigran war nicht zu bremsen. Aber jetzt, wo er schmatzend an seiner Pfeife zog und auf den Verdauungstee wartete, schüttelte Tassburg den Kopf. »Sie glauben an so etwas?« fragte er. »Sie glauben an Verwünschungen?«

»Wir haben die Beweise!« Tigran knurrte wie ein Bär. »Hat es nicht genug Tote gegeben?«

»Als Priester glauben Sie an solchen Unsinn?«

»Unsinn?« Tigrans langer schwarzer Bart sträubte sich. Anastasia, die den Tee gebracht hatte, flüchtete in die Ofenecke. »Wollen Sie anzweifeln, daß der Satan immer noch im Kampf mit Gott steht?«

Michail schüttelte den Kopf. »Ich werde das Haus säubern und mein Konstruktionsbüro darin einrichten. Dann kann der Satan mir bei den Zeichnungen und beim Suchen nach Erdgas helfen! Das müßte ihm doch liegen, als Herr der Hölle kennt er doch alles, was unter der Erde liegt!« Tassburg erhob sich. »Ich werde sofort alles Nötige veranlassen.«

»Sie Ignorant!« rief der Pope dröhnend.

»Warum wollen Sie so jung sterben, Michail Sofronowitsch?« rief Anastasia aus dem Hintergrund. »Niemand kann Sie schützen...«

»Da ist noch etwas anderes«, erklärte der Pope dunkel. »Vier Bewohner des Hauses erzählten vor ihrem Tode, daß der Geist der Gräfin Albina darin umgehe. Nicht immer, aber manchmal...«

»Das ist doch Idiotie!« Tassburg lachte.

»Sie stand nachts vor dem Bett, in einem langen weißen Gewand, und hatte den Krummdolch in der Hand!« beharrte Tigran. »Und wenn die Entsetzten ›Hilf Maria!‹ schrien, löste sie sich sofort in Nichts auf! Es ist aktenkundig, unter Zeugen ausgesagt, vom Starost beglaubigt. Wollen Sie noch mehr?«

»Ja, das Haus! Ich nehme es!«

»Gott ist auch bei den Verstockten!« Tigran hob resignierend die Schultern, blies noch eine Wolke übelriechenden Tabakqualm ins Zimmer, schlug über Anastasia das Kreuz und stampfte hinaus. Tassburg beobachtete ihn vom Fenster aus.

Der Pope war im Vorgarten vor dem verfluchten Haus stehengeblieben, hatte die Hände gefaltet und betete. Auf der Straße standen noch immer die Männer und starrten ihn an. Der Fremde hatte tatsächlich die Absicht, sich umbringen zu lassen...

»Und das in unserer Zeit!« sagte Michail laut. »Anastasia Alexejewna, Sie kennen Radio und Sie wissen, was Fernsehen ist. Sie haben von unseren Kosmonauten gelesen; Sie wissen, daß Menschen auf dem Mond gelandet sind...«

»Das geht doch einen Geist wie den der Gräfin Albina Igorewna nichts an! Als mein Mann von der verfluchten Bank fiel und sich das Genick brach, gab es auch schon Radio und Fernsehen! Und die Hündin Laika kreiste im Raumschiff um die Erde! Aber meinetwegen – wenn Sie die dunklen Mächte auslachen –, Sie sollen den Schlüssel bekommen!«

Sie holte aus einem Schrank einen langen, handgeschmiedeten Schlüssel und legte ihn auf den Tisch. Sie hatte ihn nur mit zwei Fingern angefaßt, als sei er ein Schwanzhaar des Teufels. Tassburg steckte ihn ein und gab der Witwe drei Rubel. »Die Miete«, sagte er dabei.

»Ich werde die Rubel sparen für einen Kranz.« Anastasia

brachte das Geld zum Schrank und tat es in eine Schublade.

»Einen schönen Kranz werde ich Ihnen kaufen, Michail Sofronowitsch. Wie lange wollten Sie in Satowka bleiben?«

»Das hängt davon ab, wie die Bodenproben ausfallen, was wir finden oder nicht. Aber bis zum nächsten Frühjahr wird es schon dauern.«

»Viele, viele Monate! Sie sollten ein großes Kreuz vor Ihr Bett stellen und in der ›Schönen Ecke‹ immer das Ewige Licht brennen lassen. Es hilft nicht viel, denn auch die Gräfin war eine tiefgläubige Christin, aber es beruhigt.«

»Ich werde mit meiner Pistole ins Bett gehen«, sagte Tassburg laut. »Das ist ein besserer Schutz.« Er verabschiedete sich von Anastasia und ging.

Sie wartete nur, bis er in seinem Geländewagen abgefahren war, dann lief sie durch das Dorf und erzählte allen, was sich bei ihr abgespielt hatte. Daraufhin marschierte eine Abordnung von vier Männern, an der Spitze der Dorfsowjet, zum Popen Tigran Rassulowitsch und verlangte im Interesse der Leute von Satowka, mit allen Mitteln zu verhindern, daß wieder ein rätselhafter Tod die Gemüter auf Jahre hinaus belasten konnte. So rauh die unbarmherzige Natur die Menschen in der Taiga geprägt hatte, so zart und seidig waren ihre Seelchen.

Da man bei dem Popen nur auf dumpfes Grollen stieß und die Auskunft erhielt, der Ingenieur und Geologe Tassburg verlache alle Realitäten und alle Warnungen, zog der Viermanntrupp zum Lager und bat darum, den Genossen Projektleiter sprechen zu dürfen. Er kam sofort zu der Delegation und lächelte.

Mit gerunzelten Stirnen hatten die Genossen aus Satowka bemerkt, daß bereits ein Lastwagen beladen wurde, um Tische, ein Bett, Schränke, Stühle, ein Reißbrett, Kartenrollen, Büromaschinen und Meßinstrumente in das »Leere Haus« zu bringen.

»Ich nehme an«, sagte Tassburg freundlich, »Sie sind gekommen, liebe Genossen, um mit mir über Brennholz und eventuell notwendige Reparaturen am Haus zu sprechen. Nicht nötig, das machen wir alles selbst. Unser Trupp ist seit zwei Jahren unterwegs, wir haben für alles Werkzeuge bei uns. Trotzdem danke ich Ihnen für Ihre Hilfsbereitschaft.«

Es war zum Verzweifeln. Der Dorfsowjet bot Tassburg an, ein großes Zimmer in der Gemeindeverwaltung zu beziehen, es sei zwar der Schulungsraum der Partei, aber da die Partei für alle da sei, erfülle man – ganz im Sinne des Kommunismus – ein gutes Werk.

Überhaupt – die Partei! Vor sieben Jahren war ein Funktionär aus Batkit gekommen, nachdem er zufällig gehört hatte, daß es dieses Satowka gab. Er ging durch das Dorf, betrachtete mißbilligend die Kirche und stänkerte daran herum. »Einen Pfaffen habt ihr?« rief er. »Und wo ist das Parteihaus? Wo steht das Fundament des Sozialismus? Wo habt ihr Kontakt zum Fortschritt? Ich verlange, daß ihr eine Stolowaja baut, und jede Woche werden dann in diesem Saal Schulungen abgehalten!«

Also baute man eine Art Saal aus dicken Rundstämmen, hängte Bilder von Lenin und Breschnew hinein und hielt insgesamt siebenmal Schulungen ab. Dann kümmerte sich keiner mehr darum, Satowka wurde wieder vergessen, und der Pope Tigran annektierte auch die Stolowaja für Weihnachtsfeiern und das große, gemeinsame Osteressen.

Warum sollte der Raum jetzt nicht ein Konstruktionsbüro für Erdgassucher werden?

»Ich beziehe Anastasias Haus!« sagte Tassburg laut und endgültig. »Ich will euch beweisen, daß es keinen Fluch und keine Geister gibt.«

Die Delegation zog mit hängenden Köpfen ab. Zwar erwog man, einen Abgesandten nach Batkit zu schicken, um die Hilfe der höhergestellten Genossen herbeizurufen, aber dann verwarf man diesen Plan. Es hatte keinen Nutzen, Satowka wieder der Umwelt in Erinnerung zu rufen. Allein lebte man ruhiger, was man wissen wollte, brachte der Postgänger alle zwei Wochen ins Dorf mit Zeitungen und Illustrierten. Radio hatte man auch – man soll nicht ohne triftigen Grund auf sich aufmerksam machen!

»Er zieht ein!« meldete ein Bauer, der in der Nähe des »Leeren Hauses« Wache gestanden hatte. »Sie haben die Tür aufgebrochen, das Schloß war total verrostet. Jetzt weht der Staub durch die offenen Fenster hinaus.«

»Wir können nichts mehr ändern, Brüder!« meinte der Dorfsowjet bedrückt, aber feierlich. »Wir können nur noch abwarten, wie er stirbt: durch einen Dolch, indem ihm etwas auf den Kopf fällt, oder durch den eigenen Wahnsinn, der ihn packen wird, wenn er Albina Igorewna nachts an seinem Bett stehen sieht!«

Während Tassburg und vier Mann seines Trupps das Haus säuberten, die Wände abwuschen und probierten, ob der Ofen noch Zug hätte – übrigens: er hatte, als habe man ihn gerade erst gemauert! –, die Möbel hereintrugen und auf dem Propangaskocher eine Kanne mit Tee warm gemacht wurde, suchte der Pope ein Standkreuz aus, das er Tassburg leihen wollte. Anastasia aber hockte verzweifelt neben ihrem Ofen und dachte an den Fluch, der über ihrem Besitztum hing.

II

Am Abend war das Haus so wohnlich hergerichtet, daß Tassburg mit wirklicher Freude durch die vier Räume ging.

Tigran hatte sein Kreuz gebracht, aber er betrat das Haus nicht, sondern übergab es Tassburg vor der Tür. »Michail Sofronowitsch, Sie müssen es an Ihr Bett stellen«, sagte er dabei. »Die Ausstrahlung des Herrn wird Sie wie ein Panzer umgeben.«

Nun war die Nacht gekommen, im Wohnraum und im Schlafzimmer brannten Gaslampen, im Gegensatz zu den anderen Häusern, wo das Petroleum Licht spendete. Tassburg hatte eine Pfanne voll Eier, Speck und Kartoffeln gegessen und saß nun auf der verdammten Eckbank, die Pistole entsichert neben sich und trank noch eine Tasse Tee.

Um nicht zu lügen: jetzt, bei Einbruch der Nacht, empfand er doch eine starke Spannung. Auch wenn er mit der Nüchternheit eines intelligenten Menschen alle diese Geistergeschichten als Unsinn bezeichnete – das »Stille Haus« mit seinen dicken Holzwänden wirkte in der Nacht irgendwie bedrückend.

Tassburg blieb bis gegen Mitternacht sitzen, löschte dann das Gaslicht im Wohnzimmer und ging zu Bett. Er zog sich nicht aus, breitete nur die Wolldecke über sich und legte die Pistole griffbereit neben sich. Sie werden sich wundern, dachte er zufrieden. Wenn die Leute von Satowka denken, sie können mich erschrecken, indem sie irgendeinen Spuk inszenieren, haben sie den Falschen vor sich. Ich bin ein moderner, aufgeklärter Mensch und lache über sogenannte Geister.

Über diesen Gedanken schlief er ein. Irgendwann in der Nacht erwachte er, weil er, als er sich im Schlaf umdrehte, auf seine Pistole zu liegen kam und sie ihn seitlich drückte.

Er drehte sich wieder auf den Rücken, öffnete verschlafen die Augen – und erstarrte.

Im trüben Licht, das von draußen durch das Fenster fiel, in jenem fahlen Nachtlicht, in dem alle Formen zerfließen, stand eine Frau vor seinem Bett. Aus ihrem bleichen Gesicht blickten ihn große Augen an, und in der Hand hielt sie ein langes Messer.

Tassburg war immer ein mutiger Mensch gewesen. Im Laufe seines noch jungen Lebens – er war erst 32 Jahre alt – war er mancher gefährlichen Situation begegnet. Einmal, in Südsibirien, am Amur, mußte er zwei Tage lang auf einem Baum sitzen, weil ihn zwei Tiger, ein Pärchen, belagerten. Als sie begannen, den Baum hinaufzuklettern, hatte er sie nur mit Fußtritten gegen die empfindliche Nase abwehren können – danach ist die Erscheinung eines Geistes ohne großes Zittern zu ertragen. Was ihn nur störte, war das lange Messer in der Hand der Frau – aber es gehörte wohl zu ihr, wenn man den Berichten über die Gräfin Albina Igorewna glauben konnte.

Michail Sofronowitsch legte ganz langsam die Hand um den Griff seiner Pistole und fühlte sich schon viel wohler, als die Waffe schußbereit in seinen Fingern lag. Ein Messer, dachte er, ist gegen eine Pistole immer im Nachteil, es sei denn, man wirft es blitzschnell auf den Gegner. Aber das war nicht die Art der Gräfin Albina Igorewna, sie schlitzte nur die Hälse auf.

Tassburg lag ruhig, lang ausgestreckt, die Decke bis zur Brust hochgezogen und betrachtete die bleiche Gestalt mit immer stärker werdendem Wohlwollen. Ein hübsches Mädchen mit langen, bis auf die Schultern herunterfallenden braunen Haaren war es, einem schmalen, zarten Gesicht, das von großen Augen beherrscht wurde. Es trug eine Bauernbluse über einer strammen Brust – nicht, wie die verstorbenen Zeugen vorheriger Erscheinungen übereinstimmend berichteten, ein langes weißes Gewand, einem Nachthemd ähnlich –, einen alten Rock, der nur bis zu den Knien reichte, und an den Beinen hohe Stiefel mit weichen Schäften. Eine ziemlich moderne Kleidung, fand Tassburg, aber es mag ja sein, daß auch Gespenster modebewußt sind.

Was ihm außerdem auffiel, war die Jugend der Gräfin. Sie konnte nicht älter als zwanzig Jahre sein. Nach Tigrans Erzählung hatte er sie für eine Frau um die Dreißig gehalten, von einer reifen Schönheit, die ja dem armen Hauptmann Alexander Anatolowitsch den Verstand geraubt hatte – vor 150 Jahren! Sonst stimmte alles an der Erscheinung: das Messer in der Hand, die nächtliche Stunde, der Standort vor dem Bett, der starre, mitleidlose Blick, in dem kalter Vernichtungswille lag ...

Man sollte sie ansprechen, dachte Tassburg. Sich nur stumm anzustarren, ist ein langweiliges Spiel. Wobei man allerdings nicht weiß – es gibt darüber keine Berichte –, ob Geister antworten können, ob sie Worte hören können oder überhaupt ansprechbar sind.

Er atmete tief durch und umkrampfte die Pistole. »Ich heiße Sie in meinem Haus willkommen, Albina Igorewna«, sagte Tassburg und ärgerte sich, daß seine Stimme doch ziemlich gepreßt und hohl klang. »Ich weiß, es ist Ihr Haus, aber wie Sie sehen, habe ich es wohnlicher herrichten lassen. Das Messer in Ihrer Hand irritiert mich. Machen Sie mich nicht dafür verantwortlich, daß der liebestolle Graf mit Ihrer Zofe geschlafen hat, und daß Alexander Anatolowitsch Ihre Tugend mit Gewalt...«

»Wer sind Sie?« fragte an dieser Stelle der Geist.

Tassburg war einen Augenblick lang sprachlos und ratlos zugleich. Sie kann sprechen, durchfuhr es ihn. Das bereichert die Forschung ungemein, aber es wird mir keiner glauben...

»Ich heiße Michail Sofronowitsch Tassburg, Ingenieur aus Omsk. Ich bin hier, um nach Erdgas zu suchen.«

»Sie lügen!« Die Erscheinung hob das lange Messer. Es sieht verdammt irdisch aus, dachte er. Das fahle Licht glänzte auf der Schneide. »Sie kommen von Rostislaw Alimowitsch Kassugai.«

»Das ist ein neuer Name, den kennt nicht einmal der Pope Tigran«, antwortete Tassburg heiser. »Wer ist dieser Kassugai, Gräfin?«

»Wieso Gräfin?« Die Gestalt rührte sich nicht, nur die Messerspitze zeigte jetzt genau auf Tassburgs Kehle. Wenn sie es versteht, das Messer aus der Hand zu schleudern, bin ich mit meiner Pistole zu spät, durchfuhr es ihn.

»Man hat mir gesagt, Albina Igorewna...«

»Sie wissen genau, daß ich Natalia Nikolajewna Miranski heiße. Ein schlechter Schauspieler sind Sie!«

»Natalia Nikolajewna? Da sieht man, wie sich die Überlieferungen in einhundertfünfzig Jahren verändern! Nichts stimmt mehr!« Michail wollte sich setzen, aber das Messer stieß sofort nach unten. Da blieb er liegen und zog nur den Kopf tiefer zwischen die Schultern.

»Eine ungewöhnliche Situation, finden Sie nicht auch?« fragte er. »Können wir uns nicht einigen? Ich verschweige Ihren Ausflug in die Welt, und Sie stecken das Messer weg und klammern mich aus Ihrem Männerhaß aus.«

Wie rede ich bloß, dachte er, als sie schwieg. Vor ein paar Stunden habe ich alle ausgelacht, als sie von dem Geist sprachen, und jetzt liege ich hier und verhandle mit ihm um mein Leben. So etwas gibt es doch nicht! Das stellt doch unser ganzes technisches Zeitalter auf den Kopf!

»Ich hätte Sie töten können«, sagte Natalia endlich leise. Ihre

Stimme war hell, von einer klingenden Klarheit. Sie muß gut singen können, dachte er – völlig widersinnig. Sopran, schwebeleicht ...

»Sie haben ganz fest geschlafen. Sie haben mich nicht gehört. Ich hätte Ihnen die Kehle durchschneiden können, und Sie wären gestorben, ohne etwas zu merken.«

»Das ist ja eine Spezialität von Ihnen! Oder der Feuerhaken ...«

Sie starrte ihn an, Erstaunen und Abwehr im Blick. »Haben Sie getrunken?« fragte sie dann.

»Nur Tee, Natalia Nikolajewna.« Er ließ die Pistole los, sie war ja doch sinnlos geworden. Er legte die Hände über die Wolldecke. Das schien sie zu beruhigen. Die Messerspitze senkte sich etwas.

»Was machen wir nun?« fragte Tassburg, ebenfalls mit der Entwicklung der Situation zufrieden. »Erzählen Sie mir etwas vom Paradies – oder von der Hölle? Ich weiß nicht, wo Sie sich befinden.«

»In der Hölle.«

»Ein interessanter Platz. Wen haben Sie dort getroffen?«

Der Geist, der sich Natalia Nikolajewna nannte, trat einen Schritt zurück. Tassburg atmete auf, die unmittelbare Gefahr war vorbei.

»Warum haben Sie mich im Schlaf nicht getötet?«

»Ich weiß es nicht. Ich habe Sie lange angesehen, und dann konnte ich es nicht mehr.«

»Sie werden also Ihren Grundsätzen untreu, Gräfin!«

»Warum sagen Sie immer Gräfin zu mir?«

»Also auch das sind Sie nicht? Tigran wird maßlos enttäuscht sein. Aber Sie stammen doch wenigstens aus Petersburg?«

»Ich habe Leningrad nie gesehen.« Sie ließ das Messer sinken und musterte ihn mit einem etwas sanfteren Blick. »Und Sie sind wirklich Michail Sofronowitsch Tassburg aus Omsk? Sie kommen nicht von Kassugai?«

»Ich schwöre es.« Tassburg wagte es, sich im Bett aufzusetzen. »Und Sie? Wo kommen Sie her, wenn nicht aus Petersburg?«

»Aus Mutorej. Kennen Sie es?«

»Aber ja, es liegt an der Tschunja. Vor zehn Wochen haben wir dort in der Sowchose Material und Lebensmittel übernommen.«

»Dann haben Sie auch Kassugai gesehen! Rostislaw Alimowitsch ist der Natschalnik von der Sägewerksbrigade. Ich habe im Bretterlager gearbeitet...«

Durch Tassburg fuhr es wie ein elektrischer Schlag. »Moment!« rief er rauh. »Einen Moment, mein Mädchen!« Abrupt sprang er auf, stürzte sich auf sie und riß ihr das Messer aus der Hand. Sie schlug um sich, biß und kratzte, aber mit einem Schwung warf er sie auf das Bett und drückte sie mit dem Gewicht seines Körpers nieder.

Als sie wieder mit der Faust nach ihm schlug, gezielt zwischen seine Augen, fing er den Schlag ab und preßte ihren Arm zurück. Dabei berührte er mit dem Handrücken ihre Brust – auch sie war irdisch an ihr, wie alles, was er anfaßte!

»Und ich Narr habe gedacht, mit einem Geist zu sprechen!« keuchte er, weil sie unter ihm tobte. Sie versuchte, mit ihren Knien gegen seinen Unterleib zu stoßen, und ihre Zähne schlugen nach ihm, als sei sie ein fauchendes Raubtier. »Du bist ja Wirklichkeit! O ich Trottel!«

»Lassen Sie mich los!« schrie sie unterdrückt. »Warum habe ich Sie nicht getötet!«

Er gab sie frei. Sie rutschte unter ihm weg wie eine Schlange, wand sich über den Boden, schnellte zur Wand und richtete sich dort auf. Das Haar fiel wie ein Vorhang über ihr Gesicht, ihr schöner Körper zitterte, und die Bauernbluse klaffte auf. Er hatte ihr beim Kampf zwei Knöpfe abgerissen.

»Natalia Nikolajewna, haben Sie keine Angst!« sagte Tassburg und setzte sich auf die Bettkante. »Ich bin ein kompletter Idiot, ich gestehe es. Ich habe mich tatsächlich von den verrückten Erzählungen des Popen beeinflussen lassen! Bevor wir weiterreden: Wissen Sie, wo Sie hier sind?«

»Das Haus stand leer ...«, sagte sie mit bebender Stimme.

»Und das ist alles?«

»Ja. Seit einer Woche bin ich hier. Plötzlich kamen Sie und Ihre Männer, und ich verkroch mich im Keller.«

»Das Haus hat einen Keller? Das wußte ich noch gar nicht. Und Sie haben keine Ahnung, wo Sie sind?«

»In einem Dorf. Wie es heißt? Nein, ich weiß es nicht. Ich bin seit Wochen unterwegs.«

»Von Mutorej? Zu Fuß durch die Taiga?«

»Ja.«

»Und wo wollten Sie hin?«

»Ich weiß es nicht. Es ist mir auch gleichgültig. Irgendwohin! Nur weit weg von Mutorej und Kassugai. Ist die Welt nicht groß?«

»Riesengroß!«

»Ich habe unter umgestürzten Bäumen geschlafen, zwischen den Steinen am Fluß und in Höhlen. Ich bin gelaufen, bis ich umfiel, jeden Tag. Dann habe ich mich endlich ausruhen können, hier – in diesem verlassenen Haus. Und plötzlich kamen Sie ...«

Sie strich sich die Haare aus dem Gesicht und zog die aufgerissene Bluse über ihrer Brust zusammen. Jetzt war sie hilflos, ein müdes, in die Enge getriebenes Tier, das sich seinem Schicksal ergibt. »Sie können mich ausliefern«, sagte sie leise. »Ich werde trotzdem nicht nach Mutorej zurückkehren. Es gibt so viele Möglichkeiten, zu sterben.«

»Warum glauben Sie, ich würde Sie zu diesem Kassugai zurückbringen?« fragte Tassburg erstaunt.

»Er hat tausend Rubel ausgesetzt für den, der mich fängt.«

»Welch ein wertvolles Pelzchen Sie sind, Natalia Nikolajewna! Tausend Rubel, das ist eine Menge Geld. Hier haben wenige so viel auf einem Haufen gesehen. Aber, warum die hohe Belohnung? Was haben Sie getan?«

»Ich bin nur weggelaufen ...«, antwortete sie mit ganz kleiner Stimme.

»Und dafür tausend Rubel ...?«

»Ich bin das Eigentum von Kassugai.«

»Was sind Sie?« fragte Michail verblüfft. Ich kann mich doch nicht verhört haben, dachte er. Eigentum?

»Rostislaw Alimowitsch hat mich gekauft.« Natalia verließ ihren Platz an der Wand und hockte sich auf einen Schemel. »Von meinen Eltern. Nicht für Geld, das hat Kassugai nicht nötig! Er hat ihnen einen besseren Arbeitsplatz versprochen, in einer neuen Matratzenfabrik. Im Monat vierzig Rubel mehr Lohn! Es war ein gutes Geschäft für meine Eltern. ›Ob einen Mann wie Rostislaw Alimowitsch oder einen anderen, was macht es aus?‹ hat mein Vater gesagt. ›Aber ich bekomme im Monat vierzig Rubelchen mehr! Bei keinem weiß man, was man bekommt, bei Kassugai ist das kein Rätsel. Ich brauche mich nicht so anzustrengen, lebe länger, deine Mutter wird glücklicher sein – singen wird sie, so fein können wir jetzt kochen! Töchterchen, sei ein braves Kind, nimm Kassugai – uns zuliebe!‹ Das hat er gesagt, mein eigener Vater! Und er hat einen Vertrag mit Kassugai gemacht und mich verkauft.«

»Man sollte deinem Vater den Schädel einschlagen!« rief Tassburg. Er sprang auf, ging ans Fenster und zog den Vorhang vor, einen Leinenlappen, den seine Leute an einer hölzernen Stange über dem Fenster angebracht hatten. »Soll ich Licht anmachen?«

»Nein, nicht. Bitte nicht . . .« Sie wich an die Wand zurück.

»Du brauchst keine Angst mehr zu haben. Aus diesem Haus holt dich keiner mehr raus!« Er sagte plötzlich wieder du, und sie antwortete ebenso selbstverständlich:

»Wie willst du das verhindern, Michail Sofronowitsch?«

»Ich werde dir das morgen erklären, Natalia.« Er ging zu ihr, und sie kroch in sich zusammen, als er sie berührte und ihr Haar wieder aus ihrem Gesicht strich. Er konnte kaum etwas erkennen, so dunkel war es. »Wann hast du zum letztenmal etwas gegessen?«

»Vor drei Tagen. Ich wollte heute nacht wieder in den Garten schleichen und Obst und Gemüse holen. Ich kann von Wasser und rohen Früchten leben. Ich hab's versucht.«

»Das ist vorbei!« sagte er laut. »Ich koche dir jetzt eine Suppe! Aus der Büchse – Gulaschsuppe mit Nudeln! In zehn Minuten ist sie fertig. Sie braucht nur heiß gemacht zu werden.«

Natalia gab keine Antwort, aber sie mußte auch in der Dunkelheit wie eine Katze sehen können. Sie ergriff seine Hand, und ehe er sie wegziehen konnte, küßte sie seine Handfläche. Mit einem Ruck befreite er sich.

»Tu das nie wieder!« sagte er rauh. »Du bist keine Hündin, die einem Herrn die Finger leckt. Wo hast du das gelernt? Du bist eine freie Bürgerin der Sowjetunion, mit allen Rechten! Das werden wir Kassugai beibringen!«

»In Sibirien, in der Taiga, gibt es nur das Recht des Stärkeren. Und Kassugai ist der stärkste von allen. Er ist ›Verdienter Meister des Volkes‹. Was sind wir dagegen? In den großen Städten, ja, da ist alles anders. Aber wer kümmert sich darum, was in den großen Wäldern geschieht?«

»Von heute ab – und in deinem Fall – ich, Natalia!«

»Du? Bist du ein so mächtiger Genosse? Nur weil du Gas in der Erde suchst?«

»Ich kenne viele Leute, die auch einem Kassugai gefährlich werden können!«

»Er kennt eine Menge Menschen, die ihn beschützen. Er bezahlt sie mit Brettern, mit schönen, gehobelten Brettern, aus denen man Möbel macht. Ich weiß es, ich habe im Lager gearbeitet. Kassugai ist mächtig!«

»Warten wir es ab, Natalia.« Er ging zur Tür des Herdes und stieß sie auf. Das Feuer im Herd glühte noch – ein einziges, flackerndes Licht. Das wunderte ihn.

»Ich habe Holz nachgelegt«, sagte sie leise hinter ihm. »Feuer! Ich habe zwölf Wochen kein Feuer gesehen! Der Rauch hätte mich verraten. Oh, Feuer ist etwas Schönes!«

Sie ging zu dem Herd, kauerte sich auf den Boden und starrte ins Feuer. Zum erstenmal sah Tassburg ihre Gestalt richtig. Das Haar schillerte mit einem Mahagoniglanz, das Gesicht wirkte darin wie ein länglicher, schmaler weißer Fleck.

»Gut, wir machen kein Licht«, sagte Michail. »Das Feuer leuchtet genug. Gleich wird es hier köstlich nach Gulasch duften ...«

Er holte neben dem Herd einen Jutesack hervor und suchte zwischen den Büchsen das eingekochte Fleisch mit Nudeln heraus. Er öffnete die Dose, schob einen verbeulten Aluminiumtopf über das Feuer und schüttete das Gulasch hinein.

Natalia Nikolajewna blickte zu ihm hoch. »Das hätte ich doch machen können«, sagte sie.

»Du brauchst jetzt nur aufzupassen, daß es nicht anbrennt.«

»Ich habe zu Hause oft gekocht. Zu Hause ...« Sie stand auf, nahm den Holzlöffel und rührte in dem Topf. Das Fleisch begann schon zu brutzeln, die Soße schlug Blasen. »Man muß es mit Wasser verdünnen ...«

»Etwas, nicht viel! Nur damit es nicht am Topfboden ansetzt ...«

Tassburg sah zu, wie sie ein wenig Wasser in den Topf schüttete und beim Umrühren stumm in die Flamme starrte. »Woran denkst du?« fragte er.

»Wie es weitergehen soll. Du hast mich entdeckt ...«

»Willst du weiter durch die Taiga flüchten? Hier bist du sicher.«

»Nein! Es ist zu nahe an Mutorej. Kassugai wird auch hierherkommen und mich suchen.«

»Er wird nicht in dieses Haus kommen, solange ich da bin.«

»Aber bist du immer da? Du hast deine Arbeit.«

Sie hat recht, dachte Tassburg. Es könnte vorkommen, daß wir drei oder vier Tage zu den Plätzen in der Taiga fahren, wo nach den geologischen Berechnungen Erdgasvorkommen sein müßten. Dann bauen wir unseren kleinen Probebohrturm auf und warten auf Ergebnisse. In dieser Zeit kann in Satowka viel passieren ...

»Das hier ist ein besonderes Haus«, erklärte er. »Alle im Dorf, selbst der Pope, warten jetzt darauf, daß irgend etwas Grauenhaftes mit mir passiert. Vor hundertfünfzig Jahren hat eine Gräfin es verflucht ...«

»Darum hast du mich immer Gräfin genannt ...«

Tassburg lächelte etwas gequält. Die Minuten im Bett, die bleiche Frau mit dem Messer vor ihm, waren noch nicht vergessen. »Ich habe geglaubt, du seist der Geist dieser Gräfin. Da sieht man wieder, wie beeinflußbar ein Mensch ist! Verrückt!«

»Sehe ich wie ein Geist aus?« Sie drehte sich vor dem Feuer um sich selbst; ihr langes mahagonifarbenes Haar wehte um ihren schmalen Kopf, die schlanken Beine in den hohen schmutzigen Stiefeln wurden bis weit über die Knie sichtbar, als der Bauernrock sich etwas blähte. Die zerrissene Bluse war wieder offen, Michail sah die festen Brüste, von einem einfachen Halter aus grobem Leinen bedeckt... Nichts, die armseligste Kleidung nicht, konnte ihre junge, bei aller Zartheit gesunde, kräftige Schönheit verbergen.

In Tassburg stieg ein merkwürdig weiches Gefühl auf. Er wünschte sich plötzlich, daß Natalia Nikolajewna sich seinem Schutz anvertrauen und in Satowka bleiben möge. Wenn dieser Kassugai wirklich erscheinen sollte, würde er zum erstenmal in seinem Leben spüren, wie Prügel schmecken. Vor etwaigen Bezirkskommissaren, die seine Freunde waren, weil er sie bestach, hatte Tassburg keine Angst. Hinter ihm stand das mächtige Forschungsministerium in Moskau. Ein Funkspruch an die Zentrale, und auch ein Kassugai, der wie ein kleiner König in seiner Taigaregion herrschte, konnte in die Bergwerke von Nagadan versetzt werden...

»Du bist hübsch«, sagte Michail mit trockener Zunge. »Nein! Du bist schön, Natalia Nikolajewna.«

Sie beugte sich sofort wieder über den Suppentopf und rührte eifrig in dem Gulasch. Der Duft durchzog jetzt das Zimmer. Sie hob den Holzlöffel an den Mund und probierte vorsichtig.

»Wunderbar!« erklärte sie. »Wann habe ich so etwas gegessen? Ich kann mich nicht erinnern. Ab und zu haben wir ein Kaninchen geschlachtet, oder Kassugai brachte ein Stück Fleisch mit, als er begann, sich für mich zu interessieren. Aber gebraten wurde das Fleisch nie, nur gekocht... Das gibt Suppen, Michail Sofronowitsch, eine ganze Woche lang! Man kann es immer wieder auskochen, bis es auseinanderfällt wie Stroh.« Sie drehte sich um, und ihre großen Augen, die das Gesicht beherrschten, musterten ihn nachdenklich. »Was ist der Unterschied zwischen hübsch und schön?«

»Hübsch ist – eine Puppe zum Beispiel. Hübsch ist etwas Oberflächliches... Schönheit ist ein Zusammenklang von vielem – ist die nach Vollendung suchende Natur, sie – wächst von innen heraus. Verstehst du?

»Nein.« Sie lehnte sich gegen die aus großen Flußsteinen gemauerte Ofenwand. »Ist ein Sonnenuntergang hübsch oder schön?«

»Unendlich schön...«

»Und die Stickerei an einem Festtagskleid?«

»Hübsch...«

»Jetzt verstehe ich es.« Sie lächelte schwach, und dieses Lächeln überzog ihr Gesicht mit einem solchen Leuchten, daß Tassburg schneller atmete.

»Ich decke den Tisch«, sagte er rauh.

Aus einem Regal nahm er zwei tiefe Keramikteller und Löffel. Er stellte alles auf den Tisch, die Löffel aus Edelstahl waren verbogen und zerkratzt. Dann setzte er sich auf die verfluchte Eckbank, und Natalia kam mit dem dampfenden Topf und schüttete die beiden Teller randvoll.

»Ich zittere vor Hunger«, sagte sie, als sie sich Tassburg gegenübersetzte. »Es ist meine erste warme Mahlzeit seit zwölf Wochen...«

Sie tauchte den Löffel in das Gulasch, probierte, fand es zu heiß und blies auf den Löffel. Sie zitterte wirklich – wie ein Tier, das plötzlich, vom Hunger zermürbt, vor einer vollen Schüssel sitzt und nicht essen kann, weil ein Drahtzaun dazwischen ist.

»Du wirst von heute ab nur noch warm essen!« sagte Tassburg heiser. »Ich habe genug Vorräte. Und wir werden frisches Fleisch in der Taiga schießen und uns von den Bauern Gemüse holen. Willst du für mich kochen?«

»Nein«, sagte sie und kaute endlich das erste Gulasch. Ihr Gesicht verklärte sich, als habe sie einen Blick in die Seligkeit getan. »Es geht nicht, Michail Sofronowitsch. Ich kann nicht hierbleiben. Kassugai ...«

»Du solltest Kassugai vollständig vergessen, wenn du bei mir bist!«

»Wie ist das möglich? Es gibt ihn – nach wie vor! Es müßten tausend Werst zwischen ihm und mir sein, erst dann hätte ich Ruhe.«

Sie aß jetzt schneller, das Gulasch hatte sich abgekühlt. Sie kaute kaum noch, sie schluckte und schluckte, schob den vollen Löffel nach, als habe sie Angst, daß ihr jemand den Teller wegnehme.

Tassburg aß selbst nur ein paar Löffel und schob dann seinen Teller Natalia zu. Sie nickte dankbar und aß weiter.

»In tausend Werst Entfernung bist du nicht sicherer als hier!« sagte Tassburg. »Gerade wenn ich fort bin, wird keiner dieses Haus betreten.«

»Wegen der verfluchten Gräfin?« Sie lächelte ihn zwischen zwei hochgefüllten Löffeln mit Gulasch und Nudeln an. »Wer glaubt daran?«

»Alle! An der Spitze der Pope!«

»Es geht nicht«, sagte sie entschieden. »Morgen oder übermorgen, in der Nacht, laufe ich weiter. Wenn du mir ein paar Büchsen mitgibst ... Ich kann lange davon leben. Man kann den Inhalt auch kalt essen, nicht wahr?«

»Du bleibst!« sagte Tassburg laut. »Und jetzt reden wir nicht mehr darüber. Wissen wir, wie die Welt in zwei Tagen aussieht?«

»Sie hat sich in der Taiga nicht verändert ...«

»Siehst du! Und deshalb sind wir jetzt hier, um auch Sibirien in ein neues Zeitalter zu führen. Du lebst in einem unschätzbar reichen Land!«

»Dieser Urwald ...«

»Unter den Wäldern liegen Gold und Diamanten, Nickel und Uran, Erdöl und Erdgas, Eisenerze und Kupfer, Mangan und Kohle!«

»Und das alles suchst du?«

»Einen Teil davon. Wenn wir es gefunden haben, werden hier neue große Städte entstehen, Kraftwerke, Staudämme, deren Turbinen elektrischen Strom in die fernsten Gebiete der Taiga liefern; Hunderttausende werden in das neue reiche Land ziehen, die Sowjetunion wird der mächtigste Staat der Welt werden...«

»Aber es wird immer irgendwo einen Kassugai geben, der Mädchen kauft, indem er den Eltern eine bessere Stellung verspricht. Kannst du das verhindern?«

Sie hat recht, dachte Tassburg beklommen. Verdammt, da ändert sich nichts, nur die Bezeichnungen wechseln. Kein Mädchenkauf – sondern Aufstieg in eine sozial bessere Schicht. Wie ist es in Moskau? Der Genosse Planungsleiter liebt seine Sekretärin, und deren Eltern haben vor einem Jahr die Kantine übernommen. Es gab viele Bewerber, Fachleute, wirklich gute Köche. Aber nein – die Eltern bekamen die Kantine, und der Planungsleiter gab hinterher ein großes Fischessen für alle Mitglieder der Kommission, die dem zugestimmt hatten. Sie nannten es Fisch... Aber es war kaspischer Kaviar und grusinischer Wein...

»Sagen wir es so...«, meinte Tassburg und sah Natalia Nikolajewna kurz an. »Nach zwei Tagen reden wir weiter. Mir wird schon etwas einfallen, daß keiner auch nur zwei Meter an das Haus herankommt. Wenn sie schon an Geister glauben, sollen sie auch von den Geistern etwas haben...« Er stand auf, und sofort sprang Natalia von ihrem Schemel auf und flüchtete an die mächtige Ofenwand.

»Ich fasse dich nicht an!« sagte Tassburg mit belegter Stimme.

»Alle Männer wollen doch nur Mädchen haben!«

»Das klingt bitter.«

»Ein gutes Essen, ein gutes Getränk... Und dann wollen die Männer belohnt werden!«

»Traust du mir das zu?«

»Alle meine Freundinnen sind in Mutorej so von den Männern genommen worden! Alle! Sie haben es erzählt: eine Flasche Birkenwein, und man riß ihnen den Rock herunter.«

Sie ist völlig verstört, dachte Tassburg. Sie hat einen großen seelischen Schock erlitten. Für sie ist dieses Leben eine einzige Hetzjagd und eine immerwährende Flucht. Man muß sie ganz behutsam zu den Menschen zurückführen, ihr den Glauben an das Gute wiedergeben. Das Bewußtsein, wie schön es ist, zu leben! Die Freude, jung und schön zu sein! Das Gefühl, lieben zu können!

»Ich fasse dich nicht an.« Er wandte sich ab und ging zur Tür des Schlafraums. Das Wort »lieben« ließ ihn nicht los, und wenn er Natalias Augen dabei ansah, spürte er eine angenehme Wärme in sich. Welche Dummheit! dachte er, böse auf sich selbst. Was soll das?

Du hast dich hier um Erdgas zu kümmern, um weiter nichts! Aber – jetzt ist ein Mensch da, den man jagt, auf dessen Kopf 1000 Rubel ausgesetzt sind, nur weil er nicht ins Bett eines sicherlich vollgefressenen Natschalniks will! Man sollte dafür sorgen, daß dieses Mädchen bald in Sicherheit kommt. Aber dieses warme Gefühl in dir, Michail Sofronowitsch, das begrabe!

Er kam zurück in das Wohnzimmer. Natalia lehnte noch an der Ofenwand. »Ist Kassugai dick und fett?« fragte er.

»Nein. Nicht größer als ich und schlank. Aber schwarze fettige Haare hat er und einen heruntergehängenden Tatarenbart. Und wenn er lacht, zittern alle anderen. Er lacht immer, wenn er etwas Böses tut.«

»Ein wahres Herzchen!« sagte Tassburg. »Wo willst du schlafen?«

»Im hinteren Zimmer steht ein altes Bett.«

»Ich weiß. Aber es hat nur Bretter, keine Matratze.«

»Auf Steinen schläft es sich härter. Ich habe ein Dach über mir, was will ich mehr!«

»Du kannst in meinem Feldbett schlafen.«

»Und du?«

»Ich lege mich auf die Eckbank.«

»Das alte Bett genügt mir aber...«

»In diesem Bett sind fünf Männer ermordet worden, weißt du das?«

»Es waren Männer – ich bin ein Mädchen!«

»Das ist eine logische Antwort.« Tassburg setzte sich wieder auf die Eckbank. »Los!« sagte er laut.

Natalia zuckte zusammen, und ihre Augen bekamen einen erschrockenen Ausdruck.

»Du schläfst in meinem Bett! Keine Widerrede! Ich schwöre dir, daß ich dich nicht im Schlaf überfallen werde! Genügt dir das?«

»Wenn du es sagst...« Sie schob sich an ihm vorbei in den Schlafraum. »Und morgen früh?«

»Da wird man sich zuerst wundern, daß ich noch lebe. Ich werde Ihnen eine tolle Geschichte erzählen, was ich in der Nacht erlebt habe. Eine bleiche Frau steht mit einem Messer vor meinem Bett, und als ich sie fassen will, löst sie sich in Nebel auf, und rotes Wasser wie Blut haftet an meinen Händen.«

»Das wird dir keiner glauben, Michail.«

»Sie werden zittern vor Ehrfurcht, soll ich mit dir wetten?«

»Wetten? Um was?« Sie lächelte wieder sanft und schwach.

»Darum, daß du länger als zwei Tage bei mir bleibst.«

»Ich nehme die Wette nicht an«, sagte sie rauh, und schlüpfte ins Schlafzimmer und warf die Tür zu. Tassburg hörte, wie sie den Stuhl und eine der blechbeschlagenen Kisten davorschob.

Sie mißtraut mir noch immer, dachte er. Sicherlich war das mit der Wette falsch, sie hat es anders aufgefaßt... Nun frage dich mal ernsthaft, Michail Sofronowitsch: Willst du sie nicht bei dir behalten, weil ihr Anblick dich erfreut? Ist dir nicht jetzt schon der Gedanke bitter, daß sie plötzlich wieder verschwinden könnte? Zurück in die unendliche Taiga, in der sich alle Spur verliert?

Er legte sich auf die Eckbank, schob die zusammengelegte Jacke unter seinen Nacken und dachte daran, daß in einer ähnlichen Lage der gute Morosowski sich das Genick gebrochen hatte. Sicherlich nur ein Zufall, wie man auch in einer Waschschüssel ertrinken kann, wenn man plötzlich das Bewußtsein verliert.

Obgleich er wachbleiben wollte und auf Geräusche aus dem Nebenzimmer lauschte, schlief er bald ein. Erst die helle Sonne weckte ihn. Er drehte sich auf die Seite und sah Natalia am Herd sitzen. Sie hatte die Hände in den Schoß gelegt und beobachtete ihn. Sie nickte ihm zu, als er sie verblüfft ansah, und warf ihr langes Haar in den Nacken. Jetzt, am Tag, war es heller als er gedacht hatte: ein lichtes Braun mit einem Schimmer Rot darin, eine eigenartige Haarfarbe, die er noch nie bei einer Frau gesehen hatte. Aber sie paßte zu Natalia, zu ihrem schlanken Körper, zu den großen braungrünen Augen und dem Mund, dessen Lippen beinahe etwas zu voll waren. Ein lockender Mund war es, voller Lebenslust. Es war verständlich, daß ein Mann wie Kassugai alles aufbot, um dieses Mädchen in seinen Besitz zu bringen...

»Du hast fest geschlafen«, sagte sie. »Du hast nichts gehört.«

»Gar nichts, Natalia.« Er erhob sich und schüttelte die zerknüllte Jacke aus, die unter seinem Kopf gelegen hatte. »Du bist wirklich leise wie ein Geist!«

»Der Tee ist fertig. Ich habe in den Vorräten nachgesehen. Ich kann dir Schinken mit Eiern braten, oder mit Käse...«

»Wie hast du geschlafen?« fragte er, ging in sein Schlafzimmer und steckte den Kopf in die emaillierte Waschschüssel. Sein Bett war glattgezogen, als habe sie es gar nicht benutzt. Sie kam ihm nach und blieb in der offenen Tür stehen.

»Es war zu weich«, sagte sie und deutete auf das Bett. »Ich bin das harte Schlafen gewöhnt.«

»Dafür spüre ich heute jeden Knochen.« Er reckte sich und zog sein Hemd aus. Mit nacktem Oberkörper wusch er sich weiter, und sie schaute ihm zu und betrachtete seine Muskeln, die behaarte Brust, die breiten Schultern.

»Du bist auch schön«, sagte sie plötzlich.

Er hielt mit dem Waschen inne und richtete sich auf. »Danke! Weißt du, daß es das erstemal ist, daß eine Frau so etwas zu mir gesagt hat?«

»Wieso? Was sagen sie denn...?«

»Nun... Du bist stark! Du bist ein Schatz! Du bist wie ein Bär! Du gefällst mir! Du bist ein geliebter Schuft! Ja, und viele solche Sachen. Aber noch keine hat mir gesagt, daß ich schön bin.«

»Du hast es ja auch zu mir gesagt.«

»Weil du es bist, Natalia.«

»Und du bist es auch.« Sie lehnte sich gegen den Türrahmen und flocht einen kleinen Zopf in ihr Haar. »Du hast schon viele Frauen gehabt?« fragte sie endlich.

»Viele? Einige... im Lauf der Jahre.«

»Und keine hast du geliebt?«

»Ich glaube doch.«

»Warum bist du dann immer wieder von ihnen weggelaufen?«

Das ist eine Frage, dachte Tassburg. Ja, warum bin ich immer wieder weggegangen und habe nie geheiratet? Wegen des Berufs natürlich. Wer die Taiga erforschen muß, hat keine Zeit für ein bürgerliches Eheleben. Was haben eine Frau und Kinder davon, wenn der Ehemann und Vater ein Jahr lang in den Wäldern lebt und dann zurückkommt, um nach einem Monat wieder wegzuziehen? Wer macht das mit? Eine Frau will ihre Wohnung haben, ihr Bett, ihr geruhsames Leben, ein Nest, in dem die Familie wachsen kann. Ich kann ihr das nicht bieten...

»Vielleicht habe ich wirklich noch nie richtig geliebt«, sagte er trotz dieser Gedanken und eigentlich gegen jede Vernunft. »Die Taiga war immer stärker.«

»Sie ist stärker! Aber eine Frau kann doch mitgehen.«

»Monatelang durch die Wildnis?«

»Wenn sie liebt...«

»Ich habe darüber noch nie nachgedacht, weil ich es für unmöglich hielt.« Tassburg begann sich abzutrocknen. »Wir alle machen ständig große oder kleine Fehler in unserem Leben.« Er ging zu einer Kiste, holte ein neues Baumwollhemd aus einer Schachtel und zog es über. »Dein Speck wird schwarz, Natalia. Ich rieche es!«

»O Jesus!« Sie rannte ins Wohnzimmer, und er hörte, wie sie mit der Eisenpfanne klapperte. Er kämmte sich sorgfältig und warf einen Blick nach draußen.

Vor Anastasias Haus, auf einer Birkenholzbank, hockten, wie Hühner auf der Stange, der Pope Tigran, die Witwe Morosowskaja, ein Vorarbeiter Tassburgs, der vom Lager gekommen war, um seinen Chef abzuholen und – etwas abseits und einen Apfel kauend – der Dorfidiot Jefim Aronowitsch. Sie starrten auf das verfluchte Haus und warteten.

Tassburg ging in das Wohnzimmer und winkte Natalia ab, als sie mit der Pfanne zum Tisch wollte. Dort standen zwei Teller, das Brot war schon geschnitten, der Tee dampfte in einem Kesselchen.

»Noch fünf Minuten, mein Mädchen«, sagte er. »Draußen sitzen sie herum und warten, daß sie die Glocke läuten können. Ich muß ihnen zeigen, daß ich noch lebe!«

»Dann kommen sie herein...«, rief Natalia ängstlich, und ihre Augen wurden riesengroß.

»Nicht einen Schritt, Natalia, du solltest mir wirklich vertrauen.«

Er ging schnell zur Tür und war plötzlich von einem rasenden Glücksgefühl erfüllt, als sie ihm nachrief:

»Ich will es ja tun, Michail! Es ist noch so schwer, an einen Menschen zu glauben...«

III

Der Pope Tigran, Anastasia, der Vorarbeiter und Jefim fuhren von der Bank hoch, als Tassburg in der Tür des Hauses erschien.

»Er lebt!« rief Tigran mit seinem dröhnenden Baß. »Er hat es wirklich überlebt! Michail Sofronowitsch, als sich drinnen nichts rührte, haben wir schon für Sie gebetet.«

»Nicht nötig, liebe Freunde.« Tassburg lächelte. »Aber ich

mußte mir erst das rote Wasser, das aussah wie Blut, von den Händen waschen.«

»Was mußten Sie?« fragte Tigran entsetzt. »Rotes Wasser? Im Haus?« Sein langer Bart sträubte sich faszinierend.

»Also das war so: In der Nacht wache ich auf, und vor meinem Bett steht eine bleiche Frau mit einem Messer in der Hand!«

»Heilige Mutter von Kasan!« wimmerte Anastasia, fiel auf die Knie und faltete die Hände. »Es geht wieder los!«

»Aber Angst? Kenne ich Angst?« fuhr Tassburg ungerührt fort. »Ich schnelle hoch, will sie packen, doch da bleibt nichts zurück als Nebel, der sofort verschwindet. Nur meine Hände waren mit rotem Wasser übergossen.«

»Blut!« schrie Jefim, der Idiot, und lief davon. »Blut! Blut!« Ganz Satowka mußte es hören.

»Morgen lasse ich das rote Wasser an den Händen, falls sie wiederkommt!« meinte Tassburg ruhig. »Damit ihr es alle seht . . .«

»Das Kreuz hat dich geschützt, mein Bruder!« sagte Tigran feierlich. »Mein Kreuz, das ich dir geliehen habe! Komm mit mir, ich muß dich mit Weihwasser besprengen. Und überlege dir, ob du nicht doch zu mir umziehen willst.«

»Nie!« sagte Tassburg laut und endgültig. »Der Geist stört mich nicht. Im Gegenteil – er ist bezaubernd anzusehen . . .«

Der Pope starrte Tassburg an. Sie beginnt, dachte er entsetzt. Die Geistesverwirrung . . .

Es half kein Reden, auch die Ausrede, die Arbeit rufe, hatte keinen Erfolg: Tassburg mußte mit in die Kirche, um sich vom Popen Tigran Rassulowitsch den bösen Zauber der vergangenen Nacht durch Weihwasser und Gebet vertreiben zu lassen.

Sie gingen alle mit. Der Idiot Jefim hatte sich wieder eingefunden und tanzte nun wie ein dressierter Bär vor ihnen her. Mit an den Mund gelegten hohlen Händen brüllte er durch das Dorf: »Er hat's überlebt! Mit Blut an den Händen!« Das alarmierte selbstverständlich alle Einwohner Satowkas, und als sie vor der Kirche anlangten, folgte ihnen eine Menge Leute, nicht nur gutgläubige alte Weiblein, sondern auch die stärksten Bauern. Sie rissen die Mützen ab, betraten die Kirche und warteten stumm, was der Pope Tigran nun wohl anstellen würde mit dem Herrn Ingenieur aus der Stadt.

Zunächst ließ Tigran die Männer vortreten, die am Sonntag im Kirchenchor sangen. Der Vorsänger Ostap Leonidowitsch war darunter, ein finster blickender Kerl, der Zobel und Hermeline, Nerze und Biber in Fallen fing. Es waren selbstkonstruierte, ganz raffinierte Dinger, die keinem Tier eine Chance ließen.

Wenn ein Fremder Ostap im Walde begegnete, erschrak er zutiefst, so wild und böse sah er aus. Aber wenn er in der Kirche sang, dann hörte man nur seine Stimme, einen strahlenden Tenor voller Wohllaut, der allen Psalmen etwas Ergreifendes, ja Göttliches verlieh.

»Was man so im Radio hört...«, sagte einmal sogar der Pope, der sonst mit Lob nicht so schnell bei der Hand war, »in den Opern und Oratorien, ist jämmerlich gegen Ostaps Stimme! Sein Pech, daß er nicht in Moskau oder Leningrad wohnt. Welch ein internationaler Opernstar wäre er geworden! Aber wer hört ihn schon in Satowka? Und wer hat Geld, um nach Moskau zu reisen und dort vorzusingen? Aber seien wir zufrieden. Ostap singt für uns und zu Gottes Ehre – das wird ihm der Himmel einst bezahlt machen!«

Bezüglich solcher Versprechungen war man zwar in Satowka skeptisch, aber man nahm sie hin, weil es nichts anderes gab. Außerdem war man sich darüber klar, daß Ostap bei seinem Aussehen nie eine Opernkarriere hätte machen können: Nie hätte er den Siegfried singen können, höchstens den Drachen. Oder gar einen Liebhaber? Jede Partnerin wäre sofort in Ohnmacht gefallen, wenn er sie umarmt hätte!

Jetzt aber fiel niemand um. Ostap Leonidowitsch holte tief Atem, sein Brustkorb wölbte sich weit – und dann sang er, daß einem die Tränen kommen konnten: »Herr, Dein Auge wache über uns...«

Tigran Rassulowitsch legte Tassburg ein Kreuz auf den Kopf, verbrannte ein schrecklich stinkendes Kraut, das er Weihrauch nannte (war es dieselbe Substanz wie sein berühmter Tabak?), und ging dann nach hinten in die Sakristei, die noch keiner betreten hatte und die auch niemand besichtigen durfte. Nicht, weil es ein besonders heiliger Raum war, sondern weil hier der Pope besonders schöne Marder- und Nerzfelle von Tieren, die er aus Ostaps raffinierten Fallen herausholte, aufbewahrte. Der Vorsänger wunderte sich schon seit geraumer Zeit, daß seine Jagdbeute immer geringer wurde. Er schob es auf die Intelligenz der Tiere, die den Trick seiner Fallen langsam erkannt hatten – denn jedes Gottesgeschöpf hat ein Hirn oder zumindest einen Instinkt. Den Popen kontrollierte keiner, wenn er einmal im Jahr nach Batkit fuhr, schwer beladen, um Nachschub an Kerzen und anderen heiligen Dingen zu holen. Kam Tigran Rassulowitsch dann zurück, leichter, als er von Satowka losgezogen war, aber mit einigen hundert Rubelchen in der Tasche, hatte er auch Kerzen und allerlei Devotionalien bei sich. Keinem fiel das besonders auf – außerdem ist der Himmel voller Wunder.

Ostap sang noch immer, die Einwohner von Satowka jubelten die Refrains mit und vorn an der Ikonostase wartete Tassburg, wie es weitergehen würde. Dabei dachte er an Natalia Nikolajewna. Nach dem, was er heute morgen den Leuten von Satowka erzählt hatte, war sie sicher; niemand würde das Haus betreten. Die Idee mit dem roten Wasser an den Händen war gut gewesen.

Ich werde in Satowka bleiben, solange ich es verantworten kann, dachte er. Nach den geologischen Berechnungen kommen nur ein paar Stellen in dieser Gegend in Betracht, wo man nach Erdgas bohren könnte, aber es gibt so viele Möglichkeiten, so viele unvorhergesehene Pannen, die uns zwingen können, hier zu überwintern. Bis zum Frühjahr wird es Natalia gelingen, die nächste große Stadt, etwa Krasnojarsk, zu erreichen und dann für immer unterzutauchen. Kassugai wird sie dann nie mehr einholen...

Plötzlich, bei diesem Gedanken, umrahmt vom Gesang der Gläubigen, empfand er in sich eine merkwürdige Schwere. Ihm wurde klar, daß auch er dann Natalia nie mehr wiedersehen würde. Nur wenige Stunden war ihre Bekanntschaft alt – aber die vergangene Nacht hatte etwas so Vertrautes zwischen ihnen geschaffen, als gehörten sie schon zusammen und als sei es nie anders gewesen.

Noch ist sie da, dachte er. Noch streift Kassugai durch die Taiga und sucht sie. Das Kopfgeld, das er ausgesetzt hatte, war noch Wirklichkeit! Natalia wird in dem Haus bleiben müssen – noch Wochen oder sogar Monate! Nirgends ist sie sicherer ...

Tassburg biß sich auf die Unterlippe. Er hatte sich bei dem häßlichen Gedanken ertappt, Kassugai möge noch recht lange nach Natalia suchen ...

Der Vorsänger Ostap schwieg. Tigran kam aus der Sakristei zurück, feierlich ernst, mit dem stechenden Blick, der jedermann in Satowka in die Knie zwang. Zum Zeichen einer ungeheuren Verinnerlichung sträubte sich auch der Bart. In den Händen trug er wie einen Kelch einen Aluminiumtopf mit einer breiigen, gelblichen Masse. Die Einwohner von Satowka bekreuzigten sich.

»Nimm das, mein Sohn!« sagte Tigran mit seinem dröhnenden Baß. »Es wird dich vor den Angriffen der Hölle schützen!«

Tassburg nahm den Topf entgegen und betrachtete die breiige Masse nachdenklich. Sie roch nach nichts, was ihn wunderte, denn alles muß einen gewissen Geruch haben, um das einfache Volk von Wirkungen zu überzeugen. Eine Medizin, die nicht bitter schmeckt, wird scheel angesehen. »Muß ich das essen?« fragte Michail, um den sich ehrfurchtsvolle Stille ausgebreitet hatte.

»Heiliger, nein!« schrie der Pope. »Die Hölle bedient sich ja in Ihrem Falle einer weißen Frau, die schon hundertfünfzig Jahre tot ist! Bestreichen Sie mit diesem Brei jede Nacht Ihre Stirn und die Pfosten Ihres Bettes – kein Höllengeist wird sie dann jemals mehr anrühren!«

»Amen!« sang Ostap, der Tenor.

»Ahnen Sie, was der Brei enthält?« fragte Tigran dunkel.

»Nein.«

»Er ist eine Mischung aus dreihundert geweihten Oblaten und einem Viertelliter geweihtem Wein! Wo Sie den Brei aufstreichen, entsteht gegen die Hölle eine unüberwindliche Mauer! Dieser Gedanke kam mir gestern nacht, als ich um Ihr Leben betete.«

»Genial, Tigran Rassulowitsch! Was muß ich noch machen?«

»Das genügt!« Der Pope blickte die Leute von Satowka an und war zufrieden. Die Wirkung, die sein »genialer Einfall« hinterlassen hatte, war enorm. Der Idiot Jefim Aronowitsch hockte auf dem Boden und starrte den Popen mit offenem Mund an. Seine Augenwinkel zuckten, als hätte er unter elektrischen Schlägen zu leiden.

Der Pope fragte: »Wie sah die weiße Frau genau aus, Michail Sofronowitsch?«

»Sie trug ein langes, weißes Kleid. Ihre hellbraunen Haare waren offen ...«

»Hellbraun?« Tigran zerwühlte seinen langen Bart. »Die Gräfin Albina Igorewna Borodawkina hatte schwarze Haare! Das steht in den Aufzeichnungen.«

Tassburg drehte sich um. Um ihn herum knieten die Einwohner von Satowka, in der vordersten Reihe die Witwe Anastasia. Neben ihr hockte der Vorarbeiter des Bautrupps und grinste seinen Chefingenieur verständnisvoll an. Was sollte er tun ...

»Wir wissen jetzt, daß die Aufzeichnungen falsch sind!« sagte Tassburg laut, zum Äußersten entschlossen. »Sie hat hellbraunes Haar. Oder hat einer von euch schon die Gräfin Albina gesehen? Hat einer von euch sie packen wollen und an den Händen rotes Wasser zurückbehalten?«

»Blut!« stöhnte Tigran dumpf.

In Jefims Augen verstärkte sich das Zucken. Der Idiot ließ sich plötzlich fallen, zog die Beine so dicht an, daß die Knie an sein Kinn stießen, und begann zu wimmern. Schaum quoll über seine Lippen, er schlug um sich, und seine Finger waren wie zu Krallen gebogen. Niemand kümmerte sich um ihn – man kannte das in Satowka. Wenn Jefim Aronowitsch seinen Anfall bekam, so war das, als wenn andere husten. Meistens sprach er bei seinen Anfällen, und was er dann sagte, war merkwürdigerweise klüger als alles, was man in Büchern oder Zeitungen las.

Auch das wunderte keinen. Seit Jahrhunderten weiß man in Rußland, daß die Narren einen Hauch von Heiligkeit haben, und wer früher etwas auf sich hielt, leistete sich seinen eigenen Narren, zuletzt Zar Nikolaus II., der neben Rasputin auch ein paar Epileptiker als Sucher der Wahrheit am Hofe beschäftigte. Ein »heiliger Idiot« – das ist in Rußland so etwas wie bei anderen Völkern die Wahrsager, Kartenleger und Handleser. Man lächelt über sie, aber wenn sie in Aktion treten, überrinnt einen eine eisige Haut.

Jefim Aronowitsch also lag auf dem Kirchenboden, verdrehte die Augen und stieß unverständliche Laute aus. Ab und zu schnellte er mit dem ganzen Körper hoch, um dann klatschend wieder auf den Steinboden zu stürzen. Es sah erschreckend aus.

»Warum hilft ihm denn keiner?« rief Tassburg und wollte sich über Jefim beugen. Aber Tigran hielt ihn zurück.

»Nicht ein blaues Fleckchen wird er haben!« sagte er ganz ruhig. »Zuerst wollte ich es auch nicht glauben, aber dann habe ich mich selbst davon überzeugt: kein Kratzerchen, keine Beule, gar nichts! Lassen Sie ihn! Narren sind besondere Menschen, Michail Sofronowitsch. Da, hören Sie selbst! Er ist von Ihnen so begeistert, daß er einen Anfall bekommt! Ihretwegen! Hören Sie nur!«

Jefim Aronowitsch stieß einen schrecklichen Schrei aus, fiel dann zurück und starrte gegen die Kirchendecke.

»Ihr könnt sie versöhnen... versöhnen... versöhnen«, schrie der Idiot und hob seine zu Krallen gebogenen Hände. Bei jedem Wort spuckte er Schaum von sich. »Sie sagt, sie hat Hunger und nichts, worin sie sich kleiden kann. Hunger hat sie, Hunger! Und sie friert. Es ist so kalt, Leute, so kalt!« Jefim klapperte mit den Zähnen, als läge er selbst auf einem Eisblock. »Warum sorgt keiner für mich? Bin ich nicht in eurer Mitte? In eurer Mitte? Mitte?«

»Albina Igorewna spricht durch ihn!« verkündete Tigran ergriffen. »Da hört ihr es! Sie wollten es nie glauben... Albina beklagt sich über den Mangel an Aufmerksamkeit! Oh, ich habe es die ganzen Jahre geahnt! Seit einhundertfünfzig Jahren ist sie einsam ...«

»Aber das ist doch Blödsinn«, sagte Tassburg leise. »Jefim ist krank, und was er sagt, ist dummes Zeug ...«

»Sie werden es nie begreifen, Michail Sofronowitsch! Ihr modernen Menschen mit eurem überzüchteten Verstand! Das Jenseits ist immer um uns, aber ihr leugnet es! Da, hören Sie ...«

»Ich töte euch!« rief Jefim und krümmte sich zusammen. Seine Stimme wurde immer heiserer und unverständlicher. »Ihr habt mich allein gelassen. Wie kann ich Ruhe – Ruhe finden ... Ich muß euch töten, damit ihr mich nicht vergeßt. Hört mich ... hört ihr mich ... hört ihr ...« Jefims Stimme brach, nur ein Wimmern blieb übrig. Schließlich streckte er sich aus und fiel in eine todesähnliche Ohnmacht.

Nun erst griffen die drei Bauern zu, zerrten den Idioten an den Beinen weg, schleiften ihn in eine Ecke der Kirche und ließen ihn dort liegen wie einen Haufen dreckiger Lumpen.

»Das war ein Erlebnis, liebe Brüder und Schwestern!« sagte Tigran mit tiefer, wohltönender Stimme. »Ihr habt alles gehört. Zum erstenmal wissen wir jetzt, warum Albina Igorewna keine Ruhe findet. Lasset uns für sie beten ...«

Um Tassburg kümmerte sich von da an keiner mehr. Er winkte seinem Vorarbeiter, klemmte sich den Aluminiumtopf mit dem Brei unter den Arm und verließ die Kirche. Als er die Tür zuwarf, begann Ostap, der Tenor, wieder zu singen.

»Und du Rindvieh machst auch noch den ganzen Zauber mit«, sagte Tassburg laut, »wenn ich das im Camp erzähle ...«

»Ich bin ein aufgeklärter Kommunist, Genosse Ingenieur«, antwortete der Vorarbeiter und trottete neben Tassburg her zum Dorfausgang, wo die Kolonne auf den Einsatz in der Taiga wartete. »Ich weiß, daß Gott ein kapitalistisches Hirngespinst ist ... aber bedenken Sie, Genosse, wir hatten in unserer Familie eine Tante, die siebenundneunzig Jahre alt war und wöchentlich einmal hinfiel wie dieser Idiot in der Kirche. Sie merkte es immer vorher und sagte dann: ›Ihr Lieben, morgen um neun in der Frühe geschieht's!‹ Dann kamen alle zusammen, alle Nachbarn, und standen um sie herum, bis sie hinfiel. Und dann fragten alle die Tante nach der Zukunft, und sie gab Auskunft! Genosse Ingenieur, man konnte darauf bauen, es stimmte immer! Mir selber hat sie gesagt – da war ich elf Jahre alt –, daß ich einmal Vorarbeiter werden würde! Na, und was bin ich? Vorarbeiter! Ist das kein Beweis, Genosse?«

Tassburg seufzte, nickte und war froh, daß es an die Arbeit ging. Die Gebietskarte auf den Knien, fuhr er hinaus zu den Stellen, wo man im Geologischen Zentrum Erdgasvorkommen errechnet hatte. Er bezeichnete ein Gebiet mitten im Wald, wo gebohrt werden sollte, und dann begann die Arbeit des Rodens. Bäume wurden gefällt, dicke Wurzelstöcke aus dem Boden gesprengt, der Bohrplatz wurde planiert.

Tassburg hatte ein Zelt aufgeschlagen, einen großen Klapptisch aufgestellt und führte das Berichtsbuch weiter: »Beginn der neuen Bohrung 9.45 Uhr. Planquadrat 14–16. Rodung der Arbeitsfläche.«

Dann setzte er sich hin und rechnete im stillen nach, wie lange sie hier wohl nach Erdgas suchen könnten. Er kam auf eine Zeit von drei Monaten. Dann würde längst Schnee liegen, die Taiga würde im Frost erstarrt sein, Satowka von der Umwelt abgeschlossen ... Wir haben Zeit, Natalia, dachte Tassburg seltsam glücklich und fröhlich. Viel Zeit. Wir brauchen nichts zu übereilen.

Was in der Kirche geschehen war, verbreitete sich in Windeseile im Dorf. In allen Häusern begann man zu kramen und sah unter den Vorräten nach, was man entbehren konnte. Eine Stimme aus der Hölle – das war doch mal etwas Besonderes! Man kam selbst nicht in Bedrängnis, das war gut, denn das »Töten« bezog sich wohl nur auf den Bewohner des leeren Hauses, auf den Genossen Ingenieur im Augenblick oder auf Anastasia Alexejewna, falls sie ihrem verdammten Erbstück mal zu nahe kommen sollte. Aber – schließlich war man eine Dorfgemeinschaft, jeder hatte Anteil am Schicksal des anderen, und wenn man – ohne zu große eigene Belastungen – Unheil von jemandem abwenden kann – warum soll man es dann nicht tun?

Eine Stunde nach Jefims Anfall – er selbst lief schon wieder herum, als sei nichts geschehen, und erinnern konnte er sich auch an nichts mehr – brachten die Bauern auf Handwagen und Mistkarren die Sachen vor Anastasias Haus: Da waren Töpfe mit gesäuertem Kohl, eingelegten roten Beten, Salzgurken, Trockenfleisch von Rentieren und Hasen, Gläser mit eingezuckerten Beeren, Säckchen mit Gries und Graupen und sogar ein paar Flaschen Birkenwein, denn es konnte ja sein, daß die Gräfin Albina Igorewna in der Hölle Durst auf einen herzhaften Schluck verspürte.

Das alles stapelten die Bauern vor dem verfluchten Haus auf, in ehrfurchtsvoller Entfernung natürlich, genau zwischen Anastasias Haus und der ominösen Blockhütte. Sie schlugen ein Kreuz und liefen dann rasch aus dem Bannkreis. Anastasia saß auf ihrer Bank, betrachtete die Gaben und nickte jedem zu, der an ihr vorbeikam. »Das ist gut! Der Himmel wird's euch danken! Schade ist's nur, daß alles ein Geist bekommt! Wie hätten mein Mann und ich davon leben können! Nun schluckt alles die Hölle!«

Dann saß sie wieder stumm da, starrte auf die Geschenke und überlegte, wie die Gräfin Albina das alles wohl wegtragen würde. Kam sie wohl selbst aus dem Haus und packte sich alles auf? Oder nahm sie den Teufel zu Hilfe? Konnte man ihn dabei beobachten, nachts, hinter dem Fenster? Oder warf einen sein Anblick augenblicklich tot um?

Tigran, der gegen Mittag vorbeikam, fand Anastasia noch immer mit diesem Problem beschäftigt.

»Versuche Gott nicht!« sagte er streng, und sein Bart sträubte sich wieder. »Den Satan beobachten? Anastasia Alexejewna, welche Gedanken! Du siehst ihn an und bist im gleichen Augenblick tot! Und dazu schwarz wie Holzkohle! Willst du eine verfluchte, schwarze Leiche sein?«

Anastasia sah ein, daß befriedigte Neugier diesen Preis nicht wert war, und begleitete den Popen, der furchtlos zwischen den Geschenken herumging und alles genau musterte und zählte.

»Ich habe eine gute Gemeinde«, sagte er abschließend. »Eine Gemeinde mit offenen Händen und Herzen. Gott blickt mit Freude auf sie herab!«

Dann ging er nach Hause, rieb sich die mächtigen Hände, steichelte seinen großen Bart und wartete voller Ungeduld auf die Nacht. Noch nie war ihm der Tag so lange vorgekommen.

Tassburg kam erst bei Einbruch der Dunkelheit aus der Taiga zurück. Er fuhr in seinem Geländewagen bis vor die Tür des verfluchten Hauses und sprang heraus. Verblüfft betrachtete er die Berge von Geschenken. Dann blickte er hinüber zu Anastasias Hütte und erkannte hinter der Scheibe ihr Gesicht. Sie preßte die Nase an das Fensterglas und beobachtete ihn neugierig. Sie schien nicht begreifen zu können, wie ein Mann so dumm sein kann, trotz aller Warnungen wieder in dieses Haus zu gehen.

Tassburg holte aus dem Wagen einen vollgepackten Rucksack, schleppte ihn zur Tür und schloß sie auf. Dann trat er ein und warf mit einem Fußtritt die Tür wieder hinter sich zu.

Im dunklen Zimmer, vor dem breiten, aus Flußsteinen gemauerten Herd, in dem nur noch ein paar Holzscheite spärlich glimmten, hockte Natalia – sprungbereit wie eine Katze.

»Ich bin es«, rief Tassburg an der Tür.

»Ich sehe es.« Sie stand auf, blieb aber im Schatten. »Gut, daß du da bist! Ich bin umgekommen vor Angst...«

»Keiner wird das Haus betreten, ich habe es dir doch versprochen!«

»Das ganze Dorf war da! Hast du gesehen, was sie alles gebracht haben?« Sie lehnte sich an die Wand und schob mit beiden Händen ihr langes Haar aus dem Gesicht. Tassburg kam näher, so nahe, daß er in der Dämmerung ihr Gesicht erkennen konnte, und verspürte wieder dieses tiefe Glücksgefühl, sie bei sich zu wissen.

»Diese Opferwelle hat Jefim, der Idiot, ausgelöst. Ich werde es dir nachher erzählen. Die Gräfin hat Hunger...« Er hob die Hände und strich Natalia sanft über das Haar. Sie blieb einen Augenblick wie erstarrt stehen, dann wich sie der Berührung aus.

»Soll ich wieder kein Licht machen?« fragte Michail mit belegter Stimme. Natalia schüttelte den Kopf. Ihr Gesicht hatte einen ängstlichen Ausdruck, als sie widersprach:

»Man kann in die Stube sehen, Michail Sofronowitsch.«

»Dann hänge ich einen Sack davor!«

»Das wird auffallen.«

»Heute nacht wird noch vieles auffallen, Natalia.« Er lachte und zeigte auf den prallen Rucksack, der mitten im Zimmer stand. »Ich habe eine Menge Sachen mitgebracht, um den Höllenspuk für alle sichtbar zu machen. Du wirst dich wundern! Ab morgen wird keine Festung so sicher sein wie dieses Haus!« Er sah sich um, zog seinen Rock aus und ging ins Schlafzimmer. »Was essen wir heute, Natalia?«

»Ich habe alles vorbereitet«, sagte sie aus der Dunkelheit, »aber ich konnte nichts kochen. Man hätte es draußen gerochen. Du hast gesalzenes Fleisch hier, ich habe es gewässert und mit Gewürzen eingerieben. Wir können es jetzt braten!«

»Zuerst machen wir endlich Licht!« Er ging ins Nebenzimmer, holte eine Decke, Nägel und Hammer und verhängte das Fenster. Dann zündete er die Propangaslampe an, und das helle Licht traf Natalia. Sie blinzelte und kniff die Augen zusammen, unwillkürlich drückte sie sich in die Ofenecke.

»Es sieht uns keiner mehr«, sagte Tassburg. »Fache das Feuer an und setze den Braten auf! Ich gehe hinaus, um mir die Geschenke anzusehen.«

»Sie sind nicht für uns!«

»Aber wir können sie gut gebrauchen. Vor allem du!« Er blieb vor ihr stehen, aber er wagte nicht mehr, sie anzufassen. »Ich habe allen Leuten erzählt, wie schön mein Geist ist. Lange hellbraune Haare, Augen wie eine Katze...«

»Du bist verrückt!« sagte sie leise. Ihr Blick traf ihn und

drang in ihn mit einem wohligen Schmerz. »Wie kannst du so etwas sagen?«

»Stimmt es nicht?«

Sie wandte sich brüsk ab und ging zum Herd. »Das Feuer geht aus.« Sie legte dicke Scheite auf die Glut, hockte sich davor und blies so lange, bis sich eine Flamme bildete.

Er stand hinter ihr und sah ihr zu. Es kostete ihn große Kraft, nicht nach ihr zu greifen und sie an sich zu ziehen. Was ist los mit dir, Michail? dachte er. Da läuft ein Mädchen durch die Taiga, verkriecht sich wie ein Tier, und du verwandelst dich, kaum daß du sie gesehen hast. Werde nur kein Idiot wie Jefim Aronowitsch! Für Natalia bist du mit deinen 32 Jahren ein alter Mann, und wenn du sie an dich ziehst und küßt, wird sie vor dir ebenso flüchten wie vor diesem Kassugai! Spinne dich nicht in Illusionen ein ...

»Morgen nacht laufe ich weiter«, sagte sie plötzlich und schob die Pfanne über die Herdflamme.

»Morgen?« Seine Stimme klang rauh. »Wieso?«

»Ich muß weiter, Michail.«

»Warum mußt du? Ich mache heute nacht unser Haus uneinnehmbar. Du wirst es erleben und mir sogar dabei helfen!«

»Das alles kümmert einen Kassugai nicht.« Sie legte das Fleisch in die Pfanne, und gleich darauf erfüllte köstlicher Bratenduft das ganze Zimmer. »Du bist tagsüber nicht hier. Du kannst mich nicht beschützen. Du hast deine Arbeit, du mußt Erdgas suchen. Ich bin den ganzen Tag allein. Wenn Kassugai heute gekommen wäre – wer hätte ihn zurückgehalten?«

»Alle im Dorf!«

»Er hätte sie ausgelacht und angespuckt und wäre gerade wegen des angeblichen Spuks ins Haus gekommen! Alles, was verboten ist, reizt ihn doppelt! Nein, ich muß weiter! Weit weg von hier!«

»Laß uns das in Ruhe überdenken, Natalia«, sagte Tassburg gepreßt. »Die Welt ist groß, das stimmt ... Aber in ihrer Größe kann man auch umkommen.« Er versuchte, seine innere Erregung zu überspielen und lächelte mühsam. »Was darf ich meinem schönen Geist von den Geschenken da draußen zu Füßen legen? Gurken? Rote Rüben? Gezuckerte Preiselbeeren? Ich hole herein, soviel ich tragen kann ...«

Anastasia saß am Fenster und fuhr hoch, als Tassburg aus dem verfluchten Haus trat und zwischen den vielen Geschenken umherging, alles mit einer Taschenlampe anleuchtete und sich einige Gläser, Töpfe und verschnürte Pakete zurechtlegte. Sie seufzte laut bei dem Gedanken an die schönen Dinge, die da herumlagen und einer vor 150 Jahren gestorbenen Gräfin gehören sollten. Plötzlich begriff sie auch voll und ganz die Ideologie: »Die verfluchten Kapitalisten und Adligen, sie sind unser Ruin! Immer bekommen sie alles, und wir dürfen nur aus der Ferne zusehen!«

Anastasia registrierte, daß der Genosse Tassburg mit einigen Geschenken ins Haus zurückging, anscheinend, um gegen Mitternacht den bösen Geist etwas zu versöhnen. Das war ein löbliches Vorhaben! Vielleicht ließ sich die Gräfin Albina Igorewna darauf ein, das Spuken aufzugeben und für immer aus Satowka zu verschwinden. Ein wahrer Segen wäre das ...

Kurz vor Mitternacht erschien der Teufel persönlich. Das heißt – es traten zwei Teufel auf, die aus verschiedenen Richtungen kamen. Das widerspricht zwar der Bibel, aber es geschah.

Der eine trug ein langes, schwarzes kuttenähnliches Gewand, der andere kam in einem zerfetzten Sack. Da beide Teufel auf Zehenspitzen heranschlichen und keinen Lärm machten, trafen sie sich erst mitten zwischen den Geschenkbergen vor der Tür des verfluchten Hauses, und zwar beide in der gleichen Situation: Sie stopften in mitgebrachte Beutel Gläser und Dosen.

»Ha!« rief der eine Teufel dumpf. Er hatte eine mächtige Baßstimme, aber mit Rücksicht auf die späte Stunde dämpfte er sie. »Du Schurke! Du Halunke! Du Gottesleugner! Vergreifst dich an aus Barmherzigkeit gespendeten fremden Gaben!«

Und der andere, in Säcke gekleidete Teufel antwortete mit einer kreischenden Stimme: »Wer hat in die Hölle geblickt, he?

Wem verdankt ihr das alles, diese vielen guten Gaben? O du dampfender Bock!«

»Es ist unglaublich«, sagte der schwarze Teufel. »Du hast gar keinen Anfall gehabt?«

»Bin ich ein Idiot? Diese vielen schönen Sachen! Sie wären nie aus den Häusern unserer Brüderchen gekommen! Sollen sie jetzt verkommen?«

»Siebzig Teile für mich, dreißig für dich!« zischte der baßstimmige Satan. »Und kein Wort mehr!«

»Bin ich einer, der sich die Schuhe mit dem Fangeisen auszieht, he? Gerecht geteilt, Bruderherz! Bedienen wir uns nach unserem Geschmack, dann ist jeder zufrieden!«

»Und so etwas ist ein Idiot!« meinte der schwarze Teufel erschüttert. »Wie kann so etwas möglich sein?«

»Man lebt am ruhigsten, wenn alle anderen Menschen glauben, sie seien klüger als man selbst. Ab und zu ein Tritt, was schadet's? Werden die Klugen im Leben nicht auch getreten – und oft mehr als ich? Mich läßt man in Ruhe. Aber euch ... ha, ihr müßt jeden Tag darum kämpfen, daß man euch nicht für Idioten hält! Welch ein grausames Dasein!« Er zeigte auf die Geschenke. »Bedienen wir uns?«

»Es ist zum Verrücktwerden!« sagte der Schwarzgekleidete. »Wie kann man gegen einen Idioten argumentieren! Also gut, bedienen wir uns.«

Aber dazu kam es nicht mehr.

Aus dem verfluchten Haus der Witwe Anastasia Alexejewna Morosowskaja ertönte ein so lauter Donnerschlag, daß die Erde zu beben schien. Dann leuchtete es hinter den Fenstern rot, grün und blau auf. Es war, als zische Feuer aus der Erde.

Die beiden Teufel machten einen Luftsprung, rafften ihre langen Gewänder und rannten in die Richtungen weg, aus denen sie gekommen waren. Die Panik saß ihnen im Nacken.

Im Haus gegenüber rollte sich Anastasia geistesgegenwärtig unter ihr Bett, zog die Decke über den Kopf und wunderte sich, daß ihr Herz vor Schreck nicht stehengeblieben war.

Es war genau Mitternacht.

IV

Sie hatten gegessen wie in einem Luxusrestaurant. Natalias Braten war vorzüglich geraten, dazu Preiselbeeren und der Birkenwein – man sage nicht, in der Taiga könne man nicht gut leben!

Jetzt saßen sie sich noch immer an dem großen Tisch gegenüber, Tassburg auf der Eckbank, Natalia auf einem Hocker. Ab und zu sprang sie auf, holte neuen Wein und bediente Tassburg wie eine gute Ehefrau. Immer wenn sie in die Nähe des Feuers kam, veränderte sich ihre Haarfarbe... Dann schimmerte wieder das Rotgold durch, und etwas Märchenhaftes umfloß sie.

»Ich lasse dich morgen früh nicht fortgehen!« sagte Michail plötzlich. »Allein der Gedanke, daß du allein durch die Taiga irrst, macht mich verrückt.«

»Ich kenne den Wald«, erwiderte sie ruhig. »Und alles, was kommt, ist besser als Kassugai.«

»Bleib hier! Das ist am besten!«

»Bei dir bleiben?« Sie neigte ihren Kopf etwas zur Seite und musterte Tassburg. »Dein Blick gefällt mir nicht.«

»Mein Blick?« Er war verwirrt. »Das mußt du mir erklären.«

»Du siehst mich an, als wolltest du mich überfallen...«

»Natalia! Ich schwöre dir...«

»Schwöre nicht!« Sie stützte die Ellenbogen auf den Tisch und legte den Kopf in ihre zu einem Kelch geformten Hände. »Sei ehrlich, Michail. Was denkst du über mich? Da ist ein ausgebrochenes Füchslein, und das fange ich mir jetzt ein... Ist es nicht so?«

»Nein!«

»Dein Blick...«

»Zum Teufel! Ich liebe dich!« sagte er laut. Jetzt war es heraus, und er war zutiefst befreit, daß er es ausgesprochen hatte. »Ist das so etwas Schreckliches?«

»Aber ich liebe dich nicht!« sagte sie, völlig unbeeindruckt von seinem Geständnis.

»Wen liebst du denn? Einen Burschen aus Mutorej?«

»Ich habe keinen Geliebten.«

»Du bist noch nie geküßt worden?«

»O doch!« Sie blickte an Tassburg vorbei gegen die dicke Holzwand, als suche sie dort Bilder der Erinnerung. »Wir waren eine lustige Gemeinschaft. Wir haben im Fluß gebadet, in den Wäldern Beeren gesucht, am Sonntag wurde in der Stolowaja getanzt, und Ostern und am Festtag von Väterchen Frost habe ich sogar im Ballett von Mutorej mitgemacht. Wir hatten viel Spaß – ja, und geküßt haben wir uns auch.«

Ihre Augen wurden plötzlich haßerfüllt. »Dann kam Kassugai! Er lachte – es war am Fluß, und ich hatte nur einen Badeanzug an –, bestellte mir Grüße von meinen Eltern und sagte, daß ich jetzt ihm gehöre. Dann riß er mir den Badeanzug herunter, und keiner hat mir geholfen! Sie standen alle umher, meine Freunde und Freundinnen, und als Kassugai fluchte, weil ich ihm eine Ohrfeige gegeben hatte, rannten sie weg wie Hühner vor einem Marder.« Sie schwieg, strich die Haare über die Schultern und blickte Tassburg forschend an. »Wie wirst du es tun?« fragte sie langsam.

»Ich werde nichts tun!« antwortete er heiser und stand auf. »Ich werde warten, daß du zuerst kommst...«

»Glaubst du das?«

»Ich weiß es nicht.« Er ging zu dem Rucksack und begann ihn auszupacken. Ein paar Pappschachteln, zwei Holzkästen und ein Bündel dünner Holzstäbe, die er selbst aus Birkenholz geschnitten hatte, kamen zum Vorschein. Michail trug alles zum Tisch, und Natalia verfolgte jede seiner Bewegungen mit lauernder Aufmerksamkeit.

»Was ist das alles?« fragte sie.

»Daraus basteln wir jetzt einen wilden Geisterzauber. In einer Stunde brennen wir hier ein bengalisches Feuer ab, daß denen da draußen das Herz stehenbleibt.«

»Was brennst du ab?«

»Hast du noch nie ein Feuerwerk gesehen, Natalia?«

»Feuer genug...«

»Ein buntes, knallendes, fröhliches Spiel mit dem Feuer? Künstliche Sterne, goldener Funkenregen, zischende Kaskaden ...«

»Das kannst du alles machen, Michail?«

»Es ist ganz einfach. Ich habe weiße, grüne und rote Leuchtkugeln bei mir, und Schwarzpulver. Ich werde alles auseinandernehmen, in kleinen Mengen auf Tellern im ganzen Haus verteilen und dann anzünden. Das wird ein Feuerzauber werden!«

»Und wenn unser Haus abbrennt?«

»Es wird nicht brennen! Dazu sind die Mengen zu gering. Komm, hilf mir ...«

Sie arbeiteten fast eine Stunde daran. In die Mitte des großen Zimmers setzte Tassburg auf einen Hocker den Teller mit dem Schwarzpulver. Kreuz und quer durch das Haus zogen die dünnen Zündschnüre zu den einzelnen Tellern und liefen in einer Ecke des Schlafzimmers zusammen.

»Punkt Mitternacht geht es los!« sagte Tassburg, als sie mit dem Aufbau fertig waren. Er blickte auf seine Armbanduhr, sie hatten noch zehn Minuten Zeit. »Danach wird dieses Haus niemand mehr betreten!«

Sie trugen zwei Stühle in die Schlafzimmerecke, setzten sich, und Tassburg legte sein Feuerzeug zurecht. Er blickte wieder auf die Uhr. Neben ihm lag eine Signalpistole, geladen mit einer Schreckschußpatrone.

»Noch drei Minuten, Natalia«, sagte er.

»Und es kann nichts passieren? Das Dach kann nicht wegfliegen?« fragte sie kleinlaut.

»Es hat hundertfünfzig Jahre überdauert. Das bißchen Pulver wird es auch noch ertragen. Noch zwei Minuten ...«

Der Zeiger wanderte langsam über das Zifferblatt. Als er kurz vor Zwölf stand, griff Tassburg nach der Signalpistole und richtete den Lauf gegen die Zimmerdecke. »Es wird gewaltig krachen!« rief er. »Am besten, du hältst dir die Ohren zu.«

Natalia nickte, stumm vor Angst, und starrte auf seine Hand. Der Finger krümmte sich um den Abzugshahn, und dann schoß ein Feuerstrahl aus dem Lauf. Die Detonation war so laut, daß man meinte, die Decke bräche ein.

Tassburg ließ die Signalpistole sofort fallen und hielt das Feuerzeug an die Zündschnüre. Blitzschnell liefen die Flämmchen an den Schnüren entlang, und dann, ein paar Sekunden später, zischte das erste rote Flammenlicht auf, gefolgt von einem grünen, einem weißen und begleitet von lautem Zischen und Krachen.

Natalias Augen waren vor Schreck geweitet. Sie hatte den Mund zu einem Schrei geöffnet, aber der Ton blieb ihr in der Kehle stecken. Plötzlich war überall um sie herum Feuer, aus allen Zimmern loderte es, und beißender Rauch wallte auf und legte sich schwer auf die Lungen. Sie konnte kaum atmen, rang nach Luft und warf die Arme hoch über ihren Kopf.

»Michail!« rief sie. »Michail! Wir sterben! Wir verbrennen! O Michail ...«

Sie sprang auf, stürzte auf Tassburg zu, umklammerte und küßte ihn mit einer so wilden Verzweiflung, daß sein Stuhl umfiel und beide auf die Dielen rollten. Dort blieben sie liegen, aneinandergepreßt, umzischt von den feurigen Kaskaden, eingehüllt in den beißenden Pulverqualm.

»Du sollst nicht sterben!« rief sie hell, als aus dem Nebenzimmer der gewaltige Knall des großen Tellers mit Schwarzpulver dröhnte. »Michail! Ich liebe dich! Warum sollen wir schon sterben, gerade jetzt sterben ...«

Dann küßte sie ihn wieder, klammerte sich an ihm fest und zitterte so heftig, daß alle weiteren Worte nur noch ein Stammeln wurden.

Wer Anastasias »Leeres Haus« in dieser Nacht von außen sah, mußte glauben, innerhalb der schweren Balkenwände sei ein Vulkan ausgebrochen und schleudere feurige Wolken durch die Räume.

Hinter den Fenstern zischte und donnerte es, zuckten Blitze, fuhr bald darauf ein gelbrötlicher Rauch aus dem Kamin und verbreitete einen schwefelähnlichen Geruch.

Natürlich rannten sofort alle Leute zusammen und standen in

weitem Umkreis um das Teufelshaus. Der Vorsänger Ostap drang in Anastasias Haus ein und zerrte sie unter dem Bett hervor. Sie schlug in ihrer Decke um sich, strampelte, trat und schrie herzzerreißend, weil sie zunächst glaubte, der Satan sei auch zu ihr gekommen. Sie konnte sich auch kaum beruhigen, als sie Ostap erkannte, denn draußen knallte und zischte es noch immer, was bewies, daß die verfluchte Gräfin äußerst aktiv war.

»Das hat es noch nie gegeben!« wimmerte Anastasia und blieb wie ein Käfer auf dem Rücken liegen. »Das steht in keiner Überlieferung! Die Hölle ist nach Satowka gekommen!«

Der gleichen Meinung war auch der Pope Tigran Rassulowitsch. Als man ihn weckte, hatte er sich gerade hingelegt. Ein langer schwarzer Umhang und einige Büchsen und Gläser lagen unter seinem breiten Bett, aber das sah man nicht, weil es nicht üblich ist, Priestern unter die Betten zu blicken.

»Das Haus!« schrie der gute Mann, der Tigran weckte. Er stotterte vor Entsetzen. »Alles wird vernichtet! Alles! Der Ingenieur fliegt in Stücken zum Schornstein hinaus!«

»O ihr Heiligen!« stöhnte Tigran. Er schwang die Beine aus dem Bett und griff nach seiner Soutane. »Habt ihr es genau gesehen?«

»Ostap behauptet, er habe einen Arm mit dem Rauch davonschweben sehen...«

»Das große Kreuz!« brüllte Tigran. »Hilf mir, das große Kreuz aus der Kirche zu tragen!«

Sie rannten in die Kirche, holten das dicke Kreuz aus Eichenholz und schleppten es gemeinsam hinaus. Draußen stand, als habe er es geahnt, der Idiot Jefim mit einem Handkarren und grinste Tigran fröhlich an.

»Du unersättlicher Schuft!« schrie Tigran in heiligem Zorn. »Mit einer Karre sogar!« Dann besann er sich aber, trug das Kreuz zu dem Karren und setzte sich damit hinein. »Rennt! Rennt wie die Pferdchen! Vielleicht ist noch etwas zu retten!«

Der Bauer und Jefim Aronowitsch ergriffen die Deichsel und rannten, hinter sich Tigran, der im schwankenden Kasten das

Kreuz umklammerte, die Straße hinunter zu Anastasias Haus. Schon von weitem wehte ihnen der beißende Geruch entgegen. Ein paar alte Mütterchen, die letzten aus dem Dorf, trabten neben dem Handwagen mit dem Kreuz her. Sie trugen Fackeln in den Händen – Holzstangen, die man mit Baumharz getränkt hatte.

»Dieses Unglück!« wimmerten die Weiblein. »O dieses Unglück!«

Als Tigran das Haus erreicht hatte, standen die Bauern in einem Kreis darum und starrten auf das farbige Flammenleuchten, das noch immer hinter dem verhängten Fenster aufblitzte. Als sie das große Kreuz sahen, das Tigran mit beiden Händen festhielt, weil der Handwagen über die schaurig unebene Straße nur so hüpfte, rissen alle ihre Mützen vom Kopf. Aus der Mitte tönte Ostaps helle Stimme:

»Eben ist ein Stück Fuß aus dem Kamin geflogen! Der Ingenieur wird zerstückelt!«

Alle stöhnten laut, die Frauen bekreuzigten sich. Tigran beugte sich vor und boxte Jefim in den Rücken. Der trug zwar auch nicht mehr seinen Sackumhang, aber die Stiefel hatte der Pope erkannt.

»Lauft um das Haus herum!« brüllte Tigran. »Immer und herum! Wir kreisen den Teufel ein! Wir ziehen einen Bannkreis! So wird er nie ins Dorf kommen! Geweihte Erde wird zwischen ihm und uns sein! Lauft, ihr beiden!«

Die Leute von Satowka machten Platz. Dreimal umkreiste Tigran, das Kreuz mit aller Kraft hochhaltend, im Handwagen das Haus. Es schien zu helfen. Das Feuer verebbte, es knallte nicht mehr, nur noch schwach leuchtete ein diffuser rötlicher Schein durch die Fenster, als umgebe den Satan ein rötlicher Nebel. Dann war auch das vorbei, und das Haus lag wieder dunkel und still in der Nacht.

Der Feuerkreis der Fackeln flackerte weiter. Tigran ließ anhalten und kletterte aus dem Handwagen. Er war zufrieden mit allem. Drei Männer hielten das Kreuz fest und starrten ihren Popen ehrfürchtig an.

»So geht man mit bösen Geistern um!« erklärte Tigran Rassulowitsch stolz. »Gegen den wahren Glauben haben sie keine Chance!«

Er ging allein – die anderen hielten mehr Abstand vom Haus – zu dem Berg von Geschenken und musterte sie. Sie waren sichtlich weniger geworden. Bestimmt, so stellte Tigran mit Verbitterung überschlägig fest, hatte Jefim mehr weggeschleppt als er. Er drehte sich um und musterte seine Bauern mit gesträubtem Bart. »Was habt ihr gesehen?« brüllte er.

»Das... das Feuer!« sagte einer zaghaft.

»Nichts habt ihr gesehen! Betrachtet eure Geschenke! Eine Menge fehlt! Wenn ihr es selbst nicht wieder geklaut habt, war der Satan mitten unter euch und hat sich das Beste geholt! Und keiner von euch hat ihn gesehen. Ihr alle seid verseucht! Opfert morgen, damit man euch reinigen kann!«

Das wird einen guten Ausgleich geben, dachte der Pope. Es wäre doch unerträglich gewesen, sich von dem Idioten beschämen zu lassen!

Im Haus rührte sich nichts, nur aus dem Kamin quoll noch giftiger Rauch und zog träge zum Wald hinüber.

Tigran wollte die Aktion mit einem gemeinsamen Gebet beenden, aber da störte ihn Vitali Jakowlewitsch Gasisulin. Er war ein kleiner, schmächtiger Mann mit traurigen Augen. Er sprach leise, mit wehmütiger Stimme und besuchte jeden Monat die Alten im Dorf, betrachtete sie und ging noch trauriger wieder nach Hause.

Das hatte seinen Grund: Vitali Jakowlewitsch hatte das ehrbare Handwerk eines Sargmachers gelernt. Sein Vater, aus Batkit zugewandert, hatte es so gewollt, und seitdem verfluchte er seinen Vater, denn in 29 Jahren hatte er, außer seinem Vater, nur 32 brave Bürger von Satowka in einen seiner Särge legen dürfen. Zweiunddreißig in neunundzwanzig Jahren, kann man davon leben? Im Dorf hatte man Mitleid mit Vitali, aber die Alten waren, bei allem Verständnis für seine verzweifelte Lage, nicht bereit, frühzeitiger zu sterben.

Man hatte deshalb beschlossen, nach einigen erregten Sitzungen des Dorfsowjets, daß der Genosse Gasisulin zwei Gemeindeämter übernehmen könne: als Küster für die äußere Reinheit der Kirche zu sorgen und als Friedhofsgärtner die Gräber in Ordnung zu halten. Außerdem war er zum Totengräber bestellt worden, aber das brachte auch nichts ein, denn einen Sarg zimmern und ein Grab ausheben, gehört ja zusammen.

Immerhin hatte Gasisulin so viel zu leben, daß er nicht verhungerte. Wenn er einmal zu großen Hunger hatte, wußte er, wo sein Vorgesetzter, der Pope Tigran, seine Vorräte aufbewahrte. Als Küster hat man da viele Möglichkeiten; und wer merkt schon, wenn ein Äpfelchen fehlt oder ein Scheibchen Speck?

Dieser Vitali Jakowlewitsch also schob sich jetzt an Tigran heran und zeigte auf das Haus. Der Pope ahnte Unangenehmes und runzelte die Stirn.

»Stimmt es«, fragte Gasisulin in seiner stillen, bescheidenen Art, »daß der Genosse Ingenieur jetzt tot ist?«

»Es ist anzunehmen«, antwortete Tigran betrübt.

»Dann braucht er einen Sarg!«

»Als Christenmensch, natürlich!«

»Auch wenn schon ein Arm und ein Fuß weggeflogen sind! Halten wir das fest, Väterchen. Er bekommt einen schönen Sarg. Wer bezahlt ihn? Wo kann man seine Verwandten aufstöbern?«

»Ist das deine ganze Sorge?« rief Tigran aufgebracht. »Wir alle werden sammeln für den Sarg. Bist du nun zufrieden, Vitali?«

»Nein. Da ist noch ein Problem. Gut, der Genosse ist tot. Aber wer holt ihn oder das, was von ihm übriggeblieben ist, aus dem Haus?«

»Das ist Sache des Sargmachers!« schrie Ostap aus der Menge. »Nimm eine Hostie in den Mund und geh ins Haus!«

»Wie kann man mir das zumuten?« schrie Vitali zurück. »Ich bin ein ehrlicher Handwerker und liefere glattgehobelte Bretter, an denen sich kein Toter einen Splitter holen kann ... aber für die Mächte der Hölle ist allein Väterchen Tigran zuständig!«

»Halt den Mund!« Tigran Rassulowitsch legte seine breite Hand auf Vitalis Kopf. Der Kleine brach fast in die Knie. »Die Überlieferung sagt, daß jedesmal die Toten von selbst vor das Haus gelangten.«

»Zu Fuß?« stammelte der erbleichende Gasisulin.

»Was weiß ich! Morgens lagen sie vor der Tür, und keiner hat je erfahren, wie das möglich war! Sie lagen einfach da! Also fasse dich in Geduld!«

Vitali duckte sich, um unter Tigrans Hand wegzukommen. »Ihr seht, Freunde, es ist ein großes Problem...«

Was blieb noch zu tun? Eigentlich nichts. Man konnte nur bis zum nächsten Morgen warten. Allmählich löste sich die Versammlung auf, alle kehrten in ihre Häuser zurück. Zuletzt standen nur noch Tigran und Jefim vor dem Haus und belauerten sich wie zwei Boxer. Anastasia lag wieder in ihrem Bett, die Decke über den Kopf gezogen, und wünschte sich, daß beim nächsten Herbstgewitter ein gewaltiger Blitz das verdammte Haus vernichten möge. Aber auch Blitze schienen hier machtlos zu sein. In den vergangenen 150 Jahren hatte es an den unmöglichsten Stellen eingeschlagen und gebrannt – nur nicht gegenüber im »Leeren Haus.«

»Du fährst mich in deinem Karren wieder zur Kirche, du Schurke!« befahl Tigran dem Idioten.

»Väterchen, mir wanken die Knie.«

»Ich sehe deinen Blick, wie er begehrlich auf den Geschenken ruht! Hierher, du Halunke! An die Deichsel! Und du bleibst heute nacht bei mir im Haus!«

»Väterchen, wir hatten uns doch geeinigt...«

»Da gab es noch keine Geistererscheinung! Los! Zur Kirche!«

Tigran setzte sich wieder in den Handwagen, umklammerte das schwere Balkenkreuz, und Jefim nahm gehorsam die Deichsel und zog den Popen langsam über die holprige Straße zurück zur Kirche.

Auf halbem Weg blieb er stehen, wischte sich mit dem Ärmel den Schweiß aus dem Gesicht und wandte sich zu Tigran um. »Überlege, Väterchen«, sagte er keuchend, »daß alles anders ge-

worden ist. Du hast einen Bannkreis um das Haus gelegt...
der böse Geist kann dadurch nicht mehr an die Geschenke
heran! Sollen die schönen Sachen alle verkommen?«

»Das überlege ich mir auch gerade, Jefim Aronowitsch«, antwortete der Pope. »Etwas wissentlich verkommen zu lassen, ist eine Sünde.«

»Ich möchte keine Sünde begehen, Väterchen...«

»Du bist ein braver Sohn«, sagte Tigran und umklammerte zum besseren Halt das Kreuz auch noch mit den Beinen. »Fahr weiter.«

Sie lagen noch immer eng umschlungen auf den Dielen hinter den umgekippten Stühlen, als das Feuerwerk erloschen war. Der Qualm zog in dichten Schwaden durch die Räume und sammelte sich über dem Herd, wo er dann durch den breiten Kamin abzog. Natalia hatte ihren Kopf fest an Tassburgs Schulter gepreßt und hielt die Augen geschlossen. Sie zitterte immer noch.

Vorsichtig löste sich Tassburg aus ihrer Umarmung, schob die Hand unter ihr Kinn und hob ihren Kopf. Er küßte sie auf den Mund, dann auf die Augen und tastete mit den Lippen ihr ganzes Gesicht ab. Eine unsagbare Zärtlichkeit war in ihm, von der er bisher nie gewußt hatte, daß er dazu fähig war.

Liebe? Was war Liebe bisher für ihn gewesen? Der Rausch des Besitzens, dem immer viel zu schnell die Ernüchterung folgte. Er hatte viele Frauen geküßt, und sie hatten ihm immer wieder bestätigt, daß er ein herrlicher Liebhaber sein konnte. Aber das war es ja – er nahm die Liebe hin wie Essen und Trinken, er genoß sie wie ein Glas Krimsekt oder eine Schale eisgekühlten Kaviars vom Kaspischen Meer; und wenn er satt von allem war, sehnte er sich nach Alleinsein und empfand selbst das begehrende Flüstern seiner jeweiligen Gefährtin als störend, manchmal sogar als widerwärtig...

»Wir leben, Natalia«, sagte er leise und küßte sie wieder. »Es ist alles vorbei. Wir sind sicher wie in Gottes Hand...«

Sie schlug die Augen auf, sah ihn an und preßte dann die

Fäuste gegen seine Brust, bis er sie losließ. Dann sprang sie auf und setzte sich auf das Bett. Unter der Decke holte sie ihr langes Messer hervor und legte es über ihre Knie.

Tassburg erhob sich und machte zwei Schritte auf sie zu, aber sofort hielt ihm Natalia das Messer entgegen. »Bleib stehen, Michail!« sagte sie gefährlich klar.

»Du hast mich eben geküßt«, sagte er heiser, »und du hast mich zuerst geküßt!«

»Ich hatte Angst!«

»Du hast gesagt, daß du mich liebst...«

»Aus Angst! Nur aus Angst! Komm nicht näher...«

»Das ist nicht wahr! Es kam aus deiner Seele heraus. Du hattest Angst um mich, und das hat man nur, wenn man einen Menschen sehr liebt! Mehr als sich selbst, Natalia...«

»Können wir jetzt schlafen?« fragte sie nüchtern.

»Ja, aber ich dachte, wir feiern unseren Sieg...«

»Schlafen ist besser!« Sie zeigte mit dem Messer auf die Tür. »Du legst dich wieder auf die Bank?«

»Natürlich.« Er ging zur Tür und blickte in den großen Raum. Der letzte Rauch zog ab, aber es roch noch stark nach verbranntem Pulver. »Wenn du willst, daß wir jetzt schlafen...« Er hob resignierend die Arme. Natalia sah ihm zu, wie er zu der großen Kiste ging, eine Decke herausholte und sie sich unter den Arm klemmte. »Du kannst fortgehen!« sagte er und warf die Decke im Nebenzimmer auf die Bank. »Morgen, übermorgen, in der Nacht, wann du willst! Was du mitnehmen willst, nimm dir! Ich habe genug in den Koffern und Kisten, was du gebrauchen kannst. Such dir alles aus.« Er blieb in der Tür stehen, die Klinke in der Hand. »Willst du heute nacht noch weiter?«

»Ich weiß es nicht, Michail.«

»Es wäre ein günstiger Zeitpunkt. Niemand wird heute nacht noch um das Haus schleichen und es beobachten. Bis es hell wird, hast du schon einige Werst hinter dir!«

»Das stimmt.« Sie legte das Messer neben sich. »Ich werde es mir überlegen. Gute Nacht, Michail.«

»Ich wünsche dir viel Glück, Natalia.« Er schloß die Tür, riß sie aber sofort wieder auf, weil Natalia ihn gerufen hatte.

»Bist du mir böse, weil ich nicht deine Geliebte werde?« fragte sie.

»Das solltest du nie sein! Ich liebe dich ... Das ist etwas anderes!«

»Und was kommt dabei heraus? Ein paar Tage, ein paar Wochen. Man amüsiert sich mit einem kleinen dummen Taigamädchen! Und dann zieht der Herr Diplomingenieur weiter auf der Suche nach Erdgas, immer weiter weg von dem Mädchen, zu dem er einmal gesagt hat: ›Ich liebe dich!‹ Was bleibt zurück? Eine Erinnerung! Soll das ein Leben sein?«

»Aber du liebst mich doch auch!«

»Ich will einmal eine Frau sein, verstehst du?« sagte sie. Sie legte sich auf das Bett zurück und zog die Knie an. »Eine ganz altmodische Frau, die einen Mann hat, den sie liebt, und ich will Kinder haben von diesem Mann, und Tag und Nacht arbeiten für diesen Mann und diese Kinder, wenn es sein muß. Und ich will einen Garten haben, der mir gehört, und darüber ein Stück Himmel, in den ich blicken kann. Und ich will jeden Tag wissen und spüren: Das Leben ist schön, weil es den Mann gibt, die Kinder, den Garten, den Himmel. So soll das sein! Aber du, Michail, wirst immer weit weg sein, weit weg von mir ...«

»Du hast gestern noch gesagt: Eine Frau, die liebt, zieht überall mit hin; in die Sümpfe, in das ewige Eis, in die Urwälder der Taiga, an die wilden Flüsse, in die grenzenlose Steppe – denn wo die Liebe ist, ist auch die Heimat. Hast du das gesagt?«

»Ja.« Sie nickte im Liegen. »Aber ich habe dich nicht damit gemeint.«

»Dann ist ja alles gesagt.« Er sah sie noch einmal an und schloß dann die Tür. Er hörte, wie sie aufstand, die schwere Kiste vor die Tür schob und dann zurück ins Bett lief.

Das kann doch nicht die Wahrheit sein, dachte Tassburg. Oder bin ich durch ihren Anblick schon ein solcher Tölpel geworden, daß ich mir Dinge einbilde, die es gar nicht gibt? Ein

Blick von ihr, ein Lächeln, eine Handbewegung ... Alles deute ich falsch! Bin ich ein Narr?

Er legte sich auf die Holzbank, starrte gegen die Holzdecke und fragte sich, was er tun würde, wenn Natalia wirklich noch in dieser Nacht an ihm vorbeiging, um in der Weite der Taiga zu verschwinden. War es ihm möglich, dann ruhig liegenzubleiben und den Schlafenden zu spielen, der nichts merkte? Konnte man sie in die dunkle Ungewißheit ziehen lassen, irgendwohin, wie sie sagte, einfach so ins Land hinein, in dem Glauben, irgendwann einmal dort anzukommen, wo man unbehelligt weiterleben konnte?

Michail preßte die Hände gegen seine Brust. Sein Herz begann zu schmerzen. Es hat keinen Sinn, darüber zu grübeln, man kann sie nicht zurückhalten, mit Worten nicht und mit Gewalt schon gar nicht. Sie ist ein freier Mensch, und sie liebt mich nicht. Das war es! Warum auch sollte sie mich lieben? Wieso habe ich es als selbstverständlich angenommen, daß eine Natalia Nikolajewna sich aufgibt, nur weil ein Ingenieur Tassburg winkt? Woher dieser Glauben? Die früheren Erfolge bei Frauen? Man ist verwöhnt worden, oft ist man weggetragen worden von streichelnden Händen und sich öffnenden Lippen. So müßte es immer sein – das denkt man! Michail Sofronowitsch, sei dankbar für die Ohrfeige, die dir Natalia gegeben hat!

Michail schreckte hoch, als er hinter sich die Tür leise knarren hörte. Jetzt geht sie, durchfuhr es ihn eisig. Jetzt schleicht sie sich aus dem Haus, und ich sehe sie nie wieder. Nie mehr!

Er hob den Kopf.

Es war tatsächlich Natalia, aber sie war nicht reisefertig, sondern hatte Tassburgs alten Bademantel an, ein altes, blauweiß gestreiftes Frotteeding, das schon mehrfach gestopft war. Sie setzte sich neben Michail auf die Bank und beugte sich über ihn. Ihr Haar fiel über seine Wange. Er griff danach, hielt die Haare fest und streichelte sie.

»Es ist hart auf der Bank, nicht wahr?« fragte Natalia.

»Man gewöhnt sich daran.«

»Warum schläfst du noch nicht?«

»Ich habe gewartet, daß du dich davonschleichst.«

»Und was hättest du dann getan?«

»Ich hätte den Schlafenden gespielt.«

»Du hättest nichts gesagt und mich nicht festgehalten?«

»Nein!«

»So böse bist du auf mich?«

»Man muß einen Irrtum einsehen und ertragen können.«

»Du Mann!« sagte sie leise. Ihre Hand strich über sein Gesicht. »Du dummer Mann! Hat ein Bett und schläft auf einer harten Bank! Komm...«

»Natalia ...« Er rührte sich nicht. Er war wie gelähmt unter ihren streichelnden Händen.

Sie lachte leise. »Was habe ich davon, wenn ich morgen deine Muskeln massieren muß, damit du wieder laufen kannst? Komm in dein Bett...«

Michail stand auf. Natalia faßte ihn wie ein Kind bei der Hand und ging mit ihm ins Nebenzimmer. Als sie sich auf das Bett legte und zur Seite rückte, blieb er stehen und sah sie nur an.

»Es ist Platz genug«, sagte sie. »Ich mache mich ganz schmal. Du wirst mich kaum spüren.«

Er legte sich neben sie, und es war wirklich viel Platz zwischen ihnen, er berührte sie nicht einmal. Er hörte nur ihre schwebende Stimme in der Dunkelheit: »Ist es gut so, Michail?«

»Ja...« Seine Kehle war wie zugeschnürt.

»Versprichst du mir, mich nicht anzufassen? So anzufassen, wie... Du weißt es schon.«

»Ich verspreche es dir, Natalia.«

»Darf ich den Kopf an deine Schulter legen?«

»Ja...« Er bekam kaum noch einen Ton heraus.

Sie rückte zu ihm, und er lag ganz still, fast wie versteinert, und wagte kaum zu atmen.

»Jetzt lege ich den Arm über deine Brust«, sagte sie nach einer Weile des Schweigens. »Ich kann so besser liegen.«

Sie tat es und lag jetzt beinahe auf ihm wie ein warmes,

leichtes, die Nähe eines Menschen suchendes Kätzchen. Ein Tier, das nur geborgen sein will – die Sehnsucht nach einer sicheren Höhle.

Wieviel Minuten vergingen? Oder waren es Stunden? Was sind Zeitbegriffe in einer solchen Nacht?

Ganz leise sagte Natalia plötzlich: »Schläfst du, Michail?«

»Nein«, antwortete er ebenso leise. »Ich kann nicht, weil das Glück mich wachhält...«

»Mich auch«, sagte sie. »Es ist schön, glücklich zu sein...«

Wie am vergangenen Morgen, so wachte Tassburg auch diesmal auf, weil er das Klappern von Geschirr hörte. Im Kessel über dem Feuer brodelte das Teewasser, außerdem roch es köstlich nach frischen Blinis.

Blinis sind etwas Wundervolles! Überall sonst nennt man sie profan Eierkuchen, Pfannkuchen oder Schmarren; russische Blinis aber sind mit nichts zu vergleichen. Genausowenig, wie man eine ukrainische Borschtschsuppe nachahmen kann oder Smolensker Piroggen. Blinis sind wohl Pfannkuchen, aber was für welche!

Natalia hatte sie mit eingeweckten Pilzen gefüllt – ein Geschenk der Bauern, das Tassburg hereingeholt hatte. Und nun lagen diese Köstlichkeiten auf einem Blechteller. Der Tisch war mit einem weißen Handtuch gedeckt, sogar zwei große Sonnenblumen, die an der Rückseite des Hauses wuchsen, standen in einem Emaillebecher.

»Ich habe sie gegen Morgen gepflückt«, sagte Natalia, als Michail den Becher vom Tisch nahm und die Blüten bewunderte. »Es heißt, Blumen soll man im Morgenrot pflücken, dann sind sie besonders schön...«

»Das ist wahr!« sagte Michail und stellte die Blumen auf den Tisch zurück. »Natalia...«

»Du mußt dich beeilen, Michail. Draußen warten sie schon auf dich. Du darfst deine Arbeit nicht versäumen.«

Er ging zum Fenster und blickte hinaus. Auf Anastasias Bank

saßen wieder sein Vorarbeiter Grigori und die Witwe Morosowskaja. Der Pope Tigran rannte vor dem Haus hin und her, die Hände auf dem Rücken, und schnupperte. Ihm folgte wie ein Hündchen der kleine, vertrocknete Gasisulin.

»Ich gehe kurz hinaus!« sagte Tassburg. »Sie werden vor Staunen stumm sein, paß einmal auf!«

Er tauchte seine Hände in eine kleine Schüssel, die er in der Nacht schon mit einer rötlichen Flüssigkeit gefüllt hatte. Es war eine Verdünnung aus roter Kreide. Als er die Hände herauszog, sahen sie aus, als habe er sie in Blut gebadet.

»Schrecklich!« sagte Natalia leise und zog die schmalen Schultern hoch. »Michail, mit so etwas spielt man nicht! Es könnte einmal wahr werden!«

»Bist du abergläubisch?«

»Wir alle sind es, Michail. Die Taiga ist voller Geheimnisse. Wie sollen die Menschen, die hier leben, nicht abergläubisch werden?«

Es ist etwas Wahres daran, dachte Tassburg. Dieses unermeßliche Land begreift man nur, wenn man noch an Wunder glauben kann.

Tigran Rassulowitsch blieb stehen, und der kleine Sargmacher prallte fast gegen seinen Rücken. »Ha! Es stimmt!« dröhnte der Baß des Popen. »Es ist unverkennbar! Ich rieche es genau! Das sind frische Blinis! Aus dem Kamin duftet es nach Blinis!«

»Das darf nicht sein!« jammerte der kleine Gasisulin und rang seine dürren Hände. »Ein zerrissener Toter kann keine Blinis backen. Oder bedeutet das, Väterchen, daß er abermals eine Nacht überlebt hat?«

»Der Geruch deutet tatsächlich darauf hin ...«

»Welch ein Jammer! Welch ein Unglück! Endlich hätte ich einen schönen Sarg liefern können! Wie kann man solch einen Geisterzauber überleben? Väterchen, kann ein Mensch, dessen Gliedmaßen durch den Kamin davongeflogen sind, noch Blinis backen? Wir haben es doch alle gesehen: Hui, durch den Schornstein kam ein Arm ...«

»Vielleicht eine Sinnestäuschung, Vitali Jakowlewitsch!« schrie Tigran. »Das ist eine Spezialität des Satans!« Er hob wieder den Kopf und blähte die Nasenflügel. »Es bleibt dabei: wirklich frische Blinis!«

»Ich bin ruiniert!« stammelte Gasisulin. »Ich habe im Morgengrauen schon vier Bretter gehoben! Wer nimmt mir den Sarg jetzt ab? In Satowka will ja keiner sterben. Die Alten weigern sich, und wenn ich zu ihnen komme, um nachzusehen, spucken sie mich an und werfen mich hinaus.« Dann fragte er ruhiger: »Kann denn der Teufel Blinis backen?«

»Er kann alles, aber nicht morgens um halb neun . . .« Tigran schwieg abrupt, denn die Tür des Spukhauses hatte sich geöffnet. Tassburg trat hinaus in die Morgensonne.

Gasisulin stöhnte laut und bedeckte sein Gesicht mit beiden Händen. Der Genosse lebte! Wieder keine Leiche! Es gab auch kein Grab! Er war wieder arbeitslos!

»Mein Sohn!« schrie Tigran zu Tassburg hinüber. »Mein geliebter Sohn! Sie leben! Ein Wunder! Ein echtes Wunder! Wie haben Sie die Hölle bezwungen?«

»Welche Hölle?« Tassburg kam langsam näher. »Ich habe herrlich geschlafen . . .«

»Was haben Sie . . .?« fragte Tigran fassungslos.

»Geschlafen. Nur als ich heute morgen aufwachte, waren meine Hände wieder rot.« Er hielt seine Handflächen hin, und Tigran schlug sofort ein Kreuz. Gasisulin erstarrte, als sei Tassburg selbst der Satan. »Ich habe das Zeug nicht abgewaschen, um es Ihnen zu zeigen.«

»Und sonst?« fragte Tigran.

»Sonst nichts. War denn etwas los?«

»Er fragt, ob etwas los war! Mein Sohn, es krachte und zischte. Flammen schlugen aus dem Haus, Teile von Ihnen flogen durch den Schornstein davon, das ganze Dorf hat es gesehen, und Sie . . . Sie . . .« Der Atem versagte dem Popen, und er stützte sich auf die Schulter des armen Gasisulin, der beinahe zusammenbrach.

»Ich habe nichts gehört, Tigran Rassulowitsch«, sagte Tassburg mit erstaunter Stimme. »Feuer? In meinem Haus?«

»Das Dach hob sich!« schrie Anastasia. »Die Wände blähten sich!«

»Ich habe nichts gemerkt. Ich habe tief geschlafen, ausgesprochen friedlich.«

»Das ist der Beweis!« sagte Tigran ergriffen. »Der letzte Beweis! Er schläft inmitten einer Feuerlohe! Dank des geweihten Gegenmittels, das ich ihm gab. Haben Sie sich damit eingerieben, Michail Sofronowitsch?«

»Mit dem Hostienbrei? Nein, ich habe ihn neben mein Bett gestellt.«

»Das hat genügt! Halleluja! Trotzdem sollten Sie ausziehen, Genosse. Wenn wir jede Nacht solch einen Krach im Dorf haben ...«

»Ich bleibe!« sagte Tassburg laut und deutlich. »Und jetzt esse ich meine Blinis. In einer halben Stunde marschieren wir ab, Grigori.«

Der Vorarbeiter nickte, sprang auf und ging zu dem auf der Straße wartenden Geländewagen.

»Blinis!« sagte Tigran versonnen. »Ich liebe Blinis ...«

»Darf ich Sie einladen, Tigran Rassulowitsch?«

Der Pope hob beide Hände. »In dieses Haus? Nie und nimmer! Und wenn Sie die Blinis mit Kaviar füllen! Aber wenn Sie sie mir hinausbringen, esse ich sie sehr gern ...«

Pünktlich nach einer halben Stunde fuhr Tassburg wieder in die Taiga, wo man nach Erdgas bohren wollte. Der Pope saß bei der Witwe Anastasia am Tisch und kaute vergnügt an seinen Blinis. »Sie sind besser als die deinigen, Anastasia«, sagte er. »Ein guter Koch, der Genosse Ingenieur!«

»Wenn ihm der Satan dabei hilft!« versetzte die Witwe bissig.

Tigran verschluckte sich und hustete heftig. »Das hättest du nicht sagen dürfen! Bedenke: Im Magen eines Priesters ist alles geweiht! Auch was der Teufel kocht. Es schmeckt vorzüglich!«

V

Vier Tage und vier Nächte verflogen mit Arbeit, Ruhe und glücklichem Schlaf.

Wie gewohnt, schliefen Michail und Natalia zusammen in dem großen Bett. Natalia legte ihren Kopf an seine Schulter, schob den Arm über die Brust, und er hielt sein Versprechen. Nur wenn er glaubte, Natalia schliefe fest, küßte er ihre geschlossenen Augen und ihren leicht geöffneten Mund und flüsterte ihr Zärtlichkeiten zu. Manchmal hatte er dabei das Gefühl, sie spiele nur eine Schlafende und höre ihm in Wirklichkeit zu, ließ sich küssen und genoß seine stille Liebe. Aber wie es auch sein mochte, sie waren glücklich miteinander und wuchsen in diesen vier Tagen und Nächten zusammen, ohne daß sie es sich gegenseitig eingestanden.

Inzwischen fühlte sich auch Natalia sicher in dem angeblichen Spukhaus. Keiner der Leute von Satowka wagte sich ihm auf mehr als zehn Schritt zu nähern. Die meisten machten einen großen Bogen darum und schlugen ein Kreuz, wenn sie in sicherer Entfernung vorübergingen. Und allen erschien es wie ein Wunder, daß Michail Sofronowitsch unbeschadet darin lebte und jeden Morgen fröhlich zur Arbeit fuhr. Der Feuerzauber hatte sich nicht wiederholt ...

Am fünften Tag – Tassburg war wieder in der Taiga und hatte Natalia gesagt, daß er wegen der weiten Entfernung an diesem Abend nicht zurückkäme, sondern im Wald übernachten müßte –, am fünften Tag änderte sich alles.

Ein Auto, ein alter klappriger Wolga, fuhr durch Satowka und hielt vor dem Haus des Dorfsowjets. Ein mittelgroßer schlanker Mann mit bleichem Gesicht und einem hängenden Tatarenbart stieg aus, sah sich um und sagte zu seinem Begleiter, der den Wagen steuerte: »Wir werden es gleich erfahren, Nikolai! Sie ist kein Vogel und kein Windhund. Sie muß hier Station gemacht haben!«

Rostislaw Alimowitsch Kassugai war gekommen.

Nun gab es in Satowka keine Ruhe mehr. Etwas Besonderes

mußte in der Welt los sein, wenn sich gleich hintereinander so viele Fremde in die Urwälder nördlich der Steinigen Tunguska verirren. Erst waren die Geologen mit dem Bohrtrupp in das einsame Dorf gekommen und nun sogar ein Wagen aus der Stadt mit zwei Männern, die geradezu elegant aussahen in ihren Anzügen, den Halbschuhen und den Rollkragenpullovern, die sie trugen, weil allmählich der Herbst Einzug hielt.

Man roch ihn, wie die Bauern sagen. Es ist, als ob die Erde noch einmal aufatmet, noch einmal tief Luft holt, um genug Kraft zu haben, den langen, eisigen Winter zu überleben. Die Laubbäume zeigen ein Fest der Farben, und es gibt Bäume – ich übertreibe nicht, Freunde! – mit solch herrlich roten Blättern, daß sie, vom Wind bewegt, aussehen, als glühten sie von innen heraus.

Der Dorfsowjet von Satowka, der Genosse Jakow Michailowitsch Petrow, empfing die neuen Besucher in seinem Büro. Der Ausdruck Büro ist allerdings etwas übertrieben. Zwar gab es einen uralten Schreibtisch darin, Parteieigentum der Gruppe Batkit, an der Wand hing Lenin über einer kleinen roten Fahne mit Hammer und Sichel, sogar ein Aktenregal war vorhanden, gefüllt mit Aktenordnern – aber die Ordner waren leer. Wer sollte schon nach Satowka schreiben, und wer schrieb aus Satowka nach Batkit? Zweimal im Monat brachte der Briefbote Schulungsmaterial von der Partei mit. Petrow gab es dem Popen, der es mit gerunzelter Stirn las und hinterher mit seiner tiefen Stimme feststellte: »Das ist nicht nötig zum Leben!« Er gab somit die Propaganda frei, damit man sie in den Öfen zum Feuermachen verheizte.

Immerhin, es machte sich gut, Besuche wie diesen im Büro zu empfangen. Petrow war zufällig dort, nicht weil er gerade für die Partei zu arbeiten hatte, sondern weil seine Katze im Büro gejungt hatte und vier entzückende Kätzchen im Stroh herumkrabbelten. Petrow hatte übrigens das Amt des Dorfsowjets nur übernommen, weil die Bauern zu ihm sagten: »Jakow Michailowitsch, du hörst, einer muß den Parteikram machen! Du bist der richtige Mann. Du schielst, und keiner kann in deinen

Augen lesen, was du denkst! Das ist wichtig bei Verhandlungen!«

Also – Kassugai traf Satowkas Oberhaupt an, wie er vor einer Kiste kniete und »Ein liebes, braves Herzchen bist du!« zu der fauchenden Katze sagte. Kassugai hatte an die Tür geklopft, aber da Petrow sich nicht rührte – er war nämlich auch noch schwerhörig – trat der Besucher ein und schlug mit der Faust gegen die Holzwand. Es dröhnte dumpf, und das fiel Petrow auf. Er hob den Kopf, sah Kassugai und seinen Begleiter, der ihm gefolgt war, und erhob sich von der Katzenkiste.

»Besuch!« schrie er, wie alle Schwerhörigen schreien, um sich selbst hören zu können. »Was ist los auf der Welt? Ein Verkehr ist hier wie auf dem Roten Platz in Moskau! Lauter Fremde! Seid willkommen, Genossen!«

»Fremde, sagten Sie?« Kassugai stieß seinen Fahrer Nikolai in die Seite. »Hier sind Fremde durchgekommen?«

Petrow reckte seinen Kopf vor und legte die rechte Hand ans Ohr. »Ha?« fragte er. »Genosse, warum flüstern Sie?«

»Wo ist die Fremde?« brüllte nun Kassugai.

»Sie bohren nach Erdgas...«

»Wir haben einen Idioten erwischt!« sagte Kassugai laut zu Nikolai. »Aber sie ist hier! Ich spüre es! Ihr Vorsprung ist zu gering, und sie hat nicht die Kräfte eines Bären!«

Wenn Petrow auch nur wenig verstand, ein Wort hatte er gehört: Idiot! Ein bekanntes Wort, aber es ist ein Unterschied, ob es seine Freunde in Satowka sagten oder ein völlig Fremder. Wenn ein guter Freund zu ihm sagte: »Jakow Michailowitsch, mein kleiner Idiot, das siehst du alles falsch, das kommt davon, daß sich deine Blicke kreuzen und sich gegenseitig im Weg stehen...«, dann klang das beinahe zärtlich. Brüllte aber jemand »Idiot!«, dann hatte man die Berechtigung, beleidigt zu sein.

Petrow war im Grunde ein gutmütiger Mensch. Wer mit einer Katze, die eben gejungt hatte, so zärtlich spricht, muß es sein. Aber wenn man ihn reizte, wurde er ein Wolf. Kassugai traute seinen Augen nicht, als der Alte plötzlich hinter den alten Schreibtisch sprang, eine Schublade aufriß und – als sei es Zauberei – blitzschnell eine Armeepistole in seiner Hand lag.

»Das hier ist das Parteihaus von Satowka!« brüllte Petrow. »Das Maul gehalten, sage ich! An die Wand! Kommt der Kerl hier herein und beleidigt mich! Mich, den Dorfsowjet Jakow Michailowitsch Petrow! Oh, wir haben sie gern, die feinen Herrchen aus der Stadt! Immer hochnäsig, immer den Kopf im Nacken, als seien wir alle nur ein Dreck! Eine Untersuchung werde ich anstellen, woher ihr kommt! Ihr werdet wohl gesucht in der Stadt und wollt euch in der Taiga verkriechen? Gauner, was? Betrüger! Geldfälscher! Mörder vielleicht! Aber jetzt sitzt ihr in der Falle! Wer sich rührt, dem schieße ich ein Loch in den Bauch!«

Er ging rückwärts zum Fenster, stieß es mit dem Ellenbogen auf und drehte den Kopf etwas nach hinten. »Alarm!« brüllte er in die mittägliche Stille. »Genossen, zum Parteihaus! Zwei Halunken sind hier!«

Aber es kam niemand, außer dem Idioten Jefim Aronowitsch, der die beiden Besucher angrinste, schmatzte und abwartend stehenblieb. Das Dorf lag still unter einem blauen, wolkenlosen Himmel. Petrows Gebrüll hörte man zwar, aber es war gerade Essenszeit, und so wichtig ist in Satowka nichts, als daß man seinen vollen Teller stehenließe.

»Noch ein Idiot!« murmelte Nikolai gepreßt. »Rostislaw Alimowitsch, wohin sind wir geraten!«

»Hören Sie«, rief Kassugai Petrow zu, »Sie jagen einem Irrtum nach. Sie haben falsch gehört...«

»Hast du tatarisches Ungeheuer Idiot zu mir gesagt oder nicht?« brüllte Petrow zurück, und Jefim lachte schrill.

Der echte Idiot hüpfte an der Tür hin und her, als sei er ein dressierter Affe. Als Nikolai aus dem Zimmer gehen wollte, einer dunklen Ahnung folgend, sein Auto sei bereits gestohlen worden, gab Jefim ihm einen so kräftigen Stoß, daß Nikolai ins Zimmer zurückstolperte und ihn verblüfft anstarrte.

»Und was ist der da?« fragte Kassugai erregt.

»Er ist ein Idiot, und er weiß es auch! Ich aber bin der Dorfsowjet, und mit mir beleidigt ihr den ganzen Staat und die Partei! Ihr seid bis auf weiteres festgesetzt!«

»Was sind wir?« fragte Kassugai ungläubig.

»Ihr kommt ins Gefängnis!« schrie Petrow. »Ich werde einen Boten nach Batkit schicken und nachfragen, was ihr ausgefressen habt! Und in Batkit wird man sich nach euch in der großen Stadt Mutorej erkundigen! Hier ist zwar das Ende der Welt, aber es bläst ein rauher Wind hier! Merkt euch das, Halunken!«

»Wir kommen ja aus Mutorej!« sagte Kassugai ungeduldig.

»Aha! Aha! Ein Teilgeständnis! Was habt ihr verbrochen, ihr Schiefmäuler? Gesteht!«

»Wir suchen ein Mädchen ...« Kassugai starrte auf die schwere Armeepistole ... Der Lauf zeigte genau auf seinen Magen. Auch wenn der Kerl ihm gegenüber so gräßlich schielte, daß sein Anblick einem die Tränen in die Augen trieb – mit einer Waffe kann er umgehen! Das sah man.

Petrow blickte zu Jefim hinüber – das heißt, zu erkennen war das nicht. »Du hörst es! Sie gestehen es! Es sind Lustmörder ...«

Jefim lachte und tanzte, aber in diesem Augenblick wirkte er gar nicht blöde, denn seine Augen waren kalt dabei. »Weiße Beinchen, weiße Brüstchen, und dazwischen ... hihihi ...«, sang er und klatschte dabei in die Hände. »Schieß ihnen die Köpfe weg, Bruder ...«

»Man muß es anders machen«, sagte Kassugai leise zu seinem Begleiter. »Wenn ich ihn habe, wirf dich hinter mich! Es geht nicht anders ...«

Dann packte er Jefim, genau in dem Augenblick, als der an ihm vorbeihüpfte. Er riß ihn an sich und hielt ihn wie einen Schild vor sich. Gleichzeitig ließ sich Nikolai fallen. Jefim schrie auf, schlug um sich, wollte treten, aber Kassugai hatte Kräfte wie ein Bulle.

Er preßte die Hände um den Hals des Narren und drückte zu. Noch ein paarmal zuckte der Arme, dann verlor er das Bewußtsein und hing schlaff in Kassugais Händen. Petrow hatte hinter seinem Schreibtisch Deckung genommen und zielte mit seiner Waffe über die Tischplatte. Aber es war nichts zu machen, immer hatte er Jefim vor dem Lauf, denn Kassugai hielt den schlaffen Körper fest.

»Können wir jetzt vernünftig miteinander reden?« rief er Petrow zu. »Ich bin Rostislaw Alimowitsch Kassugai und Vorsitzender der Sowchose ›Oktoberrevolution‹.«

»Haha!« brüllte Petrow und zielte erneut. »Lügen kann er wie ein Ehemann, der die Freundinnen seiner Frau beschläft! Laß Jefim los, Halunke! Ich erschieße euch alle drei ... Auf Jefim kommt es gar nicht an ...«

»Wir sind seit Wochen unterwegs, kreuz und quer durch die Taiga. Begreifen Sie das doch endlich, Genosse!«

»Das klingt schon höflicher!« Petrow tauchte hinter seinem Schreibtisch auf, und Kassugai atmete hörbar auf. »Seit Wochen, sagen Sie? Warum? Hatten Sie sich verirrt?«

»Wir suchen ein Mädchen, das geflüchtet ist.« Kassugai ließ den ohnmächtigen Jefim auf den Dielenboden fallen. Die unmittelbare Gefahr war vorbei, das sah er. Petrow hörte jetzt zu, der Dampfkessel stand nicht mehr unter Hochdruck. »Mittelgroß, ein schmales Gesicht, lange braune Haare. Natalia Nikolajewna Miranski heißt sie.«

»Unbekannt«, sagte Petrow und blickte Kassugai lauernd an. »Was ist mit dieser Natalia?«

»Man sucht sie wegen Mordes.«

»Oha! Ein so schönes Mädchen?«

»Woher wissen Sie, daß sie schön ist? Sie war also hier?«

»Genosse Rostislaw, Sie haben das Mädchen eben geschildert, und Ihre Augen leuchteten dabei! Also ist sie schön! Wir Menschen in der Taiga erkennen jeden Blick! Uns belügt kein Auge!« Petrow stützte sich auf den Lauf seiner Pistole. Sein Finger blieb am Abzug.

»Wen hat sie denn ermordet?«

»**Ihren Liebhaber.**«

»Hoho! War er zu faul oder zu fleißig?«

Kassugai überhörte die Frage. Zu seinen Füßen bewegte sich

Jefim. Er stöhnte leise und rieb sich, noch halb ohnmächtig, den Hals.

»Sie können sich tausend Rubel verdienen, Jakow Michailowitsch«, sagte Kassugai.

Petrows schielende Augen verdrehten sich besorgniserregend. »Tausend Rubel? Und das sagen Sie so daher? Tausend Rubel? Haben Sie schon mal soviel Geld in der Hand gehabt?«

»Nein. Wer hat das schon von uns? Aber diese Summe ist als Belohnung ausgesetzt, wenn Natalia Nikolajewna gefangen wird. Der Glückliche könnte Petrow heißen.«

»Ich? Macht mich nicht schwindelig, Genossen ...«

»War Natalia hier im Dorf? Haben Sie sie gesehen, mein lieber Jakow?«

»Hier ist kein fremdes Mädchen durchgekommen! Nie! Man hätte es gesehen. Keine Maus ist mir unbekannt, wenn sie einmal durch das Dorf läuft! Und dann ein ausgewachsener Mensch — unmöglich!« Petrow hob bedauernd beide Arme. »Auch für tausend Rubel, liebe Genossen, ich kann euch nicht dienen!«

Kassugai wagte es, ein paar Schritte vorzutreten und an den Schreibtisch zu kommen. Er kalkulierte richtig. Petrow war durch die Erwähnung der tausend Rubel wie entnervt und leistete keinen Widerstand, als Kassugai ihm vorsichtig die Pistole aus der Hand nahm und dann Nikolai zuwarf. Der fing sie geschickt auf und richtete sie sofort auf Petrow. Jakow Michailowitsch erkannte, wie sich die Situation verändert hatte, grinste schief und begann noch schrecklicher zu schielen.

»Die Pistole ist Parteieigentum!« sagte Petrow fast entschuldigend. »Nichts für ungut. Ich war vielleicht ein wenig unfreundlich beim Empfang. Man weiß ja nie, wer da so hereinkommt ...«

Kassugai war ans Fenster getreten und blickte hinaus. Das Dorf lag in träger Mittagsruhe. Selbst die struppigen Hunde hatten sich in den Schatten gerollt und dösten.

Jefim war inzwischen aufgestanden und an die Wand zurückgewichen. Er starrte Kassugai und Nikolai aus haßerfüllten

Augen an. Jetzt stark sein, schien er zu denken. Groß und kräftig wie der Genosse Ingenieur etwa oder unser Pope Tigran. Und Mut haben wie ein einsamer grauer Wolf im Winter ... Oh, ich würde sie beide an die Wand schmettern und ihre Köpfe wie Eierchen aufschlagen! Aber ich bin ja nur ein armer Idiot, und das stärkste an mir ist meine Stimme, wenn ich kreische ...

»Wir haben die Spur Natalias genau verfolgt«, sagte Kassugai nun und trat vom Fenster zurück. »Vor zwei Wochen ist sie in Proskojowne gesehen worden. Sie hat dort Tee getrunken, ein halbes Brot mit Gurken und Zwiebeln gegessen und war nach zwei Stunden wieder in der Taiga verschwunden. In Proskojowne hat sie sich auch erkundigt, wo das nächste Dorf liegt. Und das nächste Dorf ist Satowka!«

»Ich kenne Proskojowne nicht«, sagte Petrow. »Bin nie dort gewesen und keiner von denen bei uns! Wieso kennt man uns da?«

»Weiß ich es?« Kassugai nickte Nikolai zu. Jetzt begann die Aktion, die er von dem Augenblick an geplant hatte, als sie in Satowka einfuhren. »Ist es möglich, daß einer deiner Bauern das Mädchen versteckt hält?«

»Auf keinen Fall! Hier weiß jeder vom anderen, was er tut! Dazu die Frauen! Die geschwätzigen Frauen! Es käme sofort heraus, Genossen! Welche Frau nimmt ein hübsches Mädchen bei sich auf? Soll sie ihren Mann immer anbinden? Wie Böcke sind die Kerle hier, wenn ihnen ein Mädchen in die Quere kommt! Da war etwas ... Vor vier Jahren vielleicht kommt eine Krankenschwester aus Batkit herüber, und einen Tag später eine junge Ärztin. Von der Partei geschickt, Reihenuntersuchung nennen sie es. Machten sich hier in meinem Büro breit, bauten blitzende Instrumente auf, ein klappbares Bett sogar und hantierten mit allerlei geheimnisvollen Apparaten. Ich frage: ›Was soll das alles, liebe Genossinnen?‹ und sie antworten: ›Wir untersuchen von allen Einwohnern Satowkas die Lungen, das Herz, die Galle und den Darm!‹ Oje, habe ich gedacht, das wird etwas geben. Und es gab etwas, Brüderchen!

Zuerst die Frauen, das ging ganz gut bis auf Valentina Agafonowna, die nicht wollte, daß die Ärztin ihr zwischen die Beine guckte. ›Siebzig Jahre bin ich alt‹, hat sie geschrien, ›und dahin hat noch keiner gesehen!‹ Sie lag auf dem Klappbett und preßte die Beine zusammen. Aber es half ihr alles nichts – die anderen hatten's getan, und so mußte sie auch daran glauben. Nach einer halben Stunde wankte Valentina Agafonowna aus dem Büro und hatte einen glutroten Kopf. Kein Wort sagte sie, als man sie fragte, aber sie tat wie eine Zwanzigjährige, die aus dem Heu kriecht.«

Petrow holte Atem. Die Erinnerung übermannte ihn sichtlich.

»Aber dann – dann kamen die Männer! Herz, Lunge und Galle – das ging noch. Man ließ sich abhören und abtasten, man genoß die Nähe der schönen Genossin Ärztin und den Anblick der frischen Krankenschwester, aber dann ging's an den Darm! Genossen, da tat sich was! ›Die Hosen runter!‹ kommandierte die Ärztin kalt. ›Nach vorn bücken! Beine auseinander! Wer einen Wind abläßt, wird gemeldet!‹ Hält man so etwas für möglich? Und dann streift sie sich einen Gummihandschuh über und bohrt ihren Finger jedem ... Genossen, eine so schöne Person, ein so zartes Weibchen! Wir haben geschnauft und die Augen verdreht – ich sage euch, das war ein Erlebnis! Und alles auf Kosten der Partei!«

»Wir wollen die Häuser durchsuchen!« sagte Kassugai laut. Endlich war es möglich, Petrows große Erinnerung zu beenden.

»Durchsuchen? Die Häuser? Sind Sie von der Miliz?«

»Das Mädchen ist hier!«

»Es ist nicht hier!«

»Das wollen wir sehen!«

»Als Dorfsowjet sage ich Ihnen ...«

Kassugai winkte Nikolai. Der hob wieder die Pistole und zielte auf Petrow. »Es hat keinen Sinn mehr zu reden!« sagte Kassugai. »Gehen wir! Und Sie voraus, Jakow Michailowitsch. Machen Sie jedem klar, daß wir schießen werden, wenn man uns Widerstand leistet!«

»Wir schießen zurück!« brüllte Jefim, der Idiot, aus seiner Ecke. »Wir schießen – schießen ...«

»Los!« Kassugai zeigte auf die Tür. Petrow rang mit sich und beschloß dann, um die Ruhe im Dorf nicht zu gefährden, zu gehorchen. Er ging voraus, verließ das Parteihaus und näherte sich der ersten Hütte, aus der es nach Sauerkohl roch. Davor auf einer Bank aus Birkenknüppeln saß Wassili, der Hausherr, und verdaute. Ein Spätsommer in Sibirien, an der Steinigen Tunguska, muß genossen werden. Zu schnell ist der kalte Wind da, erstarren Boden und Bäume, muß man die Fenster verkleben und hat nur die Plattform des warmen Ofens als einzigen Lebensraum. Da heißt es, die letzte Sonne voll in sich hineintrinken! Das ist Kraft für den Winter, das bleibt im Blut!

Wassili betrachtete den Anmarsch der drei Männer hinter einer Qualmwolke, die aus seiner selbstgeschnitzten Pfeife quoll. Daß wieder ein Auto nach Satowka gekommen war, das wußte bereits jeder. Jetzt sah man auch die Männer, und sie waren auf den ersten Blick unsympathisch. Ganz wachsam wurde Wassili jedoch, als Jefim als letzter aus dem Parteihaus stürzte und laut schrie:

»Durchsuchen wollen sie! Das ganze Dorf durchsuchen! Habt ihr ein Mädchen versteckt, Genossen? Dann heraus damit – heraus!«

»Man sollte den Kerl erschießen!« knurrte Nikolai. »Wenn Natalia wirklich hier ist, warnt er sie mit seinem Geschrei.«

»Wo soll sie hin?« Kassugai lächelte grausam. »Wir würden sie sehen. Und ich spüre es in allen meinen Nerven, daß sie in diesem Dorf ist!«

Um es kurz zu machen, denn wir können nicht die Durchsuchung aller Häuser schildern: Kassugai fragte wenig, ob man ihn ins Haus lassen wollte oder nicht, weder Wassili noch die anderen Leute von Satowka. Er trat vor sie hin, sagte, er wolle das Haus sehen, und wenn die Überrumpelten zuerst protestierten, hob Nikolai seine Pistole und krümmte den Finger am Abzug. Das überzeugte alle. Sie schrien zwar, das sei Unrecht, Verletzung der Menschenwürde, die doch die Partei garantiere, man drohte mit Anzeige bei der Miliz in Batkit, aber Kassugai lachte nur grob und schob alle beiseite.

Er betrat die Häuser, ging durch alle Stuben, öffnete alle Schränke und Truhen und durchstöberte Scheunen und Ställe. Petrow ging immer vorweg – gewissermaßen als Aushängeschild: Wehrt euch nicht! Der Bursche schießt!

Nach der Durchsuchung des vierten Hauses rannte Jefim weg und alarmierte den Popen Tigran. »Wie ein Kommissar benimmt er sich«, berichtete er, »bedroht jeden mit der Pistole, wühlt in den Kisten herum! Was sollen wir tun, Väterchen?«

Tigran, der gerade einen großen Kerzenleuchter putzte, starrte Jefim mit zusammengezogenen Brauen an und fragte, während sich sein langer schwarzer Bart sträubte: »Er kommt aus Mutorej?«

»Sagt er. Ein Natschalnik der Sowchose ›Oktoberrevolution‹!«

»Aha!« Tigran Rassulowitsch wurde noch nachdenklicher. Ein Zusammenstoß mit solchen Leuten war nicht seine Sache. Er war froh, daß man seine Kirche hier in der Wildnis duldete, oder besser gesagt: nicht wahrnahm! Kam nun ein einflußreicher Genosse und erzählte später, in Satowka habe die Kirche mehr zu sagen als Lenins Geist, dann war es möglich, daß sich eine Kommission in die Taiga aufmachte, um die kommunistische Gesinnung zu prüfen. Und was dabei herauskommen würde, das wußte Tigran genau!

»Er sucht ein Mädchen!« erklärte Jefim.

»Wenn es weiter nichts ist ...«, sagte Tigran erleichtert. »Das ist eine Privatsache.«

»Eine Mörderin ...«

»Brave Genossen, wenn sie sie suchen!«

»Man hat eine Belohnung von tausend Rubel ausgesetzt!«

»Du hast dich verhört!« antwortete Tigran. Sein Herz zuckte. Wenn ein Mensch tausend Rubel wert ist, welch eine Mörderin muß das sein! Gerecht ist es nur, sie zu fangen wie einen tollwütigen Fuchs.

»Er hat tausend Rubel gesagt!« beharrte Jefim. »Er hat sie Petrow angeboten.«

»Petrow? Warum ihm?«

»Weil er der Starost ist, der Dorfsowjet!«

»Immer diese Bevorzugungen«, stöhnte Tigran dumpf. »Die tausend Rubel stehen Gott zu!« Er stellte den Kerzenleuchter beiseite, strich sich durch den Bart und rannte aus der Kirche.

Tausend Rubel! Das waren: eine neue Glocke, ein neuer Außenanstrich der Kirche, ein neues Meßgewand, die Ausbesserung des Daches, durch das es regnete ... und es bedeutete noch einen Batzen Geld – für außergewöhnliche Fälle! Dazu zählte er seinen großen Durst, und ein guter, reiner Wodka aus dem Magazin von Batkit war nicht billig ...

»Wo soll das Mädchen sein?« fragte Tigran, während Jefim neben ihm herlief. »Diese Mörderin? Bei uns?«

»Der Fremde behauptet es! Darum durchsucht er alle Häuser. Ha, da sind sie!«

Kassugai war inzwischen bei dem Haus der Witwe Valentina Agafonowna angelangt. Wir kennen sie schon – von der schönen Ärztin her. Sie war jetzt vierundsiebzig und zehrte noch immer von dem Erlebnis. Petrow wollte Kassugai noch warnen, aber der schob ihn zur Seite und brach in das Haus ein wie ein Wintersturm.

Valentina Agafonowna saß gerade in einer hölzernen Wanne und badete. Sie tat das gern. »Es belebt das Herz«, behauptete sie. Nun mußte sie erleben, daß zum erstenmal in ihrem Leben ein Mann sie störte und sie nackt in ihrer Badewanne sah. Ein berauschender Anblick war es zwar nicht, und Kassugai hätte sich auch gar nicht weiter um die Alte gekümmert, wenn Valentina Agafonowna nicht sofort mit einem Knüppel, der an der Wanne lehnte und mit dem sie das Badewasser umzurühren pflegte, nach ihm geschlagen hätte.

Kassugai bekam den Hieb ins Kreuz, fuhr herum und verabreichte Valentina eine schallende Ohrfeige. Das war brutal. Petrow, der in der Tür stehengeblieben war, stöhnte laut vor Mitleid, und Tigran, der gerade ins Haus stürmte, blieb entsetzt auf der Schwelle stehen.

Valentina Agafonowna starrte Kassugai wie einen bösen Geist an. Ein Röcheln entrang sich ihrer Brust, dann sank sie zurück und war tot – vor Schrecken gestorben. Oder vor Entsetzen – oder aus Beleidigung – oder ... so ganz gesund schien das ständige Baden für das Herz wohl doch nicht zu sein ...

»Sie ist tot!« stammelte Petrow und hielt Kassugai fest, der einen Schrank aufreißen wollte. »Sie haben sie erschlagen!«

Kassugai drehte sich um, betrachtete die wachsbleiche Valentina kurz und hob die Schultern. »Sie hat mich angegriffen. Hier sind Zeugen genug. Außerdem – von einer Ohrfeige stirbt man nicht! Wenn sie sich so erschrocken hat – was kann ich dafür!« Er bemerkte erst jetzt den Popen, der in der Tür stand und die Hände gefaltet hatte. »Natürlich! So etwas fehlte uns hier noch!« sagte Kassugai böse. »Wie die Geier! Riecht ihr den Tod voraus, schwarze Halunken?«

»Das Genick hat er ihr gebrochen!« kreischte Jefim, der Idiot. »Das Genick! Mit einem Schlag ...«

»Entfernt den Kerl oder ich bringe ihn um!« schrie Kassugai und ballte die Fäuste. »Pope! Haben Sie ein Mädchen gesehen, ein fremdes Mädchen?«

»Das tausend Rubel wert ist?« fragte Tigran zurück.

»Ach, das weiß er auch schon! Ja, tausend Rubel! Ich gebe sie sogar der Kirche, wenn Sie mir Natalia heranschaffen!«

»Die Kirche ist ein Hort des Friedens«, sagte Tigran feierlich. »Aber tausend Rubel sind tausend Rubel! Leider haben wir kein Mädchen gesehen.«

»Dann suchen wir weiter!«

Im Haus von Valentina Agafonowna gab es nicht mehr viel zu tun. Sie hatte immer bescheiden gelebt, und so war alles schnell überblickbar. Während Kassugai sich überall umsah, hoben Tigran und Petrow die Tote aus der Wanne, legten sie aufs Bett und deckten sie mit einer Decke zu. Zum Abtrocknen reichte die Zeit nicht mehr, denn Kassugai machte bereits Anstalten, die Suche im nächsten Haus fortzusetzen.

»Auf ein Wort!« brüllte Tigran, der ihm nachlief. »Bleiben Sie stehen, wir kommen jetzt zu einem Haus, das ich Ihnen erklären muß! Ich warne Sie, es zu betreten!«

Kassugai und Nikolai blieben stehen. Sie befanden sich auf dem Wiesenstück, das zwischen dem angeblichen Geisterhaus und Anastasias Hütte lag. Gewissermaßen im Niemandsland zwischen der Hölle und dem Himmel ...

Tigran streckte abwehrend die Hände aus. »Betreten Sie das Haus nicht«, sagte er dumpf. »Durchsuchen Sie jede Hütte, jeden Misthaufen von mir aus, erschrecken Sie alte Weiblein zu Tode ... nur um dieses Haus machen Sie einen Bogen!«

»Darin steckt sie!« sagte Nikolai leise hinter Kassugai. »Wir sind am Ziel, Rostislaw Alimowitsch.«

»Und warum nicht dieses Haus?« fragte Kassugai höhnisch. Aus den Augenwinkeln betrachtete er das massive, für Jahrhunderte gebaute Blockhaus. Stand es leer? Die Decke an einem Fenster ... Düster sah das Haus aus, trotz der Sonne, die es beschien.

»Wer da hineingegangen ist, ist nur als Toter wieder herausgekommen!« erwiderte Petrow, ehe der Pope zu einer Erklärung ansetzen konnte. »Oder es geschehen rätselhafte Unglücksfälle, wie dem Mann von Anastasia Alexejewna einer zugestoßen ist. Da kommt sie gerade. Fragen Sie sie selbst!«

Aber das war nicht möglich. Anastasia steckte nur den Kopf aus ihrer Haustür und rief verzweifelt: »Soll das denn nie aufhören? Warum schlägt kein Blitz in dieses elende Haus ein?« Was dumm war, denn es schien ja die helle Sonne.

Anastasia verschwand wieder.

»Das Haus ist verflucht!« erklärte Tigran düster. »Erst vor vier Tagen war hier die Hölle los! Alles stand in Flammen und doch verbrannte nichts! Wenn das nicht Teufelswerk ist!«

»Sie mögen an solchen Unsinn glauben«, sagte Kassugai. »Dafür sind Sie ja Pope! Ich bin ein aufgeklärter Kommunist. Geister! Teufel! In euren Hirnen ist Jauche, weiter nichts!« Er ging allein zu dem »Leeren Haus«, weil Nikolai mit seiner Pistole Petrow daran hindern mußte, Kassugai am Rock festzuhalten.

»Zurück!« donnerte Tigrans gewaltiger Baß. »Mein Sohn, Sie wissen nicht, was Sie tun!«

»Ich weiß es genau!« An der Tür des Hauses drehte sich Kassugai noch einmal um. »Ich werde euch allen zeigen, was ihr für Idioten seid!«

»Die Heiligen seien mit dir!« schrie Tigran. »Tritt nicht ein . . .«

Kassugai lachte rauh. Er drückte die schmiedeeiserne Klinke herunter, stieß die schwere Bohlentür auf und verschwand im Innern des Hauses.

Es blieb alles still. Man hörte weder Kassugais Stimme, noch erschien er am Fenster, um zu zeigen, daß er noch lebte. Es geschah gar nichts, und das war noch unheimlicher.

»Lasset uns beten!« stammelte Jefim, der Idiot, und faltete die Hände. »Auch du . . .« Er stieß dabei Nikolai an, der auf das Haus starrte und die Pistole hatte sinken lassen. »Du siehst deinen Kumpan lebend nicht wieder!«

Tigran hatte die Hände in seinem Bart vergraben, Jefim betete leise, Petrow zitterte, Nikolai nagte an seiner Unterlippe, und die Witwe Anastasia war wieder in ihrer Tür erschienen und rang stumm die Hände.

Alles wartete. Kam Kassugai unversehrt zurück? Besiegte der Kommunismus den Teufel . . .? Die feierliche Ruhe wurde gestört von dem kleinen Vitali Jakowlewitsch Gasisulin. Er rannte wie ein Wiesel die Straße entlang und ruderte mit den Armen, als wolle er Fliegen verscheuchen. Seine Lunge keuchte.

»Ist es wahr?« schrie er mit heller Stimme. »Wir haben eine Tote! Die gute, liebe, brave Valentina Agafonowna ist im Badekübel heimgegangen? Friede ihrer Seele! Wollen wir sammeln für einen schönen Sarg? Breit muß er sein – ihr kennt doch ihre Figur . . .«

»Ruhe!« brüllte Tigran und hob die Faust. »Wir warten auf den nächsten Toten!«

»Was für ein Tag!« stammelte Gasisulin ergriffen. Er stellte sich neben Tigran und starrte geradezu lüstern auf das »Leere Haus«.

Er hatte es kaum ausgesprochen, als alle zusammenzuckten. Ein frostiger Schauer umwehte sie – trotz der heißen Sonne.

Aus dem Innern des Hauses erklang ein gräßlicher langgezogener Schrei. Er hing in der Luft, blieb im Ohr, klebte an den Kleidern wie Pech. Ein Schrei, wie ihn kaum ein Mensch ausstoßen kann ...

Nikolai war der erste, der das Grauen abschüttelte. »Ich komme, Rostislaw!« rief er, riß die Pistole hoch und wollte zum Haus laufen. Aber er machte nur einen kleinen Schritt, dann krachte Tigrans gewaltige Faust auf ihn herunter, genau auf seinen Schädel. Und wenn man in Satowka schon immer behauptet hatte, der Pope könne mit der Faust Baumstämme auseinanderschlagen, dann hatte man jetzt den Beweis dafür. Nikolai sank wie vom Blitz getroffen um, Blut lief ihm aus Mund und Nase, und er war bereits tot, als er mit dem Gesicht in den Staub fiel.

»Amen!« sagte Tigran dumpf. »Wenn Gott straft, straft er gründlich.«

»Der zweite Sarg!« stammelte Gasisulin, der sein Glück kaum fassen konnte. Dann schwieg er abrupt, denn die Tür des Spukhauses flog auf.

Kassugai erschien.

Er taumelte, hielt sich breitarmig an der Wand fest, seine Beine waren eingeknickt, aus seinen Augen, die fast hervorquollen, schrie die Todesangst. Doch das war es nicht, was alle so ergriff – nein, aus seiner Kehle spritzte das Blut im hohen Bogen, und deutlich sah jeder, daß man ihm die Kehle durchschnitten hatte. Es war, wie es früher schon gewesen war: Erst ein Stich in den Hals, dann ein Schnitt quer durch! Eigentlich hatte man nichts anderes erwartet.

Kassugai schwankte ein paar Schritte nach vorn, streckte hilfeflehend die Arme aus, brach in die Knie und drückte dann beide Hände gegen die schreckliche Halswunde. Er wollte etwas sagen, konnte es aber nicht mehr. Noch einmal versuchte er, auf die Beine zu kommen, zu den Menschen hinzukriechen, die ihn nur anstarrten, ihm aber nicht halfen ... Der Strahl aus seiner Kehle wurde zu einem winzigen Springbrunnen, der immer kleiner und kleiner wurde und schließlich zusammensank. Dann fiel Rostislaw Alimowitsch Kassugai nach vorn und starb.

»Der Teufel!« kreischte Jefim plötzlich. Er machte einen hohen Luftsprung, drehte sich um und lief schreiend durchs Dorf: »Der Teufel hat zugeschlagen! Der Teufel ist im Haus! Tote! Lauter Tote! Lauter Blut!«

»Der dritte Tote«, sagte der kleine Gasisulin, ergriffen, als habe ihn eine Fee geküßt. Er tastete nach Tigrans Hand und küßte sie inbrünstig. »Zu Ostern stifte ich ein großes Brot mit eingebackenem Speck ...«

»Tragt sie weg!« sagte der Pope laut und blickte die Bauern an, die aus den Häusern herbeigerannt kamen, aus der Mittagsruhe aufgescheucht durch Jefims Gebrüll.

»Sie haben mich ausgelacht ...«, rief Petrow.

Da zuckte Tigran zusammen und wurde bleich, denn die Tür des »Leeren Hauses« fiel von selbst mit einem harten Knall zu.

Mit wehender Soutane lief der Pope zurück in seine Kirche.

VI

Es war verständlich, daß die Bauern von Satowka, nachdem der Fluch sich abermals auf so schreckliche Weise erfüllt hatte, einen Boten zu dem Genossen Ingenieur schickten, der mit seinen Leuten weit draußen in der Taiga Bodenproben entnahm. Tassburg hatte übrigens neulich die Behauptung aufgestellt, unter der Erde, auf der Bäume wuchsen, gäbe es riesige Höhlen, wo sich Gas angesammelt habe. Mit diesem Gas könne man sogar heizen – da begannen die Leute von Satowka aber an einen guten Witz zu glauben und freundlich zu lächeln.

Kein Witz dagegen war, daß die Gräfin Albina Igorewna nach dem vergleichsweise harmlosen Feuerzauber vor vier Tagen nun wirklich zugeschlagen hatte – und gleich dreimal! Denn, so rechnete man logisch, auch Valentinas Tod im Badebottich war dazuzurechnen. Auch der Hieb, den der Pope Tigran auf die Hirnschale Nikolais losgelassen hatte, war nur so hart ausgefallen, weil die Gräfin ihn nicht abbremste. Spätestens da hätte man gewarnt sein müssen ... Aber da war Kassugai ja schon im Haus und stieß sein tierisches Gebrüll aus. Wie man es auch drehte, es blieb geheimnisvoll und schaurig.

»Er kann unmöglich mehr in dem verfluchten Haus wohnen!« sagte Petrow zu Väterchen Tigran und schielte gottserbärmlich durch das Pfarrhaus. »Um diesen Kassugai war's nicht schade, kommt da zu mir herein und nennt mich gleich einen Idioten, ohne mich zu kennen ... aber der Genosse Ingenieur ist ein lieber, höflicher und kluger Mensch, und es wäre ein Unglück, wenn auch er mit durchschnittener Kehle ... Väterchen, er kann bei mir wohnen.«

»Bei mir auch«, sagte Tigran Rassulowitsch und kämmte mit gespreizten Fingern seinen Bart. »Ich kann nur nicht begreifen, daß er seit Tagen alles überlebt, kein Krachen und Fauchen hört, kein Feuer sieht, sondern in aller Seelenruhe schläft. Und dann hat er Blut an den Händen – wir alle haben es gesehen. Unbegreiflich!«

Tigran setzte sich und bot Petrow einen Stuhl an. Das kam selten vor. Petrow setzte sich ehrfurchtsvoll auf den Stuhlrand und sah den Popen erwartungsvoll an.

»Du weißt von den tausend Rubeln Belohnung?« fragte Tigran dunkel.

»Kassugai hat sie geboten.«

»Aber nun ist er tot ...«

»Es wird nicht sein eigenes Geld gewesen sein. Er wird selbst auf der Jagd gewesen sein, um es zu bekommen. Es ist sicherlich staatliches Geld.«

»Vom Staat? Jakow Michailowitsch, du bist wirklich ein Idiot!« Tigran holte seine Pfeife aus der Soutane und stopfte sie.

Bloß das nicht! bettelten Petrows schielende Augen. Nicht

diesen Qualm! Wir alle kennen ihn, verschone mich damit, Väterchen!

»Angenommen, wir finden das Mädchen«, fuhr der Pope fort. »Dann müssen wir es nach Mutorej bringen, von dort kam dieser Kassugai her. Aber ich als Priester kann keine Gefangene und Mörderin transportieren. Also übernimmst du das mit zwei anderen. Nur – wer garantiert mir dafür, daß ihr Verbrecher nicht mit den tausend Rubeln verschwindet?«

»Es müßte erst festgestellt werden, wem die Rubelchen gehören, Väterchen«, erwiderte Petrow kühn.

»Wem wohl?« donnerte Tigran. »Der Kirche! Dem Mittelpunkt des Lebens! Dem Garanten für die Seligkeit!«

»Kann ich die Seligkeit anfassen? Aber tausend Rubel kann man anfassen. Das ist der Unterschied. Aber es ist dumm, sich darüber Gedanken zu machen. Das Mädchen ist nicht hier. Das habe ich Kassugai schon gesagt, aber er wollte es nicht glauben. Wie kann eine Fremde im Dorf sein, ohne daß alle es wissen?«

»Das ist leider wahr«, sagte der Pope wehmütig. »Wir werden die tausend Rubel nie bekommen; es sei denn, die Mörderin taucht noch in Satowka auf.«

Unterdessen jagte ein Reiter auf einem der kleinen, struppigen, aber ungemein zähen Pferde durch die Taiga, den Spuren der schweren Fahrzeuge nach, die im Waldboden zurückgeblieben waren. Man konnte den Bohrtrupp nicht verfehlen, zumal der einzige Mann, der im Zeltlager zurückgeblieben war, ein Arbeiter, der sich die Hand gequetscht hatte, auf einer Karte zeigte, wo der Trupp sich aufhielt.

Der Reiter starrte die bunte Karte an, wunderte sich, daß bei den Ingenieuren die Taiga so ganz anders aussah, nickte ein paarmal, weil man ja so tun muß, als verstände man alles, und ritt los in die Unendlichkeit der Wälder.

Es war leicht auszurechnen, daß ein noch so guter Reiter nicht schneller vorwärtskam als ein moderner Lastwagen. Und da Tassburg über eine Tagesreise von Satowka entfernt war, bereitete sich der Bote innerlich darauf vor, auch die Nacht durchzureiten, immer der Spur der schweren Wagen nach.

Dabei wäre das gar nicht nötig gewesen, denn was in Satowka passiert war, hatte natürlich auch der kranke Arbeiter gehört. Der überlegte sich das und, da er nur die Hand und nicht den Kopf gequetscht hatte, setzte er sich ans Sprechfunkgerät und brüllte solange »Hier Basis! Bitte melden!«, bis sich tatsächlich der Vorarbeiter Grigori weit draußen in der Taiga meldete.

»Halt's Maul!« sagte Grigori freundschaftlich. »Wir haben keine Zeit für Unterhaltungen. Wenn es dir zu langweilig wird, geh ins Dorf und such dir ein Weibchen! In Nummer vierzehn, links der Straße, wohnen drei Schwestern. Der Vater ist taub, und die Mutter hat Rheuma. Im Stall haben die verdammten Weiberchen ein Strohlager. Aber sieh dich vor, die drei Schwestern sind unzertrennlich! Ich hab's probiert ... Hinterher hab' ich geschwankt wie nach einer Flasche Wodka ...«

»Im Dorf hat es drei Tote gegeben!« berichtete Konstantin, der Gequetschte, aufgeregt. »Ein Bote ist zu euch unterwegs ...«

»Was haben wir damit zu tun?« erwiderte Grigori. Er saß in einem kleinen grünen Zelt und hatte zwischen die Knie eine Schüssel mit heißem Gulasch geklemmt. »Woran sind sie denn gestorben?«

»Die Toten hat es bei Michail Sofronowitsch im Haus gegeben!« sagte Konstantin, weil er nicht ganz genau informiert war. »Der hirnverbrannte Fluch soll daran schuld sein. Einem hat man sogar die Kehle durchgeschnitten!«

»Verdammt! Ich melde es sofort dem Genossen Ingenieur. Kennt man die Toten?«

»Es sind zwei Fremde und eine Frau. Einer heißt so ähnlich wie Kassomej oder Kussolej! Ich hab's nicht richtig verstanden. Ich gehe nachher ins Dorf, und werde mich genau erkundigen.«

»In Ordnung. Ich rufe wieder an. Ende!«

»Ende, Grigori!«

Es gibt im Leben eines jeden Menschen Gewissenskonflikte. Der eine weiß nicht, ob er die Tochter oder die noch jugendliche Mutter lieben soll, der andere ringt mit sich, ob er seinem Chef die Wahrheit sagen soll – was die Stellung kosten könnte –, oder ob er weiterhin dessen Loblieder singt. Für Grigori war der Konflikt greifbarer: Sofort zum Genossen Ingenieur laufen und das Gulasch kalt werden lassen, oder erst essen und dann gehen? Grigori entschied sich fürs Essen. Meldungen werden nicht kalt...

Er kratzte also seine Blechschüssel leer, ließ den letzten Bissen verträumt im Mund zergehen und kroch dann aus dem Zelt, um Tassburg aufzusuchen.

Man muß hier eines erwähnen: Grigori war ein bewährter Arbeiter, ein Mensch, den so leicht nichts erschüttert und der schon zwölf grausame Winter freiwillig in der Taiga verbracht hatte. Freiwillig... und nicht etwa in einem Haus oder in einer warmen Höhle, sondern in wattierten Zelten oder Erdlöchern, wo in einem ausgehöhlten Baumstamm das Feuer glimmte und den Ofen ersetzte.

Ein harter Bursche also, der gegen den Wind spuckte, ohne naß zu werden.

Aber was er jetzt erlebte, als er Tassburg die Meldung aus Satowka überbrachte, verstörte ihn maßlos.

»Wer ist in Satowka?« fragte Tassburg und wurde leichenblaß. »Kassugai? In meinem Haus? Mein Gott, ich fahre sofort zurück!« Er rannte aus dem großen Werkzelt, schrie draußen nach seinem Geländewagen, der allerdings mit zwei Geologen unterwegs war, und verlangte deshalb, man sollte einen der schweren Lastwagen auftanken.

»Sie sind doch alle tot!« rief Grigori, der die Aufregung nicht verstand. »Alle...«

»Wer... alle?« schrie Tassburg zurück. Er hatte den Blick eines Wahnsinnigen. »Wer hat sie getötet? Grigori, ich schlage dir den Schädel ein, wenn du nicht weiterredest. Wer ist tot?«

»Zwei Männer und eine Frau, hat Konstantin gemeldet. Mehr weiß ich auch nicht. Konstantin war schwer zu verstehen...«

»Eine Frau...«, murmelte Tassburg dumpf. »Das ist furchtbar! Oh, ist das entsetzlich!« Er ballte die Fäuste, hieb damit gegen einen Kiefernstamm und rief wieder nach dem Wagen.

»Was weißt du noch mehr?« wandte er sich dann an Grigori. »Wann ist es passiert?«

»Weiß ich es? Vielleicht vor einer Stunde?« Er ging aus der Reichweite von Tassburgs Armen. Michails Gesicht war verzerrt, es konnte einem mehr Angst einflößen als ein Eissturm in der Taiga. »Kennen Sie denn diesen Kassumej oder wie er heißt?«

»Kassugai? Und ob ich ihn kenne! Er hat es also erreicht. Er hat es wirklich erreicht, und ich sitze hier und kann nicht helfen...«

»Wem helfen?«

Es war ein Glück, daß gerade jetzt der Geländewagen aus dem Wald zurückkam. Tassburg rannte wie ein Verrückter darauf zu, riß die beiden Geologen von den Sitzen, schwang sich hinter das Lenkrad und brauste davon wie der wilde Jäger. Zwei Arbeiter, die gerade Benzin geholt hatten, um den Lastwagen aufzutanken, warfen Tassburg die beiden Kanister zu. Sie krachten hinter ihm auf die Sitze.

»Was hat er?« fragte einer der Geologen. »Ist er verrückt geworden? Wo will er denn hin? In einer Stunde ist tiefste Nacht...«

»Man hat in Satowka drei Menschen umgebracht«, erklärte Grigori. »Da will er hin!«

»Um sie zu besichtigen? Wie kann man nur so neugierig sein!«

»Man hat sie in seinem Haus umgebracht!« Erst jetzt begriff Grigori die ganze Tragweite des Geschehens, und die Haare sträubten sich ihm.

Die Geologen starrten ihn an und blickten dann entsetzt dem Wagen nach, der in einem höllischen Tempo über die Fahrspuren hüpfte.

»Einer davon bekam die Kehle durchgeschnitten – wie es in dem Haus der Anastasia seit hundertfünfzig Jahren üblich ist...«

Überall war Blut ...

Auf dem Boden, an den Wänden, auf dem Tisch – überall Blut!

Mitten im Zimmer lag das große Fleischermesser, so, wie es Natalia Nikolajewna weggeworfen hatte, als Kassugai entsetzt aufbrüllte, während sein Blut in hohem Bogen aus seiner aufgeschnittenen Halsschlagader spritzte.

Er hatte nichts mehr sagen können. Er hatte überhaupt nichts gesagt: Er war ins Haus gekommen, nachdem Natalia durch das unverhängte Fenster alles hatte sehen können, was sich vorher draußen abgespielt hatte. Sie war also nicht überrascht worden, und das hatte sie gerettet.

Tigrans gewaltige Baßstimme und des Idioten Jefims hohes Kreischen hatten sie alarmiert. Und sie hatte begriffen:

Wenn Tigran und die anderen Kassugai und Nikolai nicht davon abhalten konnten, das Haus zu betreten, gab es für sie nur zwei Möglichkeiten: sich selbst zu töten oder sich so lange zu wehren, bis die Leute von Satowka sie befreiten.

Sie war seitlich an das Fenster getreten, und ihr Atem setzte aus, als sie Kassugai leibhaftig vor dem Haus stehen sah, zusammen mit seinem Freund Nikolai, der in Mutorej als einer gefürchtet war, der keinen Weiberrock zwischen fünfzehn und vierzig Jahren an sich vorbeigehen ließ, ohne zuzugreifen. Wer wagte es schon, sich zu wehren? Nikolai war der Freund des mächtigen Kassugai, und außerdem kontrollierte er noch die Arbeits- und Solleistungen der Sowchose – ein Posten, auf dem man Menschen schinden kann, bis sie zum elenden Wurm werden, der nur noch zittert.

Zwar hatte es bei Nikolai – nicht bei Kassugai, denn er stand zu hoch in der Parteihierarchie – gelegentlich Racheakte wütender Ehemänner gegeben, deren Frauen mit Gras im Haar aus den Feldern heimkamen. So lauerte man einmal Nikolai auf, zog ihm einen Sack über den Kopf und prügelte ihn durch; ein anderes Mal entging er mit knapper Not einem Ersäufen im Fluß, weil sich die Gewichte an seinen Beinen vorzeitig lösten; aber der Antrag in einer geheimen Männerversammlung am

Rande von Mutorej, Nikolai gewaltsam zu kastrieren, kam nicht zur Durchführung. Immerhin hatte Nikolai zu büßen für seine Leidenschaft, aber das hinderte ihn nicht daran, weiter in offene Blusen zu fassen ...

Nun waren sie hier. Natalia stand am Fenster, das große Messer in der Hand, und starrte Kassugai an, der mit Tigran verhandelte. Dann sah sie ihn lachen, sein typisches, höhnisches Lachen, sah, wie er sich abwandte und auf das Haus zuging.

Er kam! Wie konnte man auch einen Kassugai durch Spukgeschichten abhalten wollen! Die reizten ihn nur noch mehr, das Haus zu betreten.

Natalia lief zurück zu dem gemauerten Ofen, duckte sich in die Ecke zwischen Herd und Holzstapel, und umklammerte ihr Messer. Jeder Muskel ihres Körpers war angespannt, um Kassugai anzuspringen, wenn er ins Zimmer trat.

Die Tür klappte zu. Natalia hörte Kassugais kräftigen Schritt, hörte auch, wie er den Schrank im Vorraum aufriß, dann weiter in das kleine Nebenzimmer ging, das leer war bis auf die hölzerne Bettstatt. Kassugais Schritte hallten laut in der Stille des Hauses.

Jetzt waren keine Schritte mehr zu hören, er schien das angelehnte Fenster nachdenklich zu betrachten. Durch dieses Fenster war Natalia in das »Leere Haus« geklettert, und damals war es ihr vorgekommen wie eine Pforte zum Paradies. Ein Dach über dem Kopf nach den Entbehrungen in der Taiga! Ein Strohlager! Ein Herd, auf dem sie zwar kein Feuer machen konnte, weil man den Rauch gesehen hätte, aber der einem das Gefühl gab: Du bist unter Menschen! Wenn die Nacht kommt, kannst du ruhig schlafen. Der Wald ist herrlich, ich liebe den Wald, aber in der Nacht wird er unheimlich. Ihr Menschen wißt nicht, wie aus einem Haus, einer Selbstverständlichkeit, göttliche Gnade werden kann ...

Da – die Tür ... die Tür zum Wohnraum! Sie schwang auf, schlug gegen die Wand, mit einem Tritt geöffnet. Kassugai kam herein, die Hände in den Hosentaschen. Sein Gesicht war gespannt. Mit einem schnellen Blick erfaßte er den ganzen Raum.

Er sah Natalia in der Ecke neben dem Ofen kauern, und da lächelte er und kam langsam näher.

Er sagte kein Wort. Was gab es auch noch zu reden? Er hatte sie gefunden, sein Eigentum, von ihrem Vater für einen besseren Arbeitsplatz erworben.

Das war ein rechtmäßiger Handel, nicht gerade christlich, aber Christus hatte man abgeschafft, und Sibirien ist ein besonderes Land. Man kann es nicht mit europäischen Maßstäben messen. Man kauft ein Pferd mit einem Handschlag – man kann auch eine Tochter so kaufen, wenn der Vater einschlägt. Und genau das hatte Natalias Vater, der Traktorist der Sowchose, der gern mehr sein wollte als nur ein Traktorfahrer, mit Kassugai getan.

Natalia hatte das lange Messer in ihrem Schoß verborgen, Kassugai konnte es nicht sehen. Für ihn erweckte sie den Eindruck, als kröche sie vor Angst in sich zusammen.

Langsam kam er auf Natalia zu. Er lachte leise – der einzige Ton, den er bisher von sich gegeben hatte. In seinem Blick lag ein so elementares Begehren, daß es Natalia kalt über den Rücken lief. Seine Augen glühten, die Finger waren gekrümmt wie Adlerklauen.

Was dann geschah, und wie es geschah, wußte sie nicht mehr. Irgendwie mußte sie aus dem Kauern heraus auf Kassugai losgesprungen sein, lautlos, einer Riesenkatze gleich. Das Messer zuckte hoch, und noch bevor Natalia mit Kassugai zusammenprallte, traf ihn die stählerne Klinge in den Hals.

Kassugai schwankte, fiel aber noch nicht. Auch jetzt gab er noch keinen Laut von sich, nur ein maßloses Erstaunen überzog sein Gesicht. Dann verzerrte es sich in höchster Wut; es war, als spüre er den Stich gar nicht. Er griff wieder zu, aber Natalia wich ihm aus. Blut spritzte aus Kassugais Kehle, und erst da schrie er auf und taumelte zurück zur Tür, in der verzweifelten Hoffnung, Nikolai oder der Pope oder sonstwer könne ihm noch helfen.

Natalia flüchtete wieder in die Ofenecke und schlug die Hände vor das Gesicht. Sie hörte, wie Kassugai nach draußen gelangte, wie Jefim aufschrie, wie eine andere helle Stimme rief: »Der dritte Tote!« – und sie dachte: Wieso denn drei Tote? Wer sind die anderen? War etwa Michail Sofronowitsch doch früher zurückgekommen und hatte Kassugai ihn getötet?

Natalia kroch noch mehr in sich zusammen, sie begann zu weinen und wünschte sich, sie sei auch gestorben.

Kommt herein! wünschte sie sich. Seht nach! Schlagt mich tot wie einen wilden Hund! Ich wehre mich nicht, das Messer liegt mitten im Zimmer, und ich bin bereit, zu sterben. Es wäre eine Erlösung, Brüder! Wie kann ich weiterleben, wenn es Michail nicht mehr gibt? Ich liebe ihn, ja, ich liebe ihn. Er hat es nie gewußt, er ist mit seiner Sehnsucht nach mir gestorben ... Ich hätte es ihm gesagt, heute oder morgen! Zum erstenmal habe ich geliebt, ich habe nie das Gefühl gekannt, auf einen Menschen zu warten, auf seinen Gang, seine Stimme, auf das Spiel seiner Hände, auf das Leuchten seiner Augen, auf das Wehen seines Haares. Versteht ihr jetzt da draußen, warum ich nicht mehr leben kann? Kommt herein, kommt in dieses verfluchte Haus und tötet mich endlich ...

Aber es kam niemand.

Draußen schaffte man die Toten weg, Anastasia lag auf ihrem Bett und bekam kaum noch Luft vor Entsetzen, der Idiot Jefim kreischte durch das Dorf und verkündete das Grauen; und der Pope Tigran umschritt feierlich in gebührendem Abstand das verfluchte Haus und segnete es von allen Seiten, damit der Satan in Bann gehalten wurde.

Es wurde Abend, und Natalia kauerte noch immer in ihrer Ecke. Die Anspannung und das Grauen wichen einer großen Müdigkeit. Ihr Körper war wie gelähmt, als sie sich an der Wand hochschob und einen Schritt ins Zimmer trat. Sie stützte sich auf den gemauerten Ofenrand und blickte hinüber in den Schlafraum und auf das Bett.

Aber sie konnte es nicht erreichen. Quer durch das Zimmer lief eine breite Blutspur, und es war Natalia unmöglich, einen Schritt darüber zu tun. So blieb sie am Ofen stehen, blickte an sich hinunter und sah erst jetzt, daß auch ihre Hände mit Blut beschmiert waren. Sie schrie leise auf, schob mit den Ellenbogen den Wasserkessel über die Glut, blies in das Feuer und wartete zitternd, bis Dampf aus dem Kessel stieg. Dann tauchte sie ihre Hände in das heiße Wasser, schloß einen Augenblick die Augen und biß die Zähne aufeinander.

Und wenn das Fleisch von den Knochen fällt, dachte sie, lösche Kassugais Blut aus, heißes Wasser! Mach mich sauber! Nicht ein einziger roter Fleck darf zurückbleiben. Ich habe einen Menschen getötet, aber ich weiß nicht, wie es geschah. Heißes Wasser, nimm das Blut von mir ...

Später saß sie auf der Eckbank, die Haut ihrer Hände war glühend rot, aber sie spürte keine Schmerzen. Im Gegenteil: eine eisige Kälte umklammerte ihren Körper, als gefriere ihr Blut bei jedem Herzschlag ein wenig mehr. Ist so das Sterben? dachte sie. Man will nicht mehr leben, und die große Kälte kommt über einen, bis man erfroren ist. Ist so der Tod durch Einsamkeit?

Natalia wartete auf den Tod und starrte dabei das Messer im Zimmer und die Blutspur Kassugais an.

Er hat Michail getötet, dachte sie. Und ich habe ihn getötet. Gibt es wirklich einen Gott, dann wird er gerecht sein mit mir.

Der Sargmacher Vitali Jakowlewitsch Gasisulin kam in Bedrängnis, zum erstenmal in seinem Leben. Er hatte ja keine Särge auf Vorrat, denn die Gesundheit der Leute von Satowka war schon kriminell, aber jetzt lagen drei Tote da und mußten ordnungsgemäß unter die Erde gebracht werden.

Das bedeutete, daß Gasisulin drei Särge zimmern und drei Gräber ausheben mußte. Er stöhnte laut, ging in die Stolowaja, wo man die Toten aufgebahrt hatte, und maß die Körperlängen. Bei Valentina Agafonowna maß er auch noch den Umfang ab, denn sie paßte in keinen normalen flachen Sarg.

»Ich bin ein geschlagener Mann!« sagte er zu Petrow, der mißmutig in seinem Parteibüro hockte und nicht wußte, ob er den Vorfall melden sollte oder nicht. Gesetzlich war das so:

Man mußte alles haargenau nach Batkit melden, und von dort ging die Sache dann zur Kreisstadt. Maß man bei der Miliz der Sache große Bedeutung bei — es war völlig offen, ob der Tod von zwei Männern eine große Sache war, besonders in Sibirien —, dann kam ein Wagen mit einer Kommission nach Satowka, um eine Untersuchung anzustellen. Würde man in der Kreisstadt sich scheuen, den weiten Weg in die Taiga an der Steinigen Tunguska entlang zu machen, um zwei unbekannte Tote zu besichtigen?

Wenn man es wirklich tat, so geriet der Pope in Bedrängnis. Warum hatte Gott so viel Wucht in seine Hand gelegt, daß dieser Nikolai an einem einzigen Faustschlag gestorben war?

»Laß mich in Ruhe!« knurrte Petrow darum auch Gasisulin bissig an. »Ich habe andere Sorgen!«

»Sorgen? Wer hat hier Sorgen — außer mir?« rief Vitali Jakowlewitsch. »Was tue ich zuerst? Särge zimmern oder Gräber schaufeln? Weißt du, was es heißt, ein Grab von einem Meter fünfzig Tiefe zu schaufeln, wenn die Erde so hart und steinig wie auf unserem Friedhof ist? Und das gleich dreimal! Ja, und die Särge! Habe ich so viele Bretter auf Lager? Nein, woher denn? Wer stirbt denn hier? Also muß ich zuerst Bretter schneiden, hobeln, bohren, zapfen, polieren, nageln, leimen. Für drei Särge auf einmal! Wie soll ich das schaffen? Bekomme ich wenigstens eine Aktivistenauszeichnung, Genosse?«

»Hinaus!« brüllte Petrow. »Und die Toten sind morgen unter der Erde, verstanden?«

»Unmöglich!« schrie Gasisulin zurück. »Überhaupt, was soll diese Eile? Normalerweise begräbt man einen Toten erst nach drei Tagen...«

»Tigran Rassulowitsch will es so! Und überhaupt, Vitali Jakowlewitsch, zwanzig Jahre lang klagst du umher, weil wir alle zu gesund sind. Wir hatten Mitleid mit dir, wir haben dich zum Totengräber, zum Küster, zum Friedhofsgärtner gemacht, und überall, wo du hinkamst, hast du zu essen bekommen, vor allem bei jenen, die Urgroßeltern im Haus haben, die nicht sterben wollen. Du hast gut gelebt, und kaum etwas dafür getan.

Aber jetzt«, Petrow brüllte plötzlich wieder, »jetzt hast du Arbeit, und wenn bis morgen abend nicht alle begraben sind, bist du alle deine Ämter los!«

Gasisulin begriff, daß mit Petrow nicht zu reden war, seufzte gequält und verließ das Parteihaus. Seine Euphorie über die Vielzahl der Toten war einer tiefen Verzweiflung gewichen. Es war unmöglich, diese Arbeit allein zu schaffen, es sei denn, man zimmerte ein paar einfache Kisten, ohne jede Form, und nannte so etwas Sarg. Ein paar Bretter zusammengehauen – fertig! Aber das widerstrebte Gasisulins Handwerkerehre und Schönheitsgefühl. Vor allem Valentina Agafonowna hatte keine solche Kiste verdient ...

Plötzlich hatte er einen guten Gedanken und schwenkte vom Weg ab. Er marschierte hinaus zum Lager der Geologen, wo er den einsamen Konstantin mit der gequetschten Hand traf. Dieser aß gerade eine Pfanne voll Rühreier leer und kaute an einem saftigen Stück Speck.

»Mich beschäftigt ein Problem, Genosse«, sagte Gasisulin höflich und setzte sich neben Konstantin vor das Zelt. »Ich bin Vitali Jakowlewitsch, Sargmacher und Totengräber!«

»Gratuliere«, erwiderte Konstantin und nahm eine Gabel voll Rührei zu sich. »Sie haben Hochkonjunktur, Brüderchen.«

»Das eben bedrückt mich. Man kann nicht zweierlei innerhalb von vierundzwanzig Stunden machen, Särge zimmern und Gräber schaufeln. Meinen Sie nicht auch?«

»Wie kann ich Ihnen helfen?«

Gasisulin blickte sich um, aber er sah nicht, was er suchte. »Sie haben doch in Ihrer Kolonne einen Lastwagen, auf dem ein Schaufelbagger montiert ist. Wenn man mir den leihen würde – in einer Stunde hätten wir die drei Gräber ausgehoben.«

»Der Bagger ist in der Taiga.«

»Und wann ist er wieder hier?«

»Frühestens in drei Tagen ...«

»Ich bin zerschmettert!« Gasisulin war dem Weinen nahe. »Ich muß anderthalb Meter durch felsigen Boden. Und das gleich dreimal!«

»Jeder Beruf hat seine Schwierigkeiten, Genosse. Auch nach Erdgas suchen ist eine Sauarbeit! Manchmal dampfen einem die Knochen! Ich kann dir nur eines geben – Dynamit...«

»Das hast du hier?« fragte Gasisulin hoffnungsvoll.

»Genug! Wieviel Stangen willst du haben?«

»Das gibt's in Stangen?«

»Aus einer Flasche kann man es nicht trinken, Genosse!« Konstantin lachte und zeigte auf das große Materialzelt. »Je nachdem, wieviel man sprengen will, bindet man die Stangen zusammen.«

»Und wieviel braucht man für ein Grab?«

»Weiß ich das? Bin ich Totengräber?«

»Ich habe bisher noch nie Löcher in die Erde gesprengt. Aber ich muß anderthalb Meter tief gehen!« Gasisulin blickte Konstantin hilfesuchend an. »Du hast doch Erfahrung mit Dynamit, Genosse. Ich sage dir, diese Erde hier ist hart wie Beton. Was nimmst du bei anderthalb Metern Beton?«

»Peilen wir es über den Daumen, Brüderchen. Nimm pro Grab drei Stangen, das reicht bestimmt!«

»Und es passiert sonst nichts?«

»Nichts, wenn du weit genug weg bist, wenn es explodiert.«

»Das beruhigt mich, mein lieber Freund«, sagte Gasisulin glücklich. »Ich glaube, jetzt schaffe ich es bis morgen. Komm, hol mir die Stangen aus dem Lager! Wenn man sich nun nur noch auf die Särge konzentrieren muß...«

Als er in seine Werkstatt zurückkehrte, pfiff er vergnügt. Wer ihn hörte, mußte ihn für einen rauhen Gesellen halten. Pfeifen beim Zimmern von Särgen...

Oh, hätte man nur geahnt, was er in seiner Schublade aufbewahrte! Das ganze Dorf hätte mitgeholfen, die drei Toten unter die Erde zu bringen, selbst Tigran, der Pope, – hätte man es nur geahnt! Petrow hätte ihn sofort eingesperrt...

So aber ging alles seinen verhängnisvollen Lauf.

In einem wahren Höllentempo raste Tassburg am nächsten Morgen in seinem Geländewagen durch das Dorf. Jefim sah ihn und rannte sofort in die Kirche, um Tigran zu alarmieren.

Tassburg überfuhr zwei Enten und eine Katze, die es nicht gewöhnt waren, so schnell aus dem Weg zu springen, und beinahe hätte er noch einen Bauern erwischt, der aus der Stolowaja kam, wo er die Toten besichtigt hatte. So etwas sah man nicht so schnell wieder in Satowka...

»Er ist da!« schrie Jefim schon in der Kirchentür. »Er wird das Haus betreten! Rette ihn, Väterchen! Ein so lieber Mensch ist er...«

Der Pope fragte gar nicht erst, wer da gekommen sei. Er wußte es sofort, raffte seine Soutane und folgte Jefim nach draußen.

Tassburg hatte inzwischen sein Haus erreicht und rannte durch den kleinen Vorgarten. Gegenüber schrie Anastasia, die am Fenster ihrer Stube saß, entsetzt auf.

»Zurück! Um der Mutter Maria willen – zurück! Michail Sofronowitsch, ich flehe Sie an...« Da der Genosse Ingenieur nicht hörte, schlug sie die Schürze über ihren Kopf und betete still vor sich hin. Sie hörte die Tür des Hauses zufallen und hielt den Atem an, sicher, daß Tassburg genauso fürchterlich aufschreien würde wie gestern Kassugai.

Michail zerriß es fast das Herz, als er im Innern des Hauses die breite Blutspur am Boden sah. Das Messer lag noch immer daneben, auf dem kalten Herd stand ein großer Topf mit rotgefärbtem Wasser. Tassburg stürzte ins Schlafzimmer, aber dort war alles unversehrt, so, als habe es niemand betreten. Er lief zurück in den großen Wohnraum und starrte auf das Blut.

Es muß alles sehr schnell gegangen sein, dachte er und riß sich das Hemd auf der Brust auf. Es war, als würge ihn jemand. Kein großer Kampf – und doch drei Tote. Wer sind die Toten?

Er ging zum Tisch, auf dem noch Natalias Sonnenblumen in dem Blechbecher standen, die Blumen, die sie für ihn am frühen Morgen gepflückt hatte... Er wollte sich setzen, als er hinter dem Tisch, lang hingestreckt auf der Bank, Natalia liegen sah.

Sie lag auf der Seite, das lange Haar bedeckte ihr Gesicht, ein Arm hing schlaff herunter.

»Natalia ...«, stammelte Michail. »Diese Hunde! Diese verdammten Hunde! Haben sie dich einfach liegen lassen ...«

Er stieß den Tisch weg, kniete neben ihr nieder und hob ihr Haar hoch. Ihr Gesicht war bleich, aber nicht blutleer, und sie atmete.

Es war ein Augenblick, in dem Tassburg bereit war, Gott, von dem er bisher nicht viel gehalten hatte, auf den Knien zu danken. Ganz vorsichtig drehte er Natalia auf den Rücken, legte ihren Arm auf die Brust und tastete sie ab. Auf der Stirn klebten noch Blutflecken, an die hatte sie nicht gedacht, als sie die Hände in das heiße Wasser tauchte. Diese Hände, Michail sah es jetzt, waren rot und geschwollen, und Tassburg begriff, warum das Wasser im Kessel wie Blut aussah.

Er ging zum Herd, goß das Wasser in einen Eimer und füllte aus einer Kanne frisches nach. Mit einem nassen Lappen kam er zurück und wischte sorgfältig Natalias Gesicht ab. Was ist hier passiert? dachte er. Wer hat Kassugai getötet? Natalia lebt, sie ist unverletzt, und das Haus ist leer. Das ist doch unmöglich! Sie liegt hier und schläft, und keiner kümmert sich um sie, so, als wäre sie gar nicht vorhanden ...

Sind die Geheimnisse dieses Hauses zur Wahrheit geworden?

In diesem Augenblick bewegte sich Natalia. Sie öffnete langsam die Augen, sah Tassburg über sich gebeugt und lächelte.

»O Michail, du bist hier?« fragte sie leise. »Ich wußte, daß ich dich treffen würde. Wie schön ... nun sind wir für immer zusammen ...«

»Immer, Natalia, immer«, sagte er. Er konnte kaum sprechen, seine Stimme zitterte.

»Wo sind wir?« fragte sie. »Auf einer Wolke? Ach, Michail, es ist so schön, tot zu sein ...«

Er umfaßte sie, riß sie an sich und küßte sie. »Du lebst, Natalia!« rief er und schüttelte sie. »Du lebst! Wach auf! Wir beide leben!« Sie hing in seinen Armen, hatte die Augen geschlossen und schüttelte den Kopf, während er sie immer wieder küßte.

»Du lügst«, sagte sie mit einer fast kindlichen Stimme. »Darf man im Himmel lügen, Michail? Ich habe Kassugai erstochen, in den Hals gestochen, verblutet ist er ... mein Liebling, aber Gott hat mir verziehen, nicht wahr? Er hat dich zu mir gelassen ...«

Entsetzen fuhr eiskalt über Tassburgs Rücken. Er schüttelte Natalia wieder, umfaßte ihren Kopf, rief ihren Namen immer wieder und starrte sie an. Engelsgleich sah sie aus, aber merkwürdig erstarrt, so, als seien alle Nerven abgestorben. Als sie wieder die Augen öffnete, war ihr Blick glänzend, aber vollkommen leer. Wie aus Glas sind diese Augen, dachte Michail erschüttert, ohne einen Funken Seele oder innerem Leben ...

»Natalia ...«, stammelte er und drückte sie an sich. »Wach auf ... wach auf ... wach doch auf! Du bist hier bei mir, in unserem Haus ... Natalia!«

Das darf nicht sein, schrie es in Tassburg. Nein, mein Gott, das nicht! Gib ihr ihren Geist wieder, laß sie nicht wahnsinnig werden. Verhindere, mein Gott, daß das Grauen ihr den Verstand genommen hat! Laß sie weiter ein Mensch sein ...

Er küßte sie auf den Mund, auf die gläsernen Augen, auf die Stirn, auf den Hals, und wo seine Lippen sie berührten, war sie kalt, von einer entsetzlichen, steinernen Kälte.

Natalia hing in Michails Armen und atmete kaum noch, aber ihr Leib begann plötzlich zu zittern, als sei sie von einem heftigen Krampf ergriffen.

Was soll man tun, wenn man zum Helfen nur seine Hände und ein liebendes Herz besitzt?

Das ist sehr wenig für eine Krankheit wie diese, die Natalia anscheinend durch Kassugais gewaltsamen Tod bekommen hatte. Tassburg erkannte das, als er sie in sein Bett getragen hatte und neben ihr auf der Bettkante hockte. Ab und zu zuckte sie heftig zusammen, und ihr zierlicher Körper verkrampfte sich, dann schnellten die Glieder auseinander, als sei sie ein Fisch, der an Land geworfen war und sich zurück ins lebenerhaltende Wasser windet. Dabei stieß sie ein spitzes, helles

Wimmern aus. Tassburg beugte sich wieder über sie und drückte sie fest an sich, aber er fand keinen Zugang mehr zu ihr. Sie bäumte sich auf, und Tassburg hatte Mühe, sie festzuhalten, so gewaltig war die Kraft, die in ihr tobte.

Erst nach Stunden wurde sie etwas ruhiger, lag stumm und bleich auf dem Bett, hielt die Augen geschlossen und atmete gleichmäßiger. Nur das immerwährende leise Zittern blieb, dieses Frieren der Nerven, das unter der Haut lag.

Tassburg kochte Tee und versuchte ihn Natalia einzuflößen. Aber es gelang ihm nicht. Sie preßte die Kiefer zusammen und reagierte auf keinen Anruf. Je mehr Michail versuchte, den Mund wenigstens einen Schlitz breit auseinander zu bringen, um so verkrampfter wurden ihre Gesichtsmuskeln.

Er wusch sie, zuerst mit heißem, dann mit kaltem Wasser, in der Hoffnung, sie erlange dadurch ihr Bewußtsein zurück. Er mußte sie dabei ausziehen und sah zum erstenmal ihren nackten Körper in seiner ganzen vollendeten Schönheit. Aber er empfand nichts dabei; er hatte nur Angst um sie, panische Angst, daß der Nervenschock in ihr blieb, ihren Geist zerstörte oder sie sogar tötete.

Irgendwann, viel später, als sie endlich erschöpft zu schlafen schien, deckte er sie zu und wankte hinüber in den großen Wohnraum, trank einen Schluck Wodka und ging vor das Haus.

Dort warteten, ebenfalls schon seit Stunden, der Pope Tigran, die Witwe Anastasia, Jefim und Jakow Michailewitsch Petrow. Sie starrten auf das verfluchte Haus. Es war ihnen unverständlich, daß darin alles still blieb. Zumindest einen Schrei hatte man erwartet — aber nichts dergleichen! Der Genosse Ingenieur war nun schon so lange drin — und nichts rührte sich.

Vitali Jakowlewitsch Gasisulin, der Sargmacher, war in dieser Zeit dreimal vorbeigekommen. »Gibt es schon den vierten Toten? Brüder, meldet es mir sofort! Ich bin einmal an der Arbeit — ein paar Bretterchen mehr gehobelt, das macht mir nichts aus!«

Aber man konnte Gasisulin nichts Neues berichten. »Es ist alles still, geheimnisvoll still!« sagte Tigran nur. »Vielleicht hat der Schreck Michail Sofronowitsch getötet. Wer weiß es? Wir werden es nie erfahren, wenn er im Haus bleibt. Oder will einer von euch hinein?«

»Das müßte man überdenken, Genossen!« sagte Petrow, der Dorfsowjet, und schielte den Popen so schauerlich an, daß dieser versucht war, ihm einen Sondersegen zu spenden. »Wir sind alle nur arme, kleine schutzlose Wesen! Hinter uns steht Lenin ... Aber nirgendwo hat auch er geschrieben, daß man sich mit dem Satan auseinandersetzen muß. Mit den verdammten Kapitalisten – das ist selbstverständlich! Aber mit der Kirche ...«

»Jakow Michailowitsch!« rief Tigran drohend.

Petrow hob die Hände. »Lassen Sie mich ausreden, Tigran Rassulowitsch! Mit der Kirche sollte man kritisch sein, und das bin ich! Wenn hier jemand das Haus betreten kann, dann nur Sie, Väterchen, im Schutze des Kreuzes! Höchstens käme Jefim noch in Frage ...«

»Laßt mich in Ruhe!« jammerte der Idiot und hielt sich an Anastasias Schürze fest. »Warum ich, he? Warum ich? Laßt Gerechtigkeit walten, Genossen!«

»Ein Idiot ist ein Liebling des Höchsten!« sagte Tigran weise. »Petrow hat recht. Um einen Idioten schwebt die Aura des Ewigen ...«

Es wußte zwar keiner, was eine Aura ist, aber wenn der Pope es sagte, mußte es etwas ganz Herrliches sein.

»Wir werden auslosen müssen, wer ins Haus geht!« sagte Tigran, nachdem kein Widerspruch mehr laut geworden war. »So lange kann niemand, wenn er noch lebt, im Haus bleiben, ohne sich zu rühren. Nichts tut sich da, gar nichts! Der unbelehrbare Michail Sofronowitsch liegt bestimmt mit umgedrehtem Genick vor dem Ofen. Soll er dort hundert Jahre liegenbleiben? Brüder, einer von uns muß wenigstens einmal durch das Fenster ins Haus blicken! Das losen wir jetzt aus!«

Es war zum Jammern – man kam zu nichts. Zwar verlor ausgerechnet der Dorfsowjet die Auslosung – er tippte auf die falsche Hand Tigrans, auf die linke, während der Kieselstein in der rechten lag. Petrow schrie sofort, das verstoße gegen sein

Amt – er sei für den Kommunismus zuständig und nicht für Geister und ihre Untaten. Außerdem hätten Auslosungen dieser Art keine Gültigkeit, denn die Partei habe ja das Glücksspiel verboten!

In diesem Augenblick flog die Tür des verfluchten Hauses auf, und Tassburg kam heraus. Er schwankte, und das blonde Haar hing ihm in die Stirn. Sein Hemd war über der Brust bis zum Gürtel der Hose aufgerissen. Erschöpft lehnte er sich gegen die Hauswand und wischte sich über das Gesicht.

»Er lebt...«, flüsterte Petrow glücklich.

»Mutter Gottes, er steht da und atmet!« sagte Anastasia und bekreuzigte sich.

»Aber wie steht er da!« brummte Tigran. »Wie geht er? Wie atmet er? Gezeichnet ist er! Weiß einer von euch noch, wie der Genosse Ingenieur gestern aussah? Und heute? Ein Jammerbild! Wartet es ab, gleich bricht er zusammen und haucht sein Leben aus! Dazu muß er ja vor die Tür – seit hundertfünfzig Jahren ist noch jeder vor dem Haus gestorben!« Tigran stand auf, breitete die Arme weit aus und holte tief Luft. »Gott nimmt dich auf!« rief er Tassburg zu. »Habe keine Angst vor dem Paradies, mein Sohn! Die ewige Sonne...«

»Ich brauche etwas gegen Fieber!« unterbrach ihn Tassburg. »Gegen ein Nervenfieber! Wo ist hier der nächste Arzt?«

Das war nun eine Frage, die man in Satowka selten stellte, denn hier war kaum jemand krank. Man lebte, bis man umfiel. Und wer endlich umfiel, der brauchte meistens keinen Arzt mehr. So einfach war das Leben in der Taiga... Ein Arzt hätte die gleichen Probleme wie der Sargmacher Gasisulin gehabt – er wäre verkümmert.

Natürlich gab es einen Arzt, man war ja schließlich ein fortschrittliches Land! Aber der Arzt hatte seine Praxis in der Kleinstadt Batkit, und wer ins Krankenhaus mußte, wurde nach Mutorej transportiert. Hatte er das Unglück, dort noch lebend anzukommen, dann begann erst sein Leiden: Das Krankenhaus hatte dreißig Betten, die Gebäude stammten noch aus der Zarenzeit, und der Chefarzt war eine dicke Frau, deren Alter niemand schätzen konnte. Sie war eine Ärztin, das war klar, und sie schnauzte jeden, der eingeliefert wurde, erst einmal an, damit er einen Begriff davon bekam, daß die Gesundheit erkämpft werden muß.

»Bist du gebadet?« schrie sie etwa. »Ha, diese Füße! Zermalmst du Kohlen damit? Was hast du? Schmerzen im Unterleib? Die Syphilis ist es, du Ferkel! Jammere nicht, ich schneide dir ein Loch in den Bauch!«

So eine war sie! Und nach der verlangte jetzt Michail Sofronowitsch? Das konnte man ihm nicht antun nach allem, was er in Satowka schon erlebt hatte. Und der alte Doktor in Batkit? Um einen Riesenfurunkel des Genossen Lepkinskij zu erkennen, mußte er ein Vergrößerungsglas nehmen, so blind war er schon.

»Der nächste Arzt?« wiederholte Tigran bedenklich. Er wagte sich keinen Schritt an Tassburg heran. Wußte man denn, was mit einem geschah, wenn man ihm zu nahe kam? Daß er krank war, sah jeder, und woher die Krankheit kam, wußte man auch. Da konnte kein Arzt helfen, auch nicht die grobe Genossin Ärztin. »Vertrau auf Gott, mein Sohn! Das ist besser als unsere Ärzte.«

»Ein Medikament brauche ich!« erwiderte Tassburg. »Jemand muß ins Lager laufen und die Apotheke herbeischaffen. Wir haben eine Reiseapotheke bei uns! Petrow, ich bitte Sie, holen Sie sie mir aus dem Lager. Ich kann hier jetzt nicht weg...«

»Er kann nicht weg, weil ihn der Satan am Kragen festhält!« flüsterte Jefim. »Jakow Michailowitsch, lauf, lauf... hol ihm, was er will.«

Petrow stand und schielte Tassburg unschlüssig an, aber da es immer noch besser war, ein Medikament zu holen, als einen neuen Toten wegzutragen, setzte er sich in Bewegung und machte sich auf den Weg zum Zeltlager am Waldrand.

Dabei begegnete er dem fröhlich pfeifenden Gasisulin, der auf einem Handwagen Schaufeln und eine Hacke hinter sich herzog. Er war auf dem Weg zum Friedhof, um die Gräber auszuheben. Die Sprengpatronen hatte er in einem Sack stecken, aber den sah man nicht.

»Nichts mit Nummer vier?« rief er Petrow zu.

»Noch lebt der Ingenieur!« gab Petrow zurück. »Aber nur noch halb!«

»Ich werde vorsichtshalber das vierte Grab herrichten!«

»Sehr klug! Mein Gott, soviel Aufregungen auf einmal hat es seit fünfzig Jahren in Satowka nicht gegeben!« Petrow rannte weiter, und Gasisulin bog in den Friedhof ein, der neben der Kirche lag. Ein kleiner, magerer Friedhof, wie in alten Zeiten. Er suchte den Platz für die Gräber aus, spuckte in die Hände, ergriff zunächst die Hacke und begann, die an der Oberfläche lockere Erde aufzuhacken. Aber dreißig Zentimeter tiefer begann der Felsboden.

VII

Es war unmöglich, mit Tigran Rassulowitsch oder der Witwe Anastasia ein paar vernünftige Worte zu reden. Auch als andere Dorfbewohner herankamen, angelockt durch Petrows Dauerlauf zum Geologenlager, war es, als baue sich eine Wand auf, die nicht einmal ein Echo zurückwarf.

Ein paarmal bettelte Tassburg förmlich darum, daß jemand nach Batkit reiten möge, um den Arzt zu holen. Er selbst wagte sich nicht fort, weil er nicht wußte, wie sich Natalias Nervenfieber in den nächsten Stunden entwickeln würde.

Aber niemand rührte sich. Sie standen herum, scharten sich wie eine Kuhherde um Tigran und blickten stumm zu dem verfluchten Haus hinüber. Jefim hatte die Erklärungen übernommen. Ungeniert laut verkündete er: »Gleich wird er umfallen, liebe Brüder! Seht ihn nur an! Seht ihn an! Noch ein paar Atemzüge, und er liegt da! Das Entsetzen hat ihm alles Blut aus den Adern getrieben!«

Tassburg beschwor die Leute noch einmal, man solle nach Batkit reiten und den Arzt holen – erfolglos! Dann wandte er sich ab und ging ins Haus zurück. Seine einzige Hoffnung war nun die Reiseapotheke, die Konstantin, der handverletzte Arbeiter, vielleicht bringen würde.

Natalia war erwacht, als er ins Zimmer kam, und lag mit offenen Augen auf dem Bett. Sie reagierte sogar, drehte den Kopf zur Tür und lächelte schwach. Das war ein Fortschritt! Tassburg war mit ein paar schnellen Schritten bei ihr und kniete sich neben dem Bett nieder. Er küßte Natalias noch immer kalte Lippen und schob die Hände unter ihre Schultern.

»Nun ist alles gut«, sagte er leise. »Alles! Wie fühlst du dich?«

»Ich bin traurig ...«, sagte sie kaum hörbar.

»Warum?«

»Daß ich lebe ...«

»Du bist bei mir, mein Liebling.«

»Es war so schön, mit dir allein weit weg zu sein. Nur wir zwei ... irgendwo im Raum ... Ich wollte nie wieder auf diese verdammte, häßliche Erde! Und nun bin ich doch hier ...«

»Die Erde ist schön, Natalia! Die schwarzen Wälder der Taiga, die Seen im schimmernden Licht der goldenen Sonne, die silberhellen Flüsse mit den Stromschnellen, der unendlich blaue Himmel – die Sonnenblumenfelder, die Steppe, wenn sie im Frühjahr blüht, die Schluchten der Gebirge, die Schilfmeere der riesigen Sümpfe ... all das ist von einer wahrhaft göttlichen Schönheit. Natalia, unser Rußland ist ein ewiges, nie endendes Gedicht ...«

»Wenn es keine Menschen gäbe, Michail ...«

»Du und ich sind auch Menschen! Wir werden unsere eigene kleine Welt bauen, so schön, wie wir sie haben wollen.«

»Die anderen werden es nicht zulassen. Und wenn wir sie gebaut haben, kommen die Menschen und zerstören sie. Ich kenne das.«

»Du bist ja auch so schrecklich alt und weise«, sagte er mit leichtem Spott.

»Ich habe Kassugai getötet, Michail.«

»Denk nicht mehr daran. Es hat nie einen Kassugai gegeben! Er wird in Satowka verschwinden – spurlos.«

»Man wird ihn suchen...«

»Er ist nie hier gewesen!«

»Wie ist es möglich, daß ich einen Menschen töten konnte? Wer bin ich, Michail?«

Es kam wieder über sie. Ihre Augen wurden starr, ihr Körper, nackt unter der Decke, streckte sich und wurde steif. Kalter Schweiß perlte über ihr Gesicht.

Tassburg holte wieder das nasse Handtuch, wischte ihr das Gesicht ab, schlug die Decke zurück, und legte das kühle Tuch über ihren Leib. Sie sah ihn ausdruckslos an. Ob sie begriff, daß sie völlig entblößt vor ihm lag? Vielleicht vermischte sich die Angst, ihm wehrlos ausgeliefert zu sein, mit dem furchtbaren Schock, der ihre Nerven entzündet hatte?

»Du mußt etwas trinken«, sagte Michail und beugte sich tief über sie. »Heißen Tee mit Wodka! Ich weiß nicht, ob das gut ist, aber irgend etwas müssen wir tun! Natalia, Liebling, ich lasse dich nie mehr allein! Ich liebe dich, wie ich es nie für möglich gehalten hätte...«

Er holte hastig den Becher, stützte ihren Kopf und flößte ihr vorsichtig den Tee ein. Sie versuchte zu schlucken, es gelang nur kläglich, aber etwas von dem Tee mit Wodka bekam sie doch herunter.

Sie schien es wie einen Feuerstrom zu spüren, der ihr durch die Kehle rann. »Nicht!« stammelte sie und versuchte, seine Hand mit dem Becher wegzuschieben. »Ich verbrenne! Ich verbrenne!«

Dann wurde sie schlaff in Tassburgs Armen und sank in das Kissen zurück. Die kurze Rückkehr in das Leben war vorbei... das Dunkel ihrer Ängste umgab sie wieder.

Michail deckte sie zu, rannte zum Fenster und blickte hinaus.

Draußen saßen oder standen noch immer die Bauern, den Popen in ihrer Mitte, und warteten. Warum kommt Petrow nicht zurück, dachte Tassburg voller Panik. Warum kommt Konstantin nicht mit der Arztkiste? So weit ist das Lager doch nicht entfernt. Irgendein Mittel gegen Fieber oder zur Beruhigung wird doch in der Reiseapotheke sein, irgend etwas muß doch helfen! Wenn es Natalia morgen oder übermorgen besser geht, fahre ich selbst nach Batkit und hole den Arzt ...

Und dann? Ja, was dann?

Er trat vom Fenster zurück und blickte Natalia an. Sie atmete jetzt heftig und kurz.

Tassburg überlegte. In spätestens vier Wochen war der Winter da. Das sah man nicht nur, das roch man sogar schon. In den Nächten wehte schon Kühle von Norden und Osten her, die wildbunten Blätter der Laubbäume regneten herab, die »flammende Taiga«, wie man hier den Herbst nannte, würde in diesem Jahr nur ganz kurz sein.

Ein paar kalte Tage, ein heftiger Wind, der alles leerfegte, dann würde über Nacht der erste Schnee fallen. Die Regentage, die sonst im Herbst alles in eine Schlammwüste verwandelten, sollten dieses Jahr ausfallen, behauptete der Meteorologe, der zu Tassburgs Trupp gehörte. Er war einer der wenigen Wetterkundler, die Tassburg kannte, dessen Voraussagen stimmten. Trafen seine Prognosen ein, so wurde eine Flasche Wodka spendiert, aber der Meteorologe sah das nicht als Ehrung, sondern als Beleidigung an. »Wartet nur ab!« sagte er böse und trank seinen Wodka. »Spottet nur! Wenn euch der erste Frost den Hintern abfriert, lacht ihr nicht mehr! Es wird früher als sonst Winter werden!«

Winter ... das waren Monate seliger Einsamkeit mit Natalia ... Tassburg konnte sich ausrechnen, daß die Zentrale mit einem solchen Stillstand nicht einverstanden sein würde. Man würde mit eisfesten Hubschraubern in die Taiga fliegen, um nachzusehen, ob es tatsächlich unmöglich war, weiterzuarbeiten. Außerdem würden seine Männer protestieren, den langen Winter in dieser Einsamkeit zu verbringen ...

Es wird sich alles finden, dachte Michail dann, und setzte sich wieder zu Natalia ans Bett. Er blickte in ihr blasses Gesicht. Mein ganzes Leben hat sich durch sie verändert, dachte er. Alles hat einen anderen Wert bekommen, ein neues Gewicht. Nichts ist mehr so wichtig wie Natalia.

Er beugte sich über sie und küßte ihre zitternden Lider. Sie war kalt wie Stein.

Der Sargmacher und Totengräber Vitali Jakowlewitsch Gasisulin hatte seine vier flachen Löcher in den Boden gegraben und ruhte sich nun auf dem Rand seines Handwagens aus. Er hatte die Gräber in einer Reihe angelegt und sich vorgenommen, jedes einzeln aufzusprengen.

Ein viermaliges schönes Krachen sollte es werden, ein Feuerwerk. Wann hatte Vitali schon Gelegenheit, Dynamit zu zünden? Die kam so rasch nicht wieder. Außerdem war Gasisulin mächtig stolz bei dem Gedanken, daß er vielleicht der einzige Totengräber Sibiriens sei, der seine Gräber auf diese Weise ausheben konnte.

Nachdem er einen Kanten Brot gekaut hatte, machte er sich daran, die Dynamitstäbe in die Erdlöcher zu stecken und dann abzudecken. Pro Grab drei Stangen ...

Sorgfältig legte Vitali Jakowlewitsch anschließend die Zündschnüre und rollte sie aus bis hinter die Kirchenecke, hinter der er in Deckung gehen wollte. In großer Vorfreude rieb er sich die Hände. Er zog seinen Handwagen hinter die Kirche, setzte sich auf die Deichsel und steckte die Zündschnur Nummer eins an. Leise zischend sauste das bläuliche Flämmchen davon. Die zweite Schnur folgte, dann die dritte. Gasisulin freute sich wie ein Kind, sein Gesicht strahlte in höchstem Glück, und er brannte die letzte Zündschnur ab. Dem letzten blauen Flämmchen winkte er nach. Mach's gut, Feuerchen! So etwas wird Satowka nicht wieder erleben ...

Er hatte recht, der gute Gasisulin!

Schneller als er geglaubt hatte, erreichte die erste Flamme das dreifache Dynamit.

Man soll nicht denken, daß sich irgendein Bewohner der Taiga durch mittlere Naturkatastrophen besonders aus der Ruhe bringen läßt. Ob es blitzt oder donnert, der Himmel Sturzbäche an Regen auf die Erde schickt, die alles überschwemmen; ob der Frost die Bäume auseinandersprengt oder die Sommerglut Hunderte von Werst des Waldes in Flammen aufgehen läßt - man ist das gewöhnt, nimmt es hin und weiß, daß alles vorübergeht und der Gleichklang der Natur wiederhergestellt wird.

In diesem Augenblick aber war es anders. Gasisulin, noch freudig erregt und voller kindlicher Erwartung des schönen, lauten Knalls, fühlte sich plötzlich wie von Geisterhand hochgehoben, schwebte über seinem Handwagen, riß den Mund zu einem Schrei auf und fiel dann unsanft auf den harten Boden zurück. Er hörte eine so gewaltige Detonation, daß hinter ihm die Kirche zu schwanken und die Erde unter ihm sich zu wölben schien.

»O Schwarze Muttergottes!« stammelte Vitali Jakowlewitsch. Er blieb auf der Erde liegen, bedeckte seinen Kopf mit beiden Händen und wartete auf das Ende. Mit drei Stäbchen scheinen wir uns verrechnet zu haben ..., dachte Vitali in höchster Not.

Das stimmte. Das Grab Nummer eins erwies sich als ein riesiges Loch von gut drei Metern Tiefe, und was das Dynamit herausgerissen hatte, kam polternd als Stein- und Staubregen auf die Erde zurück. Aber da explodierte schon die Sprengladung Nummer zwei und ließ ebenfalls die Erde erzittern. Es schien sich um Qualitätsware zu handeln ...

Ein neuer Schlag, der die Welt auf den Kopf stellte, ein neuer Rauchpilz, neues Zittern Gasisulins, hinter dem Kirchenscheiben zerbrachen. »Verzeiht, ihr Heiligen!« schrie Vitali Jakowlewitsch. »Ich bin Laie! Wie konnte ich das vorher wissen?«

Nummer drei war noch schlimmer. Gasisulin wurde von dem unheimlichen Luftdruck herumgeworfen, lag wie ein geplatzter Frosch auf dem Rücken und sah, wie sich der blaue Spätsommerhimmel von Staubwolken verdunkelte. »Herr, verfluche Konstantin!« rief Vitali, am Ende seiner Kraft. »Er hat's gesagt - drei Stangen! Ich bin nur ein armer, getäuschter Mensch! Bitte, laß die vierte Sprengladung nicht losgehen!«

Aber Gott war heute nicht in Satowka. Auch Nummer vier explodierte mit großer Präzision, riß ein Loch in die Erde, als wolle man eine ganze Kompanie Soldaten begraben und überschüttete Gasisulin mit Steinen, Felsbrocken, Erde und Staub. Er bekam kaum noch Luft, schlug um sich und schwor, in Zukunft alle Gräber wieder auf konventionelle Art auszuheben.

Anschließend blieb Vitali liegen, das Gesicht in den Händen verborgen, und wagte nicht, den Kopf zu erheben und die Kirche anzusehen. Seiner Ansicht nach mußte sie weggepustet worden sein. Wie durch einen dicken Vorhang hörte er dann Jefims Diskant: »Die Welt geht unter! Wir sind alle verflucht! Die Hölle will uns verschlingen!«

Vom Haus des Dorfsowjets ertönte eine Alarmsirene, die mit Preßluft in Betrieb gesetzt werden mußte, weil es in Satowka noch kein elektrisches Licht gab. Die Leitungen von Batkit aus lagen seit zwei Jahren dreißig Werst entfernt im Wald. Dort hatte man den letzten Mast errichtet, die Drähte zusammengewickelt und anscheinend vergessen. Ab und zu hörte man vom zuständigen Beamten in Batkit, man wolle die Leitung weiterbauen, aber irgendwie mußte die Elektrifizierung Satowkas nicht im Programm, im »Plan« enthalten sein...

Die Sirene quäkte also, die Bauern rannten herbei, und man sah über der Kirche die große Staubwolke, die sich nur allmählich verteilte.

»Der Teufel hat zugeschlagen!« schrie die Witwe Anastasia. »Er hat die Kirche vernichtet! Betet, Leute, betet, wir sind am Ende!«

Tigran erreichte sein geweihtes Haus, dem das halbe Dach fehlte. Sehen wir davon ab, den Friedhof zu schildern, auf dem vier Riesenkrater gähnten und viele Gräber ruiniert waren – von der Kirche waren alle Fenster zerstört, das Pfarrhaus hatte keine Türen und Fenster mehr, und die Druckwelle von zwölf Stangen Dynamit hatte sogar die riesige Pappel geknickt, die wie ein Wahrzeichen vor der Kirche gestanden hatte. Kein Taigasturm hatte das bisher vermocht; Gasisulin hatte es mit seinen kleinen bläulichen Flämmchen spielend erreicht.

»Hinweg, Satan!« brüllte Tigran, als er die Verwüstungen überblickte. »Hinweg!« Aber dann sah er die vier Krater im

Friedhofsboden und begriff sehr schnell, was hier wirklich geschehen war.

»Meine schöne Kirche!« rief er dramatisch aus und raufte sich den langen schwarzen Bart. »Vernichtet! Geschändet! Abgedeckt! Und mein Haus! Der Wind kann hindurchblasen wie durch einen löchrigen Käse! O ihr Gläubigen, öffnet eure Taschen!«

Sie erschlagen mich, dachte Gasisulin angstvoll. Sie hängen mich auf! O Gott, was habe ich angerichtet. Jetzt sollen sie alle zahlen, und ich habe den Schaden angerichtet. Für jede Kopeke einen Tritt ... wer soll das aushalten?

Noch sah ihn niemand, weil alle vor der Kirche zusammengelaufen waren. Deshalb versuchte er davonzukriechen, zur Rückseite der Kirche hin. Dort rollte er sich hinter die Bohnenhecke, die Tigran voller Stolz jedes Jahr hochzog, zwei Säcke davon erntete und sich im Winter zweimal wöchentlich eine Bohnenmahlzeit gönnen konnte.

Erst dann, im Schutze des verwelkten Bohnenkrautes, richtete er sich auf, klopfte die Erde von seinem Anzug und rannte andersherum um die Kirche. Er schloß sich dem Trupp an, der gerade herankam, und rief sofort: »Die schöne Kirche! Unsere schöne Kirche! Was ist geschehen, Genossen?«

Der Pope Tigran beendete die allgemeine Aufregung mit der Aufforderung, nach Hause zu gehen, Werkzeuge zu holen und mit den Ausbesserungsarbeiten zu beginnen. Dann packte er den armen Gasisulin am Kragen und trug ihn wie eine nasse Katze ins Innere des heiligen Hauses.

Dort setzte er ihn recht unsanft hinter der Ikonostase auf einen Schemel und gab ihm als Einleitung eine schallende Ohrfeige. Da es hinter den Rücken der Heiligen geschah, hatte Tigran keine Gewissensbisse.

»Väterchen, ich gestehe...«, stammelte Vitali Jakowlewitsch. »Aber keiner hat mich gewarnt! Drei dünne Stäbchen – und diese Wirkung! Woher soll ich wissen, daß es möglich ist, in drei Pappfingerchen eine solche Wucht von einer Sprengladung zu packen?«

»Es war Dynamit, nicht wahr?« fragte Tigran drohend. »Hast du kein Hirn? Drei Stangen für die Gräber, das ist ja Wahnsinn!«

»Es ... waren zwölf, Väterchen«, stammelte Gasisulin. »Für jedes Grab drei ...«

»Dann haben wir soeben ein Wunder erlebt!« sagte Tigran feierlich. »Die Kirche steht noch, mein Haus steht noch, es gibt noch das Dorf Satowka! Vitali Jakowlewitsch, weißt du, was man mit zwölf Stangen Dynamit alles in die Luft sprengen kann?«

»Nein, Väterchen.«

»Eben! Mit den Idioten ist Gott! Ich habe keine Angst mehr um Satowka!«

Es wurde ein merkwürdiges Begräbnis an diesem Nachmittag. Während einige Bauern auf dem Kirchendach hockten und Bretter festnagelten, senkten Gasisulin und drei freiwillige Helfer die Särge in die Riesengruben. Entgegen dem Brauch, bis zum Grab die Toten offen einherzutragen und laut zu beweinen, hatte man die Deckel bereits fest zugeschlagen.

Kassugai und seinen Freund Nikolai wollte niemand beweinen, selbst nicht die drei ausgewählten Klageweiber, die sonst mit zerrauften Haaren und verzerrten Gesichtern laut weinend dem offenen Sarg folgten. Was die Witwe Valentina Agafonowna betraf, so genügte es, daß man bei der Aufbahrung im Haus eine Stunde klagte. Es war ein schwüler Nachmittag, und auch Klagen strengt an.

»Ihr Lieben«, sagte der Pope an den Gräbern, »wir übergeben den Leib unserer lieben Valentina Agafonowna der Erde in der Gewißheit, daß sie zu Gottes Füßen sitzen wird. Die beiden anderen Toten hat es nie gegeben, und wer auch nur einen Ton darüber spricht, nur einen Hauch von ihnen erwähnt, den verprügele ich eigenhändig, daß er eine Woche lang nicht mehr sitzen kann. Haben wir uns verstanden, liebe Kinder im Herrn?«

Die Leute von Satowka nickten ehrfürchtig. Man war viele merkwürdige Predigten Tigrans gewöhnt, warum sollte man über diese staunen? Wenn der Pope ausdrücklich sagte, es sei nur eine begraben worden, eben Valentina Agafonowna, dann stimmte das. Viel wichtiger war, was mit dem alten Wolga-Auto geschehen sollte, das die beiden Fremden vor dem Haus des Dorfsowjets abgestellt hatten. Es ging das Gerücht um, man wolle es versteigern, um jedem die Gelegenheit zu geben, ein Auto zu besitzen. Petrow nannte das »angewandten Sozialismus«.

So wurde die Beerdigung rasch beendet, und man schaufelte die Riesengräber nur notdürftig zu. Nun blieb das Problem, was mit dem vierten Grab geschehen sollte.

»Der Genosse Ingenieur lebt noch«, meinte Tigran unschlüssig. »Aber das kann sich morgen schon ändern. Lassen wir es offen. In Satowka überschlagen sich die Ereignisse...«

Dann zogen alle zum Parteihaus zur Autoversteigerung.

Da niemand in der Lage war, den Wert des Wagens zu schätzen, überließ man das dem Popen, und der sagte laut: »Das Auto fährt noch! Kassugai hat damit wochenlang die Taiga durchquert. Ein robustes Fahrzeug also, Genossen! Keine Schönheit mehr, aber ein Auto soll ja fahren und keinen Schönheitspreis bekommen! Ich schätze es auf dreißig Rubel!«

Ein Stöhnen ging durch die Einwohnerschaft von Satowka. Dreißig Rubel? War man ein Millionär? Man sah sich aus den Augenwinkeln an und wartete. Wer hatte heimlich dreißig Rubel im Kasten versteckt? Heraus damit, Brüderchen! Jetzt heißt es bekennen!

»Ich unterstütze den Fortschritt!« sagte Petrow laut, dabei schielte er noch fürchterlicher als sonst, weil ihn die Begeisterung mitriß. »Die Partei bietet einunddreißig Rubel!«

»Zweiunddreißig für die Kirche!« brüllte Tigran. »Gott ist immer vorn!«

»Dreiunddreißig für den Sozialismus!« schrie Petrow.

»Fünfunddreißig Rubel!« dröhnte Tigrans Baß.

Man hielt den Atem an. Die Summen stießen in den Bereich des Utopischen vor. Fünfunddreißig Rubel sind kein Vermögen, aber man muß ja anders rechnen: Wem nützt ein Auto, wenn er kein Benzin und kein Öl hat? Und die Reparaturen? Immer nach Mutorej, zwei Pferdchen davorgespannt? Da konnte man sich ein Auto sparen und gleich mit den Gäulen fahren ...

Aber es kam noch schöner.

Eine helle Stimme sagte in die plötzlich entstandene Stille: »Vierzig Rubelchen!«

Der Pope starrte den Sprecher an und vergaß, seinen Mund zu schließen. Petrow fielen beinahe die Augen aus dem Kopf. Die Leute von Satowka schnauften und umringten den Mutigen, als wollten sie ihn erwürgen.

Wer da vierzig Rubel bot, war niemand anderer als Jefim Aronowitsch, der Idiot.

»Bringt ihn weg!« sagte Tigran sanft. »Er kann nichts dafür.«

»Ich bekomme das Auto! Ich habe vierzig Rubel geboten!« schrie Jefim und stemmte die Beine in den Boden, als man ihn wegziehen wollte. »Ich zahle sie bar! Wollt ihr sie sehen? Gespart habe ich sie. Kopeke auf Kopeke! Her mit dem Auto ...«

Was sollte man tun? Petrow, für die Gerechtigkeit in Satowka verantwortlich, schlug dreimal in die Hände, und Jefim war der Besitzer des schönen Wolga-Wagens. Aber dann nahmen Tigran und Petrow Jefim mit in das große Gemeindebüro und brüllten ihn abwechselnd an.

»Ich erteile keine Fahrerlaubnis!« rief Petrow. »Nie! Das wäre konzessionierter Mord!«

»Du Pharisäer!« brüllte Tigran und schüttelte den armen Idioten. »Der Kirche ein Auto wegzukaufen! Fahr mit ihm in die Hölle!«

»Ich will ja gar nicht fahren«, sagte Jefim kläglich. »Ich will es im Garten aufstellen wie eine Laube. Den ganzen Sommer über kann man darin weich schlafen. Wer sagt denn, daß ich fahren will?«

Gegen dieses Vorhaben war man machtlos. Petrow und Tigran verhandelten nur noch um eine abwechselnde Benutzung des Autos, und als Jefim dem zustimmte, küßte jeder ihm die Wangen, nannte ihn einen guten Menschen und begleitete ihn nach Hause.

Tatsächlich hatte er unter seiner Strohmatratze einen Leinensack mit 53 Rubeln versteckt – die Ersparnisse von 24 Jahren. Er zahlte 40 Rubel in Petrows Hand, und der versprach, den Wagen so schnell wie möglich zu Jefims Hütte bringen zu lassen. Dem Popen versprach der Dorfsowjet einen neuen Kerzenleuchter.

So war in Satowka der Friede wiederhergestellt – wenigstens vorläufig.

Konstantin, der Arbeiter mit der verletzten Hand, hatte die Reiseapotheke persönlich aus dem Lager gebracht. Tassburg nahm ihn vor dem Haus in Empfang und trug Konstantin auf, dem Bohrtrupp in der Taiga über Funk zu melden, sie müßten auf ihn verzichten – mindestens eine Woche lang – und der Chefgeologe Pribylow sollte inzwischen das Kommando übernehmen. Nur in dringenden Fällen möchte man ihn stören. Einen Fieberkranken soll man in Ruhe lassen.

Konstantin wiederholte alles, wünschte dann dem Genossen Tassburg alles Gute und lief zum Lager zurück, um den Genossen in der Taiga das Neueste zu melden.

»Es ist nicht viel, was ich habe«, sagte Michail zu Natalia, nachdem Konstantin gegangen war. Er hatte den Arzneikoffer aufgeklappt und wühlte in den Medikamenten herum. Die üblichen Präparate gegen Malaria, Durchfall, Fieber, Magenverstimmung und Kreislaufschwäche waren darin, aber zur Dämpfung eines Nervenschocks war natürlich nichts vorhanden. Wer in der Taiga nach Erdgas sucht, darf keine Nerven haben.

»Ich nehme nichts...«, sagte Natalia schwach.

»Du mußt zur Ruhe kommen, Liebling!«

»Nicht durch Medizin. Wirf es weg!« Sie drehte den Kopf zu ihm, ihre großen Augen bettelten. Tassburg sah, wie schwer ihr das Sprechen fiel. Jedes Wort schien wie eine Zentnerlast zu sein, die sie von sich wälzen wollte. »Komm zu mir«, bat sie leise. »Leg dich neben mich. Halt mich fest, dann werde ich ruhig ... nur dann ... O Mischa, Mischa ... halt mich ganz fest...«

Er tat, worum sie ihn bat, und sie nickte glücklich, schob den Kopf näher zu ihm und schloß die Augen.

»So ist es gut«, flüsterte sie. »Spürst du, wie ich ruhiger werde...«

»Ich spüre es, Natalia.« Er log, ihr Körper zitterte wie vordem, aber sie schien es nicht mehr zu empfinden. »Morgen ist alles vorbei!«

»Morgen!« Sie lächelte mit geschlossenen Augen. »Dazwischen liegt die Nacht. Ohne dich überlebe ich sie nicht. Wie wunderbar, daß du bei mir bist, Mischa...«

In diesem Augenblick explodierte Gasisulins erste Dynamitladung.

Mit einem gellenden Schrei fuhr Natalia hoch.

Tassburg hatte alle Mühe, sie auf dem Bett festzuhalten. Sie schlug um sich, ihr Gesicht war verzerrt, und sie wimmerte, als er sie mit Gewalt in das Kissen zurückdrückte.

»Wo ist mein Messer? Gib mir das Messer! Ich will nicht wehrlos sterben!«

Gasisulins zweites Grab explodierte mit einem noch stärkeren Knall als das erste. Der Boden bebte, die dicken Holzwände der Hütte schwankten.

»Das sind Kassugais Leute!« schrie Natalia und bäumte sich auf. »Sie sprengen das ganze Dorf in die Luft! Oh, du kennst sie nicht, Michail! Teufel sind es! Wahre Teufel! Sie werden auch zu uns kommen. Töte mich! Bitte, bitte ... töte mich!«

Sie rutschte auf die Erde, umklammerte seine Knie und drückte den Kopf in seinen Schoß. »Laß mich nicht lebend in ihre Hände fallen, Michail!« schrie Natalia wieder. »Du weißt nicht, was sie mit mir anstellen.«

Tassburg wußte es genau ... es gehörte wenig Phantasie dazu.

Er befreite sich aus Natalias Armen, lief zu einem Schrank und holte sein Schnellfeuergewehr heraus. Es lag immer schußbereit auf den Zeichenrollen, für deren Aufbewahrung der Schrank gedacht war.

Die dritte Explosion ertönte, von noch lauterem Geschrei aus dem Dorf begleitet. Tassburg stürzte ans Fenster. In der Nähe der Kirche stand eine dunkle Wolke aus Erde und Staub unter dem blauen Himmel. Es war eine typische Sprengwolke, von denen Tassburg schon viele gesehen hatte.

»Sie sind bei der Kirche!« schrie er heiser.

»Dann sind es auch Kassugais Leute. Sie hassen die Kirche. Und wenn sie die Toten dort gefunden haben...«

»Sie werden es schwer haben, zu uns ins Haus zu kommen!« Michail lief ins Zimmer zurück, holte aus einer Kiste Munition und Magazine, warf Natalia eine Pistole zu und zeigte auf das Schlafzimmerfenster.

»Wenn sie kommen, schieß von dort! Ich verschanze mich hinter dem Wohnzimmerfenster. Kannst du überhaupt schießen?«

»Mit einem Jagdgewehr. Ich habe noch nie eine Pistole in der Hand gehabt.« Sie kniete noch immer vor dem Bett, die Waffe in der Hand, und starrte Tassburg aus übergroßen Augen an. Er kam zu ihr, erklärte ihr kurz, wie der Mechanismus der Pistole funktionierte, aber er merkte, daß sie es nicht begriff.

»Ziele und drücke einfach ab!« sagte er da. »Sie lädt immer wieder automatisch durch, bis das Magazin leer ist.«

»Und wenn es leer ist?«

»Dann komme ich und schiebe ein neues Magazin in den Griff.«

Sie nickte, betrachtete die Pistole und steckte den Zeigefinger in den Abzugshahn.

Das Metall war kalt und schwer. Natalia starrte auf das kleine Loch im Lauf und dachte, daß sie jetzt nur den Finger zu krümmen brauchte, und der Tod, der große Erlöser von Angst und Qual, würde als Feuerstrahl durch ihren Körper zucken und alles auslöschen.

»Dreh die Pistole um!« rief Tassburg aus dem Nebenzimmer.

Er stand am Fenster, hatte die Explosionswolken beobachtet und jetzt zufällig zur Seite geblickt.

»Wie leicht das Sterben ist...«, sagte Natalia versonnen. »Merkwürdig, Michail, ich habe plötzlich gar keine Angst mehr.«

Sie stand auf, ging etwas unsicher zum Fenster und stellte sich seitlich davon an die Wand. Sie war jetzt ganz ruhig, auch das Zittern hatte aufgehört.

Vom Fenster aus konnte Natalia Anastasias Garten überblicken und jeden sehen, der von der Rückseite an das Haus heranwollte. Tassburg kontrollierte den Eingang und die Straße. Er hörte, wie die Feuerwehr von Satowka heranrasselte. Ein uralter Spritzenwagen mit einer Handpumpe war es, von sechs kräftigen Bauern gezogen.

Vor ungefähr zwanzig Jahren hatte der Pope Tigran diese Pumpe ins Dorf gebracht, als Geschenk der Kirchenverwaltung von Mutorej. Man ließ daraufhin die geistlichen Herren hochleben und sang begeistert einen Choral.

Was man nicht wußte, war, daß Tigran die alte Spritze auf einem Müllhaufen entdeckt hatte und sie vor der Vernichtung rettete. Ein findiger Schlosser, der dafür heimlich dreimal gesegnet wurde – heimlich deshalb, weil er ein bekannter Kommunist war und im Stadtsowjet von Mutorej saß –, bastelte mehrere Tage an der Pumpe herum, entrostete sie, schmierte sie mit kältebeständigem Fett und führte dann stolz dem Popen vor, wie man mit dem uralten Ding Feuer löschte.

In Satowka taufte man den Apparat auf den stolzen Namen »Fortschritt«. Leider trat er bisher nur zweimal in Tätigkeit, einmal bei einer Heuselbstentzündung des Bauern Projkop, das zweitemal, weil es bei der Witwe Larissa im Schornstein brannte.

Bei beiden Einsätzen tat die Feuerspritze »Fortschritt« ihr Bestes, aber retten konnte sie weder die Scheune noch das Haus der Larissa. Bei dem Heu platzte der morsche Schlauch, weil zwischen dem gepumpten Wasserdruck und dem porösen Gummi des Schlauches eine physikalische Diskrepanz herrschte, bei Larissas Kamin dagegen verjagten die schwarzen Dämpfe des nie gereinigten Schornsteins die tapferen Feuerwehrmänner, denn Rauchmasken waren nicht vorhanden.

Daß »Fortschritt« nun anrückte, deutete darauf hin, daß kein Terrortrupp Kassugais über das Dorf hergefallen, sondern irgendein anderes Unglück passiert war. Außerdem sah Tassburg kurz nach der letzten Explosion Jefim Aronowitsch über die Straße springen und etwas durch die Gegend schreien.

»Es sind nicht Kassugais Leute, Natalia!« rief Michail in das andere Zimmer hinüber. »Vielleicht hat es irgendwo eine Explosion gegeben. Die Feuerwehr rückt an!«

Aber er und Natalia blieben vorsichtig, verharrten noch eine Weile an ihren Fenstern und traten erst in die Zimmer zurück, als sie Anastasia kommen sahen, gefolgt von Petrow. Zuletzt erschien noch der Pope Tigran, in feierlichem Ornat, in dem er soeben das Dreifachbegräbnis ohne weitere Zwischenfälle vorgenommen hatte.

Tassburg lehnte sein Schnellfeuergewehr neben die Tür und trat aus dem Haus. Hoch über der Kirche, mit dem Wind wegziehend, hingen noch immer dunkle Erd- und Staubwolken.

»Was ist passiert?« rief Tassburg. Es wäre einfacher gewesen, zu Tigran hinüberzugehen, aber er wollte sich gerade jetzt nicht einen Schritt mehr als nötig von Natalia entfernen.

»Darüber muß ich mit Ihnen sprechen, mein Sohn!« rief Tigran mit seinem urigen Baß zurück. »Ich bekomme von Ihnen ein neues Kirchendach!«

»Heißt das, die Staubwolke da oben besteht aus Teilen Ihrer Kirche?«

»Nicht das allein! Da hängen auch noch einige Gräber samt Umgebung darin!« Er nahm seinen Popenhut ab und wischte sich über die Stirn. »Unser lieber Vitali Jakowlewitsch Gasisulin, Sargmacher und Totengräber seines Zeichens, war nämlich mit drei Toten zur gleichen Zeit ein wenig überlastet. Man muß das ehrlich zugeben und verstehen. Andererseits lag uns daran, die Toten, vor allem die beiden Genossen, so schnell wie möglich in geweihter Erde verschwinden zu lassen. Es ist ja möglich, daß man sie vermißt und sucht. Ist das bis hierhin klar, Brüderchen?«

»Völlig klar. Ich bewundere Ihren Weitblick, Väterchen.«

»Was macht also Gasisulin, der gequälte Mann? Kann er so schnell im steinigen Boden drei Gräber ausheben? Das schien unmöglich. Aber Vitali Jakowlewitsch ist manchmal ein genialer Mensch. Was tut er? Er geht in Ihr Lager, mein Sohn, trifft dort einen angeblichen Fachmann, der Konstantin heißt, und läßt sich erklären, daß man Gräber auch in den Boden sprengen kann. Mit Dynamit!«

»O Gott!« sagte Tassburg, lehnte sich an die Hauswand und wußte nicht, ob er lachen oder ernst bleiben sollte. »Ich ahne Fürchterliches!«

»Daran tun Sie recht, Brüderchen!« Tigrans Stimme schwoll zu Orgeltönen an. »Vitali Jakowlewitsch als der gläubige Laie und Ihr elender Konstantin als Fachmann, berechnen also die Sprengkraft und kommen zu dem Ergebnis, Felsboden sei wie Beton. Das heißt, sie rechnen pro Grab drei Stangen Dynamit aus. Und die steckt der ahnungslose Gasisulin auch in die vorbereiteten Löcher.«

»Sie brauchen nicht weiterzureden, Väterchen«, erwiderte Tassburg. »Eine solche Menge Dynamit hält auch Ihre Kirche nicht aus!«

»Sie steht!« sagte der Pope stolz. »Gott hat sie festgehalten. Aber das Dach ... mein Sohn, auch Gott kann seine Hände nicht überall haben! Und nun ist es so, daß Sie als Chef Ihres Trupps doch wohl verantwortlich sind für die Schäden, die irgendein Mitglied aus Ihrem Kreis anrichtet.«

Tassburg lehnte den Kopf gegen die Wand. Ihm fiel ein, daß er ja den Kranken spielen mußte. »Ich werde es mir überlegen. Reparieren Sie das Dach, Väterchen. Wenn ich gesund bin, sprechen wir weiter darüber.«

»Das ist keine reelle Sache, Genosse!« Tigran blickte fragend zu Petrow, und dieser schielte zurück, was volle Zustimmung hieß. »Es sind da unbekannte Faktoren, unwägbare...«

»Welche?«

»Sie sind krank, man sieht's Ihnen an. Sie schwanken wie ein Rohr im Wind. Wer garantiert uns, daß Sie gesund werden?«

»Allerdings. Nun, ich tue was ich kann und was meine Apotheke hergibt.«

Der Pope streckte beide Arme aus. »In diesem Haus hilft Ihnen keine irdische Medizin. Ziehen Sie aus, kommen Sie zu mir!«

»Oder zu mir!« rief Petrow. »Unter der Roten Fahne gibt es keine Geister!«

»Dann sind alle Ihre Versprechungen dünn wie das Eis im Frühjahr!« Der Pope drohte mit seinen riesigen Händen. »Die Reparatur geschieht bereits in Gemeinschaftsarbeit der Gläubigen. Aber das Material, mein Sohn, das Material! Hätte Ihr Fachmann Konstantin mit seinen Dynamitstangen . . .«

»Rechnen Sie alles zusammen, Tigran Rassulowitsch«, sagte Tassburg, der schnell ins Haus zurück mußte, denn das Lachen juckte ihm in der Nase. Welch ein Gauner im heiligen Rock! dachte er. »Ich werde einen Boten mit den nächsten geologischen Ergebnissen nach Omsk schicken und Ihre Materialrechnung mitgeben. Dort wird sie der für Schadensersatzansprüche zuständige Beamte studieren und darüber entscheiden. Zufrieden?«

»Ein Beamter in Omsk?« fragte Tigran entgeistert. »Was hat Omsk damit zu tun?«

»Wir sind eine staatliche Truppe. Alle unsere Ausgaben werden zentral verwaltet.«

»Mein Kirchendach . . .«

»Auch das Dynamit kommt aus Omsk!« Tassburg öffnete die Haustür und hob bedauernd die Schultern. »Eine Behörde zahlt nur nach eingehender Prüfung. Ich bin bereit, die Schuld auf mich zu nehmen, aber die Entscheidung liegt bei dem Genossen Saizenowskij.«

»So heißt der Beamte?«

»Ja.«

»Ein mir sofort unangenehmer Name!« Tigran raufte seinen

Bart. Ihm war klar, daß Omsk alles andere tun würde, nur nicht zahlen. Im Gegenteil, man würde in Omsk sehr munter werden und fragen: »Wie, Genossen, ist es möglich, daß es mitten in der einsamen Taiga, wo die Tränen der Bäume durch die Rinde tropfen, eine Kirche gibt, deren Dach wegfliegen kann? Uns fehlen die Mittel für ein Waisenhaus, aber die in Satowka haben eine Kirche! Und Geld wollen sie auch noch! Da muß man etwas unternehmen...«

Tigran hatte genug von den Besuchen aus Batkit oder gar Mutorej. Sie endeten immer mit Streit, marxistischen Dialogen und Drohungen, alle Priester müßten abgeschafft werden. War das ein Kirchendach wert? Wenn Beamte aus Omsk kommen würden, so konnte das der Untergang vom Reiche Gottes an der Steinigen Tunguska werden...

»Ich werde über die Angelegenheit nachdenken, mein Sohn«, sagte Tigran deshalb gedehnt. »In drei Wochen kommt der Herbstregen. Bis dahin muß das Dach in Ordnung sein, so oder so.« Er betrachtete Tassburg mit gerunzelter Stirn. »Sie sehen erbärmlich aus. Mein Gott, warum wollen Sie unbedingt in diesem Haus hier sterben?«

»Mir gefällt es! Ich glaube, ich habe zu der Gräfin Albina einen guten Kontakt. Sie kommt jede Nacht, und hatte das letztemal schon kein Messer mehr in der Hand!«

»Sie ist jede Nacht gekommen?« schrie Petrow und rollte entsetzt mit seinen schiefen Augen.

»Jede Nacht. Sitzt an meinem Bett und lächelt mich an...«

»Sie lächelt! Und Kassugai schlitzt sie den Hals auf? Welche Frau!«

»Der Ansicht bin ich auch«, sagte Tassburg ernst. »Welche Frau! Ich habe noch nie eine solche Schönheit gesehen!«

»Vom Satan geschminkt!«

»Oder von Gott gesegnet! Wissen Sie das so genau, Väterchen?« Tassburg hielt sich in einem vorgeblichen Schwächeanfall am Türrahmen fest. »Ich muß mich hinlegen. Meine Beine zittern. Leben Sie wohl...«

»Ich bete für Sie, mein Sohn!«

»Ich danke Ihnen. Es beruhigt mich.«

Tassburg schlug die Haustür zu. Tigran sah Petrow an und seufzte.

»Omsk!« sagte er böse. »Die in Omsk sollen das Kirchendach bezahlen! Wie stehen wir nun da? Allein müssen wir die ganzen Kosten tragen. Oh, ich könnte diesen Gasisulin erwürgen! Aber wir brauchen ihn noch. Lange wird es der Genosse Ingenieur nicht mehr machen...«

Natalia lag wieder auf dem Bett, als Michail zurückkam. Die Pistole lag neben ihr auf der Decke. Sie lächelte ihn an und legte den Arm um seine Hüfte, als er sich neben sie auf die Bettkante setzte.

»Ich habe alles gehört, Mischa«, sagte sie mit kindlich-sanfter Stimme. »Aber wie lange können wir das noch spielen?«

»Solange wir uns lieben...«

»Habe ich gesagt, daß ich dich liebe?« Ihre Augen wurden groß. »Wann habe ich das gesagt?«

»Du hast gesagt – wie wunderbar, daß es dich gibt!«

»Kommt darin das Wort Liebe vor?«

»Es gibt Worte, die voller Liebe sind, auch wenn das Wort nicht genannt wird. Man sieht sich an, Natalia, und das erste ›Du‹ ist schon mehr als das Wort Liebe. Wie wunderbar, daß es dich gibt – das ist ein geöffneter Himmel, Natalia!«

»Du redest wie ein Dichter!« Sie lachte wieder leise und kam näher an ihn heran. »Wir können hier doch nicht ewig bleiben! Mischa, du mußt weiter – ich muß weiter...«

»Wir gehen nur noch zusammen, Natalia.«

»Das sagst du immer und weißt doch, daß es eine Lüge ist.«

»In drei Wochen käme der große Herbstregen. In diesem Jahr aber wird es nach den mir vorliegenden meteorologischen Voraussagen anders sein: Wir werden einen schnellen Wintereinbruch bekommen, ohne Regen. Eines Morgens werden wir aufwachen und eingeschneit sein!«

»Und darauf wartest du?«

»Ich starre jeden Tag in den Himmel und rufe ihm zu: Werde grau, verhänge dich, weg, du Sonne ... Laß es schneien und frieren!«

»Und dann?« Sie wehrte seine Hand ab, mit der er sie an sich ziehen wollte, und schüttelte den Kopf. Die Angst eines getriebenen Tieres lag wieder in ihrem Blick. Ihre Augen glänzten unnatürlich. Das Nervenfieber, in Stößen über sie herfallend, zerstörte wieder ihr klares Denken.

Tassburg erkannte es sofort, beugte sich über sie und drückte ihren zitternden Körper an sich.

»Ich habe ihn getötet...«, flüsterte Natalia. »In den Hals gestochen! Ich habe Kassugai getötet, Mischa, das Blut spritzte...«

»Es gibt keinen Kassugai mehr!« sagte er eindringlich und hielt sie fest an sich gepreßt. »Es hat nie – nie – einen Kassugai gegeben! Es gibt nur mich! Nur noch mich!«

»Nur dich, Mischa...«, wiederholte sie leise. »O nur dich! Wie schön ... Laß es schneien, Mischa laß es schneien. Wir wollen uns zudecken mit Schnee...«

Es dauerte lange, bis sie einschlief.

Unterdessen ging der Pope Tigran durch das Dorf, um nochmals jeden kräftigen Mann zu ermahnen, bei der Reparatur des Kirchendachs und seines Hauses mitzuhelfen. Schließlich landete er bei der Witwe Anastasia, die wieder eine herrliche Kascha gekocht hatte – mit Fleischblinis zum Nachtisch. Während des Essens blickte Tigran immer wieder zu dem »Leeren Haus« hinüber. Hinter dem verhängten Wohnzimmerfenster schimmerte Licht.

»Gibt es nichts Neues?« fragte der Pope und kaute mit vollen Backen.

»Gar nichts. Er lebt noch. Ab und zu sieht man seinen Schatten am Vorhang vorbeigehen.«

»Es riecht draußen nach Braten.«

»Auch ein Kranker hat Hunger. Und Fleisch in Dosen hat er genug mit. Und was wir alles gespendet haben...«

Tigran seufzte und nahm sich noch einen Blini. Dann rülpste

er laut, was Anastasia gern hörte, denn dann hatte es dem Väterchen geschmeckt.

»Gehen wir schlafen?« fragte er, dehnte seinen mächtigen Brustkorb und schob die Kette mit dem Kreuz über seinen Kopf. Er legte sie auf die Fensterbank und rieb sich die Hände. »Was meinst du, Anastasia Alexejewna?«

»Wenn Väterchen so guter Laune ist«, erwiderte sie verschämt.

»Ich bin es! Ich bin es! War das ein großer Tag! Gehen wir also zu Bett...«

Wodurch wir jetzt wissen, was im Dorf Satowka wirklich niemand wußte: daß nämlich die Witwe Anastasia dem Popen nicht nur Blinis backte und Kascha kochte. Aber wer kann ihr das übelnehmen? Eine saubere Witwe war sie, nicht mehr ganz jung, aber immer noch recht ansehnlich – nicht mehr taufrisch, aber auch noch nicht jenseits der Straße, auf der man in heißere Gefilde fährt...

Am nächsten Morgen, Natalia schlief noch, erschöpft von einer unruhigen Nacht, in der sie mehrfach, getrieben von ihren wunden Nerven, hochgezuckt war, warf Konstantin Steinchen gegen die blinden Fenster des »Leeren Hauses«.

Tassburg zog seinen Mantel über, trat vor die Haustür und kam auf Konstantin zu.

»Du Rindvieh!« sagte er halblaut. »So viel Dynamit für die paar Gräber! Wenn wir wieder in Omsk sind, bezahlst du sie! Ich lasse sie dir vom Lohn abziehen!«

»Ich habe nicht geglaubt, daß dieser Idiot von Totengräber sie tatsächlich anzündet!« stotterte Konstantin. »Einen Witz wollte ich machen...«

»Aber die Stangen hast du ihm gegeben! Was willst du hier?«

»Wie geht es Ihnen, Genosse Michail Sofronowitsch?«

»Miserabel! Kopfschmerzen, Rückenschmerzen, ein Ziehen in den Beinen, keinen Appetit. Ich brüte eine Grippe aus, das sage ich dir! Manchmal flimmert es mir auch vor den Augen! Hoffentlich gibt das keine Lungenentzündung! Genosse Pribylow soll weiterhin die Leitung des Bohrtrupps übernehmen. Ich falle für ein paar Wochen aus.«

»Das glaubt er auch.« Konstantins Gesicht glänzte vor Stolz über das, was er jetzt zu melden hatte: »Wir haben sofort nach Batkit gefunkt, daß Sie sehr krank sind...«

»Was habt ihr?« fragte Tassburg gepreßt.

»Wir wollen Ihnen allen helfen! Wir haben einen Notruf hinausgeschickt.«

»O Gott!« sagte Tassburg erschüttert. »Und was nun? Werden sie mich etwa in einem Hubschrauber abholen?«

So wird es sein, dachte er und geriet in eine innere Panik. Sie holen mich ab ins nächste Krankenhaus... Und wenn sie mich abholen, ist Natalia allein! Und dann weiß ich genau... ich werde sie nie mehr wiedersehen...

»Wann landen sie?« fragte er grob.

»Gar nicht. Die Genossen wußten einen anderen Rat: Sie schicken einen Arzt!«

»Einen Arzt? Nach Satowka? Wie soll der denn herkommen?«

»Mit einem alten Jeep aus dem Großen Vaterländischen Krieg. Geschenk von Ami!«

»Und das konnte man nicht verhindern?«

»Warum denn verhindern? Ihre schwere Erkrankung, Genosse...«, stotterte der unglückliche Konstantin.

»Ich brauche keinen Arzt mehr!«

»Eine Ärztin war nicht aufzutreiben!«

»Idiot! Funkt nach Batkit, der Arzt soll dortbleiben.«

»Zu spät. Er ist schon unterwegs.«

»Dann schickt ihn wieder zurück! Ich will den Kerl nicht sehen!«

»Wir werden versuchen, ihm das beizubringen, Genosse Tassburg.« Konstantin, der es so gut gemeint hatte, begriff nicht, warum der Genosse Projektleiter so uneinsichtig und undankbar war. »Aber vielleicht hat er doch ein Mittelchen bei sich, das hilft ... Wenn's die Lunge ist, darf man nicht spaßen ...«

Tassburg drehte sich wütend um und ging ins Haus zurück. Mit einem dumpfen Knall fiel die schwere Tür hinter ihm zu. Dafür erschien am Küchenfenster von Anastasias Haus der Kopf des Popen Tigran. Er hatte, als er den Dialog im Garten vernahm, schnell das Bett der Witwe verlassen, seine Soutane übergeworfen und stand nun, wenigstens oben herum korrekt bekleidet, im Fensterrahmen wie ein Bild.

»Was gibt es, mein Sohn?« fragte er. »Wozu der frühe Lärm? Ihr weckt mir Anastasia auf. Krank ist sie, die Gute! So schlapp, so schlapp ...«

»Das trifft sich gut! Ein Arzt kommt hierher.«

»Ein Arzt?« Tigran schnaufte durch die Nase. »Wieso das?«

»Wir haben ihn per Funk herbeigerufen.«

»Aha! Und wo kommt er her?«

»Aus Batkit.«

»Der alte Dr. Plachunin? Ostap Germanowitsch?«

»Ich kenne ihn nicht.«

»Es gibt in Batkit nur einen Arzt, Dr. Plachunin! Er muß schon zu Zeiten Peters des Großen gelebt haben, so vertrocknet ist er. Und er kommt eigens wegen Michail Sofronowitsch her?«

»Ja, in einem amerikanischen Jeep!«

»Das sieht ihm ähnlich! Immer provozierend! Aber wenn er schon einmal in Satowka ist, soll er auch arbeiten!« Tigran Rassulowitsch strich sich über den langen schwarzen Bart. »Er wird das ganze Dorf untersuchen. Eine moderne Reihenuntersuchung – von der Kopfhaut bis zur Fußsohle – die hatten wir schon lange nicht! Wann hat man jemals wieder eine solche Gelegenheit dazu?«

Es wurde ein turbulenter Tag.

Tigran Rassulowitsch schickte zwei Boten durchs Dorf, um die Neuigkeit zu verkünden: den armen, jetzt zu allen Diensten bereiten Gasisulin, und Jefim, den Idioten.

»Dr. Plachunin kommt!« ließen sie vom Popen ausrichten. »Alle werden untersucht, ohne Ausnahme! Wascht euch also nicht nur die Ohren, sondern nehmt ein ordentliches Bad. Dr. Plachunin blickt überall hinein, in jedes Loch des Körpers! Denkt daran! Blamiert Satowka nicht durch Schmutz. Dr. Plachunin wird morgen, spätestens übermorgen eintreffen...«

Natürlich erregte diese Nachricht großes Aufsehen, und Jefim und Gasisulin waren noch gar nicht mit ihrem Botengang zu Ende, als schon die ersten Leute von Satowka bei Petrow im Büro erschienen und die Forderung stellten, die Dorfbanja zu heizen – und zwar schnell!

Nicht, daß es jetzt darum ging, sich wirklich bis in den letzten Winkel zu säubern – man stellte auch Vermutungen an, ob Dr. Plachunin zum Beispiel bei den Weiberchen auch da sein Auge hinwarf, wo sonst nur der Ehemann ein bestimmtes Recht besitzt. War dem so, dann gab es eine ganze Reihe von Frauen, die sich sogar darauf freuten...

In der Banja war es möglich, daß immer zehn Männer oder zehn Weiblein auf einmal im Dampf schwitzten, sich im kalten Holzkübel abschreckten und sich gegenseitig abbürsteten, um wirklich jede Falte blitzblank zu schrubben. Außerdem war eine Reihenuntersuchung Gemeindesache; es stand im Programm der Partei: Jeder Sowjetbürger hat Anspruch auf ärztliche Betreuung! Daß dazu eine allgemeine Vorwaschung gehörte, stand zwar nicht im Programm, wurde aber als selbstverständlich vorausgesetzt. Daher die Forderung der Leute.

Petrow runzelte die Stirn. Er dachte an das viele Holz, das verbraucht werden würde.

»Ein Vorschlag zur Güte!« sagte er und schielte jeden schrecklich an, der näher als einen Meter an den Parteischreibtisch herantrat. »Wenn jeder von euch einen Armvoll Holz mitbringt, besorgt die Gemeinde das Anheizen! Einverstanden?«

Man mußte einverstanden sein, die Sache war zu eilig, um lange mit Petrow zu diskutieren. Zwar kam Dr. Plachunin frühestens morgen an, aber man hatte vor, sich bis dahin mindestens dreimal im Dampf und im Wasserkübel aufzuhalten, um wirklich alle Flecken von sich zu scheuern.

Dr. Plachunin sollte ein Dorf vorfinden, so sauber, so frisch duftend wie ein gerade gewickeltes Baby. Auch in der Taiga an der Steinigen Tunguska ist man nicht hinterm Mond! Auch hier weiß man genau, was sich gehört!

Gegen Mittag brannte der dicke, gemauerte Ofen in der Banja, zischten die ersten Dampfwolken und marschierten die ersten zehn Männer in markanter Nacktheit in den Schwitzraum.

Gasisulin, das Männchen für alles, gab harte Wurzelbürsten aus und fragte jeden, ob er zusätzlich ein medizinisches Bad nehmen wolle. Medizinisch hieß in diesem Fall: Genosse, willst du dich entlausen lassen? Hast du Flöhe? Zier dich nicht ... rein in den Kübel mit der stinkenden Lösung! Und du sollst es sehen: Hupp, sind die Flöhchen und die Läuse weg! Sie schrumpeln zusammen, fallen ab und ersticken elend. Sind wir ein Kulturvolk oder nicht?

Am Nachmittag kamen die Frauen dran. Gasisulin mußte seinen Platz verlassen, denn so ganz geschlechtslos war er nun auch wieder nicht. Eine dicke Person, die Hebamme Rimma, kommandierte nun in der Banja. Sie rieb den Weiberchen mit einer Spezialseife die langen Haare ein und lief mit einer großen Klistierspritze herum. Sie war mit schwacher Seifenlauge gefüllt, und Rimma pries sie an wie rotgelben grusinischen Wein:

»Da kann der gute Dr. Plachunin so tief gucken wie er will ... jedes Winkelchen blase ich euch sauber! Er wird begeistert sein! So viele saubere Frauen! Nur ran, Schwestern, nur ran, bückt euch. Es geht ganz schnell und erzeugt zudem ein wohliges Gefühl...«

Leider hatte Rimma wenig Erfolg mit ihrer Klistierspritze. Nur drei alte Weiblein unterzogen sich der Prozedur, quiekten dabei wie kleine Ferkel und hüpften dann durch den Wasserdampf, als habe man sie um etliche Jahrzehnte verjüngt.

Am Abend zog durch ganz Satowka ein sauberer Frieden.

Wer so gründlich gebadet hat, ist von vielen irdischen Problemen erlöst, zufrieden und menschlich, hat kein Interesse, seine

Frau zu verprügeln oder nach dem Hund zu treten ... Er sitzt herum, auch innerlich gesäubert, und findet die Welt schön.

Tigran Rassulowitsch ließ an der Vorderfront der Kirche eine Fahne hissen: weißer Grund, darauf die Maria, von Rosen umgeben.

Dr. Plachunin konnte kommen.

Und er kam. Es war am nächsten Tag gegen Mittag.

Ein Reiter, der als Vorposten den einzigen, schmalen Weg durch die Taiga, der nach Satowka führte, beobachtet hatte, sprengte wie sein Vorfahr, ein Kosak, durch das Dorf.

»Er kommt!« schrie er. »Er kommt! Es stimmt, er fährt einen amerikanischen Wagen! Er kommt!«

Tigran ließ die elende, blecherne Glocke läuten und schämte sich, wie sonntags immer, über die Armut seiner Gemeinde, der nicht einmal ein voller Glockenton vergönnt war. Er zog sein bestes Festgewand an, klemmte die Heilige Schrift unter den Arm und trat vor die Kirche – riesengroß, imponierend, mit gesträubtem Bart. Er war der einzige, der Dr. Plachunin kannte, weil er ihn einmal in Batkit konsultiert hatte.

Damals hatte der Doktor den Popen untersucht und ihm dann strikt den Alkohol verboten. Tigran hatte darauf nur »Der Teufel hole Sie!« gesagt, woraufh Dr. Plachunin antwortete: »Sie zuerst! Sie mit Ihrer versoffenen Leber!« Im übrigen war die damalige Anweisung des Arztes unbefolgt geblieben.

Dr. Plachunin, zum erstenmal in Satowka, war froh, als er aus der Urwaldstraße heraus war und den weiten Kahlschlag erreicht hatte, auf dem Satowka gebaut war. Die Glocke schepperte ihm entgegen, und am Zaun des ersten Hauses stand eine Familie und verbeugte sich tief: Vater, Mutter, drei Kinder, Großmutter, Großvater, Urgroßmutter, Urgroßvater, Ururgroßmütterchen ... Es war die Familie Jerofejew, dafür berüchtigt, anscheinend zum ewigen Leben verdammt zu sein. Gasisulin, der Sargmacher, besuchte sie einmal im Monat – die Alten flehend anblickend ...

Jetzt hupte Dr. Plachunin laut, während er durch die einzige Straße von Satowka fuhr, und bremste vor der Kirche. Solange er im Jeep saß, strahlte er Autorität aus ... Aber als er nun ausstieg, verblaßte einiges davon.

Wie Tigran gesagt hatte: Plachunin müßte schon uralt sein, so faltig war sein Gesicht. Aber das glich er aus durch einen forschen Gang und eine so laute Stimme, daß sich keiner gern auf eine Diskussion mit ihm einließ. Nach fünf Minuten war man heiser, denn es war auf die Dauer unmöglich, gegen ihn anzuschreien.

Was aber jeden erschreckte, war seine Körpergröße. Er war, bildlich gesprochen, ein Mittelmensch zwischen einem kleinen Erwachsenen und einem Liliputaner. Er lag genau dazwischen – er war nicht so klein, daß er im Zirkus hätte auftreten können, aber auch nicht so groß, um als normal gewachsener Mensch zu gelten. Seine Körpergröße entsprach ungefähr der eines zehnjährigen Kindes.

Die Tragik seiner äußeren Erscheinung wurde erst völlig deutlich, als Plachunin vor dem riesigen Popen stand ... eine Maus, die zu einem Turm hinaufschaut. Aber eine Maus mit einer Löwenstimme.

»Du lebst noch?« donnerte Dr. Plachunin. »Bei deiner Säuferleber? Womit hast du Gott bestochen, daß er dich vergessen hat?«

Tigran Rassulowitsch grinste verlegen. Überall an der Straße standen seine frommen Schäflein, blitzend vor Sauberkeit, in ihren besten Kleidern. Ein Spalier freudiger Erwartung – Reihenuntersuchung!

Genossinnen, seid nicht enttäuscht. Auch Zwerge wie Dr. Plachunin können Qualitäten entwickeln; die Welt ist voller Wunder!

»Wenn Sie etwas leiser sein könnten, Doktor«, sagte Tigran erstaunlich sanft. »Oder muß ich Sie an die ärztliche Schweigepflicht erinnern?«

»Wo ist der Patient?« brüllte Dr. Plachunin. »Ich habe wenig Zeit!«

»Wir warten alle auf Sie, Doktor.«

»Alle?« Dr. Plachunin fuhr herum und blickte in lauter erwartungsvolle Gesichter. Das ganze Dorf stand in Ehrfurcht vor den Gartenzäunen, ein Großmütterchen schluchzte bereits. »Unmöglich! Ich habe nur einen Patienten hier – den Ingenieur Tassburg. Ein Staatsauftrag ist das! Den führe ich aus ... weiter nichts!«

»Wir reden noch darüber!« sagte Tigran diplomatisch. »Der Genosse Ingenieur befindet sich in einem Haus, das verflucht ist.«

»Bist du schon wieder besoffen?« schrie der Doktor.

»Sie werden es sehen, Doktor. Kommen Sie, ich begleite Sie hin und erzähle Ihnen die einhundertfünfzig Jahre alte, schreckliche Geschichte. Erst vor vier Tagen...« Er schwieg. »Ich wette, Sie gehen nicht in das Haus!«

»Ich wette, ich gehe doch!«

»Darf ich bitten?«

Dr. Plachunin und der Pope Tigran gingen die Straße hinunter bis zu Anastasias Haus, wo der Dorfsowjet Petrow sie erwartete. Vor Begeisterung, daß ein Arzt im Dorf weilte, schielte er noch schrecklicher. Dr. Plachunin blieb erstaunt stehen.

»Können Sie mich sehen?« fragte er.

»Aber ja, Genosse Arzt.«

»Gerade? Verschoben? Geteilt? Verschwommen? Durchgeschnitten?«

»So wie Sie sind, Genosse Arzt.«

»Erstaunlich! Bei einem solchen Kreuzblick müßte alles zweigeteilt sein. Pope, haben Sie noch mehr solche Kuriositäten in Satowka?«

»Einen Haufen, Ostap Germanowitsch! Fast jeder von uns ist ein Ausnahmeexemplar der menschlichen Gesellschaft. Tja ...« Er zeigte auf das »Leere Haus«. Von hier aus sah man nicht, daß Tassburg und Natalia seitlich am Fenster standen und auf die Straße starrten.

»Das ist es! Wenn Sie hineinwollen, bitte! Ich begleite Sie

nicht. Es ist besser, den Genossen Ingenieur vor die Tür zu rufen.«

Um die gleiche Minute geschah am Jeep des kleinen Dr. Plachunin etwas Seltsames: Jefim montierte mit flinken Fingern das Lenkrad ab. Das Lenkrad des ersteigerten Autos von Kassugai gefiel ihm nämlich nicht. Und Gasisulin kam mit einem Gummischlauch, steckte ihn in den Einfüllstutzen des Benzintanks, saugte an und ließ das Benzin in einen großen Eimer fließen – für die Motorsäge, mit der er Bretter für die Särge zuschnitt. Ein schlechtes Gewissen hatte Vitali Jakowlewitsch Gasisulin dabei überhaupt nicht.

Dr. Plachunin wäre kein Russe gewesen, wenn nicht auch in ihm ein wenig Aberglaube steckte. Zu weit ist das Land, zu geheimnisvoll die Wälder, Sümpfe und Steppen, zu unendlich der Himmel über Rußland, als daß seine Menschen nicht eine tiefe Ehrfurcht vor etwas Göttlichem hätten, vor dem Unerklärlichen, das mit dem Verstand allein nicht faßbar ist.

Ob es nun Geister sind oder einfach die unbegreifliche Tatsache, daß Menschen zum Mond fliegen und dort auch noch landen und spazierengehen können ... Irgendwo im täglichen Leben begegnen wir Situationen, denen wir geistig und seelisch nicht gewachsen sind.

Da machte auch ein Arzt, also ein studierter Kopf, ein geistig reger Mensch wie Dr. Plachunin, keine Ausnahme. Da stand das »Leere Haus«, aus dem seit 150 Jahren immer wieder Tote herausgekommen waren, weil sie so kühn gewesen waren, trotz aller Warnungen hineinzugehen. Und da war andererseits die kühle Überlegung, daß so etwas im 20. Jahrhundert doch reiner Unsinn sein müsse. Tür auf und hinein – das war die einzige Konsequenz –, und diese sagenhafte Gräfin Albina würde man mit einem gesunden, aufgeklärten Lachen hinwegscheuchen.

Theorie das alles! Auch Dr. Plachunin blieb vor dem Spukhaus stehen, betrachtete es eingehend und kratzte sich den Nasenrücken. Auch das ist eine alte Weisheit: In kleinen Körpern wohnt oft ein wahrer Löwenmut. Dr. Plachunin war tatsächlich im Zweifel, ob er, den tief verwurzelten Aberglauben durchbrechend, das Haus betreten sollte, und er tat sogar mutig zwei Schritte vorwärts auf das Haus zu. Der Pope Tigran faltete fromm die Hände und sagte mit seiner dröhnenden Stimme:

»Brüderchen, Doktor, man sollte es sich überlegen...«

Die Überlegung nahm ihnen Jefim ab, dieser Erzhalunke, der das Lenkrad von Plachunins Auto schnell in seinen Schuppen getragen hatte. Jetzt hüpfte er über die Straße, klatschte in die Hände und machte auf sich aufmerksam.

»Wer ist das?« fragte der Arzt völlig unnötigerweise. Man sah ja, was mit Jefim los war.

»Unser Idiot, Doktorchen«, sagte Anastasia, die wieder genesen zu sein schien. »Ein harmloser Mensch!«

»Was will er?«

Dr. Plachunin sah mit Schrecken, daß der Pope Tigran tatsächlich das ganze Dorf mobilisiert hatte für die Reihenuntersuchung. Von allen Seiten pilgerten die Bauern, ihre Frauen und Kinder in Festkleidung zum Gemeindehaus und stellten sich dort in langer Reihe auf. Sogar ein paar Fahnen wehten, wie zur Osterprozession, denn es war ja ein Ereignis in Satowka, sich von oben bis unten untersuchen zu lassen. Und die Frauchen erst! An besonders empfindlichen Körperstellen hatten sie sich sogar mit Rosenöl eingesalbt, so viel Bedeutung maßen sie der Untersuchung durch Dr. Plachunin zu.

»Das Lenkrad ist weg!« schrie jetzt plötzlich Jefim, als er Dr. Plachunins ansichtig wurde. »Das ganze Lenkrad! Einfach geklaut! Wer stellt auch einen so schönen Wagen im Schatten der Kirche ab? Da wird am meisten geklaut!«

»Und das nennt ihr einen Idioten, Tigran?« rief Dr. Plachunin mit seiner Donnerstimme. »Das ist doch ein Weiser!« Erst dann begriff er, daß es sich um sein Lenkrad handelte. Er raufte sich die Haare, aber der Pope sagte sanft:

»Das haben Sie davon, Doktor! Sie waren zwei Schritte im Bannkreis des Hauses, und schon ist Ihr Lenkrad weg! So fängt es an, und mit durchschnittener Kehle hört es auf! Aber Akademiker sind ja die ungläubigsten Menschen auf Gottes Erde!«

Dr. Plachunin vergaß, weshalb er in Satowka war, und

rannte zurück zur Kirche. Was Jefim gemeldet hatte, stimmte: Das Lenkrad war weg, und außerdem lag der Benzintankverschluß auf der Erde. Ahnungsvoll stieg Plachunin in seinen Wagen und startete den Motor. Es machte sehr traurig plopp-plopp, und dann war Stille. Der Doktor kletterte aus dem Wagen.

»Das Benzin ist auch geklaut!« schrie er. »Welch ein verfluchtes, von Dieben und Räubern besiedeltes Dorf! Was soll nun werden?«

»Gott weiß es«, antwortete Tigran, der ihm gefolgt war, fromm.

»Sie können mich kreuzweise...«, schrie der Arzt heiser vor Wut.

»Das werde ich nicht tun«, sagte Tigran, immer noch ehrfürchtig. »Auch nicht in Verbindung mit Kreuz...«

»Wie komme ich zurück nach Batkit?«

»Die nächste dringende Frage ist, scheint mir: Wie kommen Sie an den Genossen Michail Sofronowitsch Tassburg heran? Und dann die Reihenuntersuchung...«

»Ich werde jedem Ihrer Bauern einen Eßlöffel Rizinus geben!«

»Hervorragend! Schon Paracelsus sagte: ›Die Krankheit liegt im Darm!‹«

Dr. Plachunin starrte den Popen entgeistert an. »Woher kennen Sie Paracelsus?«

»Bin ich ein ungebildeter Mensch?« rief Tigran empört. »Die besten Geister dienen Gott! Ich habe, seit ich lesen kann, vierzig russische Winter hinter mir. Da kommt schon einiges an Wissen zusammen, wenn man jährlich sieben Monate lesen muß! Also, Doktor, was ist? Wo fangen wir an?«

»Natürlich bei meinem amtlichen Auftrag. Bei Tassburg! Gehen wir zurück zu Ihrem verdammten Haus. Hat mein Benzin auch die Gräfin Albina geklaut?«

»Fragt nicht nach dem Unbegreiflichen!« zitierte Tigran.

»Wer das geschrieben hat, damit Sie es wissen, war einer

Hirnamputation wert! Gehen wir! Um mein Auto kümmere ich mich später.«

Sie kehrten wieder zu Anastasias Spukhaus zurück und blieben im Vorgarten stehen. Dr. Plachunin zögerte, weiterzugehen. Verdammt, man war eben Russe...

»Genosse Tassburg!« brüllte der kleine Arzt plötzlich, und zwar mit solch lauter Stimme, daß selbst der riesige Tigran zusammenzuckte. »Michail Sofronowitsch, kommen Sie heraus, wenn Sie es noch hören können. Ich habe den amtlichen Auftrag, Sie wieder auf die Beine zu bringen! Ich habe alle Medikamente mit, hören Sie mich?«

Es blieb still. So still wie vor einem Unwetter, wo selbst der Wind den Atem anhält und die Bäume der Taiga von keinem Hauch bewegt werden.

Kommt Antwort aus dem »Leeren Haus«? Oder ist der Genosse Tassburg schon gestorben? Wie sah er aber auch aus! So einer kann nicht mehr lange leben! Hatte ja nicht einmal mehr die Kraft, aufrecht zu stehen. Mußte sich am Türpfosten festklammern – ein Bild des Jammers...

Und da jetzt auch noch der Sargmacher Gasisulin zu der Gruppe stieß und fragte, höflich wie es seine Art war: »Kann man schon einen Sarg anfertigen?«, wurde die Beklemmung immer stärker. Das Benzin aus Dr. Plachunins Auto hatte er vorher in seiner Werkstatt versteckt.

Hinter dem Fenster sahen sich Natalia und Tassburg an. Sie hielt ihn von hinten umschlungen und küßte seinen Nacken – was jedoch kein Ausdruck anschmiegsamer Zärtlichkeit war, sondern zitternde Angst.

»Wird er hereinkommen?« flüsterte sie.

»Ich weiß es nicht. Und wenn... er ist ein kleiner Mann!«

»Aber er hat Augen! Wirst du ihn... töten?«

»Er ist Arzt, Natalia. Und wir brauchen einen Arzt. Du bist noch nicht gesund. Irgendwie muß ich von ihm Medikamente bekommen. Er zögert, siehst du? Tigran hat ihm alles über das Haus erzählt. Ich habe dir immer gesagt: Hier sind wir sicher! Hier ist unser Paradies...«

Dr. Plachunins Donnerstimme unterbrach ihn, und Michail überlegte. »Ich gehe hinaus ...«, sagte er schließlich.

»Und dann? Michail, tu es nicht!«

»Soll er hereinkommen?«

»Melde dich einfach nicht ...«

»Dann denken sie, ich sei schon tot. Gasisulin steht schon da und wartet auf einen Sargauftrag. Ich muß hinaus ...«

Er zog Natalia an sich und vergrub seine Finger in ihrem aufgelösten Haar. Dann küßte er sie, und sie ließ es geschehen, schmiegte sich in seinen Arm und atmete heftig.

»Ich liebe dich«, sagte er leise. »Mein Gott, wie liebe ich dich! Es ist eine Liebe, die unerklärlich ist und unerklärlich bleiben wird. So eine Liebe fällt plötzlich vom Himmel, sie hüllt uns ein wie in einen Sternenmantel! Natjenka ...«

»Mischa!«

Sie blieben eine Weile engumschlungen stehen und spürten, jeder voller Glück, die Nähe des anderen. Sie waren ein Wesen, sie gehörten zusammen, das wußten sie nun ganz genau.

»Geh jetzt hinaus!« sagte Natalia schließlich atemlos. »Und wenn sie dir etwas tun, erschieße ich sie alle von hier aus, durch das Fenster!«

Er nickte, küßte sie noch einmal auf ihre großen, ihn gläubig und liebevoll anblickenden Augen und ging dann entschlossen vor das Haus.

Als er die Tür aufstieß, ließ der Idiot Jefim einen hellen Schrei ertönen, und der Sargmacher sagte traurig: »Das mit dem neuen Sarg wird wohl nichts geben, Freunde.«

Tassburg hatte seine Rolle gut einstudiert. Er wirkte wie sein eigener Geist, bleich und schwankend.

Tigran schlug auch sofort mit dramatischer Gebärde ein Kreuz, Anastasia, die fromme Witwe mit den guten Blinis und der dicken Kascha, die auf den Popen stets so anregend wirkten, bedeckte das Gesicht mit ihrer Schürze. Jefim schnaufte durch die Nase, und Gasisulin, mit dem Auge des Fachmannes für zukünftige Kunden, revidierte seine Resignation und glaubte nun doch noch an einen neuen Auftrag. Der Dorfsowjet hatte sich entfernt. Er organisierte das Schlangestehen für die Untersuchung, und man hörte sein Brüllen bis hierher. Er trennte die Familien: die Männer zur Untersuchung in den Parteifestsaal, die Frauen in die Banja. Es gab zwar viel Gezeter, aber auch in Sibirien ist es nicht üblich, Männer und Frauen in einem Raum und zur gleichen Zeit zu untersuchen!

Dr. Plachunin betrachtete seinen Patienten, der langsam näher schwankte, mit dem vollen Interesse des Arztes, der helfen soll und schon im voraus eine Diagnose stellt. Man nennt das auch medizinische Intuition, nur große Geister sind dazu berufen.

»Keine Überanstrengung, mein Freund!« rief der Arzt, als Tassburg gefährlich wackelte. »Langsam, ganz langsam! Lassen Sie sich Zeit! Wir legen Sie gleich hier auf diese Bank. Sie Starrkopf! Warum bleiben Sie auch in diesem Haus? Tigran Rassulowitsch, packen Sie doch zu! Halten Sie den Arm fest!«

Man stützte Tassburg, führte ihn zu Anastasias Gartenbank und bat ihn, sich lang auszustrecken. Dr. Plachunin hob als erstes Tassburgs Augenlider und starrte in die Pupillen. Dann packte er seinen Arztkoffer aus, holte das Membranstethoskop heraus und den Blutdruckmesser; dann zog Tigran Tassburg das Hemd über den Kopf, und Dr. Plachunin wunderte sich, daß ein so muskulöser, starker Mann plötzlich so schwach werden konnte.

Was dann begann, war die Untersuchung eines Arztes, der über fünfzig Jahre in Sibirien, an der Steinigen Tunguska, gelebt hatte und Menschen untersuchte, die einen Tritt in den Hintern – natürlich nur bildlich gesprochen – schon als Medizin ansahen, wenn er vom Arzt verabfolgt wurde. Blutdruckmessen, Abhören des Thorax, Pulsfühlen, Abklopfen des Brustkorbes – das war noch europäisch und gehörte zum Repertoire jedes Arztes, wenn er Zeit braucht, um nachzudenken. Dazu stellte er ab und zu ein paar Fangfragen, aus denen er zu hören hoffte, wo der Grund der Krankheit lag.

Aber bei Tassburg war alles umsonst. Sein Blutdruck war normal, sein Herz schlug kräftig, die Lungengeräusche gaben keinen Anlaß, an eine Lungenentzündung oder gar an Tbc zu denken, Mittel- und Unterbauch waren weich, die Leber nicht verhärtet, die Blinddarmreflexe normal, auch die Verdauung klappte – auf Befragen – und gleichfalls der Urin, nicht flockig oder sonst getrübt... Es war zum Verzweifeln!

Aber der Mann war krank, man sah es doch deutlich! Er konnte kaum noch gehen; eine rätselhafte Schwäche lähmte seinen Körper, höhlte ihn aus, machte ihn zu Gummi. Seine Muskeln, die doch sonst aus Stahl sein mußten, waren schlaff, seine Knochen stützten den Menschen nicht mehr. Und das bei einem normalen Blutdruck und geradezu provozierend gutem Puls!

Dr. Plachunin verharrte mit seinem Stethoskop an Tassburgs Brustkorb und dachte nach. Bloß keine Unsicherheit zeigen, dachte er. Dieser Halunke von einem Popen beobachtet mich ganz genau! Ich muß so tun, als hätte ich eine unerhört seltene, schwerwiegende Krankheit entdeckt. Eine Krankheit, die auf der ganzen Welt nur zehn Ärzte kennen; und einer davon heißt Dr. Ostap Germanowitsch Plachunin! In Europa ist diese Krankheit schon lange Mode – man kann dafür sogar Privatkliniken gründen und ein Schweinegeld verdienen!

»Mein Freund«, sagte er deshalb bedächtig, die Oliven des Stethoskops noch immer in den Ohren, »mein lieber Michail Sofronowitsch, Ihr Fall ist ein ausgesprochen akademischer...«

»Amen!« warf Tigran ergriffen ein.

»O Gott!« sagte Anastasia erschrocken, und Plachunin war sehr zufrieden. Akademisch bedeutete im Grunde gar nichts, aber es hörte sich schwerwiegend an.

Tassburg lag auf dem Rücken, atmete verhalten und ließ es zu, daß ihm die fürsorgliche Anastasia einen mit warmem Wasser getränkten Lappen auf die Brust legte. Das hatte bei ihrem Seligen immer geholfen, mal kalt, mal warm – immer abwechselnd. Nach einigen Stunden wurde er dann immer recht munter...

»Lassen Sie den Unsinn!« knurrte Dr. Plachunin die rührige Witwe an. »Hier helfen nur Medikamente, wie sie in den großen Kliniken von Moskau und Leningrad verabreicht werden!«

»Und die haben Sie, Doktor?« fragte Tigran ungläubig. »In Batkit?«

»Wir sind ein fortschrittlicher Staat, du Ewigkeitsbetrüger!« schrie Plachunin. »Auch in Batkit gibt es gute Medikamente. Überall in Rußland! Ganz Rußland ist gleichmäßig versorgt! Begreifst du das?«

»Man muß es wohl«, meinte Tigran zweifelnd. »An was leidet der Genosse Ingenieur?«

Diese Frage regte Dr. Plachunin von neuem auf, vor allem, weil er vorläufig noch keine Antwort darauf wußte. »Geht jetzt alle fort!« rief er. »Hier folgt jetzt eine schwere Untersuchung! Auch du, heiliger Mann! Wo gibt es das, daß die Schweigepflicht des Arztes so mißbraucht – das Geheimnis zwischen Arzt und Patient auf diese Art belauscht wird? Also – weg! Auch du, Anastasia! Wir müssen jetzt völlig allein sein, der Kranke und ich.«

Sie gingen gehorsam auf die Straße und warteten vor dem Zaun. Gasisulin schwitzte vor Aufregung. »Ob es doch noch klappt?« flüsterte er in regelmäßigen Abständen.

»Er sieht jedenfalls aus wie einer, den man bald beerdigen kann!« stellte Jefim fest.

»O ihr Hurensöhne!« sagte Tigran dumpf. »Nur an den Profit denkt ihr! Daß da ein armer, leidender Mensch liegt, das Gefühl geht euch völlig ab! Ist das die Frucht meiner zwanzigjährigen Seelsorgertätigkeit?«

Unterdessen hatte sich Dr. Plachunin neben seinen Patienten auf die Bank gesetzt und beide Hände auf dessen muskulösen Brustkorb gelegt. Es waren kleine, aber sehr schöne, beinahe zierliche Hände, zwar alt und mit Pigmentflecken übersät, aber wie von einem Bildhauer in graubraunem Stein gemeißelt.

»Hatten Sie schon mal Malaria?« fragte der Doktor sanft.

»Nein, Doktor«, antwortete Michail unterdrückt.

»Gelbfieber?«

»Nein.«

»Skorbut?«

»Auch nicht.«

»Die Schlafkrankheit?«

»Nur im Innendienst – im Büro...« Tassburg grinste verhalten.

Dr. Plachunin blieb ernst, aber seine Finger trommelten auf Tassburgs Brust. »Wie war's mit Tripper?«

»Aber, Genosse Doktor...«

»Sie sind kein Alkoholiker, haben keine Paralyse, die Parkinsonsche Krankheit scheidet völlig aus, Ihr Skelett ist das eines Preisboxers, Ihre Muskulatur ist phänomenal. Sie sind der Typ, der durch die Taiga in gerader Linie ziehen kann und alles, was im Weg steht, umrennt, und trotzdem schwanken Sie, als hätten Sie Brei statt Knochen im Körper. – Tassburg, Sie sind der beste Simulant, der mir je untergekommen ist!«

»Das müssen Sie mir beweisen, Doktor«, antwortete Michail.

»Muß ich das? Möchten Sie das gern? Hören Sie, Ihretwegen fahre ich drei Tage durch die Wildnis an der Tunguska entlang in dieses Scheißdorf! Ihretwegen werden mir Lenkrad und Benzin geklaut. Ihretwegen sitze ich nun hier fest, denn wie ich wieder nach Batkit kommen soll, das weiß ich noch nicht. Mit einem Bauernkarren dauert es zehn Tage! Bleibt nur noch der Hubschrauber, den Sie herbeirufen könnten – falls einer einsatzfähig ist.«

»Aus Omsk kann immer einer kommen...«

»Das beruhigt mich.« Dr. Plachunin beugte sich über Tassburg und klopfte ihn von neuem ab. Er mußte etwas tun, denn am Zaun standen die anderen und starrten herüber. »Nun gestehen Sie, Michail Sofronowitsch, warum das Spiel? Was haben Sie? Warum wollen Sie ausgerechnet in diesem von aller Welt vergessenen Winkel der Taiga den Winter verbringen? Denn darum geht es Ihnen doch.«

»Sie sind ein vorzüglicher Arzt! Ihre Diagnose stimmt genau!« sagte Tassburg leise.

»Mich täuscht so leicht keiner, Michail Sofronowitsch! Ich kann zwar manchmal eine Krankheit falsch einschätzen, aber wenn einer gesund ist, das merke ich! Vertrauen Sie sich mir an.«

»Kann ich das?«

»Ich lasse Sie vor den anderen krank sein ... Ist das kein Beweis?«

Tassburg holte tief Atem. »Ich brauche sofort ein gutes Mittel gegen einen Nervenschock und das damit verbundene Fieber. Ich brauche ein Mittel, das völlig außer Rand und Band geratene Nerven dämpft, sie beruhigt, ihnen Zeit gibt, wieder normal zu werden.«

»Mann, Sie haben doch armdicke Drahtseile als Nerven!«

»Gibt es solche Mittel, Doktor?«

»Natürlich. In der Psychiatrie. Aber Sie sind doch nicht ... Außerdem habe ich solche Drogen nicht bei mir. Wozu auch? In der Taiga werden Verrückte als Heilige verehrt, in Batkit schafft man sie nach Omsk in geschlossene Anstalten, und wer in seiner Familie irgendwo im Wald einen solchen Fall hat, ruft weder mich noch den Facharzt, sondern sorgt dafür, daß der liebe Verwandte im richtigen Moment verunglückt. Was soll's also?«

»Dann sind Sie für mich nicht zu gebrauchen. Ich muß das Medikament haben!«

»Für wen, zum Teufel?«

»Richtig! Bleiben wir dabei – für den Teufel!«

»Sie verbergen uns allen etwas ...«

»Sie haben es erraten!«

»Und Sie sagen es auch mir nicht?«

»Noch nicht ...«

»In dem geheimnisvollen Haus, in dem die Gräfin Albina seit hundertfünfzig Jahren spuken soll, ist jemand!«

»Ja.«

»Sie verlangen viel von mir, Michail Soforonowitsch. Wissen Sie das?«

»Weil ich Vertrauen zu Ihnen habe, Ostap Germanowitsch, ja! Aber sollten Sie dieses Vertrauen enttäuschen, bringe ich Sie um!«

»Das ist mir klar.« Dr. Plachunin tat, als habe er bei Tassburg etwas im Leib entdeckt. Er beugte sich tiefer über ihn. Hinter dem Zaun rieb sich Gasisulin ungeniert die Hände.

»Ich habe nur Kalziumspritzen bei mir, die helfen bei Schocks immer, und ein paar Röhrchen mit Schlafmitteln, Kapseln gegen Nervenschmerzen und Kreislauftropfen. Und natürlich mein chirurgisches Besteck, aber das nützt Ihnen ja nichts.«

»Nein, aber alles andere.«

»Ich gebe Ihnen genügend mit. Können Sie injizieren? Kalzium muß intravenös gespritzt werden, ganz langsam, ganz behutsam, sonst wird es glühend heiß im Körper.«

»Ich weiß. Ich habe es schon erlebt. Bei einem jungen Arzt, aber er stoppte rechtzeitig ab.«

»Und Sie trauen sich eine intravenöse Injektion zu?«

»Ich muß es versuchen. Wir haben, bevor wir in die Taiga geschickt wurden, einen Sanitätskurs mitgemacht. Ich werde mich schon nicht zu dumm anstellen!«

»Aber Sie könnten eine Luftembolie spritzen!«

»Doktor, ich passe auf. Es ist, als ob es um mein Leben ginge.«

»Dann kann es sich nur um eine Frau handeln!« Plachunin blickte zum Haus hinüber. »Ein raffiniertes Versteck. Keiner wagt es, das Haus zu betreten. Nur, wie wollen Sie es eines Tages verlassen?«

»Der Winter ist lang, Ostap Germanowitsch!«

»Aber der Frühling kommt bestimmt.« Dr. Plachunin suchte in seinem Arztkoffer die Medikamente zusammen. Auf der Straße, am Zaun, stöhnte Gasisulin laut.

»Er will ihn wirklich heilen!« stammelte der Sargmacher. »Keiner denkt an meine arme Zunft! Ich war gerade so richtig im Schwung...«

»Wann erfahre ich, wer Ihre Kranke ist?« fragte Dr. Plachunin und packte die Medikamente in eine kleine Plastiktüte. Dazu gab er eine Spritze und zehn steril verpackte Nadeln. »Bekomme ich sie einmal zu sehen?«

»Vielleicht. Wie lange bleiben Sie in Satowka?«

»Das weiß ich noch nicht. Dieser Tigran, einer der größten Halunken, den Gott zu seinem Diener gemacht hat, hat eine Reihenuntersuchung angesetzt. Aufs Kreuz hat er mich legen wollen, weil ich ihm vor drei Jahren das Saufen verboten habe! Aber die Leute sollen staunen! Ich mache die Reihenuntersuchung – aber wie! Man soll mich in Satowka nie vergessen!«

»Und was werden Sie tun, Doktor?«

»Ich habe ein Klistier bei mir, und jeder, der zur Untersuchung kommt, kriegt einen Einlauf. So gesunde Taigabewohner wird es nie wieder geben, glauben Sie mir!«

»Ich glaube es Ihnen!« Tassburg lächelte. »Ich würde gern Ihr Freund werden, Ostap Germanowitsch!«

»Wir sind schon Freunde, junger Mann!« Plachunin blinzelte, wie man es unter Männern bei diesem Thema tut. »Natürlich ist sie hübsch, Ihre Kranke?«

»Sie ist eine Schneeflocke – mit einer Seele beschenkt...«

»So poetisch kann nur ein verliebter Russe sprechen! Und wo stammt sie her? Wie kam sie hierher? Sagen Sie nur nicht: Sie fiel als Schneeflocke vom Himmel! Dann verabreiche ich Ihnen das erste Klistier!«

»Ich muß Sie enttäuschen: Sie fiel wirklich vom Himmel! Sie war plötzlich da. Nach einer Flucht durch die Taiga. Zu Fuß!«

»Eine Flucht?«

»Ein Mann hatte sie nach alter Jakutenmanier von den Eltern gekauft. Als er sie abholen wollte, ist sie auf und davon. Hier war ihre letzte Station, sie konnte einfach nicht mehr.«

»Dann gebe ich Ihnen noch Vitaminpräparate mit«, sagte Plachunin. »Aber Sie sind sich darüber im klaren, was Sie da tun? Die Taiga hat trotz aller Revolutionen noch ihre eigenen, jahrhundertealten Gesetze.«

»Ich weiß es, Ostap Germanowitsch. Aber ich besitze auch die uralte Tugend der Russen: Ich kann warten und glaube an die Zeit, die für uns arbeitet. Zunächst aber glaube ich an den Winter!« Er richtete sich auf, und Plachunin stützte ihn. »Sie schreiben mich krank und arbeitsunfähig?«

»Dann wird man Sie per Hubschrauber abholen!«

»Ich bin eben nicht transportfähig.«

»Das gibt es nicht, mit einem Hubschrauber ist jeder transportfähig. Das ist ja die modernste Überlistung des Todes!

Nein, ich habe einen anderen Plan. Ich sage, Sie hätten einen Malariaanfall und brauchen Schonung. Bis die aufgehoben wird, haben wir Schnee, kracht der Frost in den Bäumen und kein Mensch kümmert sich mehr um Satowka.«

»Sie sind großartig, Dr. Plachunin!«

»Ich bin neugierig. Ich möchte Ihr Schneeflöckchen sehen! Aber dazu muß ich in Ihr Haus!«

»Allerdings. Und das ist unmöglich.«

»Nachts! Durch die Hintertür?«

»Es ist immer jemand da, der das Haus beobachtet. Man erwartet ja die tollsten Spukgeschichten, seit ich darin wohne.«

»Mir wird schon etwas einfallen.« Plachunin hakte Tassburg unter und brachte ihn bis zum Bannkreis des Hauses. Von dort mußte Tassburg wieder allein zurück zur Tür schwanken. »Ich werde als Gräfin Albina herumwandeln!«

»Die Gräfin war groß und schön, Doktor!«

»Danke! In hundertfünfzig Jahren kann man schrumpfen.«

»Versuchen Sie es mit Mut! Kommen Sie einfach herein!«

»Man wird erwarten, daß ich als Toter herauskomme. Danke!«

»Sie werden aus dem Haus fliegen, Ostap Germanowitsch! Aber sanft ... mein Tritt wird wohl dosiert sein! Aber wir werden Blut auf Ihr Gesicht schmieren, dann haben Sie zweierlei erreicht: Sie werden als Held gefeiert und Sie sind der erste Mensch – außer mir, der ich bei der Gräfin eine Sonderstellung zu genießen scheine –, der lebend wieder zum Vorschein kommt. Zwar blutend, aber immerhin! Sie leben!«

»Die Gräfin Albina hat mich als Arzt akzeptiert!« Plachunin grinste verhalten. »Michail, wir sind zwei verdammte Lumpen! Aber es macht Spaß! So alt man auch wird – irgendwo bleibt man immer ein Junge, der zu Späßen aufgelegt ist. Man kann es als Potenz bezeichnen ...«

Dr. Plachunin blieb stehen, bis Tassburg hinter der Bohlentür verschwunden war. Erst dann wandte er sich ab, ging zur Bank zurück, packte seine Instrumente wieder in seinen Koffer und verließ Anastasias Garten.

Auf der Straße erwartete ihn inzwischen das halbe Dorf.

»Wird er sterben?« rief Gasisulin mit seiner hellen Stimme.

»Schweig, du Ratte« donnerte Tigran Rassulowitsch. »Steht es schlimm um ihn, Doktor?«

»Er fällt für mindestens vier Wochen aus!« antwortete Dr. Plachunin.

»Und dann?« rief Petrow, der Dorfsowjet. Er war ärgerlich, denn seine Organisation war durcheinandergeraten. Viele standen jetzt vor Anastasias Haus, die eigentlich in der Stolawaja oder in der Banja warten sollten. »Was hat er denn?«

»Ein verschlepptes Fieber. Das entkräftet ungeheuer.«

»Ein natürlicher Vorgang also? Nichts Mystisches?« wollte Tigran wissen.

»Nein. Die Gräfin Albina ist diesmal nicht beteiligt.« Dr. Plachunin schaute sich um. So klein er war, so voller Ehrfurcht starrte man ihn an. »Ich werde morgen nach ihm sehen.«

»Im Haus?« kreischte Jefim, der Idiot.

»Im Haus!«

»Also doch einen Sarg!« sagte Gasisulin zufrieden. »Genosse Doktor, ich danke Ihnen. Bei Ihnen genügt eine Kinderkiste!«

Dr. Plachunin antwortete nicht, aber da auch Gasisulin zur Reihenuntersuchung kommen würde, nahm er sich vor, dem Sargmacher eine Darmspülung zu verpassen, an die dieser noch lange denken würde ...

Genossen, ärgert die Ärzte nicht! Ein Priester kann nur die Hölle versprechen, ein Arzt hat sie in der Hand!

IX

Es roch schon nach Winter.

Die Bäume der Taiga waren zwar noch rot und golden, aber von Norden und Osten her wehte es schon kälter.

Als Tassburg von Dr. Plachunin zurückkam, war Natalia ihm

hinter der Tür um den Hals gefallen und hatte vor Freude geweint.

»Mach mit mir, was du willst«, sagte sie später, als Tassburg ihren Oberarm abband, um die Vene zu stauen, und die Nadel auf die Kalziumspritze setzte. »Und wenn ich daran sterbe – du hast es getan. Und alles, was du tust, ist für mich das Glück.«

Ganz langsam, ganz vorsichtig injizierte Tassburg das Kalzium, nachdem er sich durch Blutansaugen überzeugt hatte, daß er die Vene genau getroffen hatte. Er hatte nicht einen Augenblick gezögert, zuzustechen, obwohl ihm die Angst den Hals zuschnürte. Die erste intravenöse Spritze seines Lebens ...

Dr. Plachunin hatte ihm noch einmal alles genau erklärt. »Wird dir heiß, Liebling?« fragte Michail, während er das Kalzium in die Blutbahn drückte.

»Ein wenig, aber nicht schlimm ...«

»Sag mir sofort, wenn eine Hitzewelle kommt ...«

Sie nickte, schloß die Augen und hielt ganz still. Dann war die Spritze leer, es war alles gelungen. Mit einem Ruck zog Tassburg die Nadel heraus und preßte einen Wattebausch auf die Einstichstelle.

»Jetzt noch die Kreislauftropfen«, sagte er. »Dann mußt du dich hinlegen und schlafen. In ein paar Tagen kannst du wieder lachen!«

Sie nickte, schluckte die Tropfen, zog sich dann im Nebenzimmer aus, schlüpfte in Tassburgs Pyjama und legte sich ins Bett. Er deckte sie zu, küßte sie auf die Stirn und wollte das Zimmer verlassen, aber sie hielt seine Hand fest.

»Bleib«, sagte sie mit kindlicher Stimme. »Bitte, bleib ...«

»Du sollst jetzt schlafen, Natalia.«

»Du weißt, ich schlafe besser ein, wenn ich deine Hand halte, Mischa. Laß mir deine Hand. Ich muß fühlen, ich muß wissen, daß du bei mir bist. Laß mich nicht los, Mischa! Laß mich nie mehr los! Geh nie weg von mir ...«

Es war das erstemal, daß sie es so deutlich aussprach. Er war gerührt, nickte, küßte ihre zitternden Lider und hielt ihre Hand fest wie bei einem kranken Kind, bis ihr Atem ruhiger wurde und die Medikamente wirkten. Ihre flimmernden Nerven wurden eingebettet in Ruhe und Vergessen. Sie schlief ein.

Ganz vorsichtig löste er später seine Hand aus ihren Fingern, die so zerbrechlich waren, daß er Angst hatte, sie auseinanderzubiegen, um sich aus ihrer Umklammerung zu befreien. Auf Zehenspitzen schlich er aus dem Zimmer, ließ die Tür aber offen und setzte sich neben das Herdfeuer.

Von draußen, von der Straße her, aus dem Dorf, erklang vielstimmiger Lärm.

Dr. Plachunin hatte in der Stolowaja mit seiner »Reihenuntersuchung« begonnen und gab tatsächlich Seifenwasserklistiere. Die Lauge hatte Gasisulin gekocht, in Unkenntnis dessen, daß er eine Extraportion erhalten würde. Tigran, der Pope, ermunterte von der Tür des Festsaales jeden, der hereinkommen mußte, und tröstete jeden, der herauskam: bleich, manchmal grün im Gesicht, die Hände auf den Bauch gepreßt.

»Gott liebt einen reinen Körper!« rief er jedesmal. »Und am wichtigsten ist die innere Reinheit!«

Die Klistierten liefen schnell zu ihren Häusern. Ihre Aufnahmefähigkeit für fromme Sprüche war begrenzt.

Es war schon dunkel – die Hälfte der Dorfbewohner war inzwischen untersucht worden und lag erschöpft in den Betten –, da klopfte es an die Tür des verfluchten Hauses. Michail öffnete sofort, und Dr. Plachunin schlüpfte herein. Gesehen wurde er zum Glück nicht.

»Das war ein Tag!« sagte Plachunin gedämpft, weil Tassburg die Finger auf die Lippen legte. »Nur Klistiere ... Hat man dafür Medizin studiert? Michail Sofronowitsch, mir ist nach einem Wodka! Haben Sie einen?«

»Einen ganzen Karton voll!«

»Ha! Ich könnte ihn leeren!« Dr. Plachunin sah sich um. »Wo ist Ihr Schneeflöckchen?«

»Nebenan. Sie schläft ganz fest. Ihre Medizin ist vorzüglich.«

»Ich will sie sehen. Sie haben's mir versprochen ...«

»Bitte ...«

Sie gingen leise in das Nebenzimmer, und Tassburg leuchtete Natalia mit einer kleinen Handlampe an.

Stumm, an den Bettpfosten gelehnt, die Hände in den Hosentaschen vergraben, sah Dr. Plachunin das Mädchen lange an. So lange, daß Tassburg unruhig wurde und den Lichtstrahl wieder von Natalias Gesicht nahm.

Dr. Plachunin nickte, wandte sich ab und schlich in den großen Wohnraum zurück. Dort setzte er sich an den Tisch auf die verfluchte Eckbank, hob die Wodkaflasche an den Mund und nahm einen kräftigen Schluck.

»Sie ist wirklich vom Himmel gefallen, Michail«, sagte er und sah Tassburg wie ein Vater an. »Tassburg, wenn Sie dieses Mädchen enttäuschen, sollen Sie von allen Teufeln gehetzt werden! Sie haben recht: Manchmal lohnt es sich, um eines einzigen Menschen willen verrückt zu werden...«

Sie saßen noch über eine Stunde zusammen. Tassburg vertraute dem Arzt alles an – auch Kassugais Schicksal. Es war erstaunlich, was der kleine Doktor an Alkohol vertragen konnte. Er goß die Flasche Wodka in sich hinein als sei sie Sprudelwasser. Dann schielte er auf den Karton mit den anderen Flaschen und streckte seine kurzen Beine von sich. »Das ist guter Wodka«, sagte Dr. Plachunin voller Sachkenntnis. »Aus der Staatsbrennerei! Himmel, wenn ich daran denke, was ich bei den Bauern schon bekommen habe! Daß es nicht mehr Blinde und Blöde in Rußland gibt, beweist, wie gesund dieses Volk ist! Aus allem, woraus sich nur Alkohol gewinnen läßt, brennen die Saukerle ihren Schnaps! Natürlich ist das verboten, hohe Strafen stehen darauf ... Aber wer will Ankläger sein, solange selbst Funktionäre in ihren Kellern Destillierapparate stehen haben?«

Er schielte auf den geöffneten Karton mit einer solchen Deutlichkeit, daß Tassburg lächeln mußte.

»Nun rücken Sie schon noch eine raus!«

»Sie müssen noch ungesehen aus dem Haus. Vergessen Sie das nicht, Ostap Germanowitsch! Unbemerkt!«

»Ich lege Ihnen auch noch nach der zweiten Flasche einen Parademarsch hin! Es ist das alte Lied: Nur weil wir Kleinen uns von eurem Riesenwuchs absondern, betrachtet man uns als Zwischenstufe zum Insekt! Dabei vergeßt ihr, daß zum Beispiel eine Ameise in der Relation zum Menschen das Zehnfache an Arbeitsleistung vollbringt! Und wie hoch springt ein Floh im Vergleich zu seiner Körpergröße? Kann das der Mensch? Ha! Und Sie gönnen mir nicht einmal eine zweite Flasche Wodka!«

»Sie bekommen sie, Doktor.«

»Her damit!«

»Doch bevor Sie umfallen...«

»Zum Teufel, ich falle nicht um!«

»... sollten wir uns Gedanken über Natalia Nikolajewna machen.«

»Ihr Nervenfieber wird zurückgehen, der Schock auch. In ein paar Tagen ist sie wieder normal.« Dr. Plachunin rieb unruhig die Hände aneinander. Er wartete auf die Flasche. »Stellen Sie sich doch einmal vor, was das für das Mädchen bedeutet: Es hat, wenn auch in Notwehr, einen Menschen umgebracht! Das ginge sogar mir in die Knie. Tassburg, Sie sind ein Sadist! Sie lassen mich den Wodka ansehen, aber sie greifen nicht nach hinten...«

»Sofort!«

»Schon das Wort ist zuviel! Die Flasche könnte längst auf dem Tisch sein!«

»Sie sind Alkoholiker, Dr. Plachunin?«

»Immer diese klugen Schlagworte! Alkoholiker! Können Sie sich vorstellen, was das bedeutet, ein Leben lang in Batkit wohnen zu müssen?«

»Nein.«

»Und da fragen Sie noch, warum ich saufe?«

»Keiner hält Sie in Batkit fest, Ostap Germanowitsch!«

»Das sagen Sie! Ich bin ein von der Gesundheitsbehörde eingesetzter Arzt. Im Jahre 1932 hatte ein Beamter in Moskau die Idee, mich an die Steinige Tunguska zu schicken. Damals war Batkit so groß, daß man im Kreis spucken konnte und damit die Stadtgrenze umrissen hatte. Aber im Plan der Regierung stand: Batkit wird eine Stadt! Ein Umschlagplatz für Holz, Erze, Pelze. Eine Handelsstation! Ein notwendiger Platz! Und dahin gehört ein Arzt! Punktum! Als ich damals in Batkit ankam, hatte ich sofort zu tun! Es gab genau vierundsechzig Einwohner, davon waren dreiundsechzig Männer und eine Frau! Halli, hallo! Von den dreiundsechzig Kerlen waren neunundvierzig geschlechtskrank – alle von der einen Quelle! Die Gesunden waren nur deshalb gesund, weil sie zu alt waren, um das Weibsstück zu besuchen. Leider kam ich nicht dazu, die Hure abtransportieren zu lassen – sie wurde zehn Tage nach meiner Ankunft erstochen – aus Eifersucht! Stellen Sie sich das vor! Sogar Eifersüchtige gab es noch unter den Kerlen. Aber es war die beste Lösung. Seitdem bin ich also in Batkit. Seit 1932! Es wurde eine Kleinstadt, wie geplant. Aber während man baute und baute, hat man mich dort vergessen, verstehen Sie? Ich habe jedenfalls nie eine Antwort bekommen, wenn ich einen Antrag auf Versetzung stellte. Wurde der überhaupt gelesen? Einmal war ich selbst in Omsk bei der Bezirksregierung. Und was sagt da so ein junger Schnösel von Beamter? ›Genosse Doktor, in Batkit sind Sie eine Respektsperson. Was wollen Sie beispielsweise in Swerdlowsk? Jeder, der Sie sieht, wird glauben, wir experimentieren gerade an einer Verkleinerung der menschlichen Rasse! Man wird vor Ihnen weglaufen!‹ Das sagt mir der Kerl ins Gesicht! Ich hätte ihn am liebsten angespuckt, und bin wieder zurück nach Batkit gefahren. Das war vor sieben Jahren. Seitdem höre ich gar nichts mehr! Tassburg, die Flasche!«

Michail holte sie aus dem Karton, schraubte sie auf und reichte sie Dr. Plachunin. Der setzte sie an die Lippen und trank mit geschlossenen Augen.

»Plachunin!« sagte Tassburg mahnend. Der kleine Doktor ließ die Flasche sinken. Sie war halb ausgetrunken – mit einem Zug.

»Sie ahnen nicht, was das bedeutet«, sprach er dann sehr sanft weiter, was man seinem sonst so kräftigen Organ kaum zutraute. »Man hat einen Menschen vor sich, der zuhören kann und intelligent genug ist, das zu begreifen, was man sagt. Man hat einen guten Wodka in der Hand und kann die Flasche streicheln wie ein Frauenbein. Wissen Sie, wann ich zum letztenmal eine Frau ...«

»Ich bin nicht Ihr Beichtvater, Ostap Germanowitsch!«

»Aber Sie hätten das Zeug dazu!«

»Ich wollte eigentlich von Ihnen einen Rat ...«

»Von mir? Ich kann Ihnen nur Medikamente geben. Und auch nur solche, die die weite Reise nach Batkit gewagt haben!«

»Was soll aus Natalia werden?« Tassburg, der bisher so Zukunftssichere, wurde mehr und mehr zum Pessimisten.

»Das fragen Sie mich?«

»Sie kann doch nicht Ihr Leben lang hier als Geist leben! Sie muß doch irgendwann einmal als Mensch auftauchen! Außerdem muß ich irgendwann mit meinem Trupp weiterziehen! Nach den letzten Meldungen meiner Geologen ist mit Erdgasvorkommen im Gebiet um Satowka kaum zu rechnen. Die geophysischen Gutachten, die man am Schreibtisch gemacht hat, enthalten Fehler! Das heißt also ...«

»Weg von hier!«

»Ja, und ich kann Natalia doch nicht allein zurücklassen.«

»Nehmen Sie sie mit!«

»Und wo kommt sie plötzlich her? Denken Sie an das Kopfgeld, das dieser Kassugai ausgesetzt hatte. Tausend Rubel! Die Summe spukt noch in den Köpfen der Leute.« Tassburg nahm Dr. Plachunin die Flasche aus der Hand und trank selbst einen Schluck. »Wenn Natalia plötzlich hier auftaucht, weiß jeder sofort, wer sie ist! Und dann geht das große Rennen um die Rubel los!«

»Der Mensch ist ein abscheuliches Geschöpf!« sagte Dr. Plachunin leise und holte sich aus Tassburgs Händen die Flasche zurück. »Für ein paar klingende Münzen verkauft er seinen Charakter. Tja, was kann man tun? Natalia ist zwar ein vom Himmel gefallener Stern – aber man kann sie nicht einfach in die Hosentasche stecken wie einen gefundenen Diamanten.«

»Nehmen Sie Natalia mit, Doktor!« sagte Tassburg heiser.

»Ich? Nach Batkit?« antwortete Dr. Plachunin verwirrt. »Was soll ich mit ihr?«

»Sie für mich aufheben. Das soll Ihnen beweisen, welch großes Vertrauen ich in Sie setze.«

»Das ehrt mich! Aber das macht mich weder größer noch schöner. Nochmals, Michail Sofronowitsch, was soll sie bei mir?«

»Sie kann Ihnen den Haushalt führen, in der Praxis helfen, sie kann sich überall nützlich machen. Und wenn ich diesen Forschungsauftrag hinter mir habe, hole ich Natalia zu mir nach Omsk und heirate sie.«

»Und wie lange dauert das?«

»Noch zwei Jahre.«

»Und Sie glauben, dann ist ein so schönes Mädchen wie Natalia noch bei mir und wartet auf den Herrn Ingenieur? Kommt er wieder, hält er sein Versprechen, weiß er überhaupt noch, daß sie da ist? Oder gab es inzwischen in der weiten Taiga andere Natalias? Und ich garantiere Ihnen: Es gibt sie! Außerdem ist es äußerst fraglich, ob sie überhaupt mit mir nach Batkit gehen würde.«

»Es wäre die beste Lösung aller Probleme.«

»Das meinen Sie, Michail Sofronowitsch! Aber ich könnte mir vorstellen, daß Natalia sagt: Ich ziehe mit dir durch die Taiga, ganz gleich wohin! Und wenn wir in Erdhöhlen wohnen... Hauptsache, ich bin bei dir!«

»Das hat sie schon gesagt...«

»Lehre mich einer die Frauen kennen! Tassburg, was wollen Sie noch mehr?«

»Ich will Natalia in Sicherheit wissen. Kann ich sie ihr bieten, wenn sie mit uns durch die Wildnis zieht?«

»Und kann ich es – in Batkit? Vielleicht sterbe ich in diesen zwei Jahren? Außerdem werden die Männer in Batkit verrückt nach Natalia sein. Michail, ich kann keine Garantie übernehmen – und gerade das verlangen Sie von mir! Unmöglich!«

Sie diskutierten noch eine Stunde lang. Dr. Plachunin hatte den Mut, die dritte Flasche Wodka anzutrinken, aber er schaffte sie nicht mehr. Um aus dem Haus zu schleichen und zum Haus des Popen, wo er wohnte, leise zurückzukehren, sind drei Flaschen Wodka einfach zuviel.

»Wir sprechen noch über Ihre Natalia«, sagte er leise, als Tassburg ihn durch die Hintertür aus dem Haus ließ. »Im Moment kann ich sowieso nicht weg aus diesem verfluchten Satowka! Man hat mir das Benzin und das Lenkrad gestohlen! Zwei Grundbedingungen, um in einem Auto zu fahren! Aber das klären wir morgen. Gute Nacht!«

Er sah sich um, rannte dann los und verschwand zwischen den Obstbäumen in Anastasias Garten – nicht mehr als ein kleiner dunkler Klecks.

Am nächsten Morgen marschierte die zweite Hälfte der Dorfbewohner zur Reihenuntersuchung heran. Von ihren Vorgängern gewarnt, schleppte jeder ein Geschenk mit für den »guten Doktor«. Man hoffte, ihn durch ein Rosinenbrot oder einen Kuchen, ein Pfund geräuchertes Fleisch oder eine Dauerwurst davon überzeugen zu können, daß ein Klistier mit Seifenlauge nicht notwendig sei.

Plachunin ließ die Geschenke auf einem Seitentisch stapeln, bedankte sich und jagte den Bauern dann doch ein Klistier in den Darm.

»Morgen geht es weiter«, sagte er zu dem Dorfsowjet Petrow. »Erst ein Mensch mit reinem Darm ist für eine Totaluntersuchung geeignet.«

»Totaluntersuchung?« stotterte Petrow. »Wie soll man das verstehen? Was kommt denn noch?«

»Ich bin hierhergerufen worden, also tue ich meine Pflicht!« brüllte Dr. Plachunin.

»Zu dem kranken Ingenieur ...«, sagte Petrow schwach.

»Der Fall ist klar – er hat ein seltenes Fieber. Aber was sehe ich hier? Was sehe ich mit bloßen Augen? Wenn ich erst mit meinen Instrumenten anfange ...«

»Instrumente?«

»Ich habe einen ganzen Koffer voll mitgebracht!«

»Einen ganzen Koffer...«

Petrow verließ die Stolowaja und prallte auf dem Gang mit dem Popen Tigran zusammen. Er war aus naheliegenden Gründen zur Banja unterwegs, wo die Frauen warteten.

»Wie läuft es?« fragte Tigran und strich über seinen langen, schwarzen Bart. »War das nicht eine gute Idee mit dem Doktor?« Der Pope konnte so etwas sagen, denn er war sicher, kein Klistier zu bekommen. Das würde Dr. Plachunin nie wagen... einem heiligen Mann...

»Er hat einen Koffer voller Instrumente mit, mit denen er uns untersuchen will«, stammelte Petrow. »Was wollen wir tun? Er zerreißt unsere Leiber und nennt das öffentliche Gesundheitspflege!«

»Ich betrachte es auch mit Sorge!« Tigran hielt den Atem an. Aus dem Versammlungssaal, der jetzt als Untersuchungsraum diente, ertönte ein dumpfer Aufschrei. Er kam von Großväterchen Wassutinski, der nie in seinem Leben krank gewesen war und nun zu seinem maßlosen Entsetzen von Dr. Plachunin rektal untersucht wurde.

»Die Prostata!« sagte der Arzt dann beinahe zufrieden. »In deinem Alter ist diese Untersuchung nötig! Wie ist es mit dem Wasserlassen?«

»Hä?« fragte das Großväterchen verblüfft.

»Läuft es noch wie aus einer Wasserpumpe?«

»Es macht Mühe...«

»Da haben wir's! Bücken!«

Als dann die Untersuchung begann, brüllte Wassutinski dumpf auf, weil es wirklich da, wo der Doktor drückte, weh tat. Plachunin war zufrieden. Doch ein Kranker zwischen der geradezu beleidigend gesunden Bevölkerung von Satowka!

Für Petrow und Trigran war Wassutinskis Aufschrei ein Signal.

»Wie kommt er wieder weg ohne Benzin und Lenkrad?« fragte der Pope dunkel.

»Man muß beides sofort wieder rausrücken!«

»Weißt du, wer es genommen hat?«

»Ich ahne es, Väterchen ... Es waren zwei.«

»Zu mir mit beiden! Zur Beichte!«

Aus der Stolowaja wankte Großväterchen Wassutinski. Er war leichenblaß und mußte sich im Flur an die Wand lehnen. Aus dem Zimmer brüllte Plachunin: »Der nächste!«

Es gab kein Entrinnen.

»Ich habe einen dicken Knoten im Bauch!« murmelte Wassutinski mit hohler Stimme. »Welch ein Unglück! Er hat ihn gefühlt! Welch ein Unglück! Steckt mir seinen Finger hintenrein und sagt: ›Großväterchen, es sieht schlecht aus!‹ Kann man solchen medizinischen Aussagen trauen?«

»Ich schicke Jefim und Gasisulin zu dir, Väterchen«, sagte Petrow zu dem Popen, auf die Beichte anspielend. »Dieser Plachunin zerstört unser ganzes Dorf! Bei der Kusowkina hat er im Bauch etwas festgestellt, das er Bimbom ...«

»Myom ...«, verbesserte Tigran.

»Von mir aus auch ein Myom nannte! So groß wie ein Kindskopf! Im Bauch! Und die Kusowkina hat immer geglaubt, es käme vom vielen Kartoffeln essen! Und was sagt der Doktor? ›Ab mit dir nach Mutorej! Dort schneiden sie dir den Bauch auf und holen das Ding heraus.‹ Väterchen, die Kusowkina ist in Ohnmacht gefallen! Bei den Worten ›Ding heraus‹ war sie weg... das hat sie verstanden!«

»Gasisulin und Jefim sollen sofort zu mir in die Kirche kommen!« befahl der Pope Tigran Rassulowitsch. »Bei Gott, ja – das Auto Dr. Plachunins muß wieder fahrbereit gemacht werden.«

Aber es war zu spät dazu.

Am nächsten Morgen begab sich dann folgendes:

Tigran hatte in der Kirche zunächst Jefim unter das Bild des heiligen Stephan gestellt und ihm eine solche Tracht Prügel angedroht, daß er zwei Wochen im Bett liegen würde, wenn er beim Anblick des heiligen Stephan nicht die Wahrheit sage. Jefim Aronowitsch verteidigte sich geschickt mit dem unschlagbaren Argument, er sei ein weitbekannter Idiot und sage deshalb aus seiner Sicht immer die Wahrheit.

»Wo ist das Lenkrad des Genossen Doktor?« brüllte Tigran ihn an.

»Was ist ein Lenkrad, Väterchen?« antwortete Jefim treuherzig.

Eine gewaltige Ohrfeige ließ ihn erzittern. Jefim sah den heiligen Stephan leidend und bittend an und erinnerte sich dann plötzlich, als der Pope zum zweitenmal ausholte.

»Ach, das Lenkrad?« sagte Jefim schnell, bevor die Hand heruntersauste. »Das Auto, das ich auf der Versteigerung erworben habe, Kassugais Auto, ist zwar ein schöner Kaninchenstall geworden, aber wenn ich mich auf den Fahrersitz setze, nur so, um zu tun, als könnte ich fahren, da störte mich immer das alte Lenkrad. Abgewetzt war's, fleckig ... Und wie ich um den Wagen des Doktors herumgehe, sage ich mir beim Anblick des anderen Lenkrades ...«

»Du bringst es sofort zurück!« donnerte Tigran. »Sofort! Und montierst es wieder an! Bist du ein Dieb? Was soll Gott von dir halten?«

»Verzeih, Väterchen, aber da kann Gott nicht mitreden!« antwortete Jefim. »Als Gott auf Erden wandelte, gab es noch keine Automobile ...«

Der Pope hatte keine Lust, darüber zu diskutieren. Er beförderte Jefim mit einem gewaltigen Tritt aus der Kirche und ließ dann den Sargmacher ein. Gasisulin ahnte nichts Gutes, als Jefim an ihm vorbeilief und sich den Hintern festhielt. Der Pope trat gewaltig zu ...

»Komm näher, mein Sohn«, sagte Tigran liebevoll, als Gasisulin schüchtern in der Tür stehenblieb. »Zum Bild des heiligen Ilarion. Sieh mir in die Augen, und sage mir die Wahrheit!«

Gasisulin kam zögernd näher, aber bereits in Reichweite des Popen war alles vorbei. Tigran griff zu, zog ihn zu sich heran und schleuderte ihn mit dem Rücken gegen die Ikonostase. Das Bild des heiligen Ilarion schwankte bedrohlich.

»Vitali Jakowlewitsch!« brüllte der Pope ohne weitere Einleitung. »Besitzest du nicht eine Säge, die mit einem Benzinmotor läuft?«

»Wie lange läuft sie nicht mehr, Väterchen!« Gasisulin holte tief Luft. »Du weißt selber, welch armer Mensch ich bin! Wieviel Särge habe ich gemacht in diesem Dorf? Wozu brauche ich eine Motorsäge?«

»Der Kerl lügt in der Kirche!« schrie der Pope. »Der Küster! Der Totengräber! Der Sargmacher! Der Friedhofsgärtner! Der Schwachkopf, der ganze Kirchendächer in die Luft sprengt, wenn er Gräber ausheben will! Er lügt! Gasisulin, der Genosse Doktor verabreicht nur Klistiere mit Seifenwasser, aber ich werde dich zwingen, das geklaute Benzin bis auf den letzten Tropfen zu trinken! Weißt du, was dann aus dir wird, wenn du zum Beispiel Gott um Verzeihung bittest und dabei eine Kerze anhauchst?«

Gasisulin hatte die Gräberexplosion noch in bester Erinnerung, zumal er Tag für Tag an der Reparatur des Kirchendaches arbeiten mußte. Er ließ es deshalb gar nicht darauf ankommen, mit dem Popen zu streiten. Er nickte gottergeben und faltete die Hände.

»Das Benzin kommt zurück, Väterchen!«

»In den Tank des Autos?«

»Alles?«

»Alles!« donnerte Tigran. »Du Dieb! Was habt ihr von der christlichen Erziehung eigentlich noch behalten?«

»Nirgendwo in der Bibel steht etwas von Benzin«, sagte Gasisulin treuherzig.

»Aber das Gebot: Du sollst nicht stehlen!«

»Stehlen kann man doch nur einem Menschen etwas ...« Gasisulin betrachtete die Ikone des heiligen Ilarion nachdenklich. »Das Benzin aber gehört einem Motor ... ist Motor ein Mensch?«

»Der Motor gehört dem Auto«, antwortete Tigran unwirsch.

»Aha!«

»Und das Auto gehört dem Genossen Dr. Plachunin. Ist das kein Mensch?«

»Wenn man es so sieht ...«, versetzte Gasisulin gedehnt. »So um drei Ecken herum ... dann gehört eigentlich alles auf Erden den Menschen!«

»So ist es!«

»Und das ist Kommunismus, Väterchen?«

Tigran Rassulowitsch erkannte mit Schrecken, daß seine Bauern ideologisch wendiger waren, als er immer angenommen hatte. Er gab auch Gasisulin als Antwort einen gewaltigen Tritt; der kleine Sargmacher schoß aus der Kirche und war froh, so glimpflich davongekommen zu sein.

In der folgenden Nacht montierte Jefim das Lenkrad wieder an die Lenksäule von Dr. Plachunins Auto, und ein wenig später schlich Gasisulin heran und goß mit einem Trichter das Benzin in den Tank zurück.

Aber, wie gesagt, es war schon zu spät.

Während Jefim das Lenkrad brachte, wehte bereits ein eisiger Wind von Osten her über die Taiga. Und als Gasisulin das Benzin einfüllte, begann es zu schneien. Der Himmel öffnete sich und dicke feste Flocken fielen herunter. Die erste Schicht schmolz zwar noch auf der Erde, aber schon die zweite Schicht blieb liegen, und nach einer Stunde war das ganze Land weiß.

Der Winter war tatsächlich ohne Übergang gekommen, so wie es für dieses Jahr vorausgesagt worden war. Kein Regen ... keine Schlammperiode ... Väterchen Frost stapfte ohne Vorwarnung über das Land.

Dr. Plachunin, der gegen Morgen aufwachte, um die Toilette aufzusuchen, die an das Popenhaus angebaut war, fluchte schauerlich und war so unchristlich, Tigrans Schlafzimmer ohne anzuklopfen zu betreten.

Der Pope lag allein im Bett, aber das erst seit zwei Stunden. Anastasia pflegte fortzuhuschen, noch bevor die ersten Hähne erwachten.

»Es schneit!« schrie der kleine Doktor. Tigran fuhr auf und setzte sich verstört in die Kissen. »Es schneit! Wie aus Kübeln! Man sieht kaum das nächste Haus!«

»Ein Jahr ohne Winter gibt es nicht, mein Freund«, antwortete der Pope weise.

»Dafür bekommen Sie ein Klistier extra!« Plachunin hieb zornig auf das hohe Fußende des riesigen Holzbettes. »Wie komme ich jetzt hier weg? Bei diesem Schneetreiben kann niemand fahren, das wissen wir alle. Und wie lange kann das dauern?«

»Das weiß Gott...«

»Er nicht allein! Ich auch! Drei, vier Wochen, bis alles im Schnee begraben ist! Und wer schaufelt die Straße dnach Batkit frei? Keiner! Soll ich hier überwintern, Tigran Rassulowitsch? Gut! Ich tue es! Ich bleibe den ganzen Winter über hier! Ich kümmere mich um Sie! Ich behandle Ihre Leber! Ich operiere die Prostate des alten Wassutinski und das Myom der lieben Kusowkina! Das wird ein Fest! Ihr habt mich hergelockt... Wenn ihr mich wieder loswerden wollt, so laßt euch etwas einfallen!«

Es war ein Morgen, an dem Tigran früher als sonst in der Kirche war und betete. »Laß es wieder tauen, Herr«, sagte er demütig. »Nur einen Tag lang, damit Plachunin abfahren kann. Wenn es dann wieder schneit, während er unterwegs ist, dann ist das höhere Fügung! Herr, schicke du für ein paar Stunden einen kleinen warmen Wind! Nur für ein paar Stündchen... Es macht dir doch nichts aus. Aber für unser Dorf ist es ungeheuer wichtig...«

Vielleicht waren es die falschen Worte... Jedenfalls schneite es weiter.

Man sah keinen Himmel, kein Land, keine Taiga mehr, nur noch einen Vorhang aus Schnee, hinter dem alles in einem weißen Nichts verschwand. Und in dem Schnee, der sich langsam in Schichten auftürmte, versanken die Häuser und Zäune, die Bäume und Gärten; das Leben wurde lautlos, wie in Watte verpackt.

»Jetzt kannst du nicht mehr weg«, sagte Tassburg. Er saß mit Natalia auf dem Bett und sah hinaus in den Schnee. Die Fenster klebten bereits zu ... Ein leichter Wind trieb die Flocken dagegen, und der Wind wurde rasch so kalt, daß der Schnee an den Scheiben zu Eisblumen gefror.

Durch Zufall eigentlich, oder, genauer gesagt, weil es ihm plötzlich kalt wurde, war Michail aufgewacht. Wie immer lag Natalia neben ihm, auf sein Wort vertrauend, an ihn geschmiegt wie eine Katze, in seinem viel zu großen und zu weiten gestreiften Schlafanzug. Er schob sich aus dem Bett, deckte Natalia bis zum Hals zu, ging ins Nebenzimmer zu dem Ofen und legte dicke Holzkloben in das glimmende Feuer. Dann blies er die Glut an, bis die ersten Flammen das Holz ergriffen und die Kloben laut knackten. Als er zurück zum Bett kam, lag Natalia wach und blickte zum Fenster.

»Jetzt bin ich sicher«, sagte sie leise. »Jetzt suchen sie mich nicht mehr.«

Michail wagte nicht, ihr zu sagen, daß dies eine irrige Ansicht war. Sicher wäre sie bei Dr. Plachunin in Batkit gewesen. Der frühe Wintereinbruch hinderte den Geologentrupp nicht, bei einer Fehlbohrung alles abzubrechen und weiterzuziehen. Der Trupp war auf alles vorbereitet, auch auf einen Wintermarsch. Man besaß die besten Fahrzeuge mit den stärksten Motoren, man konnte Schneepflüge vor die Fahrzeuge montieren. Man war sogar darauf eingerichtet, eines der Fahrzeuge als Schneeschleuder umrüsten zu können. Dazu gab es die ständige Funkverbindung mit den Basislagern, von wo Transporthubschrauber alles Material heranfliegen würden, das man brauchte. Bei dem Stand der modernen Technik gab es keine Winterschrecken mehr, kein ewiges Überwintern, kein monatelanges Warten auf das Tauwetter, keinen Stillstand. In den sibirischen Städten wurde auch bei 40 Grad Frost gebaut, mit heißem, dampfendem Beton und Zusatzmitteln, die der Kälte alle Wirkung nahm.

»Um einen oder zwei Tage hat es sich gehandelt«, meinte Tassburg jetzt. Er legte den Arm um Natalias Schulter, und sie legte ihren Kopf an seine Brust. »Jetzt kann auch Dr. Plachunin nicht mehr weg.«

Sie starrte ihn aus weiten Augen an und begriff plötzlich,

was er da gesagt hatte. Mit einem Satz wollte sie aus dem Bett springen, aber er hielt sie fest und zog sie wieder an sich.

»Du hast ihm alles erzählt?«

»Er war hier ...«

»Hier im Haus?«

»Er hat an deinem Bett gestanden und dich ›vom Himmel gefallen‹ genannt. Ohne seine Medikamente hättest du heute noch Fieber ...«

»Er ... er weiß, wer ich bin?«

»Ja.«

»Michail, du hast mich verraten!« Sie wollte sich wieder von ihm losreißen, aber er drückte sie auf das Bett nieder. Dann legte er sich, als sie sich wegrollen wollte, mit seinem ganzen Gewicht über sie. Sie starrte ihn an, helle Angst in den Augen, doch sie wehrte sich nicht, obwohl er ihre Hände freigab.

»Du solltest bei Dr. Plachunin in Batkit bleiben, bis ich meinen Regierungsauftrag erfüllt habe«, sagte er. »Natalia, es wäre der sicherste Ort gewesen!«

»Ich wäre nie mitgefahren.«

»Unsere Zeit in Satowka läuft bald ab. Die Meldungen aus der Taiga sind nicht sehr ermutigend. Man hat sich verrechnet. Die Erdgasvorkommen müssen nördlicher liegen! Du weißt, was das bedeutet.«

»Ja«, sagte sie leise. »Ich weiß es.«

»Dr. Plachunin hätte dich ...«

»Ich bleib bei dir!« unterbrach sie ihn. »Sprich nicht weiter, Mischa! Ich gehe mit dir, ganz gleich, wohin ...«

»Und wie willst du den Leuten erklären, wo du herkommst?«

»Ich bin einfach da! Kann ein Mensch nicht einfach da sein?«

»Wie soll ich das den Leuten von meinem Trupp erzählen? Und den Bewohnern von Satowka? Sie träumen noch immer von dem Kopfgeld, das für deine Ergreifung ausgesetzt war. Sogar Tigran Rassulowitsch! Jeder würde sofort wissen, wer du bist!«

»Wir müssen es wagen, Mischa«, sagte sie plötzlich mit einer Zärtlichkeit, die ihn entwaffnete und alle nüchternen Überlegungen verscheuchte. »Wir müssen so vieles wagen, und es wird immer schön und gut sein, was wir tun. Wir haben uns verändert, Mischa, und nun schneit es auch noch. Wie kalt es geworden ist ... Ich friere ... Ich werde immer frieren ohne dich ...«

Erst jetzt sah er, daß sie die Jacke des Pyjamas aufgeknöpft hatte. Bevor er es noch ganz fassen konnte, schlang sie die Arme um seinen Nacken und drückte seinen Kopf gegen ihre bloßen Brüste. Seine Lippen berührten ihre glatte Haut, er spürte die weiche Wärme ihres Körpers ...

»Ich liebe dich, Mischa«, sagte sie, kaum hörbar. »Mischa, ich habe Angst davor, aber ich liebe dich! Wenn ich schreie, hör nicht darauf. Ich werde schreien, Mischa – ich werde ›Mischa! Mischa!‹ schreien ... Es schneit. Der Schnee wird uns begraben. Wir haben nur noch uns. Es gibt nur noch dich ...«

»Und dich, Natalia. Nur noch dich ...«

»Wie winzig kann diese große Welt werden ...«

Und es schneite, schneite, schneite ...

Am Abend erst gelang es dem Arbeiter Konstantin, vom Lager am Dorfrand bis zu dem »Leeren Haus« vorzudringen und Tassburg vor die Tür zu rufen. Näher an das Haus heranzugehen, wagte er nicht, nach allem, was hier schon geschehen war. Der Genosse Ingenieur schien der einzige zu sein, der gegen den Geisterzauber gefeit war. Aus dem Kamin quoll dicker Rauch und es roch nach Braten – ein sicherer Beweis, daß sich Tassburg von der Gräfin Albina nicht unterkriegen ließ. Der Pope Tigran behauptete ja, es sei allein die Wirkung seines Hostienbreis, mit dem sich Tassburg jeden Abend einreibe wie mit einer Schönheitscreme ...

»Meldung von der Außenstelle!« rief Konstantin, als Tassburg in der Tür erschien. Er trug einen Wettermantel aus Gummi und darüber noch eine Zeltplane. Im Schneetreiben war er kaum zu erkennen. »Man bricht die Bohrungen ab und montiert die Schneepflüge vor die Lastwagen. Wenn sie nicht zurückkönnen, wird Basis zwei benachrichtigt! Die Meteorologen rechnen damit, daß es acht Tage schneien wird.«

»Rufen Sie den Bohrtrupp zurück, Konstantin. Sie sollen draußen bleiben, so lange es geht. Sobald der Schneefall nachläßt, kommt von Basis zwo per Hubschrauber das Wintergerät.«

»Ich gebe es durch, Genosse Ingenieur!« Konstantin schüttelte die Schneelast von sich. »Und wie geht es Ihnen?«

»Danke, besser! Viel besser! Der Doktor ist ein Könner auf seinem Gebiet.«

»Das freut uns alle!«

Konstantin winkte Tassburg zu und rannte dann durch das Schneetreiben davon. Es sah aus, als stürze er sich gegen eine Wand aus weißen Pfeilen.

Tassburg blickte ihm nach. Dann blickte er hinüber zu Anastasias Haus, das er nur schwach erkennen konnte. Die Witwe stand hinter dem Fenster ihres Wohnraums und winkte. Sie schien die Ritzen mit Zeitungspapier zu verkleben.

Er winkte zurück, ging ins Haus und schloß die Tür. Am Herd stand Natalia und drehte auf einem Eisenspieß den Braten über der offenen Flamme. Das in das Feuer tropfende Fett zischte leise.

»In acht Tagen wird ein Hubschrauber landen – und was dann?« fragte Michail.

»Das sind noch acht Tage Glück, Mischa«, antwortete Natalia einfach. »Laß uns nicht darüber sprechen...«

X

Es schneite sechs Wochen lang, sechs Wochen ohne Unterbrechung. Mal stärker, mal etwas weniger stark, aber es hörte in diesen sechs Wochen niemals ganz auf. Die ganze Welt und der Himmel schienen nur noch aus Schnee zu bestehen.

Dr. Plachunin hatte es aufgegeben, darüber zu fluchen. Er saß mit Tigran im Popenhaus und spielte Schach, hin und wieder nur schlich er zu Michails Haus. Er traf dort zwei so glückliche Menschen an, daß er darauf verzichtete, seine Klagen vorzubringen und rasch wieder wegging. Es sah aus, als müsse Tassburg nun doch in Satowka überwintern, denn durch diese Schneemassen kam keiner mehr durch.

Auch von Batkit würde niemand kommen, um etwa Dr. Plachunin zu holen. Es gibt Krankheiten, bei denen ein Arzt zu spät kommt, und es gibt andere, die keinen Arzt brauchen, weil sie zu geringfügig sind. So einfach rechnete man in Batkit.

Außerdem gab es seit einigen Monaten den jungen Arzt Dr. Tschunowogradij, der sich einarbeiten sollte. Er war plötzlich da, aus Omsk geschickt. Das war der einzige Hinweis darauf, daß Plachunin pensioniert werden sollte – er selbst hatte noch keine Nachricht bekommen. Eins war jedoch sicher: Er wurde nicht vermißt. Seine Patienten atmeten auf ... ein paar Monate Ruhe vor Dr. Plachunin, das tat gut! Der Mensch braucht einmal Erholung von seinem Arzt ...

Es war wieder am Abend, nach einem Essen, das aus Blinis und Bohnengemüse bestanden hatte. Natalia und Michail saßen nebeneinander am Feuer und waren wieder einmal in dem Glücksgefühl versunken, jeder den anderen zu spüren, ihm so nah zu sein, als sei man miteinander verwachsen.

Es mußte ein Sonnabend sein, denn durch den Schnee, so, als sei sie ganz fern, drang der dünne Klang der Kirchenglocke. Tigran Rassulowitsch vergaß nie, den Sonntag einläuten zu lassen, der bei ihm mit Einbruch der Dunkelheit des Sonnabends begann.

»Es ist etwas geschehen, Mischa«, sagte Natalia. Sie beugte sich vor und schob einen Holzkloben in das aufflackernde Feuer. Sie blieb, nach vorn gebeugt, sitzen. »Etwas sehr Schönes ...«

»Ich weiß, du bist wieder ganz gesund ...« Tassburg küßte ihren Nacken, nachdem er ihre langen Haare weggeschoben hatte. Sie nickte und hielt seine Hände fest.

»Ich bin ganz gesund«, wiederholte sie mit jener Zärtlichkeit, die ihn immer wieder ergriff. »Wundervoll gesund, Mischa.

Göttlich gesund. Ich bekomme ein Kind ...«

Millionenfach schon hat dieser Satz, zwischen zwei Menschen gesprochen, eine Welt verändert oder eine neue kleine Welt geschaffen: Freude und Glück - aber auch Nachdenken oder Schuldgefühle ...

In Tassburg stritten nach Natalias Worten die widersprüchlichsten Empfindungen. Wären sie in Omsk gewesen, in Tassburgs kleiner Wohnung am Leninprospekt, verheiratet, sicher in einer geordneten Welt, welch ein Taumel des Glücks wäre über beide gekommen bei dem einen Satz: »Ich bekomme ein Kind!« Sie wären sich in die Arme gefallen, Michail hätte Natalia geküßt, bis sie nach Atem gerungen hätte, er hätte sie umhergetragen in der Wohnung und ausgerufen: »Seht! Seht! Meine Natjenka! Ein Mütterchen wird sie! Und ob es ein Sohn wird oder ein Mädchen ... es wird in jedem Fall das schönste Kind Rußlands sein! Ein Kind! Unser erstes Kind! Ich werde es in Samt und Seide wickeln!« Er hätte sich garantiert so verrückt benommen wie alle jungen Väter, die in einem Kind die himmlische letzte Erfüllung ihrer Liebe sehen.

Aber hier war man in Satowka! Lebte verborgen in einem seit 150 Jahren verfluchten Haus, mußte alle möglichen Tricks anwenden, damit niemand das Haus betrat und rechnete damit, daß nach dem Ende des Schneesturms ein Hubschrauber landen würde, um die Kolonne der Geologen mit allen nötigen Gerätschaften für den Winter auszurüsten. Das hieß: Weiter, fort aus Satowka! Neuland erobern! Pionier sein für den sowjetischen Fortschritt!

Und da war plötzlich ein Kind, wuchs in einem noch schmalen, schlanken Mädchenleib ... In Natalia, auf deren Ergreifung man ein Kopfgeld gesetzt hatte, die gesucht wurde, die wochenlang durch die Taiga geflüchtet war und die jetzt nur noch weiterlebte, weil sie einen Menschen getötet hatte ...

Wem ist es da zum Jubeln, Freunde?

Tassburg, der seine Hände in Natalias Haar vergraben hatte, starrte auf ihren Nacken, über den das Licht des Feuers huschte. Sie hielt den Kopf noch immer gebeugt, und er hielt sie fest, als wolle sie sich in die Flammen stürzen und nur sein Eisengriff hielte sie davon ab ...

Ein Kind, dachte er. Mein Gott, das ist doch wirklich etwas Wunderbares! Natalia und ich werden ein Kind haben! Aber vielleicht wird es geboren werden tausend Werst von aller Zivilisation entfernt, auf dem Boden eines Zeltes. Und seine Genossen würden ihm zur Not helfen, die Nabelschnur durchzuschneiden – aber was dann? Wenn es Komplikationen mit der Nachgeburt gibt, wenn sie weiter blutet, wenn sie Fieber bekommt oder eine Vergiftung? Und das Kind! Was machen wir mit dem Kind in der Einsamkeit ...

Um sie herum würde völlige Verlassenheit sein, die Urweltlandschaft der Taiga, und er, Michail, würde noch nicht einmal den Hubschrauber von der Zentrale rufen können, um Natalia in das nächste Krankenhaus bringen zu lassen, weil sie ja gesucht wurde und weil man sofort fragen würde: »Wo ist der Natschalnik Rostislaw Alimowitsch Kassugai geblieben? Man hat da etwas munkeln hören ... Stimmt das? Mit einer durchschnittenen Kehle soll er aus dem verfluchten Haus gewankt sein! Wer hat da das Messer geführt, na?«

Ein Kind! Jetzt ein Kind! Und noch Monate Winter, sibirischer Frost, unbarmherzige Kälte lagen vor ihnen ...

»Du sagst nichts«, sagte Natalia leise und starrte in die Flammen. Der neue Holzkloben hatte Feuer gefangen und knackte laut. Tassburgs Hände hielten noch immer ihren Kopf umfangen, sie spürte, wie seine Fingerspitzen sie streichelten und sie empfand die große, aber auch tragische Zärtlichkeit, die ihn jetzt erfüllte und seine Zunge lähmte. Sie wußte genau, was er dachte, und sie hatte Mitleid mit ihm – nicht mit sich selbst, denn dazu war sie jetzt innerlich zu glücklich. »Wenn du willst ...«, begann sie leise.

»Was ... was soll ich wollen?« fragte er tonlos.

»Ich habe eine Freundin gehabt, in Mutorej, die hat mit einer Stricknadel ...«

»Du bist wahnsinnig! Natjenka, um Himmels willen, denke doch an so etwas nicht! Sprich so etwas nie wieder aus!« Er riß sie an sich und umarmte sie. Sie schloß die Augen, lächelte selig und schmiegte sich an ihn.

»Unser Kind!« sagte er rauh.

»Ja, unser Kind. Wenn es ein Junge wird, wird er groß und stark wie du sein. Es muß ein Junge werden! Und wenn du später wieder fort bist, irgendwo mit einem neuen Trupp in der Taiga, werde ich dich durch ihn immer um mich haben, werde ich dich sehen, mit dir sprechen, neben dir schlafen ... nur viel, viel kleiner wirst du dann sein! Und wenn ich unseren Sohn küsse, dann küsse ich auch dich, mein Liebling ...«

»Und wenn es ein Mädchen wird, habe ich zwei der schönsten Wesen aus Gottes Schöpfung um mich!«

»Du redest so viel von Gott!« Sie blickte in die prasselnden Flammen und legte ihre Hände auf Tassburgs Hände. »Glaubst du denn an ihn?«

»Als ich vor zweiunddreißig Jahren geboren wurde, sprach niemand von Gott. Da war Krieg, mein Vater wurde als deutschstämmiger Russe in ein Ausbildungslager bei Taschkent geschickt. Meine Mutter flüchtete mit mir in dem letzten Zug, der von der Ostsee aus ins Landesinnere fuhr, in einen winzigen Ort hinter Moskau, der Zaponowje hieß. Dort wuchs ich auf und hörte, wie meine Mutter heimlich betete. Sie erzählte mir von Gott, sagte aber gleichzeitig: ›Vergiß ihn schnell wieder! Es gibt ihn nicht, nicht mehr in Rußland! Warum ich trotzdem zu ihm bete? Damit er Rußland nicht ganz – nicht für immer vergißt! Aber du hast das nicht nötig. Du wirst einmal ein strammer Komsomolze und ein guter Kommunist werden, ein angesehener Bürger dieses Landes! Du bist ein kluges Bürschchen, Michail. Geh deinen Weg ... und dabei wird dir Gott nicht helfen können!‹ Genau das sagte sie.«

»Und jetzt redest du doch von Gott?«

»Es gibt Augenblicke, in denen man Gott braucht! Ich hätte es nie gedacht, überhaupt nicht für möglich gehalten! Ein aufgeklärter Mensch wie ich flüchtet plötzlich zu einem Wesen, zu einem imginären Etwas, das stärker sein soll als alles andere. Übermächtig, alles regierend und lenkend, alles bestimmend, alles wissend ... Plötzlich sucht man Schutz, Antwort, Zuspruch, eine nie gekannte Väterlichkeit.«

»Und jetzt ist solch ein Augenblick, Mischa?« fragte sie leise.

»Ja, jetzt ist solch ein Augenblick, Natalia.«

»Jetzt ... ist Gott bei uns?«

»Ich hoffe, daß er bei uns ist.« Er drückte sie fester an sich und küßte ihr vom Feuer erhitztes Gesicht. Sie standen vor dem Herd wie vor einem Altar, und die flammenden, krachenden Holzkloben waren wie eine goldene Ikonostase, gegen die man sprechen konnte, als stünde man neben dem Ohr Gottes.

»Du hast Angst?« fragte Natalia, als Michail schwieg und nur ihr Gesicht streichelte.

»Ja«, antwortete er ehrlich.

»Vor der Geburt?«

»Das ist noch weite Zukunft ...«

»Und Gott könnte helfen?«

»Ich weiß es nicht. Aber es tut schon gut, wenn man sich sagen kann: Da ist ein Allmächtiger, der vielleicht – ich sage vielleicht – seine Hand ausstreckt und wie ein Dach über uns hält. Aber was unter diesem Dach geschieht, das müssen wir selbst tun!«

»Unser Kind ...«, sagte sie wieder mit einer so sanften Zärtlichkeit, daß es ihn heiß durchrann. »Unser Kind ...«

»Ich werde dich von Dr. Plachunin untersuchen lassen.«

»Nein! Keiner wird mich untersuchen. Niemand faßt meinen Leib an ... Das darfst nur du!«

»Ostap Germanowitsch ist Arzt, Natalia. Er hat unzählige Frauen untersucht. Er wird uns auch genau sagen können, wann unser Kind kommt.«

»Das kann ich auch.« Sie schloß wieder die Augen und schmiegte sich an ihn. »Ich habe es gespürt, Mischa. Ganz klar gespürt. In mir war eine Flamme ...«

»Du bist wunderbar«, sagte er kaum hörbar. »Ich liebe dich und kann es dir nicht sagen ...«

»Warum nicht?«

»Für diese Liebe gibt es keine Worte mehr. Hier hat unsere

Sprache Grenzen. Nur die Musik könnte es noch ausdrücken ...«

»Musik?« Sie lächelte sanft. »Welche Musik?«

»Kennst du die deutsche Oper: ›Tristan und Isolde‹?«

»Nein«, erwiderte sie leise.

»Die Klavierkonzerte von Tschaikowski?«

»Auch nicht ...«

»Die Sonaten von Chopin?«

»Ich kenne gar nichts, Mischa! Ich bin ein dummes, armes Bauernmädchen, das im Magazin der Sowchose ›Oktoberrevolution‹ gearbeitet hat und an einen Teufel mit Namen Kassugai verkauft wurde – von den eigenen Eltern. So dumm bin ich! Du kannst mich nirgends zeigen, mich nie mitnehmen zu deinen gebildeten Freunden, mich keinem vorstellen und sagen: ›Das ist meine Frau!‹ Ich bin viel zu dumm! Aber ich habe ein Kind von dir.« Sie umfaßte, nach hinten greifend, seinen Nacken und preßte ihren Kopf gegen seine Brust. »Ein Kind – das ist mehr wert als Klugheit, mehr als dein Chopin, Tschaikowski und wie sie alle heißen ... Ich brauche auch keine Musik, um zu wissen, wie sehr du mich liebst! Sag nichts ...« Sie nahm seine Hand und führte sie in kreisenden Bewegungen über ihre Brust. »Sei ganz still ... Streichele mich nur ... aus deinen Händen kommen Träume. Jetzt möchte ich träumen, Mischa ... von unserem Kind träumen ...«

Lange saßen sie so an dem prasselnden, knackenden Feuer, schwiegen, küßten sich und waren so vollkommen miteinander verbunden, daß sie nichts zu denken vermochten als immer nur: Wie unsagbar schön ist es, daß du bei mir bist.

Gegen Mitternacht klopfte es an der kleinen Hintertür. Natalia erschrak.

»Das ist bestimmt Dr. Plachunin«, sagte Michail und stand auf. Natalia lief ins Nebenzimmer und schloß die Tür.

»Ich will ihn nicht sehen«, sagte sie noch, bevor sie die Tür zuzog. »Hörst du? Ich lasse ihn nicht an mich heran! Mischa ...«

Tassburg ließ Dr. Plachunin ins Haus. Ostap Germanowitsch sah wie ein winziger, zugeschneiter Weihnachtsmann aus. Auf seiner Mütze hatte sich eine spitz zulaufende Pyramide aus gefrorenem Schnee gebildet. Er nahm die Mütze ab, schlug die Eispyramide an der Wand in Splitter und wedelte dann den Schnee von seinem Mantel. Die Fellstiefel, die er trug, waren viel zu groß und weit, trotzdem sie von einem dreizehnjährigen Jungen aus Satowka geliehen waren.

»Ich hatte mal wieder Sehnsucht nach Ihnen!« sagte der Arzt mit gedämpfter Stimme, soweit das bei seinem Organ möglich war. »Schläft sie?«

»Ja.«

»Dann seien wir leise. Wie geht es ihr?«

»Sehr gut. Ich bin glücklich, daß Sie da sind, Ostap Germanowitsch. Kommen Sie, setzen Sie sich an den warmen Ofen!«

»Na, ich bin auch froh! Immerzu Schach mit dem raffinierten Popen! Ein Kerl ist das! Wenn man sich mal schneuzt und gerade das Taschentuch vor dem Gesicht hat, also nichts sieht, setzt er rasch die Figuren anders! Einmal habe ich ihn dabei erwischt, aber was sollte ich tun? Anbrüllen hilft bei dem nichts... der Halunke grinst nur! Und ihm mit Gottes Strafe zu drohen, ist auch sinnlos... So etwas Ungläubiges wie diesen Popen habe ich überhaupt noch nicht gesehen! Was sagt er? Einmal ›Gott kann nicht überall sein‹ und dann wieder ›Gott hat anderes zu tun, als bei unserem Schachspiel zuzusehen!‹ Ein Pope mit einer Säuferleber! Was habe ich vorhin getan, aus lauter Zorn über seine Schummelei? Ich habe ihn gegen das Schienbein getreten, genau auf den kritischen Punkt! Wozu hat man Anatomie studiert? Tigran ist wie ein Klotz vom Stuhl gefallen und hinkt jetzt mit knirschenden Zähnen umher. Er glaubt, ich sei längst im Bett und wird mich unter Garantie nicht mehr stören. Verstehen Sie nun, daß ich das dringende Bedürfnis hatte, einen anderen Menschen zu sehen und zu sprechen?«

»Kommen Sie, Doktor, und brüllen Sie nicht so!« Tassburg ging voran. Der kleine Arzt trippelte hinterher und entledigte sich am Ofen der viel zu weiten Fellstiefel. Er setzte sich und streckte die Beine der Wärme entgegen. Tassburg holte zwei Gläser und eine Flasche Rotwein.

»Woher kommt der Wein?« fragte Dr. Plachunin neugierig.

»Aus Samarkand!«

»Sie leben hier in der Taiga wie ein Fürst!« sagte der Arzt. »Zuletzt hatten Sie einen grusinischen Roten ...«

»Der ist ausgetrunken! Ich hatte nur sechs Flaschen davon. Fünf haben Sie geleert, Ostap Germanowitsch! Wie steht es denn mit Ihrer Leber, Doktor?«

»Die ist gesund wie eine junge Mädchenbrust, haha! Und wieviel von dem Samarkandwein haben Sie?«

»Im Lager zwei Kisten. Hier im Haus zehn Flaschen!«

»Wolltet ihr eigentlich Erdgas suchen oder euch durch die Taiga saufen?« Plachunin schnupperte wie ein Hund, als Tassburg die Flasche entkorkte. »Gehört so etwas eigentlich zur Normalausrüstung eines Geologentrupps? Wenn Sie ja sagen, dann hänge ich Lenins Bild wieder auf!«

»Man muß auch etwas Eigeninitiative entwickeln«, antwortete Tassburg und goß die Gläser voll. Es war ein rubinroter Wein, der ein wenig nach Muskat roch. Dr. Plachunin schnalzte mit der Zunge.

»Haben Sie das gehört?« fragte er lachend. »Das kann ich nur, wenn mir das Wasser im Mund zusammenläuft.« Er hob das Glas gegen das zuckende Herdfeuer. »Auf Ihr Organisationstalent!«

»Auf Alexander oder Taissja ...«, antwortete Tassburg und hob sein Glas gleichfalls dem Feuer entgegen. Dr. Plachunin musterte ihn verblüfft über den Rand seines Glases.

»Wer ist denn das? Michail Sofronowitsch, auf wen trinken Sie da?«

»Auf einen Jungen oder ein Mädchen! So oder so wird unser Kind heißen.«

»Unser — was?« fragte Dr. Plachunin erschrocken. »Natalia ist doch nicht etwa ...«

»Sie ist, Ostap Germanowitsch!«

»Warum haben Sie mich nicht gebeten, Sie vorher zu kastrieren?« versetzte Dr. Plachunin grob. »Welche Idiotie! Welch ein Wahnsinn! Ein Kind! In dieser Situation!«

»Wir lieben uns ...«

»Ich weiß, ich weiß! Wie sich noch nie zwei Menschen geliebt haben! Immer die alte Leier, die abgedroschene Melodie! Das ist die billigste Entschuldigung, wenn so etwas passiert ist!«

»Den Mond anklagen hat jetzt doch keinen Sinn mehr, Doktor!«

»Den Mond nicht, aber eure Dummheit!« Plachunin kippte erregt das Glas voll herrlichem Wein in sich wie Wasser – ein Zeichen, wie er sich aufregte. Denn sonst hätte er diesen Roten aus Samarkand geschlürft und auf der Zunge zergehen lassen. »Michail Sofronowitsch, wie alt sind Sie eigentlich? Anfang Dreißig, nicht wahr? War Natalia Ihre erste Frau? Sind Sie ein Neuling auf diesem Gebiet? Oder sind Sie so völlig besessen – ach was, was rede ich da!«

»Höchstwahrscheinlich haben Sie nie geliebt, Dr. Plachunin!«

»Mehr als Sie denken! Und wissen Sie, wen? Immer riesengroße Frauen! Ihre Gesichter waren für mich immer da, wo die Sonne ist! Und Sie werden es nicht glauben, ich liebte diese Frauen sogar! Im Bett gleichen sich Größenunterschiede aus... da versagt die mathematische Logik! Nur am nächsten Morgen wurde es kritisch... da mußten die Frauen das seltsame Gefühl gehabt haben, aber lassen wir das! Es waren jedenfalls immer einmalige Erlebnisse! Aber wozu erzähle ich Ihnen das? Ach ja – ich hätte nie geliebt! Stellen Sie sich vor, ich hätte diese Riesenfrauen jedesmal geschwängert! Aber Sie, in einer ausweglosen Situation, was Natalia betrifft, Sie sind so rücksichtslos, so egoistisch, alle Vernunft zu vergessen!«

Tassburg schüttete Plachunins Glas wieder voll. Er saß neben ihm am flackernden Holzfeuer, und es war sehr heiß im Raum, obgleich draußen der Frost die Holzhäuser mit einer Eisschicht überzog. Er hatte die Beine gegen die dicken Steine gestemmt, aus denen der Ofen gemauert war, und er blickte in die Flammen.

»Sie haben nun einen ganzen Haufen zusammengeredet, Ostap Germanowitsch«, sagte er nach einer Pause, »aber kein einziges konstruktives Wort!«

»Konstruktiv! Ich möchte Sie in den Hintern treten, Michail

Sofronowitsch!« Plachunin trank wieder einen Schluck Wein. »Soll ich das Kind entfernen?«

»Nie! Sie müßten denn vorher Natalia erschlagen.«

»Kein vernünftiger medizinischer Vorschlag. Sie will also das Kind zur Welt bringen?«

»Ja.«

»Hier? Allein?«

»Darüber wollte ich mit Ihnen reden, Dr. Plachunin.«

»Halt!« Der Arzt hob beide Hände. »Um etwas vorweg zu nehmen: Ich bleibe nicht in diesem elenden Dorf! Sobald ich fahren kann oder per Hubschrauber abgeholt werden kann, geht es los! Glauben Sie, ich setze mich acht Monate vor Ihre Natalia und warte auf das Kind wie eine Katze vor dem Mauseloch?«

»Sie haben ordinäre Vergleiche, Doktor!«

»Wir sollten uns nun ernsthaft überlegen, wie wir Natalia ganz offiziell auftauchen lassen, damit sie mit mir nach Batkit gehen kann.«

»Auch das will sie nicht.«

»Was will sie denn?«

»Bei mir bleiben. Ganz gleich, wohin ich auch ziehe.«

»Und das Kind zur Welt bringen wie eine Wölfin?«

»So ähnlich! Vielleicht können das die sibirischen Frauen ...«

»Sie können es, verlassen Sie sich darauf! Sie stemmen die Füße gegen einen Baumstamm, beißen auf einen Ast, um nicht zu schreien, pressen, und schon ist das Kind da! Und eine halbe Stunde später hacken sie wieder Holz in der Taiga! Nur sieht Ihre Natalia nicht so aus, als ob sie zu diesem Typ gehörte. Ich halte es für geradezu verbrecherisch, sie in die Einsamkeit mitzuschleppen. Stellen Sie sich das vor ... Im achten oder neunten Monat, in einem Lastwagen, der über Bodenwellen holpert, sich durch Felsenschluchten quält, das Unterholz der Taiga durchbricht, in Sümpfen steckenbleibt ... Das hält niemand aus, bestimmt aber Natalia nicht ...«

»Sagen Sie es ihr ... mir glaubt sie es nicht.« Tassburg starrte in die knisternden Flammen. Die dicken Holzkloben zersprangen in der Glut, als seien sie mit Pulver gefüllt. »Aber sie will Sie nicht sehen, sie ahnt so etwas. Sie ist wie ein Tier, das schon auf weite Entfernungen Gefahr wittert. Ostap Germanowitsch...«

»Ich höre geduldig zu!«

»Wenn es möglich ist, nehme ich an, wird Sie doch ein Hubschrauber aus Batkit hier abholen.«

»Ich hoffe es, aber so sicher bin ich da nicht. Ich werde mich wohl allein auf den Weg machen müssen. Da dieser Ort voller Wunder ist – das ist das einzige Verdienst des Halunken Tigran! –, sind auch Benzin und Lenkrad meines Wagens längst wieder zur Stelle. Nur durch die Schneeverwehungen komme ich nie durch! Aber wenn ein Lastwagen aus Batkit die Strecke freipflügt, dann bin ich weg! Wann kommt denn eigentlich Nachschub für dieses Saudorf?«

»An sich einmal im Monat, manchmal auch nur alle sechs Wochen, sagt Petrow, unser Dorfsowjet.«

»Dann ist der Wagen überfällig. Kommt anscheinend auch nicht durch, trotz Schneepflug! Aber einmal wird er da sein! Was wollten Sie nun sagen, Michail Sofronowitsch?«

»Wenn Sie wegfahren, geben Sie mir vorher ein paar Schlaftabletten für Natalia. Dann bringen wir sie zum Auto oder zum Hubschrauber, und wenn sie aufwacht, liegt sie in Ihrem Haus in Batkit sicher im Bett!«

»Und wirft mir alles, was gerade greifbar ist, vor den Kopf! Sie verlangen Heroisches von mir, Michail Sofronowitsch. Und wissen Sie auch, was sie dann tun wird? Aus Batkit verschwinden und sich zu Ihnen durchzuschlagen. Sie hat doch Übung im Durchqueren der Taiga...«

»Das stimmt. So sehr liebt sie mich.«

»So verrückt ist sie – sollten Sie lieber sagen!« Dr. Plachunin rückte etwas vom Ofen weg. Es wurde ihm zu warm. »Ich habe einen Vorschlag, Tassburg.«

»Ich ahne Fürchterliches!«

»Diesmal nicht! Wie wäre es, wenn ich Sie soweit präpariere, daß man Sie von der Aufgabe, nach Erdgas zu suchen, entbindet und zurück nach Omsk schickt? Sie haben dort doch eine nette Wohnung! Dann könnten Sie Natalia mitnehmen – der Genosse Ingenieur kommt zwar als Fieberkranker aus der Taiga zurück, bringt sich aber ein süßes Frauchen mit. Das ginge doch ...«

»Die Zentrale wird mich nie beurlauben! Unser Trupp ist so etwas wie ein Ausstellungsstück, das sogar ausländischen Delegationen vorgestellt wird. Ich müßte schon den Kopf unter dem Arm tragen ...«

»Dazu will ich Ihnen ja verhelfen!«

»Einen Kopfamputierten wird Natalia nicht akzeptieren!« sagte Tassburg mit krampfhafter Fröhlichkeit. »Auch wenn es in die Tradition dieses Hauses paßt.«

»Ich mache Sie so krank, daß man Kerzen neben Ihnen aufstellt!«

»Das glaube ich Ihnen. Und dann? Dann bin ich ein Wrack ...«

»Tassburg, Sie Idiot! Ich erzeuge bei Ihnen ein Sumpffieber, daß man Sie bei unserer Angst vor Infektionen nur noch aus weiter Entfernung betrachtet. Darin ist Rußland ganz groß! Wenn Sie an Ihre Tür schreiben: ›Achtung, Infektionsgefahr!‹, wird niemand mehr das Zimmer betreten, auch die höchsten Sicherheitsorgane nicht! Man wird höchstens das ganze Haus mit Ihnen abbrennen lassen. Also: Sie bekommen ein Sumpffieber, daß Sie vor Fieberglut im Bett schweben. Sie haben doch ein starkes Herz, um diesen Fieberstoß auszuhalten?«

»Ich bin kerngesund.«

»Das stelle ich gleich fest, ziehen Sie sich schon mal aus!« Dr. Plachunin goß sich von neuem Wein ein und betrachtete Tassburg, der sich tatsächlich auszog. Dann stand er nackt vor dem Feuer: ein großer, kräftiger, muskulöser Mann mit einem Brustkorb, auf dem man Steine zerschlagen konnte. Aber die zweiunddreißig Jahre merkte man ihm doch an ... um die Hüfte und unter dem Magen hatte sich etwas überflüssiges Fett angesammelt.

»Sie essen und trinken zuviel, Michail!« stellte Plachunin fest. »Später, als geruhsamer Ehemann, werden Sie dick – Sie haben die Anlage dazu! Aber noch sind Sie ja ein Klotz von Mann!« Der Arzt rieb sich die Hände und steckte sie der Glut entgegen, um die Finger zu erwärmen. Man sagte von ihm in Batkit, er könne mit den Fingerspitzen sehen. »Das Sumpffieber wird Sie sechs Wochen auf den Rücken legen, aber ich dosiere es so, daß es immer unter Kontrolle bleibt.«

»Wie beruhigend, Doktor!«

»Werden Sie nicht sarkastisch! Die Sache hat übrigens auch ihren Nutzen. Ich immunisiere Sie gleichzeitig damit! Sie werden nie mehr Sumpffieber bekommen! Ist das nichts?«

»Ich habe nie Sumpffieber gehabt.«

»Dann werden Sie keines bekommen!« schrie Plachunin. »Nur einmal – mein spezielles! Kommen Sie her – ich untersuche Sie!«

Es war wenig zu untersuchen. Tassburg war gesund, so gesund, wie man als normaler Mensch nur sein kann. Nach einer Viertelstunde gab es Dr. Plachunin auf.

»Sie sind für Ärzte eine Beleidigung!« sagte er. »Grinsen Sie nicht! Gerade die Typen, die zeit ihres Lebens Bäume umspucken konnten, fallen auf einmal zusammen wie zu früh aus dem Backofen gezogener Käsekuchen. Warum – das ist medizinisch noch nicht ganz klar. Anscheinend nehmen die Zellen Rache für die bisherige Dauergesundheit! Ziehen Sie sich wieder an, Michail, mit Ihnen kann ich das Experiment machen. Sobald das Wetter offener wird, verlangen Sie über Funk einen Hubschrauber und kehren als Fieberkranker nach Omsk zurück! Aber was machen wir nur mit Natalia? Sie müßte schon vorher offiziell auftauchen!«

»Und bei dieser Schwierigkeit versagt Ihr Sumpffieber! Sie wissen, daß auf Natalias Ergreifung ein Preis ausgesetzt ist! Wir müssen uns erst überzeugen, wie in Mutorej die Lage ist, was ihre Eltern unternommen haben, ob man Natalia noch sucht oder als in der Taiga verschollen abgeschrieben hat. Und vor allem – ob bei den Behörden in Omsk der Vorgang bekannt geworden ist!«

»Sie glauben doch wohl nicht, daß man nach Omsk gemeldet hat, dieser Kassugai habe ein Mädchen gekauft?«

»Man kann hundert Gründe konstruieren, einen Menschen zu jagen. Doktor, wem sage ich das? Wir Russen ...«

»Hören Sie damit auf, Michail! Also gut! Fragen wir zuerst in Mutorej nach, was da los ist. Aber wissen Sie, wieviel Zeit Sie damit verlieren?«

»Das ist ja meine große Sorge.«

»Verdammt, dann soll Natalia mit mir nach Batkit kommen!«

»Sagen Sie ihr das selbst, wiederhole ich!« Tassburg zeigte auf die Tür zum Schlafraum. »Sie schläft nicht. Sie sitzt im Bett und hört alles mit.«

»Sie raffiniertes Bürschchen!« Plachunin spuckte gegen die heißen Ofensteine, daß es zischte, und blickte dann zur Tür. »Komm raus, mein Töchterchen!« rief er mit gewaltiger Stimme. »Ich weiß, du willst mich nicht sehen, aber wenn du alles mitgehört hast, wirst du wohl begreifen, daß es uns nur um dich geht! Und um dein Kind! Wir zermartern uns die Hirne, und du sagst einfach: Nein! Komm raus, du schönes Hexlein!«

Die Tür öffnete sich, und Natalia kam ins Wohnzimmer, die Haare hinten mit einer Kordel zusammengebunden. Sie blickte den kleinen Doktor wie ein gefangenes Reh an und wich bis in die Ecke zurück, wo die Holzkloben aufgestapelt waren. Es war wie ein Versinken in der Dämmerung, nur ihr Haar leuchtete im Widerschein des Feuers wie dunkle Kupferfäden.

Dr. Plachunin sah sie schweigend an und nickte dann. »So sehen also Frauen aus, die Männer zu Narren machen! Ich kann's verstehen! Natalia Nikolajewna, du hast alles gehört. Ich werde deinen Mischa künstlich krank machen, aber ich verspreche dir: Er überlebt es! Doch was wird mit dir?«

»Ich bleibe bei ihm. Immer!«

»Das sollst du ja auch! Ich will euch nach Omsk bringen! Nur mußt du zuvor hier irgendwie auftauchen!« Plachunin hatte mittlerweile die Flasche mit dem roten Samarkand geleert und winkte Tassburg mit einem aufmunternden Lächeln zu, sich um eine zweite Flasche zu bemühen. »Wer wußte von dem Handel zwischen Kassugai und deinen Eltern?«

»Niemand sonst«, sagte Natalia stockend.

Tassburg hatte sich wieder angezogen und holte die neue Flasche.

Dr. Plachunin schüttelte den Kopf. »Aber wieso wurden dann tausend Rubel für deine Ergreifung ausgesetzt?«

»Das hat nur Kassugai verbreitet. Er hat überall erzählt, ich sei eine Mörderin. Nur dadurch konnte er auch hier alle Häuser durchsuchen, und niemand hat ihn daran gehindert.«

»Aber amtlich liegt nichts gegen dich vor?«

»Nein.«

»Keine offizielle Anzeige?«

»Nein.«

»Du bist den Behörden völlig unbekannt?«

»Ja – das heißt, nein ... Ich bin ja jetzt verschwunden. Das ist gemeldet worden, vermute ich.«

»Und da macht ihr euch Sorgen?« rief Plachunin. »Bei dieser einfachen Lage? Ihr tretet morgen früh vor die Tür, gebt euch einen Kuß, und ganz Satowka wird begeistert ›Hej! Hej!‹ schreien. Dafür sorge ich, sonst kriegen sie alle noch mal ein Klistier!«

»So einfach ist das nicht, Ostap Germanowitsch«, erwiderte Tassburg und entkorkte die zweite Flasche. »Natalia nimmt nur an, daß Kassugai die Behörden nicht eingesetzt hat. Wissen kann sie es nicht! Man muß deshalb in Mutorej als erstes mit den Eltern sprechen. Erst dann haben wir volle Klarheit.«

»Der Kerl hat schon wieder recht!« sagte Dr. Plachunin. »Es ist furchtbar, immer hat er recht! Als Frau könnte ich mit einem solchen Mann nie leben!«

»Es ist nur ein kleiner Teil von dem, was ich an ihm liebe«, sagte Natalia leise. »Er weiß alles ... er ist klug ...«

»Aber doch nicht klug genug, um an das Nächste zu denken!«

»Und das wäre, Doktor?« fragte Tassburg und goß das Glas des Doktors bis zum Rand voll.

»Der Pope!«

»Was soll Tigran Rassulowitsch dabei?«

»Das tun, was seine verdammte Pflicht als Priester ist: euch trauen! Als Ehepaar kann man euch viel leichter ausfliegen lassen! Na, verstehen Sie, Michail? Wenn ihr nicht verheiratet seid, könnte man doch sagen: Ach, er hat sich ein Mädchen angelacht, ein kleines Taigakätzchen. Das kann später nachkommen! Aber wenn ihr Mann und Frau seid, müssen sie euch beide mitnehmen! Leuchtet das ein?«

»Ausgerechnet Tigran? Ist es kein Risiko, ihn einzuweihen? Er war wie verrückt auf Kassugais Kopfgeld!« sagte Tassburg. »Außerdem wird er dieses Haus nie betreten! Und in der Kirche trauen ... das geht überhaupt nicht, bevor Natalia offiziell auftauchen kann.«

»Überlaßt das mir, Freunde!« sagte Dr. Plachunin milde. »Mit dem Halunken Tigran rede ich! Er ist zwar ein Berg von Mensch, aber ich kann in ihn hineinkriechen wie die Made in einen löcherigen Käse! Der Pope wird kommen und euch hier in diesem Zimmer trauen!«

»Niemals!« sagte Tassburg fest.

»Und ich bin Trauzeuge! Und ganz Satowka wird es erleben – von draußen natürlich, ohne recht zu wissen, was hier drin los ist! Bereiten Sie alles vor, Tassburg ... morgen um diese Zeit wird euch Tigran segnen und selbst einen Hochzeitschoral donnern!« Der Doktor betrachtete die Flasche und schien zu rechnen. »Ich bleibe noch eine halbe Stunde, Michail. Die Flasche muß geleert werden! Halten Sie es noch eine halbe Stunde ohne Natalia aus?«

»Für diese Frage müßte ich Sie gleich vor die Tür setzen, Doktor!«

»Aber Sie tun's nicht!« rief der kleine Arzt fröhlich. »Zum Teufel, ist das schön, einen Freund zu haben, auch wenn er in bestimmten Lebenslagen sich so dämlich benimmt wie Sie ...«

XI

Tigran Rassulowitsch Krotow, der Pope von Satowka, konnte auf ein reiches Leben zurückblicken, so daß er sich es abgewöhnt hatte, über ungewöhnliche Dinge über Gebühr verwundert zu sein. Meistens brüllte er los und löste bis jetzt auf diese einfache Weise alle Probleme. In Satowka war das eben möglich.

Das Mittagessen des nächsten Tages würde Tigran so bald nicht mehr vergessen.

»Im Dorf will jemand heiraten!« sagte Dr. Plachunin, vorsichtig, gewissermaßen psychologisch vorgehend. Er aß mit Tigran Rassulowitsch zu Mittag und biß gerade in ein Bratenstück.

»Das ist mir neu!« antwortete der Pope und rülpste verhalten. »Wieso wissen Sie das und nicht ich als Pope?«

»Weil ich es auch erst seit gestern nacht weiß.«

»Ha! Haben sie die beiden bei der tätigen Sünde überrascht?«

»Reden Sie keinen solchen Unsinn!« sagte Plachunin scharf. »Und hören Sie auf, vor mir den Moralapostel zu spielen. An der Witwe Anastasia interessiert Sie nicht nur ihr Blinibacken! Sie kommen heute nacht mit mir und trauen ein Paar!«

»In der Nacht?«

»Ja. Eine Haustrauung.«

»Abgelehnt! Eheschließungen finden vor Gott und nur am Tage statt! In der Kirche! Oder gar nicht.«

»Sie sollen Michail Sofronowitsch Tassburg trauen.«

Tigran erbleichte und ließ Messer und Gabel fallen – anscheinend war Plachunins psychologisches Vorgehen veraltet. »Den Genossen Tassburg?« stammelte Tigran. »Im ›Leeren Haus‹? Trauen? Etwa mit der Gräfin Albina? Ich falle gleich vom Stuhl, Ostap Germanowitsch!«

»Auch das ändert nichts an der Tatsache, daß Sie Tassburg trauen sollen! Ich war übrigens schon sechsmal in dem verfluchten Haus ...«

»Sechsmal ...? Sie ...? Und Sie leben ...«

»Sitzt hier ein Gespenst bei Tisch?«

Das Mittagessen mußte unterbrochen werden, Tigran war zu erschüttert, um weitere Nahrung zu sich zu nehmen. Er ging in die Kirche, betete vor jeder Ikone und war, als er beim heiligen Polykarp angekommen war, innerlich so gefestigt, daß er sich bereit erklärte, mit Dr. Plachunin nachts um zwölf Uhr in das verfluchte »Leere Haus« zu schleichen.

»Und wer ist die Braut?« fragte der Pope den Arzt. »Mein Gott, soll ich wirklich einen Geist, der seit hundertfünfzig Jahren tot ist, mit einem Lebenden vermählen? Wer soll das aushalten?«

»Warten Sie's ab, Tigran Rassulowitsch!« sagte Dr. Plachunin und stellte fest, daß der Pope bei aller Verschlagenheit keinen besseren Wein organisiert hatte als Tassburg. »Ich garantiere Ihnen eine Trauung, wie Sie sie nie wieder erleben werden!«

»Da pflichte ich Ihnen schon im voraus bei!« Tigran Rassulowitsch faltete die Hände unter seinem langen, schwarzen Bart. »Aber Sie sollen nicht sagen, ich sei ein Feigling. Ich trete sogar dem Teufel persönlich gegenüber! Schlimmer als Sie kann er auch nicht sein ...«

Ein Schneesturm, der durch Satowka tobte und um die Dächer heulte, als seien tausend böse Geister losgelassen, war so gnädig, des Popen Auszug zu einer Gespenstertrauung zu verhüllen. Bei diesem Wetter war niemand mehr auf der Straße, nachts um 12 Uhr sowieso nicht bis auf den Posten, der das »Leere Haus« bewachen sollte, aber der vor dem Schneegestöber zu Anastasia geflüchtet war und schon lange friedlich schnarchend auf der Ofenbank lag, warm und glücklich.

Hole der Teufel das verdammte Spukhaus! Warum noch bewachen? Entweder krepierte der Herr Ingenieur oder er überlebte ... was hatte man da für einen Einfluß? Ob man davor stand und das Haus anglotzte, änderte das etwas?

Dr. Plachunin und Tigran Rassulowitsch rannten durch das

Schneetreiben, hatten Decken über die Köpfe gezogen und stemmten sich gegen den eisigen Wind. Dabei hatte es der kleine Arzt leichter als der große Pope – Dr. Plachunin bot kaum eine Angriffsfläche, rannte praktisch unter dem Wind her und hüpfte wie ein Gummiball über die Verwehungen, die ihnen im Weg lagen. An dem riesigen Popen jedoch zerrte der Sturm, blähte seine Soutane und hieb auf ihn ein, daß er keuchte und röchelte und schließlich erschöpft durch den Vorgarten schwankte, zur Hintertür, die Dr. Plachunin schon erreicht hatte. Hier war Windschatten, eine wahre Wohltat, und Tigran riß die schneeverkrustete Decke vom Kopf.

»Der richtige Schneesturm für eine Teufelshochzeit!« schrie der Pope Dr. Plachunin an. »Da jagt man keinen räudigen Hund hinaus ...« Er holte das große Brustkreuz hervor und hielt es gegen die Tür. An seinem linken Arm hing eine Tasche aus Wachstuch, in der er die heiligen Geräte für die Trauung aufbewahrte. Dr. Plachunin nannte sie abschätzig »des Popen Instrumente«. Es waren: ein Weihwasserkessel, eine Hostienschale, zwei kleine Kronen aus Messingblech, die aber dem Gold täuschend ähnlich sahen, des Popen Festtags-Kamilawka – das ist eine hohe, runde Kopfbedeckung – und die üppig bestickte Risa, das große Schultertuch der orthodoxen Priester. Den Gürtel und das Epitrachelion, eine Art Stola, hatte er schon umgebunden. Er klopfte mit dem Kreuz den Schnee von sich und nickte dem Arzt zu.

»Begehren Sie Einlaß, Doktor!« sagte Tigran feierlich. »Ich bin gerüstet!« Er holte noch einmal tief Atem und dachte an Christus, der auch in der Wüste dem Teufel gegenübergestanden hatte. Wenn man das so liest, dachte er, hört sich das ja ganz gut an, aber wenn man selbst in die Lage kommt, schlägt einem doch das Herz. »Haben Sie die Braut wirklich gesehen, Ostap Germanowitsch?«

»Ja!«

»Und gesprochen?«

»Auch das!«

»Es gibt noch Wunder!«

Dr. Plachunin klopfte an die Tür, rhythmisch, dreimal hintereinander. Es klang hohl, und auch die Schritte, die sich von innen näherten, klangen wie aus einer anderen Welt. Dabei ließ der Schneesturm plötzlich nach, es schneite nur noch in dicken Flocken, das Heulen des Windes erstarb fast gleichzeitig mit Plachunins Klopfen. Der Pope Tigran nickte mehrmals.

»Wollen Sie noch mehr Beweise?« flüsterte er. »Selbst die Natur zieht sich zurück. Nur wir ... o ihr Heiligen, baut ein geweihtes Dach über unsere Häupter!«

Die Tür sprang auf. Tigran hielt sein Kreuz hoch und streckte es weit vor. Aber im Halbdunkel der Propangaslampe stand nur Michail Sofronowitsch Tassburg und winkte, einzutreten. Dr. Plachunin ließ dem Popen den Vortritt.

»Warum ich?« fragte er zurück. »Immer ich!«

»Sie sind die Hauptperson, Tigran Rassulowitsch!«

Der Pope betrat das verfluchte Haus und erwartete, daß sofort die Teufel über ihn herfielen.

Aber es geschah nichts. Tassburg schloß hinter dem Doktor die Tür, und das Zuknallen war der einzige Laut. Der Pope erschrak dennoch, ihm war, als habe er einen Tropfen Teufelsspucke ins Gesicht bekommen. Er starrte Tassburg an, der einen schönen, blauen Anzug trug, ziemlich modern, soweit das Tigran beurteilen konnte, dazu ein weißes, sauberes Hemd und eine schwarze Krawatte.

»Gehört diese Aufmachung zur Taiga-Ausrüstung für Geologen?« fragte er als erstes und zeigte mit dem Kreuz auf Tassburgs Anzug. »Und einen Schlips hat er auch um! Ich wette, daß kaum jemand in Satowka weiß, was das ist. Jeder würde sich das schwarze Ding als Gürtel um den Bauch binden und fluchen, daß es zu kurz ist. Aber er trägt es vorschriftsmäßig um den Hals! Und das in der Taiga!«

»Ich habe immer einen dunklen Anzug bei mir«, sagte Tassburg und hob die Propangaslampe hoch. »Ich habe ihn oft brauchen können. Vor allem bei Beerdigungen ... ich habe schon manchen in der Taiga begraben müssen.«

»Und jetzt heiratet er!« sagte Dr. Plachunin fröhlich.

»Das ist in diesem Fall fast das gleiche!« stöhnte Tigran. »Michail Sofronowitsch, wo ist ... die Braut?«

»Sie wartet im großen Zimmer auf uns.«

»Sie hat sich ... nicht verändert?«

»Doch! Wieso?« Tassburg sah Tigran verblüfft an.

»Er meint, hundertfünfzig Jahre seien eine lange Zeit, auch für die Gräfin Albina!« Dr. Plachunin kicherte wie ein Faun. Für ihn war das Ganze ein Spaß, dem man kaum je wieder begegnet. »Aber Gespenster altern nicht, habe ich recht?«

Er blinzelte Tassburg listig zu, und Michail Sofronowitsch verstand ihn.

»Sie sieht tatsächlich zauberhaft aus!« sagte er. »Tigran Rassulowitsch, auch Sie werden Ihre Freude an ihr haben!«

Der Pope bezweifelte das stark. Er warf die Decke von sich, atmete hörbar ein und stieß dann die Luft mit einem schweren Seufzer wieder aus. »Gehen wir!« sagte er entschlossen.

Er machte zwei Schritte zur Tür des Wohnzimmrs und blieb wieder stehen. Dann fragte er: »Trägt sie ein Messer in der Hand?«

»Nein. Einen Strauß aus Papierblumen.«

»Totenblumen!« sagte Plachunin dumpf. Er wußte, er traf damit den Popen mitten ins Herz. Ein Vergnügen war's, mitanzusehen, wie sich Tigrans Bart sträubte.

»Der Bräutigam geht voraus!« sagte er zögernd.

»Seit wann?« fragte Plachunin teuflisch.

»Immer!« donnerte der Pope und knirschte mit den Zähnen. »Sie haben nie geheiratet, Ostap Germanowitsch!«

Tassburg öffnete die Tür. Blendende Helligkeit schlug ihnen entgegen. Tassburg hatte alle verfügbaren Lampen aufgestellt, um den Raum festlich zu beleuchten. Tigran blinzelte in das helle Licht und hob zur Vorsicht sein Kreuz. Seine Nasenflügel blähten sich, aber er konnte nichts riechen, was Schwefel ähnlich war. Dafür duftete es köstlich nach Braten und Kohl, ein Geruch, der ihm schon im Flur aufgefallen war. Es war ein Duft, der ihn begeisterte, denn außer Gebeten kannte Tigran noch ein zweites, was ihm geradezu heilig war: ein gutes Essen.

Wenn es dann zum Nachtisch noch eine schmucke Witwe gab, konnte man das Leben vollkommen nennen ...

»Da steht die Braut!« sagte Dr. Plachunin und stieß Tigran an. »Wenn ich sie ansehe, könnte ich alter Mann meiner Jugend nachweinen.«

Der Doktor hatte recht. Man kann auch zerlumpte Kleidung zu einem Festgewand machen, wenn Liebe die Phantasie beflügelt.

Natalia hatte die Haare mit einem roten Nylonband hochgebunden, das Tassburg sonst für Vermessungsarbeiten brauchte. Auf ihren alten Rock hatte sie Rosen aus rotem und schwarzem Papier genäht. Es war Durchschlagpapier für die Schreibmaschine, aus ihm hatte Natalia mit geschickten Fingern die Rosen gefaltet.

»Papierrosen haben wir oft gemacht!« hatte sie gesagt. »Für Veranstaltungen der Jugendgruppen, für Hochzeiten und Beerdigungen. Wir haben es in der Schule gelernt.« Sie hatte eine fertige Rose hochgehalten und hatte so glücklich ausgesehen, wie nur ein verliebter Mensch aussehen kann. »Ist sie nicht wie eine echte Rose?«

Und Tassburg hatte sie genommen, daran gerochen und sie ihr ins Haar gesteckt. »Sie duftet sogar ...«, hatte er leise gesagt. »Alles, was du anfaßt, Natalia, blüht und wird zur Schönheit. Ich liebe dich ...«

Wie gesagt, das war erst der Rock. Damit Natalia nicht ihre alte, zerfetzte Bluse anziehen mußte, hatte Tassburg sein bestes Hemd geopfert, rot-weiß gestreift, das sich Natalia enger genäht hatte. Sie hatte die Ärmel herausgetrennt und verkürzt oben wieder angenäht. So entstanden schöne Rüschen über den Schultern und man sah kaum noch, daß es ein Männerhemd gewesen war. Was nicht dazu paßte, waren die derben Stiefel, die Natalia getragen hatte. Sie trug sie jetzt nicht, sondern stand barfüßig im Zimmer, preßte den Papierblumenstrauß gegen die Brust und sah den riesigen Popen scheu, aber doch ein wenig kritisch an.

Sie war so schön, daß Tigran vergaß, wo er sich befand. Er

starrte Natalia an, stumm und ergriffen, und erwachte erst aus der Verzauberung, als ihn Dr. Plachunin ins Gesäß stieß.

»Gott segne dich, Töchterchen!« sagte Tigran ernst und leise. Dann wartete er ... War es wirklich der böse Geist der Gräfin Albina, dann mußte sich jetzt das schöne Geschöpf in Nebel auflösen. Bei vom Teufel Besessenen dauerte es etwas länger, bis sich der satanische Geist entfernte. Es geschah meist erst dann, wenn der Besessene das Kreuz küßt. So wenigstens beschrieben es alte Folianten, in denen Priesterkollegen ihre Erfahrungen mit Geistern schriftlich niedergelegt hatten.

Der Pope Tigran wagte es. Da das Mädchen sich nicht in Luft auflöste, schritt er feierlich näher und hielt ihr das Kreuz entgegen. Natalia rührte sich nicht. Sie blickte nur fragend Tassburg an. Dr. Plachunin kam ihr zu Hilfe.

»Mit dem Kreuz kann sie nichts anfangen, Tigran Rassulowitsch!« sagte er. »Sie war Komsomolzin ...«

»Vor hundertfünfzig Jahren gab es die schon?« stotterte Tigran. »So alt sind die Komsomolzen?«

»Er begreift noch immer nicht!« Dr. Plachunin kam um den Popen herum und zeigte auf Natalia. »Das ist Natalia Nikolajewna Miranski. Kein Geist! Ein Mädchen aus Mutorej. Lebendig wie Sie und ich und in Kürze sogar doppelt lebendig!«

»Doppelt?« wiederholte Tigran, dem es immer unheimlicher wurde.

»Sie bekommt ein Kind, zum Donnerwetter!« sagte Plachunin grob.

»Von wem?«

»Von mir!« sagte Tassburg. »Ist das nun klar?«

»Von Ihnen? Ich verstehe gar nichts mehr!« Der Pope ließ die Tasche aus Wachstuch fallen, das Kreuz glitt aus seiner Hand und hing nun lose an der Kette um den Hals des Geistlichen. Der Arzt hob die Tasche auf und stellte sie auf den Tisch von der uralten, für Ewigkeiten gezimmerten Eckbank, von der – wie wir uns erinnern – seinerzeit der gute Morosowski gefallen war und damit Anastasia zur Witwe gemacht hatte.

»Natalia wohnt seit über zwei Monaten in diesem Haus!« erklärte Tassburg. »Sie ist, noch bevor ich nach Satowka kam, eines Nachts in das leere Haus gekommen und hat sich hier versteckt. Sie mußte flüchten und war seit Wochen zu Fuß durch die Taiga geirrt ...«

»Das Mädchen mit dem Kopfgeld!« stammelte Tigran. So allmählich begriff er alles. »Sie ist es ...«

»Ja.«

»Mein neues Kirchendach und meine neue Glocke ...«

»Wir sollten ihn zerhacken, Michail Sofronowitsch!« meinte Dr. Plachunin laut. »In diesem Haus fällt das nicht auf, da ist man an so etwas gewöhnt. Wenn man dann morgens den Popen mit zerbrochenen Gliedern vor der Tür des ›Leeren Hauses‹ findet, wird jeder sagen ...«

»Und sie hat Kassugai erstochen?« fragte Tigran dumpf grollend.

»Ja!« Es war das erste Wort, das Natalia sagte. »Ich habe es getan. Es ging um mein Leben. Ich habe Ihren Gott nie kennengelernt, aber er ist ein schlechter Gott, wenn er verbietet, sich zu verteidigen.«

»Wer hat eigentlich Kassugais Begleiter umgebracht?« fragte Dr. Plachunin jetzt hinterhältig. »Im Dorf erzählt man, seine Schädeldecke wäre eingedrückt gewesen?«

»Des Menschen Wege bestimmt ein unerforschliches Schicksal!« sagte Tigran feierlich. »Warum also fragen? Wir hängen an himmlischen Fäden wie Marionettenpuppen!« Er sah Natalia mit gesträubtem Bart an. So zart, so jung und zerbrechlich, dachte er, und ein Messer kann sie handhaben wie ein Fleischer. Sticht einen Mann wie Kassugai ab wie nichts! Natürlich war es Notwehr; aber sagte Kassugai nicht, sie sei eine gesuchte Mörderin ...

Tassburg schien zu ahnen, was Tigran durch den Kopf ging. Er stellte sich neben Natalia und legte den Arm um ihre Hüfte. Sie lächelte schwach, blieb aber steif stehen wie eine unbewegliche Puppe.

»Alles, was Sie über Natalia gehört haben, sind Lügen, Tigran Rassulowitsch. Kassugai hat sie von ihren Eltern gekauft gegen eine bessere Arbeitsstelle in einer neuen Fabrik. Es ist unbegreiflich, daß so etwas in unserer Zeit noch möglich ist!«

»Hier ist eben Sibirien, Michail«, warf Tigran ein. »Hier ist die Steinige Tunguska. Was heißt da ›unsere Zeit‹?«

»Wir sind doch alle Kommunisten! Wir kennen die Lehren Lenins! Wir sind doch Kinder der neuen Zeit – bis in die abgegenug Nerven gekostet. Allein das Begräbnis mit Gasisulins gedrungen! Und Sie sind doch auch da – die Kirche! Und Ihr Gott! Aber Kassugai kauft sich ein Mädchen, und keiner hindert ihn daran, es durch die Taiga zu jagen! Wäre ich im Haus gewesen, ich hätte Kassugai auch getötet.«

»Schließen wir das Kapitel ab!« sagte der Pope. »Es hat mich genug Nerven gekostet. Allein das Begräbnis mit Gasisulins gesprengten Gräbern ...« Er seufzte tief. »Nun soll ich euch trauen, gut! Wie soll ich euch aber trauen, wenn Natalia noch nicht einmal getauft ist? Kann mir das einer sagen?«

»Dann taufe sie, Väterchen!« erwiderte Dr. Plachunin. »Wir haben Wasser genug da!«

»Wasser!« Tigran winkte ab und blickte Natalia stechend an. Wir wissen es, dieser Blick war in Satowka gefürchtet und von Tigran so vollendet eingeübt, daß er immer einen Erfolg brachte. Bei Natalia prallten diese Blicke ab wie Bälle, die man gegen eine Mauer wirft. »Willst du getauft werden?« fragte der Pope mit röhrender Stimme.

»Ich weiß nicht, was das ist«, antwortete sie.

»Glaubst du an Gott?«

»Ich kenne ihn nicht.«

Tigran hob erst entsetzt beide Hände, dann raufte er sich den langen Bart. »Was soll man da tun?« fragte er und wandte sich mit klagendem Blick an Dr. Plachunin. »Sie kennt Gott nicht!«

»Kennen Sie ihn?«

»Genosse Doktor!« rief Tigran entsetzt.

»Wir haben jetzt keine Zeit, Natalia zu erklären, welche Funktionen Gott hat ...«

»Funktionen!« schrie Tigran verzweifelt. »Ist er eine Maschine?«

»Taufen Sie sie! Ich bin Taufpate, der andere ist Michail Sofronowitsch. Ich bin übrigens getauft, Väterchen!«

»Und Sie, Tassburg?« fragte Tigran erschüttert.

»Heimlich!«

»Er ist heimlich getauft! O Herr im Himmel, welch eine Gesellschaft!« Er sah sich um und ging zu dem Tisch, wo seine Wachstuchtasche lag. »Wo kann ich mich umziehen?«

»Im Schlafzimmer.«

Der Pope schritt würdevoll in den Nebenraum und schloß die Tür. Dann lehnte er sich an die Wand, blickte sich um und legte beide Hände vor das Gesicht. Es ist nicht ganz einfach, einen Irrtum von 150 Jahren einzusehen und sich selbst einen abergläubischen Schwachkopf nennen zu müssen...

Im Wohnzimmer erklärte Dr. Plachunin unterdessen Natalia, was eine Taufe ist. Er tat es auf seine eigene, knappe, aber anschauliche Weise:

»Der Pope kommt gleich wieder raus. Er hat bestickte Kleider angezogen, betet dir etwas vor, dann halte ich ihm einen Topf mit Wasser hin, er segnet das Wasser, dadurch wird es heilig – frag mich bitte nicht, wieso! –, dann besprengt er dich mit dem heiligen Wasser und sagt zu dir, daß du nun Gott gehörst!«

»Ich gehöre Mischa«, sagte Natalia laut. »Keinem anderen als Mischa!«

»Das wird auch nie jemand bestreiten! Also – er besprengt dich mit Wasser, weniger als ein paar Regentropfen, und gibt dir deinen Namen, den du schon hast. Sag jetzt nicht, das sei blödsinnig... es ist eben so! Danach bist du getauft, ein Kind Gottes, und dann wird geheiratet nach dem Ritus der Kirche.«

»Warum?«

Die einfachsten Fragen werfen den Klügsten um! Auch Dr. Plachunin starrte Tassburg entgeistert an. »Ja, warum eigentlich?«

»Die Idee mit der Trauung kam von Ihnen!« sagte Tassburg rasch.

»Von mir?« Plachunin setzte sich auf einen Hocker. »Ach ja! Wegen des eventuellen Ausfliegens. Ein Ehepaar mit kirchlichem Zeugnis! Ich will Sie ja sumpffieberkrank machen, Menschenskind!« Dann sah er hinüber zu Natalia. »Warum – fragt sie da noch! Gibt es hier einen Heiratspalast wie in Omsk? Soll Petrow, der es als Dorfsowjet darf, euch trauen? Was soll man ihm sagen, wo du herkommst, he?«

»Das wird überhaupt das schwierigste Problem«, meinte Tassburg nachdenklich. »Irgendwann muß Natalia ja in Satowka auftauchen.«

»Auch das schaffen wir noch! Man wird zwar scheel blicken bei einer kirchlichen Trauung, aber das kann man abbiegen, wenn ihr erst in Omsk seid. Dann geht's nachträglich zum Heiratspalast mit weißem Schleier!«

Er schwieg abrupt, denn Tigran Rassulowitsch war wieder erschienen. Er sah imponierend aus in seinem Feiertagsgewand. Die runde Mütze verlängerte noch seine Größe und die reichbestickte Risa verbreiterte seine ohnehin schon gewaltige Figur. Natalia, die bisher nur auf Bildern einen solch geschmückten Priester gesehen hatte, preßte den Strauch aus Papierrosen gegen ihre Brust.«

»Gott sei mit euch!« sagte Tigran feierlich. »Doktor, wo ist das Wasser?«

»Kalt oder heiß?«

»Wasser!« brüllte Tigran. »Oh, was leide ich! Angewärmt!«

Tassburg ging zum Herd, goß etwas gewärmtes Wasser in einen zerbeulten Aluminiumtopf und hielt ihn dem Popen hin.

»Genügt das?«

»Damit taufe ich eine ganze Kleinstadt!« Tigran Rassulowitsch faltete die Hände und blickte gegen die dicke Balkendecke. »Herr, segne das Kind, das jetzt vor dich tritt und aus freiem Willen ...«

»Er hat wirklich die Stirn, Gott zu belügen!« murmelte Dr. Plachunin dazwischen. »Aus freiem Willen ...«

»Schluß! Sparen wir uns alle Worte!« Tigran tauchte die Hände in den Topf mit Wasser. »Sie sind und bleiben eine Beleidigung Gottes, Doktor, und es hat keinen Sinn, in Ihrer Ge-

genwart ergriffen zu sein. Natalia, beuge dein Haupt. Ich taufe dich auf den Namen ... Wie heißt du eigentlich weiter?«

»Natalia Nikolajewna.« Sie beugte sich über den Topf und der Pope sprengte Wasser über ihr aufgestecktes Haar. Sie zuckte zusammen, aber Tassburg hielt sie von hinten umfaßt und streichelte ihre Schultern und den Rücken. Da ließ sie es geschehen, und das Wasser rann über ihre Wangen in den Topf zurück.

»... taufe ich dich auf den Namen Natalia Nikolajewna mit dem Ausspruch Gottes: Kommet her zu mir, ihr Hungernden und Frierenden, ich will euch erquicken...«

»Das ist billiger als Braten und Wodka!« rief Dr. Plachunin giftig dazwischen. »Ein Glück, daß dafür auch gesorgt ist! Ist die Taufe nun vorbei?«

»Ja!« brüllte Tigran ingrimmig zurück und küßte dann Natalia auf beide Wangen. »Mein Töchterchen, Männer wie dieser Doktor werden nie die ewige Seligkeit erfahren. Bleib so, wie du bist...«

»Und jetzt die Trauung!« sagte Dr. Plachunin ungerührt. »Aber ich verlange eine richtige Trauung. Ein volles Programm! Nicht so ein Schnellverfahren wie bei der Taufe.«

»Dann verlassen Sie das Haus, Ostap Germanowitsch!«

»Ich bin der einzige Trauzeuge! Das geht nicht.«

»Können Sie singen?«

»Singen? Ich?«

»Bei einem richtigen Traugottesdienst wird gesungen! Also – singen wir!« Tigran, ein goldbestickter Riese in seinem Gewand, blickte auf den Zwerg Dr. Plachunin hinunter wie aus den Wolken. »Welche Lieder können Sie noch aus Ihrer Kinderzeit?«

»Wenn Gott uns von der Erde nimmt...«

»Das ist ein Totenlied!« brüllte Tigran. »Die Hymne der Ärzte!«

»Das zahle ich Ihnen heim, Tigran Rassulowitsch!« sagte Dr. Plachunin, plötzlich ganz milde. »Aber gut, ich kann noch: Gott nimm unsere Hände an...«

»Das geht. Aber nur die erste Strophe! Die zweite handelt wieder vom Tod. Ostap Germanowitsch, können Sie nur Lieder für Beerdigungen? Wahrhaftig, Sie sind der geborene Arzt...«

»Morgen bekommen Sie ein Klistier!« sagte der Doktor. »Ich schwöre es Ihnen! Ich werde im Dorf genügend Gläubige finden, die Sie mit Wonne dabei festhalten!«

»Fangen wir an!« Tigran betrachtete die Braut. Die Taufe hatte ihr Haar naß gemacht, aber die Frisur war nicht sonderlich zerstört. Nur eine Strähne hatte sich aus dem roten Nylonband gelockert und fiel ihr in die Stirn. Es sah bezaubernd aus.

»Dr. Plachunin, gehen Sie bitte in das Nebenzimmer und holen Sie die Hochzeitskronen. Ich beginne mit der Einleitung...«

Und dann geschah etwas, was selbst Dr. Plachunin umzuwerfen schien. Der Pope holte tief Luft, sein Bart sträubte sich wieder, und ein donnernder Gesang, als sei ein Lautsprecher voll aufgedreht worden, entquoll seiner gewaltigen Brust.

Der erste Choral!

Dr. Plachunin starrte den singenden Riesen an und rannte dann ins Schlafzimmer, um die Kronen aus Messing zu holen. Er stellte sich dann damit hinter das Brautpaar, aber weil er so klein war, gelang es ihm nicht, wie es Vorschrift war, die Kronen über die Köpfe des Paars zu halten. Sie reichten nur bis in die Nacken, und der Pope sah Dr. Plachunin während seines Gesangs strafend an.

»Nicht jeder kann ein Goliath sein!« brüllte Plachunin in das Lied hinein. Dann kletterte er auf einen Stuhl und stand jetzt hoch genug, um die Kronen über die Köpfe zu halten. Tigran nickte zufrieden und sang weiter. Es war ein Lied, das Plachunin nicht mehr in Erinnerung hatte, aber als der Pope es beendete und sich wegdrehte, um am Herd den Weihrauchkessel zu entzünden, da legte der Doktor los.

»Gott, nimm unsere Hände an...« Diesmal war es an Tigran, zu erschrecken. Obwohl jeder wußte, wie stark die Stimme des kleinen Arztes war – beim Singen geriet sie in Dimensionen, die niemand für möglich hielt. Dieser Gesang ließ die Wände erbeben.

»Mein Gott«, sagte Tigran Rassulowitsch fromm. »Du kannst Gras in der Wüste wachsen lassen ...«

XII

Unterdessen geschah draußen vor dem Haus etwas, von dem die Menschen im Innern nichts ahnten.

Es begann damit, daß der Schneesturm aufhörte und nur noch der Schnee lautlos herniederrieselte. Davon wachte der gute Mann – Luka Serafinowitsch war übrigens sein Name –, der in dieser Nacht das »Leere Haus« bewachen sollte, auf. Solange der Sturm heulte und an den Dächern riß, gegen die Fenster schlug und an den Türen rappelte, schlief man wohlig in der Wärme des Ofens. Aber plötzlich war es still, und Stille weckt auf, wenn man sich ganz auf Lärm eingestellt hat.

Luka Serafinowitsch richtete sich also auf Anastasias Ofenbank auf, lauschte nach draußen und wollte sich gerade zufrieden wieder zusammenrollen, als ihn ein Ton aufschreckte. Er gehörte nicht hierher, er war völlig fremd in dieser Nacht, und das fiel Luka Serafinowitsch auf. Er erhob sich von der Ofenbank, warf den pelzgefütterten Mantel über seine Schultern – schönes, dickes Wolfsfell, das wärmte wie ein Ofen –, öffnete die Haustür und steckte den Kopf in das lautlos gewordene Schneerieseln.

Jetzt war es deutlich zu hören: Gewaltiger Gesang ertönte.

Ein Lied? In der Nacht, während es schneit?

Luka Serafinowitsch fuhr herum, starrte auf das »Leere Haus« und sah, daß es, hinter den Decken, die vor den Fenstern hingen, hell erleuchtet war. Und aus diesem verfluchten Haus drangen die dröhnenden Töne!

Luka machte einen kleinen Luftsprung, riß sich dann den Pelz über den Kopf und rannte die Straße hinunter, um Alarm zu schlagen. In der Kirche, wo er zuerst vorbeirannte, war alles dunkel. Der Pope rührte sich nicht, auch der Doktor schien fest zu schlafen. Luka rannte weiter, trommelte mit beiden Fäusten gegen die Tür des Dorfsowjets Petrow und brüllte heiser, als der Genosse schlaftrunken am Fenster erschien:

»Im ›Leeren Haus‹! Gesang! Unmenschliche Töne! Die Wände biegen sich!«

Man soll nicht glauben, wie schnell man ein ganzes Dorf aus dem Schlaf holen kann! Petrow alarmierte Gasisulin mit dem Ruf: »Im ›Leeren Haus‹ kracht es wieder. Diesesmal ist der Genosse Ingenieur dran!«

Gasisulin hüpfte herum, zog sich in rasender Eile an und raufte sich dabei die Haare. »Ein neuer Sarg! Gut und schön! Aber wie soll ich ihn in die Erde kriegen? Ich werde beantragen, daß man im Winter die Toten bis zum Frühjahr vereist!«

Dann rannte auch der Sargmacher los und weckte die Nachbarschaft.

Richtigen Schwung bekam die Sache allerdings erst, als man Jefim Aronowitsch, den Idioten, auf den Weg gebracht hatte. Er fand Worte, die auch den bequemsten Schläfer aufschrecken.

»Der Teufel singt im Geisterhaus!« schrie er mit seiner hellen Stimme. »Er singt Kirchenlieder! Der Weltuntergang ist gekommen! Der Weltuntergang!«

Von allen Seiten strömten die Bauern zusammen. Mit Fackeln und Laternen umringten sie in sicherer Entfernung das geheimnisvolle Haus und starrten es stumm an.

Was Jefim herausbrüllte, schien wahr zu sein: Das Haus war innen hell erleuchtet, und durch die Wände erklang die gewaltige Stimme. Oder kam die Stimme aus dem Kamin? Aus der Erde? Einige kannten das Lied und falteten erbleichend die Hände.

»Ein geisterhaftes Feuer!« stotterte der fromme Luka Serafinowitsch.

»Eine Teufelstrauung!« stammelte Anastasia, die plötzlich auch in einem bodenlangen Pelz vor ihrem Haus stand. »Hört ihr's nicht? Das ist der Choral ›Im Himmel steht euer Name ...‹ O Mutter von Kasan, in meinem Haus feiern die Teufel eine Hochzeit!«

Sie schwankte, und Petrow mußte sie festhalten, sonst wäre sie umgefallen. Überall loderten jetzt die Fackeln, überall schwankte das Licht der Laternen; es gab wohl keinen Menschen in Satowka, der jetzt noch im Bett lag und an eine friedliche Nacht glaubte.

Ein Aufstöhnen ging durch alle Bewohner des Dorfes, als drinnen im Haus die gewaltige Stimme schwieg, dafür aber eine andere, hellere losdonnerte.

»Zwei Teufel!« kreischte Jefim. »Die ganze Hölle ist zu uns gekommen! Wo ist Tigran Rassulowitsch mit seinem Kreuz? Nur er kann uns noch retten!«

Aber das war eine vergebliche Hoffnung. Gasisulin, den man mit drei anderen losgeschickt hatte, um den Popen und den Doktor zu wecken und zu holen, kam bleich und zitternd zurück. Auch seine Begleiter sahen völlig verstört aus.

»Was ist?« schrie Petrow. »Wo ist Väterchen Tigran?«

»Weg! Verschwunden!« Gasisulin lehnte sich an die Mauer von Anastasias Haus. »Wir haben geklopft, gehämmert, schließlich mit Stangen gegen die Tür geschlagen. Da sprang sie auf. Wir gingen ins Haus, aber es ist leer! Alles leer! Kein Väterchen – kein Doktor! Die Betten unberührt!«

»Die Teufel haben unseren Popen geklaut!« brüllte Jefim, der alles gehört hatte. »Der Weltuntergang ist da! Und keinen geistlichen Beistand!«

Wen wundert es, daß die fromme Witwe Anastasia, deren Blinis mit Zubehör der Pope so gern genossen hatte, in tiefe Ohnmacht fiel? Petrow brachte sie ins Haus, legte sie auf die Ofenbank und rannte wieder nach draußen.

Dort hatte sich die Situation erneut geändert, denn nun ertönte zweistimmiger Gesang aus dem verfluchten Haus. Luka Serafinowitsch kniete im Schnee und betete.

»Jetzt singen sie zweistimmig ...«, stammelte er. »Genosse Petrow, das ist der große Hochzeitssegen ... Ich kenne ihn, ich habe schließlich dreimal geheiratet ...«

Das stimmte. Zwei Frauen waren Luka weggelaufen, weil es ihnen in Satowka zu einsam war. Er hatte sie aus Batkit mitgebracht, und das war ein Fehler gewesen. Jetzt, die dritte, war aus dem Dorf und hielt aus, weil sie es nicht anders kannte. Aber dreimal heiraten – das bildet! Vor allem kennt man dann die nötigen Gesänge ...

Petrow und das ganze Dorf rund um das verfluchte Haus lauschten. Die Teufel sangen immer noch zweistimmig und jubilierten die christlichen Weisen.

»Freunde und Genossen!« sagte Petrow stockend zu den Bauern. »Wir werden Michail Sofronowitsch nie mehr sprechen können ... Die Teufel verheiraten ihn mit der Gräfin Albina, und dann schlitzt sie ihm den Hals auf. Morgen liegt er vor der Tür. Aber das wollen wir abwarten! Genossen, wir halten aus, bis unser Freund Tassburg aus dem Haus taumelt wie vor kurzem der Genosse Kassugai!«

Die Leute von Satowka nickten stumm. Das Petroleum in den Lampen reichte bis zum Morgen. Rückt zusammen, Genossen! Schnee kennen wir, Frost auch – wir halten durch bis zum Morgen!

Wann erlebt man das noch mal, daß Teufel Hochzeit feiern?

Nach zwei Stunden – im Haus war es stiller geworden, dafür roch es nach Braten und Kraut aus dem Schornstein, was nur zeigte, mit welch höllischer Impertinenz die Teufel vorgingen – wurde ein Teedienst eingerichtet. In zwei Häusern wurden Kessel voll Tee gekocht, den man in Bechern rund um das verfluchte Haus herum verteilte.

Es geschah alles lautlos, damit man nicht einen Ton verpaßte, der aus dem Haus dringen konnte. Bisher hatten die meisten Opfer der Gräfin – so stand es in der Chronik, die der Pope hütete – einen solchen letzten Laut von sich gegeben, eigentlich alle bis auf Morosowski, der ja schlafend von der Bank gestürzt war und sich somit lautlos das Genick gebrochen hatte.

»Meistens war es gegen Morgen!« prophezeite der Idiot Jefim, der sich gut auskannte, weil ihm Tigran alles erzählt hatte. »Wenn Sie Väterchen Tigran und den Doktor auch geholt haben, müßten es drei Schreie sein ...«

»Und drei Särge und drei Gräber!« Gasisulin schob sich an

den Dorfsowjet heran. »Das ist unzumutbar, Genosse, bei diesem Frost drei Gräber auszuheben! Ich stelle den Antrag, die Toten einzufrieren – oder ich sprenge wieder!«

Von allem, was draußen geschah, hörten, ja, ahnten die Hochzeiter im Hause nichts.

Tigran hatte seinen Segen gesprochen und Michail und Natalia miteinander vermählt. Sie hatten gehorsam eine Hostie geschluckt, und dann hatten Tigran und Dr. Plachunin zweistimmig gesungen. Es klang sehr schön, trotz der Lautstärke. Wirkliche Feierlichkeit durchzog das Haus, und als Natalia und Michail sich küßten, diesmal als Mann und Frau, war sogar Dr. Plachunin ehrlich gerührt.

»Und jetzt zum Essen!« verkündete der plötzlich sehr realistische Tigran. »Es duftet wie im Paradies! Lasset uns zu Tisch gehen und fröhlich sein! Was gibt es?«

»Einen Rinderbraten mit Blätterkohl. Dazu Wodka!« Dr. Plachunin, der am Herd stand, rieb sich die Hände. »Man müßte Ingenieur sein und nach Erdgas suchen! Es war doch eine gute Idee, diese Hochzeit abzuhalten!«

Bis zu dem Augenblick, an dem Tigran und Dr. Plachunin satt und mit vom Alkohol getrübten Hirnen das Haus wieder verlassen wollten, hielt sich diese Ansicht.

Der Pope, der die Tür geöffnet hatte, prallte sofort zurück und schlug sie wieder zu. Er hatte den Fackelschein rings um das Haus gesehen und ahnte, was er zu bedeuten hatte.

Dr. Plachunin, der ihm gefolgt war, stieß hart gegen ihn. »Was ist los?« schrie er. »Sind Sie verrückt? Sie zerquetschen mich ja!«

»Wir können nicht hinaus!« sagte Tigran dumpf. »Wir sind umzingelt! Das ganze Dorf steht um das Haus. Herr im Himmel, wenn man mich hier gesund herauskommen sieht – ich kann mich aufhängen! Hier können doch nur Tote herauskommen!«

»Und Tassburg?«

»Der bildet eine Ausnahme. Aber nun stehen die Leute draußen, um auch ihn sterben zu sehen! Oh, Sie mit Ihrem lauten Gesang! Die Posaunen von Jericho waren Flöten dagegen!«

»Sie haben auch nicht gerade geflüstert«, sagte der Doktor. Er öffnete die Hintertür einen Spalt und blickte in die Nacht hinaus. Jetzt sah auch er den Kreis von Fackeln und Laternen. »Warten wir also...«

»Und bis dahin gelten wir bei den Leuten als verschwunden! Was sollen wir erzählen, wo wir gewesen sind?« Tigran tappte zurück in die große Stube. Dort umarmten sich gerade Natalia und Michail, glücklich, endlich wieder allein zu sein.

»Auseinander!« rief Tigran und ließ sich schwer auf die Bank fallen. »Ihr seid glücklich, aber mich vernichtet eure Hochzeit – wenn mir nichts Erhabenes zu meiner Rettung einfällt...«

Auch dem wendigsten Geist fällt nicht immer ein Ausweg ein. Tigran Rassulowitsch raufte seinen Bart, strich ihn wieder glatt, lief zum Fenster und lugte durch die beiseite geschobene Decke ins Freie – aber draußen richteten sich die Bauern von Satowka auf eine lange Nacht ein.

»Sie tragen Teekessel herum«, stöhnte Tigran und ließ sich wieder auf die breite Bank fallen. »Wißt ihr, was das bedeutet? Sie warten, und selbst wenn statt Schnee Jauche vom Himmel regnen sollte! Was soll ich tun? Dr. Plachunin, sagen Sie doch auch mal etwas! Erst jagt er uns mit seinem Gesang alle aus den Betten, und jetzt steht er herum und säuft Wodka! Das sollte ich einmal wagen!«

»Ich habe eine gesunde Leber, Väterchen Pope!« Plachunin kratzte sich den Kopf und dachte nach. Die Situation war wirklich kritisch, darüber gab es keinen Zweifel. Wenn man draußen Tee verteilte, war die Nacht verloren – Tigran und er mußten sie hier verbringen. Am Tage konnte man auch nicht ungesehen aus dem Haus schleichen – also blieb nur die nächste Nacht. Aber wie schon Tigran richtig erkannt hatte: Wie konnte man das Verschwinden und Wiederauftauchen eines Popen und eines Arztes den Leuten erklären? Im Sommer wäre es einfach gewesen: Wir haben einen Ausflug in die Taiga gemacht, hätte man sagen können. So dumm es auch klingen mochte – niemand konnte ihnen das Gegenteil beweisen. Aber jetzt, bei diesem Schnee, bei dieser Kälte, bei den undurchdringlichen Verwehungen . . .?

»Michail Sofronowitsch, wir müssen Ihre Gastfreundschaft länger in Anspruch nehmen!« sagte Dr. Plachunin und goß sich den Rest aus der Wodkaflasche ein. »War es schon eine besondere Hochzeit, so betrügen wir Sie nun auch noch um die Hochzeitsnacht. Aber die Umstände . . .«

»Hochzeitsnacht!« Tigran winkte ab. »Sind das Ihre ganzen Sorgen, Doktor? Die Braut bekommt ja schon ein Kind . . .«

»Was wissen Sie als Pope davon! Die Nacht nach der Hochzeit ist immer eine besondere Nacht, selbst wenn man schon vier Kinder haben sollte!«

»Ich glaube kaum, daß das jetzt unser Problem ist!« Tassburg blickte ebenfalls durch einen Ritz der Decke zum Fenster hinaus. Er konnte genau auf Anastasias Haus blicken und sah Petrow, den Idioten Jefim, den Sargmacher Gasisulin, seinen Vorarbeiter Grigori, Konstantin und einen Geologen, der mit Grigori schon vor zwei Tagen aus der Taiga gekommen war und den man anscheinend jetzt aus dem Lager geholt hatte, vor Anastasias Haus stehen. Sie tranken alle Tee, er dampfte vor ihren Gesichtern, und eine Bäuerin mit einem Henkelkorb am Arm verteilte belegte Brote unter die Wartenden. »Im Augenblick können Sie gar nichts machen! Wahrscheinlich werden Sie bis morgen abend hierbleiben müssen.«

»Ich habe eine Idee!« sagte Tigran plötzlich. »Verjagen wir sie!«

»Und wie?« fragte der Doktor. »Wollen Sie in die Hände klatschen und husch-husch rufen?«

»So ähnlich!«

»Er hat den Verstand verloren!« sagte Plachunin zu Tassburg und Natalia. »Jetzt, wo keine Gebete mehr helfen, hockt er herum und macht dumme Vorschläge!«

»Die Gräfin Albina muß in Erscheinung treten!« sagte Tigran ungerührt. »Nach einhundertfünfzig Jahren zeigt sie sich zum erstenmal! Riesengroß, bleich – für einen Moment aus der Hölle entlassen! Sie tritt aus dem Haus und ruft: ›Hinweg mit euch allen!‹ – Ha, wie die lieben Genossen davonflitzen werden!«

»Er ist irre!« sagte Dr. Plachunin laut. »Tigran, geben Sie mir Ihren Arm. Ich muß Ihren Puls fühlen. Wollen Sie etwa das Gespenst spielen?«

»Nein! Natalia...«

»Unmöglich!« rief Tassburg sofort. Er saß neben Natalia dem Popen gegenüber am Tisch und hatte den Arm um ihre Schulter gelegt. Sie war müde, lehnte den Kopf an Michails Schulter und war trotz aller Komplikationen glücklich, seine Nähe zu fühlen. Vor ihr auf dem Tisch lag der Brautstrauß aus den bunten Papierrosen. Von ihrem Haar hatte sie den roten Nylonstrick genommen – es fiel jetzt wieder lang und kupfern-golden schimmernd über ihre Schultern.

»Warum ist es unmöglich?« fragte sie.

»Bist du so riesengroß?«

»Sie setzt sich auf meine Schultern, und alles, was wir an Stoff haben, nähen wir zusammen und machen ein Gewand draus, das ihr vom Hals bis zu meinen Füßen fällt! Wenn das keine große Gespenstergestalt wird...«

»Ein Monstrum!« sagte Dr. Plachunin. »Oben ein zartes Köpfchen, und unten Schuhe wie ein Kahn! Freunde, gebt dem Popen zu trinken, damit er endlich still ist! Ich sehe nur den einen Ausweg: Warten bis morgen abend!«

Es war tatsächlich die einzige Möglichkeit, die ihnen blieb. Tassburg holte noch eine weitere Flasche Wodka. Tigran Rassulowitsch schlug zwar noch manchen Ausweg vor, aber je weiter die Nacht fortschritt und je mehr Wodka er in sich hineinschüttete, um so indiskutabler wurden seine Vorschläge. Schließlich legte er sich lang auf die Bank, ohne daran zu denken, daß aus einer solchen Haltung dem braven Morosowski das Genick gebrochen worden war, faltete die Hände unter dem Bart und schlief ein.

Kaum hatte er die Augen geschlossen, schnarchte er auch

schon so gewaltig, daß keine leisere Unterhaltung mehr möglich war.

»Ich liebe diesen Kerl!« sagte Dr. Plachunin und blickte auf seine uralte Uhr, die er aus der Jackentasche holte. Es war gegen sechs Uhr morgens. Nebenan hatte sich Natalia aufs Bett gerollt und schlief ebenfalls. »Er ist der größte Gauner, der je einen Priesterrock getragen hat, aber er paßt genau in diese Gegend. Rußland wäre arm, wenn es nicht solche Kerle hätte.«

Plachunin stemmte die kurzen Beine gegen die warme Ofenwand. Herrlich war es, wie nun von den Fußsohlen her die Wärme durch den ganzen Körper zog. »Wenn es aufhört zu schneien, rufen wir mit Ihrem Funkgerät den Hubschrauber herbei! Einverstanden? Ich verzichte auf den alten Wagen.«

»Aber erst muß Natalia hier offiziell auftauchen! Und wenn ich ehrlich sein soll, das mit dem Sumpffieber, das Sie bei mir erzeugen wollen, gefällt mir gar nicht.«

»Mir auch nicht! Schon rein medizinisch gehört eine Riesenportion Dummheit dazu, zu glauben, daß man bei Schnee und Frost Sumpffieber bekommt!«

»Es gibt also nur den legalen Weg, Dr. Plachunin.«

»Was nennen Sie in diesem Fall legal, Michail Sofronowitsch?«

»Ich muß nach Mutorej und mit Natalias Eltern sprechen.«

»Und so lange wollen Sie den Geisterspuk hier fortsetzen?«

»Wissen Sie etwas Besseres?«

»Ja. Ich muß zurück nach Batkit. Es muß doch möglich sein, Sie und Natalia mit nach Batkit zu nehmen.«

»Und mit welcher Begründung? Ich bin gesund, und ich gehöre zu meinen Leuten. Ich habe hier einen Auftrag zu erfüllen.«

»Also müssen Sie doch krank werden...«

»Wenn mir genügend Zeit bleibt und das Wetter mitspielt, müßte es auch anders gelingen. Es kann doch nicht ewig schneien! Nach dem Schnee kommt der starke Frost. Dann ist der Himmel blank und blau, sonnenüberstrahlt und unendlich.

Der Schnee friert zu einer Decke, fest wie Asphalt. Man kann dann wieder arbeiten.«

»Als ob ich die Taiga nicht kenne!« Plachunin nickte mehrmals. »Denken Sie aber auch an das Kind? Von Woche zu Woche wächst es, und es kommt einmal der Zeitpunkt, wo Ihre Frau nicht mehr in einem Jeep oder Lastwagen über die holprigen Wege in jene Einsamkeiten fahren darf, die Sie mit Ihren Bohrgeräten durchwühlen. Wir dürfen doch keine Fehlgeburt riskieren!«

»Wenn ich weiter nach Norden muß, wird Natalia in Satowka bleiben.«

»Das glauben Sie! Ja, ja – hier gibt es eine Hebamme. Die alte Rimma, man hat mir von ihr erzählt. Sie schlägt mit dem Kochlöffel auf den Leib der Wöchnerin und ruft: ›Komm heraus, du Wurm!‹ Und das Kind kommt! Bisher immer, wenn ich Tigran glauben darf. Hier in Satowka ist man das gewöhnt ... aber ob es für Ihre Frau das richtige ist ...«

»Sie können doch sagen, Dr. Plachunin, wann das Kind kommen wird. Wenn Sie dann von Batkit ... ich meine, dann ist doch Frühling ...«

»Michail Sofronowitsch, alles, was wir hier reden, sind bloße Spekulationen! Sicher ist nur eins: Natalia wird nicht allein in Satowka bleiben und Sie weiter in die Taiga ziehen lassen! Die geht mit! So schön ihr Köpfchen ist, so hart ist es auch! Vor allem kennt sie keine Angst, sie ist ja ein Kind dieser Wildnis! Michail, Sie werden in einen Wettlauf mit der Zeit kommen.«

»Das weiß ich.« Tassburg betrachtete den schnarchenden Tigran. Bei jedem Atemzug blähte sich sein Bart, es sah imposant aus. »Sobald es nicht mehr schneit, fliege ich nach Mutorej. Ich muß feststellen, ob man Natalia noch sucht, und ob Kassugais Verfolgung aktenkundig ist oder nur eine private Aktion war. Wenn sie das war, kann Natalia ohne Gefahr hier auftauchen.«

»Und wenn es doch amtlich war?« Dr. Plachunin sah Tassburg mit seitlich geneigtem Kopf an. »Geben Sie es doch zu – Sie rechnen damit!«

»Nein.«

»Sie belügen sich selbst, Tassburg! Wenn das mit dem Kind nicht wäre...«

»Was dann, Doktor?«

»Dann könnte man Natalia irgendwo verstecken – bei Freunden – und wenn's sein muß, auch bei mir, bis Gras über die Sache gewachsen ist. Aber mit einem Säugling? Ob in Batkit oder in Omsk – überall wird man fragen: Wer ist diese junge Mutter? Wo kommt sie plötzlich her? Sie wissen, wie genau jeder Nachbar den anderen beobachtet und wie man sich um neue Gesichter kümmert. In Moskau mag das anders sein ... aber in Sibirien ist der einzelne Mensch noch interessant, wenn er irgendwo neu in einen Lebenskreis tritt. Es ist einfach, in der Taiga einen Menschen verschwinden zu lassen, das ist auch weiter nichts Neues, aber wenn ein Mensch dazukommt – dann ist er gewissermaßen Allgemeingut! Ist Ihnen das klar?«

»Sicherlich, das habe ich alles überlegt. Es gibt nur diesen Weg: Natalia muß vollkommen rehabilitiert werden.«

»Bei Kassugais Stellung wird das schwer! Und vor allem: Wo ist Kassugai geblieben? Und sein Begleiter? Selbst sein Auto ist verschwunden! Michail, wenn Sie diesen Stein ins Rollen bringen, rollt er bis Satowka. Und wer dann hierher kommt, der glaubt bestimmt nicht an Geister und an die Gräfin Albina, die mit ihrem Messer herumspukt und Kassugai erstochen hat! Man braucht nur den Dorftrottel Jefim Aronowitsch oder den kleinen Sargmacher in die Mangel zu nehmen, und schon ist die Wahrheit heraus!« Plachunin seufzte und rieb die heißen Fußsohlen aneinander. Die durchhitzten Ofensteine waren eine wahre Wonne. »Michail, ich biete Ihnen eine gesalzene Lungenentzündung an!«

»Würde die etwas an Natalias Lage ändern?«

»Kaum! Aber sie wäre erst einmal weg aus Satowka und noch weiter weg von Mutorej.« Plachunin winkte von selbst ab, ehe Tassburg antworten konnte. »Ich weiß, ich weiß, wir drehen uns im Kreise! Überall würde Natalia auffallen! Wäre sie ein altes Mütterchen ... aber so, wie sie aussieht! Man kann sie einfach nicht verbergen.«

»Also warten wir«, sagte Tassburg rauh. »Die gute, alte russische Tugend: warten!«

»Sie hat noch immer Erfolg gehabt.« Dr. Plachunin reckte die Arme. »Mein Freund, jetzt werde ich auch müde. Ich lege mich auf den Tisch, einverstanden? Und Sie?«

»Ich warte den Morgen ab und trete dann vor das Haus. Wenn die Leute sehen, daß ich noch immer lebe, trotz allem Teufels- und Hochzeitsspuks, werden sie abziehen.«

»Sehr klug! Machen Sie's gut, Michail!« Dr. Plachunin kletterte auf den großen Tisch und streckte sich darauf aus. »Ich bin müde und ziemlich betrunken! Trotz allem: Es war eine schöne Nacht!«

Dieser Ansicht waren die Einwohner von Satowka nicht, als der Morgen dämmerte und das Tageslicht Mühe hatte, sich durch einen tiefgrauen Himmel zu quälen. »Mindestens noch zwei Wochen Schnee hängen darin!« prophezeite der wettererfahrene Gasisulin.

Trotz des heißen Tees und belegter Brote war die Stimmung schlecht. Man fror erbärmlich, löschte beim ersten Morgenlicht die Fackeln und Lampen und starrte weiter auf das stille, verfluchte Haus. Bald mußte doch etwas passieren! Ein Schrei, oder zwei oder drei Schreie, dann würde sich die schwere Bohlentür öffnen und – wenn alles der Chronik gemäß ablief – es schwankten, wankten oder krochen der Genosse Ingenieur, Väterchen Tigran und der verdammte kleine Doktor aus Batkit mit zerschnittenen Kehlen ins Freie, um vor dem Haus zu sterben . . .

Verdächtig war, daß seit Stunden alles unheimlich still darin geblieben war, aber das Licht weiterhin hell brannte. Tassburgs Vorarbeiter, Konstantin und der Geologe hatten sich in Anastasias Wohnraum verzogen, saßen auf der Ofenbank und kauten an je einem Stück Dauerwurst. Nebenan lag die fromme Witwe noch immer in einer Art von Schock – sie war steif wie ein Brett! Der Gedanke, in ihrem geerbten Fluchhaus könne jetzt

Väterchen Tigran umgekommen sein, lähmte sie völlig. Auch er ein Opfer des Teufelsspuks!

Petrow, der ab und zu nach ihr sah und sie mit schielenden Augen musterte, trug auch nicht zur Aufheiterung bei, wenn er berichtete:

»Alles ist still! Unheimlich, sage ich. Erst der Teufelsduettgesang – und jetzt das große Schweigen! Anastasia Alexejewna, man sollte dein Haus einfach abbrennen!«

»Es brennt nicht«, antwortete die Witwe und blieb starr liegen. »In hundertfünfzig Jahren ist noch kein Blitz eingeschlagen, und Feuer von Menschenhand erlischt sofort...«

Der Dorfsowjet verspürte einen kalten Schauer, zog die Schultern ein und verließ den Schlafraum der Witwe. Auf der warmen Ofenbank stopfte sich der Geologe gerade eine Pfeife.

»Ich gehe gleich hinein!« sagte er.

»Wo hinein?« fragte Petrow verständnislos.

»Drüben in das Haus!«

»Das verbiete ich Ihnen!« schrie Petrow und schielte den Geologen wütend an. »Wir haben genug von den Toten! Bringen Sie sich anders um, Genosse, aber nicht innerhalb unseres Kollektivs! Wenn Sie lebensmüde sind, hängen Sie sich in der Taiga auf oder stellen Sie sich nackt in den Frost und vereisen Sie! Aber dieses Haus betreten Sie nicht!«

Er rannte ins Freie und schlug hinter sich die Tür zu. Der Geologe zündete sich die Pfeife an und blickte Konstantin an.

»Glauben Sie auch an den Quatsch mit den Geistern?«

»Es steht außer Zweifel«, antwortete Konstantin, »daß Kassugai in dem Haus erstochen wurde. Ich habe ihn selbst gesehen, bevor er begraben wurde. Ein Stich – genau in die Kehle! Und das Haus war leer... Tassburg war zu dieser Zeit bei Ihrem Bohrtrupp. Leer, sage ich! Unbewohnt! Und ein Mann wird darin erstochen. Haben Sie dafür eine Erklärung?«

»Nein.«

»Na also...«

»Eben deshalb sollte man nachsehen.«

»Um Kassugai zu folgen?«

»Verdammt, es gibt keine Geister! Schon gar keine, die mit einem Messer um sich stechen.«

»Aber Kassugai...«

»Hören Sie auf mit Ihrem dämlichen Kassugai!« Der Geologe stieß dichte Rauchwolken aus seiner Pfeife und hüstelte. Es war ein verdammt scharfer Tabak. »Wenn Michail Sofronowitsch nicht bis zum Mittag herausgekommen ist, gehe ich hinein! Und keiner wird mich daran hindern! Auch dieser Petrow nicht. Und Sie gehen mit!«

Konstantin unterließ es, darüber zu diskutieren. Abwarten! dachte er nur. Immer diese studierten Herren – diese Besserwisser!

Alles ging schneller vor sich, als man gedacht hatte.

Der Tag hatte sich endlich durch die Schneewolken gerungen, und die Leute von Satowka tranken den neunten Teekessel leer und aßen dazu warme Eierkuchen, die in drei Häusern für alle gebacken wurden, als sich die Tür des Spukhauses plötzlich öffnete.

Ein Stöhnen ging durch die Reihe der Wartenden.

Wer würde zuerst erscheinen?

Gasisulin umklammerte Petrows Arm. Der Schneefall hatte noch mehr nachgelassen, es war nur noch ein leichtes Rieseln – fast konnte man die Flocken zählen...

»Kein Schrei!« flüsterte Gasisulin, bleich bis zu den Zehen. »Diesmal ist es ruck, zuck gegangen! Nicht einmal Zeit zum Schreien hatten sie...«

Und dann erschien der Genosse Tassburg. Aufrecht, in Hemd und Hose und kerngesund. Er breitete die Arme aus, reckte sich in der frischen Schneeluft und atmete tief ein. Er schien fast fröhlich zu sein...

Erst nach seiner Morgengymnastik schien er zu bemerken, daß fast alle Dorfbewohner das Haus umringten und ihn sprachlos anstarrten. Aus Anastasias Haus stürzten der Geologe, Grigori und Konstantin; Jefim hatte sie alarmiert.

»Da... der Genosse Ingenieur...«, hatte er gestottert und war wieder weg.

»Er lebt!« stammelte Konstantin ergriffen. »Er lebt tatsächlich! Unbegreiflich...«

Tassburg blickte um sich und kam dann langsam näher. Ein paar Frauen schrien auf und rannten weg, als käme der Leibhaftige in ihre Nähe. Gasisulin atmete hörbar auf. Es gab zwar keinen neuen Sarg – aber er brauchte sich auch um die Gräber keine Sorgen zu machen.

»Was ist denn hier los?« rief Tassburg mit lauter Stimme, als selbst die Männer vor ihm zurückwichen, je näher er ihnen kam. »Feiern wir irgendein Fest?«

»Ihre Auferstehung, Michail Sofronowitsch!« rief der Geologe. Er lachte rauh und stapfte Tassburg entgegen. »Wieso haben Sie keinen aufgeschlitzten Hals, he?«

»Warum sollte ich das?«

»Man erwartet es von Ihnen! Nach den Ereignissen der vergangenen Nacht...«

»Welche Ereignisse?« Tassburg blickte sich wieder um. Die Leute von Satowka hatten ihn jetzt umringt, aber der Kreis war so groß, daß einige Meter freier Raum blieb.

»Bei Ihnen war der Teufel los!« sagte der Geologe.

»Unmöglich! Ich habe bestens geschlafen.«

»Gesungen haben sie!« schrie Jefim. »Sogar zweistimmig! Mit unmenschlichen Stimmen...«

»Wir... wir alle haben es gehört...«, stammelte Gasisulin. »Und Sie haben wieder nichts... wie damals bei dem Feuer...«

»Seid ihr denn alle verrückt?« Tassburg sah hinüber zu den Teekesseln und den abseits stehenden Frauen mit Eierkuchen auf großen Holztellern. »Es wird also doch etwas gefeiert, was? Bei Tee und Pfannkuchen? Petrow, was ist los? Ihr benehmt euch alle so merkwürdig...«

Es gab kein Ausweichen mehr. Als Dorfsowjet ist man verpflichtet, mutig zu sein. Vorbild sein! sagt die Partei. Aber weder die Partei noch Lenin hatten jemals etwas mit 150 Jahre alten Geistern zu tun...

»Genosse Michail Sofronowitsch«, erwiderte Petrow heiser

und trat sogar näher an Tassburg heran. »Ich überzeuge mich, daß Sie leben und kerngesund sind. Das grenzt an Wunder! Das ganze Dorf – mit Ausnahme von zwei Urgroßmütterchen, die zu schwach waren – hat erlebt, daß in Ihrem Haus heute nacht eine Teufelshochzeit stattgefunden hat!«

»Eine – was?« fragte Tassburg mit perfekt gespielter Betroffenheit.

»Der Pope und der Doktor sind spurlos verschwunden. Und die ganze Nacht über war Ihr Haus hell erleuchtet, dann sang eine Satansstimme den Eingangschoral der Trauungszeremonie...«

»Ja, das stimmt! Ich habe es genau gehört und erkannt!« schrie der fromme Luka Serafinowitsch, der dreimal geheiratet hatte und daher Experte war.

»Und dann sang eine zweite, hellere, noch teuflischere Stimme... und später... später...« Petrow wischte sich den Schweiß von der Stirn. Er glühte vor Erregung. »Später sangen sie sogar zweistimmig!«

»Sogar ein Halleluja!« kreischte Jefim dazwischen.

»Unmöglich!« Tassburg wischte sich über die Augen. »Im Haus war alles still und dunkel. Ich habe geschlafen – bei dem geringsten Laut wache ich doch sonst auf...«

»Aber wir alle«, stammelte Gasisulin, »ich auch... wir haben es gehört und das Licht im Haus gesehen, ganz hell! Und er schläft und hört nichts... und lebt... aber wir alle... O Gott! Wie sieht es bei Ihnen im großen Zimmer aus, Michail Sofronowitsch?«

»So, wie ich es beim Zubettgehen verlassen habe. Bevor ich jetzt eben vor die Tür kam, habe ich das Feuer angefacht. Gleich kocht mein Teewasser.«

Es stimmte. Aus dem Kamin quoll dichter Rauch und stieg weiß leuchtend in den grauen Schneehimmel. Da kaum ein Wind wehte, sah der Rauch wie eine Säule aus, die aus dem Schornstein wuchs.

»Es herrschte also keine Unordnung?« fragte Petrow mit zugeschnürter Kehle.

»Nein.«

»Kein Blut auf dem Boden oder an den Wänden?«

»Nicht daß ich wüßte! Warum auch?« Tassburg lachte laut und schlug die Arme um den Körper. Ihm wurde langsam kalt nur in Hemd und Hose. »Ach – die Gräfin Albina? Genossen, die habe ich nur zu Anfang ein paarmal gesehen, gleich nachdem ich hier eingezogen war. Seitdem habe ich Ruhe.«

»Moment!« mischte sich der Geologe ein. Er kratzte sich mit dem Pfeifenstiel den Haaransatz. »Was haben Sie da gesagt, Michail Sofronowitsch? Sie haben diese seit einhundertfünfzig Jahren tote Gräfin...«

»Gesehen – und wollte sie anfassen... da zerrann sie und auf meiner Hand blieb rotes Wasser zurück.«

»Aha!« Der Geologe beugte sich zu Tassburg vor. »Sie waren ganz schön betrunken, was?«

»Glauben Sie, was Sie wollen, Genosse! Ich weiß es, ich habe es erlebt!«

Und dann spielte Tassburg ein gefährliches Spiel, als er hinzufügte: »Wenn Sie es nicht glauben... bitte, ich lade Sie ein, eine Nacht bei mir zu schlafen! Sie sind der Frau Gräfin ja noch unbekannt. Es fragt sich nur, ob Sie ihr sympathisch sind...«

Der Geologe bekam große Augen, steckte die Pfeife zwischen die Zähne und knurrte etwas, das Tassburg nicht verstand. Aber die Einladung schien er nicht annehmen zu wollen...

»Verdammt, geht nach Hause!« sagte Tassburg laut zu den Leuten von Satowka. »Ihr seht, es ist nichts passiert!«

»Väterchen Tigran und der Doktor sind verschwunden!« jammerte Jefim. »Wer kann das erklären? Sind einfach weg! In Luft aufgelöst...«

»Sie werden wiederkommen. Vielleicht sind sie weggefahren?«

»Wohin bei diesem Schnee?« sagte Petrow. »Der Wagen steht vor dem Haus. Und wo sollen sie hin? In die Taiga? Warum?« Petrow war so erschüttert, daß er nicht weitersprechen konnte. Er mußte ein paarmal Luft holen, bis die Kehle wieder frei war. »Wir haben zwei Suchhunde hier. Aber es gibt keine Spuren! Der Schnee hat alles zugedeckt.«

Dem Himmel sei Dank, dachte Tassburg. Er fror jetzt tüchtig und wollte ins Haus zurück. Wenn die Leute in das Zimmer blicken könnten! Der schnarchende Tigran auf der Bank, und der Doktor wie aufgebahrt auf dem Tisch! Und nebenan Natalia, die Braut, in ihrem Hochzeitskleid mit den Rosen aus farbigem Durchschlagspapier ...

Ist das Leben nicht manchmal verrückt?

»Ich muß meinen Tee trinken«, sagte er. Dann wandte er sich an den Geologen: »Ich komme heute noch ins Lager! Funken Sie dem Bohrtrupp, daß nun alle Leute zurückkommen, nachdem der Schneefall aufgehört hat.«

Er wartete die Antwort nicht ab, sondern ging schnell zum Haus zurück und schlug die Tür hinter sich zu.

Die Leute von Satowka standen noch herum als wären sie erstarrt. Allmählich bröckelte der Kreis auseinander, einer nach dem anderen wandte sich ab – und alle gingen in ihre Häuser in dem Bewußtsein, so etwas nie wieder zu erleben.

Womit sie auch recht behielten.

XIII

Es war ein Tag, der sich hinzog wie Sirup an einem Löffel.

Tigran und Dr. Plachunin saßen im Haus herum und erfreuten sich einerseits am Anblick Natalias, andererseits berieten sie ergebnislos, was sie sagen wollten, wenn sie am nächsten Tag wieder im Dorf auftauchten.

Natalia putzte, fegte und kochte und erzählte später von ihrer Arbeit auf der Sowchose von Mutorej.

Einmal schlug der Pope vor, einfach zu sagen, sie wären immer da gewesen, nur die anderen hätten sie nicht gesehen – der Teufel habe wohl das ganze Dorf mit Blindheit geschlagen! Dieser Vorschlag war so wahnwitzig, daß Dr. Plachunin sich ernsthaft überlegte, ob man die Idee nicht doch aufgreifen sollte. Nichts ist so überzeugend wie das Unbegreifliche...

»Ich verstehe jetzt, warum ihr Popen so gefährlich seid«, sagte der Doktor fast mit Hochachtung. »Vor euch ist kein noch so klar denkender Mensch sicher! Sie schaffen es tatsächlich, daß ein ganzes Dorf glaubt, es sei von Wahnvorstellungen befangen gewesen...«

»Wissen Sie etwas Besseres?« fragte Tigran unlustig. »Hundertfünfzig Jahre hat man an das Geisterhaus geglaubt. Und was ist es wirklich? Ein ganz normales, unbewohntes Haus, in dem – rein zufällig – eine Reihe von Personen unter sonderbaren Umständen gestorben ist. Aber soll ich jetzt allen Leuten die Wahrheit sagen? Welche Enttäuschung, welche Wut würde sich entladen! Verbrennen würde man das Haus. Und dann stände das Dorf wie nackt da, ohne den Mythos des ›Leeren Hauses‹, denn im Grunde lieben sie es alle, weil Satowka durch dieses Haus etwas Besonderes ist. Der Mensch braucht Freude und Leid, Liebe und Haß, Glück und Elend, so wie man den Tag und die Nacht braucht, den Regen und die Sonne, den Wind und die Stille, denn nur im Wechsel und in der Vielfalt entwickelt sich das Leben. Was ist ein immerfort glücklicher Mensch? Ein erbarmungswürdiges Geschöpf, sage ich! Er wird jeden beneiden, der weinen kann! Ist es anders mit diesem Haus? Es liegt in der Mitte des Dorfes, beladen mit Ereignissen und schwer von Flüchen ... aber es gehört einfach zu Satowka!«

»Sie sind ein Philosoph, Tigran Rassulowitsch«, sagte Dr. Plachunin. »Ein Jammer, daß Sie in der Taiga versauern...«

»Ohne die Taiga und Satowka wäre ich nicht ich!« Der Pope wischte sich die Augen. Rührung überkam ihn. »Wo könnte ich anders sein als hier?«

Wahr gesprochen! Ein Tigran Rassulowitsch paßte nur in die Taiga.

Tassburg ging unterdessen, als sei nichts geschehen, wieder seiner Arbeit nach. Er saß im Lager vor dem Funkgerät, sprach mit den restlichen Leuten in der Taiga, funkte nach Batkit und

Omsk und erfuhr, daß man Hubschrauber einsetzen würde, um den Trupp zu versorgen und auch den Arzt Dr. Plachunin abzuholen. Der erste Hubschrauber würde übermorgen in Satowka landen. Die Meteorologen sagten einsetzenden starken Frost ohne nennenswerte Schneefälle voraus – ein ideales Flugwetter also.

»Zum letztenmal ...«, sagte am Abend Dr. Plachunin, als Tassburg mit diesen Nachrichten nach Hause kam. Im Dorf hatte man sich über die Ereignisse der vergangenen Nacht beruhigt, aber was man nicht verkraften konnte, war das Verschwinden von Väterchen Tigran. Die Witwe Anastasia weinte ununterbrochen und verkündete, sie wolle sterben, falls der Pope nicht bald wieder auftauche.

»Ein braves Frauchen«, sagte Tigran gerührt, als er das hörte. »Sobald ich wieder gegenwärtig bin, werde ich sie segnen ...«

Der Doktor sagte:

»Zum letztenmal ... Entscheidet euch! Ich werde abgeholt! Natalia kann mit mir nach Batkit fliegen und dort ihr Kind zur Welt bringen. Heute nacht nehmen wir sie mit in die Kirche, und wenn übermorgen der Hubschrauber landet, hat keiner mehr Zeit im Dorf, zu fragen, wo das Mädchen herkommt und wer es ist ... Wir sind in der Luft, ehe sie überhaupt nachdenken können. Alles andere überlaßt dann mir! In Batkit habe ich meine Beziehungen. Ich habe einen ganzen Tag lang Zeit gehabt, darüber nachzudenken. Wir wagen es!«

»Ich bleibe bei Michail«, sagte Natalia ruhig. »Ihr könnt Pläne machen und damit Häuser bauen bis in den Himmel. Aber ich bin dort, wo Michail ist ...«

»Amen!« sagte Tigran dunkel. »Das ist wahre Liebe!«

»Wahnsinn ist es!« schrie Plachunin. »Dieser Weg ist viel unsicherer, viel komplizierter! Natalia, du hast jetzt nicht nur einen Mann, du hast auch ein Kind! Denk an dein Kind!«

»Ich denke zuerst an Mischa ...«

Die beiden saßen nebeneinander auf der Bank, und jeder hatte den Arm um den anderen gelegt. Ein schönes Bild der Verbundenheit, aber Dr. Plachunin machte es wütend. Liebe hört dort auf, wo sie den Verstand frißt – das war seine Ansicht.

»Gut!« sagte er laut. »Denk hundertmal an Mischa, aber handle ein einziges Mal vernünftig für dein Kind! Und dieses eine Mal ist der Flug nach Batkit!«

»Wenn Mischa mitfliegt, ist alles gut«, sagte sie ruhig.

»Das ist unmöglich! Mit welcher Begründung soll ich meinen Trupp verlassen?«

»Ich spritze Ihnen eine Schüttellähmung, daß allen Zuschauern der Atem stockt!« schrie Dr. Plachunin. »Der eine kann nicht, die andere will nicht, und die Zeit läuft uns davon. Da soll man nicht aus der Haut fahren! Natalia...«

»Nichts ohne Mischa!« sagte sie laut und fest.

»Ist das dein letztes Wort?«

»Ja.«

Dr. Plachunin fuhr zu dem Popen herum, der am Tisch saß und ein Wurstbrot verzehrte. »Verdammt, Tigran Rassulowitsch, sagen Sie doch auch einmal etwas! Gibt es in der Bibel für solche Situationen keinen Spruch?«

»Das Weib folge dem Manne, steht da. Aber das paßt jetzt gar nicht!«

»Wahrhaftig nicht. Und sonst haben Sie nichts auf Lager?«

»Die Liebe höret nimmer auf...«

»Unsinn! gibt es keinen Spruch über die Vernunft?«

»Nein. Nur über den Glauben...«

»Ich glaube...«, sagte Natalia plötzlich. »Ja, jetzt glaube ich an Gott. Wenn er sagt: Die Liebe höret nimmer auf – dann versteht er mich!«

»Michail!« Dr. Plachunin rang die Hände. »Sie sitzen da neben Ihrer Frau und schweigen. Sie sind doch ein vernünftiger Mensch...«

»Soll ich sie betäuben, damit man sie in den Hubschrauber trägt?«

»Was nützt das?« Natalia lächelte die Männer an, und es war soviel Sonne in ihren Augen, soviel Seligkeit, daß jetzt auch Dr. Plachunin kapitulierte. »Ich würde von Batkit zu Fuß zurück nach Satowka laufen. Ich kenne die Taiga besser als ihr alle..."

In der Nacht gelang es Tigran und Dr. Plachunin, unbemerkt das Haus durch die Hintertür zu verlassen und zur Kirche zu rennen. Ihre Spuren verwischte der Wind.

»Morgen früh läute ich die Glocke!« sagte Tigran, als sie schwer atmend im Wohnzimmer des Popen saßen. Es war eisig kalt, der Ofen war längst ausgegangen. »Sie werden von den Öfen fallen wie die Bratäpfel, das wette ich, Dr. Plachunin...«

Man sah es ihm an, daß er sich über diese Vorstellung freute wie ein Kind.

Man muß wissen, daß bis auf die ganz Alten jeder, sobald es Winter wurde, nicht mehr in seinem Bett, sondern auf der Plattform des breiten gemauerten Ofens schlief.

»Und wie wollen Sie Ihr Auftauchen erklären?« fragte der Doktor.

»Ich bin einfach da!« Tigran strich sich seinen langen Bart und wirkte sehr erhaben. »Ich bin da, und das genügt!«

»Genial!« meinte Dr. Plachunin lächelnd. »Einfach genial! Aber noch genialer wäre es, wenn wir jetzt den Ofen anheizen könnten!« Er war ehrlich erstaunt, wie gut der Pope seine Bauern kannte. Noch mehr aber erstaunte ihn, daß trotz aller neuzeitlichen Aufklärung der Hang des Menschen geblieben war, an Wunder zu glauben.

Am Morgen also läutete Tigran Rassulowitsch die Glocke – ganz normal, kein Sturmgeläute –, und es wirkte in Satowka, als stünde das ganze Dorf in Brand. Von allen Seiten rannten die Leute zur Kirche, strömten hinein, standen Kopf an Kopf, starrten auf die Ikonostase und warteten, ob tatsächlich der Pope aus der Sakristei hervorkäme.

Und er kam, groß, breit, mit gesträubtem Bart, wie immer, und ein Stöhnen lief durch die Dorfgemeinde. Gasisulin, der Küster, begann laut zu beten, Jefim sang leise vor sich hin und sogar Petrow war erschienen, um sich zu überzeugen, daß vom

Teufel entführte Menschen wirklich wieder zurückkehren können. Er schielte vor innerer Ergriffenheit noch mehr als sonst.

Dr. Plachunin, der sich hinter der Ikonenwand versteckt hatte, mußte sich schnell auf einen Hocker setzen, als Tigran begann, eine geradezu unerhörte Geschichte zu erzählen. Er tat das mit gewohnter Donnerstimme, die wie aus den Wolken kam und der man anhörte, daß spätere Fragen nicht akzeptiert werden würden.

»Es war etwas Geheimnisvolles, Unerklärliches«, sagte Tigran und erhob seinen Blick zum ausgemalten Kirchendach. »Wir wurden leichter und leichter, schwebten dahin wie Federchen im Wind, zuerst aus dem Bett, dann durch das Zimmer – und weiter wissen wir nichts. Wir schliefen ein wie Kinder, die ihre heiße Milch getrunken haben. Als wir erwachten, lagen wir wieder im Bett, und ein Tag und zwei Nächte waren vergangen. Was war es? Kann man's erklären? Gottes Wunder hören nimmer auf! Hosianna!«

Er betrachtete seine Gemeinde, blickte in ernste, gläubige, aber auch in leicht zweifelnde Gesichter. Vor allem die Frauen glaubten ihm und bekreuzigten sich, aber da waren so ein paar aufgeklärte Halunken, die schauten schief unter ihren Haarbüscheln hervor.

»So war es!« brüllte Tigran da. »Fragt den Doktor! Ihm erging es genauso! Genosse Dr. Plachunin, treten Sie vor! Zeigen Sie sich! Bestätigen Sie das Unglaubliche...«

Es blieb Plachunin nichts weiter übrig, als vor die Ikonostase zu kommen und ernst zu nicken. Da seine Stimme der des Popen in nichts nachstand, brüllte er ebenfalls über die Köpfe der Gemeinde hinweg: »Nehmt hin, was Väterchen Tigran Rassulowitsch euch sagt! Wir waren in einer anderen Welt!«

Tigran blinzelte ihm dankbar zu, und die Bauern von Satowka waren nun überzeugt, daß ihr Dorf ein Mittelpunkt göttlichen Interesses, ein Ort der Wunder geworden war. Alle begannen, nachdem der Vorsänger Ostap Leonidowitsch einen Lobgesang angestimmt hatte, mit Ergriffenheit zu singen. Sogar der Dorfsowjet sang mit, was bewies, wie überzeugend der kurze Auftritt Dr. Plachunins gewesen war.

»Sie sind wirklich ein Genie auf Ihrem Gebiet!« sagte Plachunin später im warmen Popenzimmer.

»Und bin doch nichts weiter als ein sibirischer Priester geworden!« Tigran Rassulowitsch aß aus einem irdenen Topf mit dem Löffel Himbeermarmelade, die ihm Anastasia eingekocht hatte. Sie war nicht in der Kirche gewesen, – als sie die Glocke läuten hörte, hatte sie einen zweiten Schock bekommen und lag nun noch im Bett, bewacht von der Hebamme. »Er lebt!« wimmerte sie nur immer wieder. »Er lebt! Wer kann das begreifen?«

Sie hatte recht: Begreifen konnte es keiner, aber man mußte es eben glauben. Tigran Rassulowitsch war wieder da, der Doktor war wieder da, der Genosse Ingenieur hatte den Teufelszauber auch überlebt und hatte nichts gehört oder bemerkt ... Da hört jegliches Begreifen einfach auf!

»Morgen holt mich der Hubschrauber aus Batkit ab«, sagte Plachunin in einer Pause von Tigrans Schmatzen. »Überlegen Sie, mein geniales Väterchen, ob in Satowka noch etwas für mich zu tun ist.«

»Ihre verdammte Reihenuntersuchung ist abgeschlossen – was wollen Sie noch mehr anrichten? Nehmen Sie Natalia mit?«

»Ich glaube nicht, daß es Michail Sofronowitsch gelingt, sie bis morgen zu überreden. Dann kann ich nichts mehr für sie tun. Die beiden müssen sich selbst durchbeißen. Liebe ist etwas Herrliches, eine große Liebe ist himmlisch – um bei Ihrem Vokabular zu bleiben! –, aber eine wahnsinnige Liebe bleibt eben wahnsinnig! Da fällt man entweder auf die Schnauze – oder man erobert alle Paradiese!«

»Und wie wird es bei Tassburg und Natalia sein?« fragte Tigran Rassulowitsch. »Was schätzen Sie?«

»Sie fallen auf die Schnauze!« antwortete Dr. Plachunin düster. »Und wie sie fallen ...«

In einem hatte Dr. Plachunin recht: Natalias Liebe war wie ein Paradies. Daß ihr dabei der Begriff für alle Realitäten verlorenging, kam ihr nicht zu Bewußtsein. Wie auch, wenn man fast bis zur Bewußtlosigkeit liebt?

Aber auch Tassburg, sonst ein nüchterner, klar denkender Mensch, nur vom Intellekt geleitet, wurde vom Sturm der Gefühle mitgerissen. Als sei in Natalias Wesen nach dem Wissen, daß sie ein Kind bekommen sollte, eine bisher verschlossene Tür aufgegangen, wuchs ihre Zärtlichkeit zu einer so völligen Hingabe, daß sie sich in Tassburgs Armen verströmte bis an die Grenzen ihrer Kraft. Wie ohnmächtig lag sie dann manchmal neben ihm, mit geschlossenen Augen, kaum zum Atmen fähig, die Hände in ihre langen, schweißnassen Haare gewühlt. Über ihren Körper lief ein dauerndes Zittern, als friere sie, obwohl sie glühte. Sie konnte minutenlang kein Wort sprechen, alles an ihr und in ihr war wie gelähmt – eine selige Kraftlosigkeit – eine vollkommene Aufgabe.

»Du bist unsagbar ... du bist unaussprechbar ...«, sagte Tassburg in solchen Augenblicken, den Kopf zwischen ihren Brüsten, das Vibrieren ihres Leibes in sich überfließen lassend.

»Es ist wie nicht von dieser Welt, Mischa«, flüsterte Natalia zurück und strich über seinen nassen Rücken. Wenn sie mit ihren Fingernägeln ganz leicht seine Haut berührte, empfand er ein unnennbares, seliges Brennen.

Man kann es verstehen, daß nach solchen Stunden selbst Tassburg nicht mehr davon redete, daß der Hubschrauber aus Batkit landen würde und Natalia dadurch die einmalige Chance hatte, gerettet zu werden. Trennung – jetzt? Nach dieser in Glut gebetteten Zärtlichkeit? Nach einem Blick in diese glücklichen Augen, die all sein Tun verfolgten, als bete sie ihn an? Nach diesen Küssen, zu denen sie sich immer wieder fanden, als gäbe es keinen anderen Ausweg.

Wie kann man da sagen: Natalia, morgen ist das alles zu Ende! Für Monate! Erst im Frühjahr sehen wir uns wieder, dann hole ich dich ganz zu mir! Von morgen an müssen wir nur von der Erinnerung zehren, in der Sehnsucht zueinander, in der stillen, verzehrenden Liebe, die kein Echo mehr finden wird! Nicht mal einen Brief kann man schreiben, denn wer brächte ihn in die Taiga, die wir, der Geologentrupp, zum erstenmal betreten? Es bleiben nur unsere Gedanken, es bleibt nur die Hoffnung auf ferne Monate ...

Ein einziges Mal an diesem Tag versuchte es Michail, als er am Nachmittag vom Lager zurückkam und dort erfahren hatte, daß die noch in der Taiga festsitzenden Bohrwagen und Lastautos jetzt versuchten, nach Satowka zurückzukommen. Der zum Bohrtrupp gehörende Funkwagen hatte mit Mutorej und Omsk laufend Verbindung und hatte für den langen Winter neue Ausrüstung verlangt. Sie war zugesagt worden, allerdings erst in einer Woche. Ein großer Transporthubschrauber sollte genug Material bringen. Und dann mußte der Trupp weiterziehen ...

Auf jeden Fall tat sich etwas. Satowka war nicht mehr abgeschnitten, war nicht mehr unbekannt. Es stand jetzt in vielen amtlichen Listen. Aber es stand ebenso fest, daß der Name Satowka dort verkümmern würde. Der kleine Ort mit seinen Menschen und Schicksalen nördlich der Steinigen Tunguska würde in wenigen Wochen wieder nur einer Handvoll Genossen in Batkit bekannt sein. Denn das stand ja jetzt schon fest: Erdgas würde man in der näheren Umgebung von Satowka nicht finden! Die Vorausberechnungen im Geologischen Forschungszentrum mußten falsch sein. Das kommt vor, Genossen! Wozu sind wir Menschen, wenn wir uns nicht irren dürften ...?

»Ich will nichts mehr davon hören«, sagte Natalia, als Tassburg den Hubschrauber erwähnte, der Dr. Plachunin nach Batkit bringen würde. »Ich denke, es ist längst alles gesagt, Mischa?«

»Nicht alles«, antwortete er. »Ich habe eine neue Meldung aus Omsk.«

»Ich habe keine Angst vor neuen Meldungen! Ich hatte nur Angst vor Kassugai – und der ist tot. Du bist doch bei mir – das ist meine vollkommene Welt!«

Er nickte. Was er sagen mußte, fiel ihm jetzt um so schwerer.

»Wenn der klare Frost kommt, nehmen wir die Arbeit wieder auf...«

»Das ist doch gut, Mischa!« Sie stand am Herd und kochte für das Abendessen eine dicke Bohnensuppe. In der alten Eisenpfanne brutzelte kleingeschnittener Speck, um die Suppe zu verfeinern.

»Das nennst du gut?« fragte er dumpf.

»Du liebst deine Arbeit, das weiß ich doch. Du bist kein Mensch, der nur herumsitzen kann und Löcher in den Himmel starrt.«

»Ich liebe dich, Natjenka...«, sagte er.

»Das steht auf einem anderen Blatt.«

»Aber das Geschehen greift doch in diese Liebe ein. Entscheidend sogar...«

Natalia nahm die Pfanne vom Feuer und drehte sich zu Tassburg um. Ihre Augen verrieten ihm, daß sie alles ahnte. Über ihr schmales zartes Gesicht flimmerte der rote Widerschein der offenen Flamme.

»Im Gebiet von Satowka gibt es kein Erdgas mehr, nicht wahr?« fragte sie ruhig. »Das ist jetzt sicher?«

»Fast sicher...«

»Ihr sucht hier nicht mehr weiter...«

»Wir brechen die Suche ab, ja.«

»Und zieht weiter in die unbekannte Taiga hinein?«

»Aus Omsk kommen noch die neuen Berechnungen und Pläne.« Tassburg beugte sich über die kleine Gebietskarte, die er aus seiner Tasche gezogen hatte. Man hatte alle bisherigen Probebohrungen eingetragen. »Wir müssen wahrscheinlich weiter nach Nordosten, zum Chunku...« Er deutete mit dem Zeigefinger auf einen Fleck der Karte.

Aber Natalia kam nicht, um es sich anzusehen. Wozu? Sie wußte auch ohne einen Blick auf die Karte, daß es noch viele Gebiete in Sibirien gibt, die kaum ein Mensch betreten hatte. Vielleicht ein paar nomadisierende Jäger, die durch das unbekannte Land zogen, ohne Spuren zu hinterlassen.

»Weißt du, wie es dort ist?« fragte Michail beklommen. »Am Unterlauf des Chunku? Im Hügelland?«

»Da weinen die Wölfe vor Einsamkeit...«

»So ist es.«

»Und warum erzählst du mir das?«

»Um dir zu sagen, daß...«

Natalia schüttelte den Kopf und rührte mit einem Holzlöffel den angebratenen Speck in der Eisenpfanne um. »Du wirst da, am Chunku, mit deinen Leuten leben?«

»Ja.«

»Du kannst da leben, ohne zu hungern und zu frieren?«

»Ja.«

»Warum soll ich dann da nicht auch leben können... mit dir?«

»Das Kind, Natalia!«

»Das Kind! Auf seinem Geburtsschein, den es später bekommt, wird stehen: Geboren am Unterlauf des Chunku. Und wenn es größer ist, und das, was man sagt, verstehen kann, werde ich ihm erzählen: ›Da waren ein gefüttertes Zelt und ein Klappbett, und darauf hat dich deine Mamuschka mitten in der Taiga geboren. Um dich herum waren die unendlichen Wälder, und über dem Zelt war der grenzenlose Himmel... Werde so stark wie Wald und Himmel, mein Sohn!‹ Er wird es verstehen und stolz darauf sein, glaubst du nicht auch, Mischa?«

»Natalia! Wir sind am Chunku nur Männer! Keiner kann dir helfen von uns!«

»Ist nicht einer von deinen Männern zum Sanitäter ausgebildet worden?«

»Natürlich! Wir alle ein wenig.«

»Das genügt! Das ist mehr, als jede Ewenkenfrau hat, die ihr Kind am Rande des Waldes oder eines kleinen Feldes zur Welt bringt, auf der Erde, wie eine Hündin...«

»Du bist aber keine Hündin!« schrie Tassburg. »Ich will, daß meine Frau und mein Kind...«

»Warum schreist du?« fragte sie sanft. Sie schüttete den

Speck in die Bohnensuppe und rührte um. »Ich bleibe bei dir. Erschlage mich, wenn du das nicht mehr willst...«

Hatte es da noch einen Sinn, weiterzusprechen? Gab es überzeugende Argumente, wenn die Einsamkeit und Wildnis des Chunku sie nicht abschrecken konnte?

Tassburg kapitulierte vor Natalias Liebe.

Und das war genau das, was Dr. Plachunin gemeint hatte: Eine wahnsinnige Liebe bleibt eben Wahnsinn! Da kann man die Sache drehen, wie man will.

Am nächsten Morgen gegen elf Uhr landete der Hubschrauber aus Batkit. Ein junger Soldat flog ihn, der sich sichtlich wunderte, mitten in der Wildnis ein solches Dorf vorzufinden: Ein Dorf, sogar mit einer richtigen Kirche und einem leibhaftigen Popen.

Denn als der Hubschrauber genau vor der Kirche landete, waren nicht nur die Leute von Satowka versammelt und ließen sich durch den Sturm, den die Drehflügel aufwirbelten mit Schnee bestäuben; auch Tigran Rassulowitsch stand im vollen Ornat in der Kirchenpforte, hielt seine Priestermütze mit beiden Händen fest und ließ den langen Bart im Winde flattern.

Neben ihm wartete, reisefertig, Dr. Plachunin. Er hatte vor zehn Minuten noch mit Tassburg Streit gehabt und ihn einen Waschlappen genannt, weil er sich nicht gegen Natalia durchsetzen konnte.

»Sie kommen sich stark vor!« hatte der kleine Doktor geschrien. »Sie mit Ihren Muskeln und Ihrem trainierten Gehirn! Ein Baum von einem Mann! Ein Bär! Und was sind Sie in Wirklichkeit? Ein Zwerg, der unter dem Pantoffel eines Weibchens steht! Ein Held unter dem Weiberrock! Wenn Natalia ihre Äuglein verdreht, wackeln Sie schon wie ein Pudding! Sie werden von ihr um den kleinen Finger gewickelt und sehen das noch als Liebkosung an! Sie Narr! Aber warum rege ich mich auf? Ist es mein Leben?«

»Wir werden zum Chunku weiterziehen, Doktor!« erwiderte Tassburg rauh.

»Dahin komme ich Ihnen unter Garantie nicht nach! Zum Chunku – mit einer schwangeren Frau! Das ist ein Verbrechen! Wissen Sie das auch?«

»Ja.«

»Und tun es trotzdem?«

»Ich müßte sie erschlagen, sagt Natalia, wenn ich allein weiterziehen will...«

»Sagt Natalia! Sagt Natalia! Sie dämlicher Papagei! Denken und reden Sie denn nur noch wie Natalia?«

»Es scheint so, Dr. Plachunin. Ich kann es Ihnen doch nicht erklären, wie unsere Liebe ist. Vernunftsüberlegungen scheiden da vollkommen aus!«

»Das haben Sie – bei Gott! – zur Genüge demonstriert! In einer Stunde ist jede Möglichkeit zur Hilfe vorbei!«

»Natalia wünscht Ihnen eine gute Reise...«

»Zu gütig! Michail Sofronowitsch, dieser Starrsinn ist Wahnsinn. Richten Sie ihr das aus.«

Und nun war also die Stunde der Abreise gekommen. Der junge Soldat bekam in Petrows Haus noch eine warme Suppe und inzwischen bestaunte Jefim, der Idiot, den Hubschrauber so intensiv, daß Gasisulin sagte: »Da montierst du nichts ab! Es ist nichts dran, was du für deinen Garten gebrauchen kannst!«

Und Jefim sagte immer wieder: »Welch ein Ereignis! So etwas erlebt Satowka nie wieder! Wer hätte das jemals gedacht!«

Dieser Meinung waren auch die anderen Leute. Sie umstanden den Hubschrauber, starrten in die Glaskanzel mit den vielen Instrumenten, Uhren und Zeigern, und stellten Mutmaßungen an, warum ein Mensch nicht schwindelig wird, der in einer solchen gläsernen Glocke viele hundert Meter hoch über das Land schwebt.

»Sie werden dafür trainiert«, erläuterte einer, der schon zweimal im Sommer zu Pferd in Batkit war. »Das dauert fast ein Jahr! Dabei werden sie an hohe Bäume mit dem Kopf nach unten gebunden, bis sie das Gefühl für Schwindel verlieren! So ist es!«

Man glaubte es ihm ohne Kommentar und schauderte bei dem Gedanken, selbst so, nur durch eine Glasscheibe geschützt, über das Land fliegen zu müssen.

Ja, und dann stieg Dr. Plachunin unerschrocken ein, schnallte sich neben dem jungen Piloten auf seinem Sitz fest und gab Tigran und Tassburg noch einmal die Hand.

»Macht es gut, Freunde«, sagte er sichtlich gerührt. »Es waren schöne Tage bei euch, auch wenn ihr alle verdammte Kerle seid! Wir sehen uns wohl nie wieder.«

»Warum solch dunkle Worte, Ostap Germanowitsch?« fragte Tassburg. »Batkit liegt nicht auf dem Mond – und selbst da kann man jetzt hin.«

»In meinem Alter zählt ein Monat soviel wie ein Jahr, Michail Sofronowitsch.« Dr. Plachunin drückte Tassburgs Hand lange. »Viel Glück noch in Ihrem Leben und für Ihre Liebe!«

»Danke, Doktor...«

Bevor es noch zu mehr Rührung kam, ließ Plachunin abrupt Tassburgs Hand los und warf die Glastür zu. Er verriegelte sie von innen und winkte ein paarmal nach allen Seiten. Die Leute von Satowka winkten ebenfalls und riefen: »Gute Fahrt!« Dann heulte der Motor auf und die Rotorflügel drehten sich langsam.

»Zurück!« brüllte Tigran in die aufgeregte Menge. »Oder wollt ihr wie Spreu durch die Luft fliegen? Zurück, sage ich!«

Die Flügel drehten sich immer schneller, Schnee wirbelte auf und überschüttete die Leute, und – wie von Zauberhand gehoben – stieg der Hubschrauber kerzengerade in die Luft, kippte dann etwas nach vorn, um einen weiten Bogen zu fliegen und Dr. Plachunin Gelegenheit zu geben, ganz Satowka aus der Luft zu überblicken.

Bei dem Manöver schrie Jefim: »Jetzt fällt er doch herunter! Er ist nicht schwindelfrei, das Kerlchen!«

Der kleine Doktor nahm winkend Abschied, dann gewann

der Hubschrauber schnell an Höhe und war bald nur noch ein Punkt, der im Grau des Himmels verschwand.

»Nun sind wir wieder allein!« sagte Tigran zu Tassburg, ohne seine Ergriffenheit zu verbergen. »Der Genosse Doktor konnte ein unangenehmer Mensch sein – aber wir sind Freunde geworden. Es war doch eine Wohltat, sich endlich einmal wieder mit einem gebildeten Menschen unterhalten zu können. Ein Glück, daß Sie uns erhalten bleiben, Michail Sofronowitsch. Wir müssen uns jetzt öfters abends zusammensetzen.«

»Auch ich werde Satowka bald verlassen.«

»O Himmel, ist das sicher?«

»Nach den neuesten Nachrichten aus Omsk, ja!«

»Das ist ein Unglück! Erst Plachunin, und nun auch Sie, mein Freund! Da kommt einmal ein Hauch der neuen Zeit zu uns, und ebenso schnell verweht er wieder. Zurück bleiben die Eintönigkeit, der Stillstand.«

»Das stimmt nicht, Tigran Rassulowitsch. Seien Sie nicht undankbar dem Schicksal gegenüber. Diese Menschen hier brauchen Sie! Hier wird geboren, getauft, gelernt, geliebt, geheiratet, gelebt und gestorben ... ein Kreislauf wie überall. Das ist niemals ein Stillstand!«

»So ist es gut! Predigen Sie dem Priester!« Tigran legte seine Hände auf Tassburgs Schultern. Sie trugen beide dicke Pelzmäntel. Der Frost wurde von Stunde zu Stunde schärfer, je mehr der Himmel sich vom Blau des Morgens in das jetzige Grau verwandelt hatte.

»Und was wird nun aus Natalia?«

»Das entscheidet sich in einer Woche.«

»Wieso wissen Sie genau diese Zeit?«

»In einer Woche kommt ein Transporthubschrauber aus Omsk. Vom Zentrallager.«

»Und mit dem fliegen Sie davon?«

»Nein! Mit dem fliege ich zuerst nach Mutorej und suche Natalias Eltern. In Mutorej wird sich alles entscheiden ...«

»Die Sache mit Kassugai?«

»Ja. Ich glaube nämlich nicht daran, daß Kassugai die Behörden alarmiert hat. Er hat eine ganz private Jagd auf Natalia gemacht. Ist es so, wird sie es nicht mehr nötig haben, sich zu verstecken.«

»Und wo kommt sie dann plötzlich her, he?« fragte Tigran nachdenklich. »Ihr Auftauchen kann ich doch kaum durch ein Wunder geschehen lassen ... Das glaubt mir keiner!«

»Ich habe da eine Idee.« Tassburg lächelte schwach. »Aber um sie auszuführen, muß ich erst in Mutorej gewesen sein.«

Später, wieder daheim im »Leeren Haus«, saß Michail am warmen Feuer und wärmte sich die kalten Hände. Natalia saß am Tisch und nähte einen Knopf an sein Hemd.

»Nun ist Plachunin fort«, sagte er.

»Ich habe es gesehen!« Natalia lächelte ihn an, und es war unmöglich, dieses glückliche Lächeln auszulöschen. »Ich habe durch einen Spalt der Decke aus dem Fenster geblickt. Genau über uns ist der Hubschrauber davongeflogen. Ich konnte Dr. Plachunin deutlich sehen. Er blickte auf unser Haus hinunter.«

»Sicherlich mit einem Fluch ...«

»Der trifft mich nicht!« Sie stand auf, kam zu Tassburg an den Ofen und kniete neben ihm nieder. Mit einer unsagbaren Zärtlichkeit legte sie ihren Kopf in seinen Schoß und sah ihn mit großen Augen an.

»Eines Tages wirst du es bereuen«, sagte Michail mit zugeschnürter Kehle.

»Nie, Mischa, nie!« Sie umfaßte seine Hüften. »Ich werde nie bereuen, daß ich bei dir bleibe.«

XIV

Das Maß des dörflichen Winterlebens wurde vom Frost diktiert. Man arbeitete in den Häusern, es wurde gezimmert und gestrichen, die Geräte wurden ausgebessert, das Vieh war in den Ställen zu versorgen, ab und zu wurde geschlachtet, das Fleisch gepökelt oder einfach ins Freie gehängt, wo es schnell vereiste. Es blieb so frisch und schmeckte später – in der Pfanne oder im Topf aufgetaut – köstlich.

Nach sieben Tagen qualvoller Fahrt kamen die Wagen aus der Taiga in Satowka an: der Geologentrupp, der Bohrtrupp, die Materialwagen, die fahrbare Funkstation. Die ganze Mannschaft war wieder beisammen und wurde von Tassburg herzlich begrüßt. Es waren rauhe Kerle, besonders die Bohrleute! Das zeigte sich, als sie bereits am ersten Abend durch das Dorf strichen und nach Mädchen Ausschau hielten – wie ausgehungerte Wölfe! Was ein guter, umsichtiger Vater war, verrammelte seine Tür und ließ sein Töchterlein nicht aus den Augen; und die Ehemänner von jungen Frauen verkündeten, sie würden ihre Weibchen verprügeln, wenn sie auch nur einen Blick auf die strammen Kerle aus Omsk warfen.

»Das ist ein Problem, ich verstehe es«, sagte Tigran Rassulowitsch zu Tassburg. Sie saßen zusammen im warmen Popenzimmer und spielten Schach. Dabei tranken sie Tee, den der Pope mit Schnaps anreicherte. Es roch wie in einer Destille. »Die Männer kommen aus der Taiga zurück und sind regelrecht ausgehungert nach einem hübschen, strammen Weibchen! Was kann man da tun?«

»Ich werde mit ihnen exerzieren – Notübungen ansetzen, Katastrophenalarm, Materialappelle. Ich werde schon dafür sorgen, daß sie sich verausgaben!« Tassburg trank einen kleinen Schluck von dem heißen, dampfenden Tee. Er hustete. Es war mehr Schnaps als Tee ... »Soll es hier Schlägereien oder noch Schlimmeres geben?«

»Sie haben es gut! Sie haben alle Freuden zwischen Himmel und Hölle daheim! Wenn Ihre Leute das herausbekommen, Michail, werden sie Sie lynchen!« Tigran unterbrach das Schachspiel und starrte vor sich hin. Er hatte seine Soutane ausgezogen und saß im Unterhemd und Hose da. »Wie kann man da helfen, Michail Sofronowitsch? Ich bin ein Mensch, der immer helfen will – auch ihren Männern. Wir haben drei noch relativ junge Witwen im Dorf und einige Unverheiratete, deren Jungfernschaft nur noch Erinnerung ist ...«

»Tigran! Das sagen Sie, ein Priester?«

»Helfen können, ist eine Mission.«

»Dr. Plachunin hatte recht: Sie sind ein Erzhalunke!«

»Es ist die Pflicht des Christen, seinem Nächsten zu helfen an Geist und Leib!« Tigran hob unterstreichend den Zeigefinger. »Ausdrücklich heißt es: Leib! Geht es noch klarer?«

»Es kommt auf die Auslegung an, Tigran«, antwortete Tassburg und lachte.

»Wir in der Taige denken einfach: Alles, was einem Menschen guttut, soll man tun! Leib ist Leib – gibt es da noch Fragen? Ich werde mit den Frauen sprechen...«

»Tigran Rassulowitsch, sind Sie bei Trost? Ein Priester als Kuppler! Man wird Sie wegjagen!«

»Im Gegenteil! Die Weibchen werden dreimal so inbrünstig in der Kirche ihren Sonntagsgesang herausjubeln! Michail Sofronowitsch, Sie leben doch schon eine ganze Zeit unter uns und begreifen uns noch immer nicht. Bald werden Sie und Ihre Männer weg sein... Dann gehen die Jahre über Satowka hinweg wie bisher, bis vielleicht eines Tages der Wald uns wieder frißt, so wie wir uns vor hundertfünfzig Jahren in den Wald gefressen haben! So eine Zeit wie die, in der Sie und Ihr Trupp hier waren, kommt nie wieder. Das wissen doch alle. Und zu dieser Zeit gehört nun auch mal das Glück der Frauen! Vielleicht gibt es sogar Kinderchen in Satowka... starke Kinderchen! Das wäre doch ein Erfolg!«

»Mit Ihrer Moral möchte ich nicht diskutieren!« sagte Tassburg und trank den nächsten Schluck des heißen Schnapses mit Tee. »Das ist mir zu anstrengend!«

»Und wäre verlogen!« Tigran setzte erfreut eine Schachfigur, denn er hatte bei Tassburg einen Fehler entdeckt. »Wer ist denn der erste Ihres Trupps hier im Dorf, der mit einem damals noch unverheirateten Mädchen ein Kind gezeugt hat, na? Schweigen Sie, Genosse! Gehen Sie in sich! In drei Zügen sind Sie matt...«

So ging das Leben in Satowka dahin. Mit Schachspielen und Trinken, mit heimlicher Liebe in der Nacht, wenn Natalias warmer Körper an Michail kroch und ihr heißer Atem über sein Gesicht lief, oder auch mit den angedrohten Appellen, die die Männer mit einem verhaltenen Grinsen über sich ergehen ließen.

Seit drei Tagen waren fünf der Weibchen im Einsatz, mit den anderen verhandelte Tigran noch und versprach ihnen die Hilfe des ganzen Dorfes einschließlich der Kirche, wenn sie wirklich ein Kindlein bekommen sollten.

Der Pope hielt sogar fromme Sprüche bereit, zum Beispiel: »Der Schoß eines jeden Weibes sei fruchtbar...« Und am fünften Tag verriegelten auch die letzten Frauen ihre Haustür nicht mehr. Nun waren alle zufrieden, was Tigran mit mildem Lächeln zur Kenntnis nahm. Nach dem Sonntagsgottesdienst kauften die Witwen je eine große Kerze bei ihm und weihten sie dem heiligen Stephanus.

»Sagte ich es nicht?« rief er am Abend beim Schachspiel mit Tassburg. »Ein wahrer Frieden liegt über Satowka! Das ist jedes Opfer wert! Was glauben Sie, Genosse Tassburg, wie es im Dorf aussähe, wenn ich nicht die glorreiche Idee gehabt hätte...«

»Diese Vorstellung allein entschuldigt alles«, sagte Tassburg und lachte.

»Prophylaxe ist die halbe Gesundheit!« Tigran Rassulowitsch starrte böse auf das Schachbrett. Heute verlor er. »Der Mensch beugt viel zuwenig vor...«

Nach zehn Tagen tauchte dann der große Lastenhubschrauber über Satowka auf, von allen wie ein Weltwunder bestaunt. Seine beiden Rotorflügel wirbelten sogar den gefrorenen Schnee von den Hausdächern und hätte sie fast abgedeckt, wenn der Pilot nicht so einsichtig gewesen wäre, wieder auf Höhe zu gehen und erst außerhalb des Dorfes, in Lagernähe, zu landen.

Es war das Feld des Bauern Tschimnoski, und der trug auf Grund der Tatsache, daß man sein Feld als Landeplatz gewählt hatte, von Stund an den Kopf so weit in den Nacken, daß es ihm in die Nase geschneit hätte, falls es geschneit hätte. Tschimnoski war auch der erste, der die gewaltige Libelle besichtigen durfte und erzählte daraufhin überall, daß der Kommandant des großen Flugkörpers ihn sogar geduzt hatte! Bis an sein seliges Ende war Tschimnoski damit aufgewertet und in Zukunft nicht mehr umzuwerfen.

Der Hubschrauber brachte nicht nur Material, Kleidung und Verpflegung mit, sondern – wie schon per Funk angekündigt – auch die neuen Einsatzpläne. Tassburgs Befürchtungen wurden Wahrheit: Das Gebiet der neuen Bohrungen lag am Chunku. Im großen Verwaltungszelt hatte er die Karten auf Klapptischen ausgebreitet und studierte sie mit seinen Geologen.

Draußen luden die Männer den Hubschrauber aus. Die Besatzung – ein Pilot, ein Kopilot und ein Techniker als Funker – saßen im Küchenzelt, tranken Tee und aßen eine Fleischsuppe mit Nudeln.

Tassburg blickte hoch und musterte seine Kollegen. Seine Faust lag auf der Karte. »Wißt ihr, was das bedeutet?« fragte er. »Das Gebiet am Chunku? Schlimmste Einsamkeit...«

Die Geologen nickten stumm. Sie dachten das gleiche wie ihr Chef: Wir sind ein verlorener Haufen. Man nennt uns Pioniere der neuen Zeit, aber in Wahrheit sind wir die ärmsten Hunde. Unsere einzige Verbindung zur Welt werden ein Hubschrauber und ein Funkgerät sein. Sonst nur waldbewachsene Hügel, Flüsse ohne Ufer und Sümpfe – die unberührte Taiga!

»Ich werde mit der Zentrale in Omsk sprechen, ob wir nicht alle erst vor diesem Einsatz Urlaub bekommen können«, sagte Tassburg rauh. »Vier Wochen für jeden, das müßte reichen, um für ein kommendes Jahr aufzutanken.«

»Wenn Sie das erreichen, Michail Sofronowitsch«, sagte der Chefgeologe Pribylow, »ziehe ich mit Ihnen auf einen anderen Stern, wenn's sein muß! Diese vier Wochen wären herrlich...«

Er schwieg, schluckte und dachte an seine Frau und die zwei kleinen Kinder, die im fernen Swerdlowsk warteten. Er war der einzige Verheiratete – bisher wenigstens – und hatte neben seinem Feldbett das Bild seiner Frau und der Kinder stehen.

»Ich will es durchdrücken!« Tassburg atmete tief auf. »Morgen fliege ich erst einmal nach Mutorej, um dort zu erfahren, was die Geologische Unterabteilung V von uns denkt! Wir sind Menschen und keine Maschinen ... und selbst die beste Maschine geht zu Bruch, wenn man sie nicht pflegt! Das muß den Genossen einmal gesagt werden!«

Am nächsten Tag also flog Tassburg mit dem großen Hubschrauber nach Mutorej. Natalia hatte von ihm Abschied genommen, als fliege er zu den Sternen.

»Ich bin in zwei Tagen zurück«, sagte er und küßte sie immer wieder. »Dann wissen wir alles, Natjenka ...« Als er zur Tür ging, hing sie noch an ihm, und er trug sie ein Stück mit sich fort.

»Wenn du die Eltern siehst, Mischa ...«, stammelte sie und küßte ihn immer und immer wieder. »Wenn du Väterchen und Mamuschka siehst, bitte, bitte, erschlag' sie nicht!«

Sie weinte plötzlich und ließ sich zurücktragen und aufs Bett legen. »Sie haben mich verkauft«, schluchzte sie, »ja, das haben sie! Aber sie haben es nicht schlecht gemeint. Bei Kassugai lebt sie besser, haben sie gedacht. Ein mächtiger Mann ist er. Und wir bekommen eine Stellung in der neuen Fabrik und können auch besser leben. Alles wird besser, weil wir so ein gutes Töchterchen haben! Das haben sie gedacht – mehr nicht. Mischa, Mischa, wenn du sie siehst, erschlag' sie nicht ...«

»Ich weiß nicht, was ich tue.« Er wischte ihr die Tränen vom Gesicht. Dann fuhr er fort: »Ich weiß nur, daß ich ihnen nie sagen werde, daß ich dich kenne. Ich komme als Fremder und gehe als Fremder. Ich will nur wissen, ob du ein freier Mensch bist ...«

Wer Mutorej in seinem Leben nicht zu sehen bekommt, hat nichts verpaßt.

Eigentlich hat niemand etwas versäumt, der die Steinige Tunguska nicht kennt, es sei denn, er könnte sich berauschen an einem wilden Fluß, an endlosen Wäldern und Hügelketten, überwuchert mit Urwald, an Einsamkeit und Stille, die nur von den vielfältigen Stimmen der Natur unterbrochen wird.

In diese Einsamkeit hinein haben Menschen kleine Städte wie Batkit oder Mutorej gebaut. Fragt man sie, warum, so können sie keine Antwort außer der geben, daß sie ihre Eltern auch vergeblich danach gefragt hätten ...

Etwas anderes dagegen ist es, einen Beamten zu fragen.

Er hat Antworten genug, und sie sind wahr. Sibirien ist ein Land mit einer solchen Fülle von Bodenschätzen, daß – so glauben die Leute in Sibirien – der Fortbestand der Menschheit bei aller westlichen Degeneration noch für Jahrtausende gesichert ist. Denn keine Generation kann soviel Reichtum heben, kann diese riesigen Gebiete kultivieren ... Nur immer ein Stückchen schaffen sie, wie einen kleinen Kratzer auf der Haut.

Sibirien – das ist eigentlich die Ewigkeit. Vom Ural bis zum Kap Deschnew ... das ist ein Land, das der Mensch niemals voll erobern wird.

Mutorej nun verdankte seine Vorrangstellung an der Steinigen Tunguska drei Dingen: seinem Holzkombinat, seiner Sowchose für Landwirtschaft und seiner gemischten Fabrik mit mehreren Abteilungen, die neben Matratzen auch Möbel, Platten für Betonarbeiten und Eisenbahnschwellen herstellt. Als Zu- und Abfahrtswege benutzt man den Fluß und eine Landstraße, die aber mindestens fünf Monate im Jahr nicht zu befahren ist. Dafür gibt es eine Kleineisenbahn mit Breitspur, die sich durch die Taiga quält, um dann in die normale Linie nach Jennisseisk zu münden.

Vor allem für diese Eisenbahnlinie stellte die Fabrik Schwellen her, denn jedes Jahr wurden die Schwellen von nomadisierenden Eingeborenen, meistens Ewenken, aus dem Schotterbett gerissen und verheizt. Das war einfacher, als selbst Bäume zu fällen und in passende Stücke zu schneiden. Auf diese Art wußte man im voraus nie, wie lange man mit dem Zug fahren konnte und wo die Schienen nur noch locker auf den Steinen lagen. Die Halunken von Ewenken faßte man nie, aber es wurde besser, seitdem man die Eisenbahnlinie durch Hubschrauber überwachte.

Michail Tassburg landete an einem eiskalten Mittag im großen Innenhof der Sowchose von Mutorej. Er war durch Funk angemeldet worden, und der Leiter der Sowchose, der Genosse Jewgenij Iwanowitsch Slumbek – ein Mann mit einem merkwürdigen Namen – erwartete ihn im Schutz eines großen Scheunentors.

Nachdem sich die Schneewolke, die die Rotorflügel aufwirbelte, gesenkt hatte, lief Slumbek heran und umarmte Tassburg, als sei er dessen Bruder. Man kannte sich von früher, als der Geologentrupp in der Sowchose seine Reisevorräte aufgefüllt hatte.

»Daß wir uns wiedersehen, Genosse Brüderchen!« schrie Slumbek begeistert. »Wissen Sie, was ich mir damals gedacht habe, als Sie mir sagten, Sie wollten nördlich der Tunguska nach Erdgas suchen? Das ist der verrückteste Auftrag, habe ich gedacht, den man annehmen kann! Der kommt nie wieder! Ja, das habe ich gedacht. Und nun steigen Sie vom Himmel herab, gesund und kräftig! Haben Sie nun Erdgas gefunden?«

»Nein.« Tassburg schlug den Pelzkragen hoch. In Mutorej, fand er, war es noch kälter als in Satowka. Das mochte vom Fluß kommen, der natürlich zugefroren war und wie eine riesige Kühlmaschine wirkte. »Wir werden weiterziehen – an den Chunku!«

»Das ist ja nun völlig verrückt!« Slumbek schlug die Hände über dem Kopf zusammen. »Und Sie gehen wirklich...?«

»Natürlich! Man kann ein Land wie Sibirien nicht im Sessel erobern! Und wenn wir Erdgas finden, ist Rußland wieder um ein Bohrloch der anderen Welt voraus!«

Bevor Tassburg dazu kam, nach Natalias Eltern zu fragen, war es ganz selbstverständlich, daß er zum Mittagessen bei den Slumbeks eingeladen wurde. Ein üppiges Mahl war es, mit gefüllten Pelmini, gebratenem Fisch, einem Steak und Rote-Bete-Salat. Dazu reichte man Kwass, das berühmte russische Bier, das aus Brot gebraut wird, und hinterher, zur Verdauung, einige Gläser Wodka. Slumbek, der wie ein Bär gegessen hatte und nun verhalten rülpste, reichte Papyrossi herum.

»Auch wir haben unsere Sorgen«, berichtete dann behaglich

der Genosse Slumbek. »Stellen Sie sich vor, Michail Sofronowitsch: Da gab es bei uns einen gewissen Genossen Rostislaw Alimowitsch Kassugai, Leiter des Holzkombinats und neuer Direktor der Matratzenfabrik! Ein bekannter Mann, man mußte sich gut mit ihm stellen. Beste Beziehungen zur Bezirksregierung, mit allen maßgeblichen Genossen per Du ... Und was tut Kassugai eines Tages im Spätsommer? Er setzt sich mit einem Freund in seinen Wagen, sagt, sie führen einmal kurz den Fluß hinauf, um an einer einsamen Stelle zu baden – und weg sind sie! Bis heute! Man hat sie gesucht, den Fluß hinauf und hinunter, man hat sogar mit Hubschraubern die Umgebung abgeflogen ... Sie sind irgendwo in der Taiga verschwunden! Jeder glaubt, daß die beiden Genossen von Verbrechern entführt und ermordet worden sind – und das Auto ist längst umlackiert und verkauft worden! Das fällt hier nämlich nicht auf. Neue Wagen müssen beantragt und bestellt werden, da kennt man jeden. Aber wer gebrauchte Autos weiterverkauft, braucht keine Lizenz. Und wenn das Auto beispielsweise in Batkit auftaucht – wer fragt schon danach? Vielleicht steht es auch irgendwo in einem Schuppen und taucht erst im nächsten Jahr wieder auf – dann fragt überhaupt keiner mehr! Auf jeden Fall: Kassugai und sein Freund sind weg! Kannten Sie den Genossen Rostislaw Alimowitsch?«

»Nein!« erwiderte Tassburg. Er rauchte seine Zigarette und sah nachdenklich dem blauweißen Qualm nach. »Er wollte nur baden gehen, sagen Sie?«

»So ist es!«

»Und seine Frau?«

»Er ist unverheiratet.«

»Er hatte auch keine Braut?«

»Bräute? O je!« Slumbek lachte dröhnend. »Jeden Tag eine andere! Kassugai war gefürchtet! Wenn er einen schönen Rock sah, benahm er sich wie ein Stier vor dem roten Tuch! Wenn er geheiratet hätte – das arme Weibchen! Und er bekam auch immer, was er wollte, so ein mächtiger Mann war er! Aber jetzt ist er weg! Die Mädchen atmen auf, die Behörden stehen vor einem Rätsel, und es gibt nur wenige Menschen in Mutorej, die sich freuen würden, wenn er wieder auftauchte.«

»Sie auch nicht, Jewgenij Iwanowitsch?« fragte Tassburg.

»Ich mit eingeschlossen, das sage ich offen! Kassugai war ein widerlicher, arroganter Mensch, den man nur immer in den Hintern treten konnte. Er trat auf, als sei er ein direkter Abkömmling von Stalin oder gar Lenin! Haha!« Slumbek freute sich riesig über diesen Vergleich. »Nur die Verwaltung jammert. Wo bekommt man einen neuen Direktor her? Es heißt, man suche in Omsk einen, aber wer Mutorej und Steinige Tunguska hört, der legt sich sofort mit Herzschmerzen ins Bett. Bei Kassugai war es anders – der war hier geboren!«

Es wurde noch viel erzählt an diesem Mittag, bis Tassburg endlich dazu kam, sich von Slumbek zu verabschieden und nach Natalias Eltern zu suchen. Etwas sehr Wichtiges hatte er bereits erfahren: Kassugai hatte nichts den Polizeibehörden gemeldet. Seine Jagd nach Natalia war ein privates Unternehmen gewesen, und auch das Kopfgeld war demnach von ihm allein ausgesetzt worden. Also gab es auch keinen Steckbrief ... Nichts konnte Natalia daran hindern, wieder aufzutauchen. Sie hatte sich nur strafbar gemacht, weil sie ohne Abmeldung ihren Arbeitsplatz und die Stadt verlassen hatte. Aber das war ein Vergehen, über das man mit den Behörden freundlich sprechen konnte. »Sie hat es aus Liebe zu mir getan!« würde Tassburg sagen. »Genossen, könnt ihr es einer liebenden Frau verdenken, wenn sie ihrem Glück nachläuft...?«

Es würde keinen Beamten geben, der das nicht verstand.

Nachdem Tassburg den Genossen Slumbek verlassen hatte, ging er den normalen Weg: er ließ sich bei dem Leiter des Personalbüros vom Holzkombinat melden. Auch dort mußte er erst einen Wodka trinken und von seiner schweren Arbeit in der einsamen Taiga erzählen, ehe er seine Frage nach Natalias Eltern anbringen konnte. Der Genosse Personalbüroleiter telefonierte mit dem Verwalter der Zentralkartei, und nach fünf Minuten brachte eine freundliche Genossin die Karte der Eheleute Miranski.

»Ich kann Ihnen leider nicht weiterhelfen«, sagte der Personalbüroleiter und hielt Tassburg die Karteikarte vor die Nase. »Die Miranskis sind fort...«

»Fort? Was heißt das?« Tassburg nahm die Karteikarte und studierte sie. Es war eine nüchterne Eintragung: »Verzogen nach Krasnojarsk. Neue Anstellung im Hüttenkombinat Sibirska. Gruppe Aktivist I.« Dahinter das Datum. Es war ein Tag, vier Wochen nach Natalias Flucht vor Kassugai.

»Ich erinnere mich an die Miranskis«, fuhr der Personalbüroleiter des Kombinats fort. »Es waren fleißige Leute. Nie krank, immer über dem Plansoll. Ein Vorbild – hier steht es ja: Aktivist I. Wir haben die Leute ungern ziehen lassen, aber in Krasnojarsk gab es fast den doppelten Lohn! Und ein Hüttenwerk ist im Aufbauplan wichtiger als ein Holzkombinat oder eine Sowchose. Außerdem hatten die Miranskis einen großen Kummer und wollten nicht länger in Mutorej leben...«

»Kummer? Wieso?« fragte Tassburg langsam.

»Ihre Tochter, das einzige Kindchen, lief ihnen weg! Natalia Nikolajewna hieß sie. Sie war plötzlich verschwunden und hinterließ einen Zettel, auf dem stand: Ich will nicht mehr leben! – Das hat die Eltern tief getroffen. Sie haben tagelang geweint und dann die Stelle im Hüttenwerk von Krasnojarsk angenommen. Wir hatten die Suchanzeige des Werkes am Schwarzen Brett angeschlagen, und neun Familien hatten sich beworben... Man hat die Familie dann mit einem Transportflugzeug abgeholt.« Der Leiter der Personalabteilung nahm die Karteikarte aus Tassburgs Hand zurück und legte sie auf den Tisch. »Das sind so kleine Schicksale, die auch bei uns passieren«, sagte er dabei. »Da will ein junger Mensch nicht mehr leben – warum, das weiß keiner! Geht weg, schreibt einen Zettel und taucht nie wieder auf. Ist vielleicht schon längst weggeschwemmt in den Jenessei oder liegt in der Tiefe des Flusses, festgeklemmt zwischen den Steinen. Ja, so ist das!«

»Hat man nach dieser Natalia gesucht?«

»Nein! Warum auch? Wenn sich hier einer umbringen will, kann er es so gründlich tun, daß alles Suchen vergebens ist. Wo wollen Sie suchen, Genosse? Wo anfangen? Nicht einmal Überreste werden Sie finden! Sie wissen doch, daß es hier noch Wolfsrudel gibt ...« Der Personalbüroleiter blickte Tassburg sinnend an. »Warum haben Sie nach den Miranskis gefragt, Michail Sofronowitsch?«

»Miranski muß auch noch Bewerbungen geschrieben haben. Eine ist in Omsk bei der Geologischen Forschungszentrale gelandet und mir per Funk durchgegeben worden. Ich wollte mir diesen Miranski einmal ansehen...«

»Zu spät, Genosse Tassburg!« Der Personalbüroleiter nahm es ihm ab – Tassburg atmete auf. Er war nicht auf diese Frage vorbereitet gewesen und hatte doch die Antwort so glatt dahergesagt, daß sie glaubhaft klingen mußte. »Miranski wäre ein guter Mann für Sie gewesen. Aber was hätten Sie mit der Frau gemacht?«

»Vielleicht in Omsk in der Kantine? Wer weiß!« Tassburg winkte ab. »Die Sache ist ja nun erledigt. In Krasnojarsk werden die Miranskis wieder Fuß gefaßt haben. Ist der Tod der Tochter eigentlich gemeldet worden?«

»Sie meinen...«

»Ist der Tod dieser – wie hieß sie noch...?«

»Ach so, Natalia!«

»Ja, dieser Natalia. Ist ihr Tod eingetragen? Ist sie amtlich tot?«

»Natürlich! Der Abschiedszettel, ihr Verschwinden, jetzt der frühe Wintereinbruch, den keine Frau in Sommerkleidern in der Taiga überleben kann – da muß man einen Strich durch den Namen machen! Genau wie bei Kassugai...«

»Ich habe von dem Fall in der Sowchose gehört. Genosse Slumbek hat mir alles genau erzählt.«

»Bei Kassugai kommt nur ein Mord in Frage!« sagte der Personalbüroleiter ernst. »Das war eine glatte Sauerei...«

»Und ein Zusammenhang zwischen dieser Natalia und Kassugai?« fragte Tassburg vorsichtig.

»Unmöglich!«

Es war ein guter Nachmittag für Tassburg. Fast fröhlich verabschiedete er sich von dem Personalbüroleiter und ließ sich wieder zur Sowchose fahren, wo man ihm ein Zimmer für die Nacht zur Verfügung gestellt hatte.

In Mutorej weiß man nichts, dachte Michail. Natalias Eltern haben geschwiegen, und sie waren so geistesgegenwärtig, die Sache mit dem Selbstmord zu erfinden. Um alle Spuren für immer zu verwischen, sind sie nach Krasnojarsk gezogen. Welch ein Opfer! Welch eine Belastung ihrer Herzen! Sie sind weggezogen mit der Gewißheit, nie mehr von ihrer Tochter zu hören, von ihrer einzigen Tochter! Sie haben den gelogenen Tod zu einem wirklichen Tod gemacht...

Wer kennt sich in den Seelen der Menschen aus?

Am nächsten Morgen flog Tassburg nach Satowka zurück.

Noch während der große Hubschrauber über dem Dorf kreiste und wieder auf dem Feld des stolzgeschwellten Bauern Tschimnoski landete, rannte Tigran Rassulowitsch, eingehüllt in einen bodenlangen Wolfspelz, zum Lager des Geologentrupps. Es hielt ihn nicht länger im Haus, er platzte vor Neugier.

»Na, was ist, was ist?« fragte er, als er endlich allein mit Tassburg war. Sie saßen in dem durch einen Eisenofen überheizten Verwaltungszelt. »Haben Sie den alten Miranski an die Wand geschmettert und die Rabenmutter mit dem Kopf in heiße Suppe getaucht? Ha! Ich hätte es getan! Ich bin ein impulsiver Mensch!«

»Natalias Eltern sind nicht mehr in Mutoreij«, antwortete Tassburg müde. Er hatte die Nacht in Mutorej kaum geschlafen und darüber nachgedacht, wie man Natalia jetzt auftauchen lassen könnte. »Sie leben jetzt in Krasnojarsk.«

»O Himmel! Sie haben ihre Tochter einfach aufgegeben! Wie wollen Sie das Natalia beibringen?«

»So, wie es ist! Auf jeden Fall ist sie ein freier Mensch, denn sie gilt als tot. Keiner vermißt sie mehr, keiner erwartet sie, keiner will etwas von ihr.«

»Dann gehört sie nur noch Ihnen, Michail...«

»Ja.« Tassburg antwortete mit einem tiefen Aufatmen.

»Sie sind von Gott gesegnet, Michail«, sagte Tigran dunkel. »Ein Mensch, den es nicht mehr gibt, schenkt Ihnen ein Kind...«

XV

Die Sensationen rissen nicht ab in Satowka!

Es war, als ob – auf wenige Wochen zusammengeballt – alles nachgeholt werden sollte, was man in 150 Jahren, abgesehen von den Unglücksfällen im »Leeren Haus«, in abgeschiedener Ruhe versäumt hatte.

Es war schon vollkommen dunkel draußen, und der Frost klirrte bei jedem Schritt, als es an die Tür der braven Witwe Anastasia Alexejewna klopfte. Da Tigran das nie tat, sondern ungestüm gegen die Tür hämmerte, war Anastasia unschlüssig, ob sie den Riegel wegschieben sollte. Als es noch ein zweites Mal klopfte, zaghafter noch als vorher, vermutete Anastasia, daß es die Nachbarin wäre, die sich etwas leihen wollte. Sie ging also zum Eingang und legte das Ohr gegen die Tür.

»Wer ist draußen?« rief sie. »Es ist eine unchristliche Zeit für Besuche!«

»Machen Sie bitte auf...«, antwortete eine klägliche Frauenstimme. »Bitte, machen Sie auf. Sie tun ein gutes Werk...«

Anastasia war so verwirrt, daß sie wirklich den Riegel wegschob und die Tür aufriß. Eine völlig zugeschneite weibliche Gestalt schwankte in das warme Zimmer, taumelte zur Ofenbank und sank darauf nieder. Anastasia warf die Tür wieder zu, stieß einen hellen Laut der Verwunderung aus und betrachtete das fremde Wesen.

»Danke«, stammelte die Frau, von der jetzt der Schnee abtaute und in Rinnsalen auf den Boden lief. »Oh, ich danke Ihnen...«

»Wer... wer sind Sie?« fragte die verwirrte Anastasia und wünschte sich, daß Tigran hier sein möchte. Taucht da eine fremde Frau auf, aus der Taiga doch anscheinend, völlig durchfroren, am Rande des Todes offensichtlich, sicherlich halb verhungert – schleppt sich bis an meine Tür und sitzt nun hier auf meiner warmen Ofenbank, um aufzutauen. Mein Gott, was werde ich hören?

Die Fremde schlug die Decke zurück, in die sie sich eingewickelt hatte, und streifte das Kopftuch ab. Zum Vorschein kam ein junges, blasses Mädchen, zart wie ein Vögelchen, mit großen, ängstlichen Augen, die Anastasia bettelnd anblickten.

»Nur etwas wärmen möchte ich mich«, sagte das Mädchen. »Nur ein Stündchen ausruhen. Und wenn Sie ein Stück Brot hätten, Mütterchen, ein kleines Stück trockenes Brot . . . Das genügt! Ich falle Ihnen sonst nicht zur Last, ich gehe nach einer Stunde wieder . . .«

»Wohin?« fragte Anastasia, deren mütterliches Herz sich regte, obwohl sie nie ein Kind gehabt hatte.

»Ich weiß es nicht . . .«

»Woher kommst du?« Anastasia fand, daß bei einem so jungen Mädchen ein Du angebrachter war als das formelle Sie. »So einfach aus dem Wald?«

»Wie herrlich die Wärme ist . . .« Das Mädchen lehnte sich an den gemauerten Ofen. Es schloß die Augen, und Anastasia fand, daß das Mädchen sehr schön sei. Ein schmales, ebenmäßiges Gesicht, langes Haar, das in seinem Braun einen Schimmer Goldes trug. Die Beine des Mädchens steckten in derben Stiefeln, die Kleidung unter der Decke war geflickt und schmutzig.

»Schenken Sie mir eine Stunde, Mütterchen?«

»Aber ja! Kommt einfach aus dem Wald! Na, so etwas!« Anastasia lief zu ihrem Schrank, holte das Brot heraus und schnitt eine dicke Scheibe ab. Sie hielt sie dem Mädchen hin, das gierig danach griff. Mit beiden Händen stopfte es das Brot in den Mund und kaute mit vollen Backen.

»Du mußt doch irgendwo herkommen!« sagte Anastasia und setzte sich neben das Mädchen. Die Wasserlache auf dem Fußboden verbreiterte sich. »Aus einem Dorf, einem Haus? Du hast doch Vater und Mutter . . .«

»Sie sind tot.« Das Mädchen schluckte, sie kaute noch immer.

»Alle beide tot. Erschlagen...«

»O ihr Heiligen!« stammelte Anastasia. »Wie denn? Von wem denn?«

»Ich weiß es nicht. Nomaden waren es, schlitzäugige, gnadenlose Menschen. Sie haben unsere Karren überfallen, Vater und Mutter erschlagen und mich weggeschleppt, wochenlang durch den Wald. Und sie haben sich auf mich gestürzt, einer nach dem anderen... Und dabei haben sie mich geschlagen, bis ich mich nicht mehr wehren konnte...«

Das Mädchen begann zu weinen, legte den Kopf gegen Anastasias Schulter und schluchzte herzzerbrechend.

»Jetzt bin ich schwanger«, stammelte die Fremde schließlich. »Aber ich konnte fliehen – endlich... endlich! Vier Tage laufe ich schon durch die Taiga. Ich habe in Höhlen geschlafen, bis ich das Dorf hier fand. Mütterchen, ich bin auf die Knie gefallen und habe dankbar gebetet! Danke auch für das Brot...«

Eines muß man Anastasia lassen: Sie hatte ein mitfühlendes Herz! Und wenn sie mitfühlte, glaubte sie auch alles. Als das Mädchen weinte, war auch sie den Tränen nahe. Sie sprang auf, rannte zum Herd, schob die Suppe wieder über das Feuer, holte frisches Brot, gesalzene Butter, Speck und saftige, eingelegte Gurken. Alles, was auch Tigran so gern aß...

»So etwas!« rief sie dabei. »Diese Halunken! Diese Männer! Was heißt eine Stunde, mein armes Vögelchen! Du kannst bei mir bleiben die ganze Nacht, und morgen bringe ich dich zu unserem Popen, der wird dir weiterhelfen. Vater und Mutter erschlagen und von den Nomaden mißbraucht... mein armes, kleines Püppchen! Riechst du? Das ist eine Sauerkohlsuppe, die wird dir guttun! Zieh die nassen Kleider aus, mein Töchterchen, leg dich in mein Bett... Mein Gott im Himmel, vier Tage bei diesem Wetter in der Taiga – und so zart und zerbrechlich! Leg dich hin – leg dich hin!«

Sie holte eine große Schüssel, schöpfte die Suppe hinein und trug sie zu dem Mädchen. Die Unbekannte lächelte dankbar, stellte die Schüssel in ihren Schoß und aß heißhungrig.

Um die gleiche Zeit hatte sich Tigran Rassulowitsch durch die Hintertür in das »Leere Haus« geschlichen.

»Es ist gelungen!« sagte er zu Tassburg. »Ich habe beobachtet, wie Anastasia sie ins Haus geholt hat.« Er schnaufte und rieb sich die Hände. »Eine gute Seele, diese Anastasia!«

»Ja, wirklich, eine gute Seele!«

»Mein Kompliment, Michail Sofronowitsch, Sie haben Natalia vollendet zurechtgemacht! Man wird ihr alles glauben. Wo haben Sie den Wodka?«

»Hinter Ihnen auf dem Regal.«

Der Pope drehte sich um, nahm die Flasche, entkorkte sie und setzte sie an den Mund. Den Umweg über ein Glas hielt er für Zeitverschwendung. Er leckte sich nach dem langen Schluck die Lippen und ließ die Flasche offen vor sich stehen.

»Diese Idee war genial!« sagte er. »Das Mitleid von ganz Satowka ist Natalia sicher. Da wir hier eine große Familie sind, wird sie das Töchterchen von allen werden.«

»Nicht lange! Mein Plan geht nämlich weiter.« Tassburg streckte die Beine von sich. Es war so warm, daß er sein Hemd bis zum Hosengürtel aufgeknöpft hatte. »Nomaden haben sie vergewaltigt, wird sie erzählen. Jetzt ist sie schwanger.«

»Sie böser Nomade!« unterbrach Tigran ihn fröhlich.

»Aber soll sie ein Kind von diesen Verbrechern bekommen – durch ewige Demütigungen erzwungen? Nein! Jeder, der dazu in der Lage ist, hat die Pflicht, sie nach Batkit oder sogar nach Omsk zu bringen, wo man ihr in einem guten Krankenhaus das Kind wegnehmen kann. Und ich bin in der Lage, sie wegzubringen! Mein Hubschrauber steht draußen beim Lager. Er wird in drei Tagen nach Omsk zurückfliegen. Er wird das arme, mißhandelte Geschöpf mitnehmen...«

»Die Tränen kommen mir!« Tigran starrte Tassburg an und setzte die Wodkaflasche abermals an den Mund. »O Sie raffinierter Gauner! Und wer muß mitfliegen, damit das arme Vögelchen in die richtigen Hände kommt? Sie natürlich!«

»Das nenne ich Logik, Tigran Rassulowitsch!« Tassburg lachte zufrieden. »Jeder wird das einsehen.«

»Und in Omsk heiraten Sie Natalia im Heiratspalast ganz offiziell...«

»Gewiß!«

»Und dann?«

»Komme ich mit ihr zurück, um im Frühjahr an den Chunku zu ziehen.«

»Und schleppen Frau und Kind durch die Taiga? Sie Idiot, würde Dr. Plachunin sagen!«

»Vielleicht gelingt es mir auch, in Omsk eine Stellung in der Zentrale zu bekommen. Wer weiß das vorher? Wichtig ist erst einmal, daß Natalia und ich nach Omsk kommen. Und das wird jetzt möglich!«

Was Natalia im Laufe der Nacht der braven Witwe Anastasia anvertraute, war so schrecklich, daß die Gute abwechselnd weinte und fluchte.

»Nun ist alles vorbei«, tröstete sie Natalia, die schluchzend an der Schulter der Witwe lehnte. Sie streichelte das Haar des Mädchens und kam sich wirklich wie eine Mutter vor, zu der das Töchterchen mit einer großen Sorge kommt.

»Sie werden dir alle helfen! Auch der mächtige Genosse Ingenieur! Wir haben nämlich Geologen hier, weißt du, die können mit der ganzen Welt sprechen – über Funk, sagt der Pope. Sie drücken auf einen Knopf und ssst – ist Moskau in ihrem Ohr! So fortschrittlich sind wir hier! Sie werden dir helfen – alle... Leg dich hin und schlafe...«

Am Morgen holte Anastasia den Popen aus der Kirche.

»Ein schwangeres Mädchen?« grollte der Riese, und sein Bart sträubte sich gefährlich. »Kommt zu dir aus dem Wald wie eine lahme Füchsin? Und du glaubst ihr? Ha, das muß ich mir alles selbst anhören...«

Es lief alles so ab, wie man es besprochen hatte. Natalia erzählte nochmals ihre schreckliche Geschichte, der Pope war erschüttert und segnete sie, und Anastasia weinte aus mütterlicher Zuneigung kräftig mit.

Dann erschienen Petrow, der Dorfsowjet, der Ingenieur Tassburg mit seinem Chefgeologen Pribylow, und Tigran Rassulowitsch unterrichtete sie über das Schicksal des armen Mädchens.

»Wie sie gelitten hat!« sagte er feierlich. »So kann ein Mensch nur einmal in seinem Leben leiden! Genosse Tassburg, das arme Vögelchen muß sofort in ärztliche Hände. In gute ärztliche Hände, um festzustellen, ob es keinen körperlichen Schaden davongetragen hat. Und wo gibt es solche Spezialisten? Nur in Omsk! Sagen Sie, Genosse Tassburg, fliegt Ihr Hubschrauber nicht nach Omsk zurück? Und dazu noch leer? Na, kommt Ihnen nicht ein Gedanke?«

»Das ist die Lösung, Tigran Rassulowitsch!« rief Tassburg, als habe er gerade erst begriffen, was der Pope wollte. »Natürlich bringen wir die arme Genossin nach Omsk! Ich selbst werde sie begleiten und im Krankenhaus abliefern! Ich kenne den Chefarzt gut ... er gehört meinem Schachklub an!«

»Wie sich das Schicksal rundet!« bemerkte Tigran völlig unnötig. »Es paßt alles, wie das Gürtelende in die Schnalle! Wann fliegen Sie, Genosse Tassburg?«

»Übermorgen.«

»Aber bis dahin bleibt sie bei mir!« sagte Anastasia laut und blickte die Männer scharf an. »Bei mir, nicht bei euch! Von Männern hat sie erst einmal die Nase voll! Und du, Petrow, bringst mir auf Gemeindekosten ein großes Stück Fleisch für das Vögelchen!«

Petrow nickte stumm. Welch ein schönes Mädchen, dachte er. Und die Nomaden mißbrauchen es. Wehe, wenn in den nächsten Tagen einer der schlitzäugigen Jäger hier auftaucht! Mit Wasser übergießen wir ihn und lassen ihn erstarren! Er brummte wie ein Bär, schielte Natalia an und machte sich dann auf den Weg, um das Dorf von dem neuen Ereignis zu unterrichten und um tätige Hilfe zu bitten.

Mit keiner Silbe dachte er daran, daß hier das Mädchen stand, auf dessen Ergreifung der tote Kassugai tausend Rubel ausgesetzt hatte.

Nur einer dachte daran: Jefim, der Idiot.

Kaum wußte er, was vorgefallen war, rannte er schon in die Kirche und fand Tigran neben der Ikonostase. Er wechselte gerade heruntergebrannte Kerzen aus.

»Väterchen!« schrie Jefim mit seiner hohen Narrenstimme. »Deine Glocke ist angekommen! Und der neue Anstrich für die Kirche! Das Mädchen, das sie für tausend Rubel suchten, ist im Dorf!«

Tigran Rassulowitsch starrte Jefim an, hob die Hand ... Und dann kam etwas, woran sich Jefim später nur sehr lückenhaft erinnerte. Er flog durch die Luft, von einer so gewaltigen Ohrfeige getroffen, daß er gegen die Kirchenwand prallte, dort zusammenbrach und eine Viertelstunde lang schmerzlos schlief.

Als er aufwachte, sagte der Pope zu ihm: »Vergiß alles, was du gedacht hast, Jefim – oder ich schlage dir das Hirn aus dem Kopf. Verstehen wir uns?«

»Ja, mein gutes Väterchen«, antwortete Jefim und schlich nach Hause.

Der Abflug des großen Hubschraubers war ein neues Ereignis von großer Tragweite im dörflichen Geschehen.

»Mach Natalia glücklich, mein Junge«, sagte Tigran am Abend zuvor, als er und Tassburg zum letztenmal am Schachbrett saßen. »Die Hölle verschlinge dich, wenn du sie nicht sorgsamer behandelst als dein Augenlicht!« Er räusperte sich und starrte auf das Schachbrett. Er wollte sich seine tiefe Rührung nicht anmerken lassen. »In vier Zügen matt, Michail Sofronowitsch! Mein letzter Sieg! Verdammt, du wirst mir fehlen. Ihr werdet mir alle fehlen!«

»Hinterlassen wir euch nicht ... kleine Nachkommen!« Tassburg lachte gepreßt. Auch ihm fiel der Abschied von Satowka plötzlich schwer. »Ich wette, daß einige der Weiberchen schwanger sind. So haben Sie im nächsten Jahr mit Geburten und Taufen allerhand zu tun ...«

»Wenigstens ein Trost, wenn auch ein schwacher!« Tigran seufzte und griff wieder nach der Flasche. »Dieser verdammte

Dr. Plachunin hatte recht: Es ist an mir ein Wunder geschehen, daß ich mich noch nicht totgesoffen habe. Wenn ihr alle weg seid, wird's noch schlimmer werden!«

»Vielleicht kommen Natalia und ich doch einmal zu Besuch nach Satowka zurück. Mit unserem Kind ...«

»Vielleicht? Nie, Michail, Sofronowitsch! Wenn Sie erst in Omsk sind und der Wechsel Ihrer Stellung hat geklappt, so werden Sie die Taiga und ihre Menschen vergessen!«

»Das bestimmt nicht, Tigran!« Tassburg war sehr ernst geworden. »Die Taiga kann man nie vergessen. Man kann sie hassen – man kann sie lieben – man kann sie verfluchen – vergessen aber kann man sie nie! Wer einmal in der Taiga gewesen ist, hat einen Zipfel des Begreifens mitgenommen, was die Schöpfung ist!«

»Das haben Sie schön gesagt.« Tigran wischte sich über die Augen. »Ich bin froh, wenn Sie morgen in der Luft sind. Abschiednehmen ist etwas Grauenhaftes, wenn das Herz an einem Menschen hängt.«

So kam der nächste Morgen. Fast das ganze Dorf begleitete Natalia und Tassburg zu dem Hubschrauber, dessen Motoren schon liefen.

Tigran Rassulowitsch war nicht dabei. Er stand in der Kirche vor seinen Heiligenbildern und betete.

Dafür gab der Dorfsowjet den Gedanken aller Ausdruck, indem er rief: »Du wirst sehen, Genossin, in Omsk beginnt ein neues Leben für dich! Der Genosse Ingenieur wird dir dabei helfen. Und wir alle in Satowka werden an dich denken!«

Es war fast prophetisch gesprochen, nur wußte das Petrow nicht.

Man gab Natalia einen großen Korb mit Lebensmitteln mit, vom gesamten Dorf gestiftet, winkte ihr zu und schüttelte Tassburg die Hände, bevor auch er in dem geschlossenen Rumpf des Hubschraubers verschwand. Der Chefgeologe half ihm beim Einsteigen. Er wußte noch nicht, daß Tassburg ihn in Omsk zum neuen Leiter des Trupps vorschlagen wollte.

»Sie werden den Urlaub für uns alle durchsetzen?« fragte Pribylow.

»Das werde ich! Wenn unser Trupp zum Chunku geht, ein Jahr lang in die Einsamkeit, muß man uns vier Wochen Atemholen bewilligen.«

»Und wann kommen Sie zurück?«

»So schnell wie möglich.« Das war ein dehnbarer Begriff, aber in diesem Augenblick dachte keiner dran, Worte auszulegen.

»Guten Flug, Genosse Michail Sofronowitsch!« rief der Chefgeologe und trat zurück.

»Danke!«

Die Tür klappte zu und wurde verriegelt. Tassburg sah sich nach Natalia um. Sie hockte in der hintersten Ecke und starrte ins Freie.

»Hast du Angst?« fragte er und kam zu ihr.

»Es ist mein erster Flug, Mischa...«

Das Aufheulen der Motoren unterbrach ihre weiteren Worte. Ein Zittern lief durch die Maschine, dann schwebte sie empor. Natalia klammerte sich an Tassburg fest und schloß die Augen. Über ihnen drehten sich die Rotorflügel. Es war, als säßen sie im Innern einer Windmühle.

»Blick hinaus!« rief Tassburg Natalia ins Ohr. »Das Dorf ist unter uns! Wir fliegen eine Abschiedsrunde...«

Sie starrte in die Tiefe.

Satowka! Und in der Umgebung die tiefverschneiten und vereisten Wälder, die Kahlschläge der Felder, die Gärtchen, die Kamine, aus denen Rauch quoll, die Häuser, klein wie aus einem Spielzeugladen – und auf den Straßen die Menschen. Punkte, die winkten...

»Da ist die Kirche«, stammelte Natalia und drückte sich eng an Michail. Im Lärm der Motoren hörten sie nicht, wie Tigran gerade die Glocke läutete, während ihm die Tränen, dick und rund, in den mächtigen Bart rollten.

»Und unser Haus!« rief Natalia und drückte Tassburgs Arm. »Unser verfluchtes Haus! Unser kleines Paradies... Mischa, ich war so glücklich dort unten! Werden wir woanders auch so glücklich sein?«

»Überall, Natjenka! Denn überall, wo du bist, ist das Glück!« Er schrie es gegen den Lärm an, dann küßte er sie, und als sie wieder hinausblickten, lagen nur noch die dunklen Wälder unter ihnen, die Unendlichkeit der Taiga, in einer kalten Sonne schimmernd, als sei der Schnee mit Diamanten überstäubt.

In der Nacht wachte Anastasia auf, weil es merkwürdig hell vor ihrem Fenster wurde. Sie sprang aus dem Bett, rannte ans Fenster und prallte mit einem Aufschrei zurück.

Das verfluchte Haus stand in Flammen! Aus dem Dach schlugen bereits die Feuerlohen, Funkenregen stob auf; es gab keinen Teil des Hauses, der nicht brannte.

»Mein Gott, ich danke dir!« Anastasia faltete die Hände und sank in die Knie. »Endlich, endlich, nach hundertfünfzig Jahren läßt du es abbrennen! Welch ein Glück!«

Sie sah nicht, wie eine riesige Gestalt in einem bodenlangen Wolfspelz gerade in der Dunkelheit verschwand.

Dagegen fand der Küster, Totengräber und Sargmacher Gasisulin seinen Popen wenig später schweratmend in der Stube vor, als er ins Popenhaus stürzte und schrie: »Das Teufelshaus brennt ab! Es brennt! Es brennt!«

Tigran Rassulowitsch fuhr mit einem Schrei hoch – eine Meisterleistung der Schauspielkunst –, warf sich den Wolfspelz über, der noch vor Nässe tropfe, und rannte Gasisulin nach.

Es stimmte: Das »Leere Haus« war inzwischen eine einzige Fackel, und alle Bewohner von Satowka standen herum und rührten keine Hand, um das Feuer zu lösen.

Als das schwere Dach einstürzte und ein neuerlicher Funkenregen in die Nacht stob, donnerte Tigran in die Menge:

»Gottes Zorn hat zugeschlagen!« Er hob sein großes Brustkreuz weit über sich. »Erkennt ihr Ihn? Er läßt Feuer regnen auf die Menschen, so wie er einst Sodom bestrafte in heiligem Zorn...«

Es war der Idiot Jefim, der schnuppernd die Nase hob. »Es riecht nach Petroleum und Benzin...«, sagte er mit seiner hellen Stimme. »Riecht ihr es nicht, Genossen?«

Tigran griff zu und zog ihn wie einen nassen Hasen an sich. »Das ist der Gestank des Teufels, der ausgetrieben wird!« rief er.

»Es riecht nach Petroleum«, beharrte Jefim eigensinnig.

Tigran hauchte ihn an, hob ihn am Kragen hoch und warf ihn weit weg in den Schnee. Dort fiel Jefim in sich zusammen und wagte sich nicht mehr zu rühren.

»Er ist eben doch nur ein Idiot!« verkündete Tigran feierlich. »Kommt, lasset uns den Satan durch einen Choral vertreiben...«

Sie faßten sich an den Händen – alle Männer und Frauen von Satowka, ein großer Kreis um das brennende, in sich zusammenstürzende Haus. Dann umkreisten sie es singend, als sei es ein Erntebaum; und sie sangen und tanzten ihren Reigen so lange, bis das verfluchte »Leere Haus« nur noch ein Haufen qualmender Balken war. Müde Flammen züngelten noch dazwischen.

Fünf Tage später traf ein Funkspruch aus Omsk im Lager der Geologen ein. Er lautete:

»HABEN SOEBEN GEHEIRATET STOP DENKEN AN EUCH ALLE STOP NATALIA UND MICHAIL«

»Das habe ich geahnt«, sagte der Chefgeologe, als er den Funkspruch vorgelesen hatte. »Nur daß es so schnell geht... Er kennt das Mädchen doch kaum eine Woche! Brüder, muß unser Michail Sofronowitsch verliebt sein!«

Verliebt, sagte er.

Es war nicht das rechte Wort.

Es war eine Liebe, so grenzenlos wie der Himmel über der Taiga.

KONSALIK

Bastei Lübbe Taschenbücher

Die Straße ohne Ende
10048 / DM 5,80

Spiel der Herzen
10280 / DM 6,80

Die Liebesverschwörung
10394 / DM 6,80

Und dennoch war das Leben schön
● 10519 / DM 6,80

Ein Mädchen aus Torusk
10607 / DM 6,80

Liebe am Don
11032 / DM 6,80

Bluthochzeit in Prag
11046 / DM 6,80

Heiß wie der Steppenwind
11066 / DM 6,80

**Wer stirbt schon gerne unter Palmen…
Band 1: Der Vater**
11080 / DM 5,80

**Wer stirbt schon gerne unter Palmen…
Band 2: Der Sohn**
11089 / DM 5,80

Natalia, ein Mädchen aus der Taiga
● 11107 / DM 5,80

Leila, die Schöne vom Nil
● 11113 / DM 5,80

Geliebte Korsarin
● 11120 / DM 5,80

Liebe läßt alle Blumen blühen
11130 / DM 5,80

…blieb nur ein … Segel
… / DM 5,80

…ilienanschluß
… / DM 6,80

… 5,80

…nschen …

…burg …

Vor dieser Hochzeit wird gewarnt
● 12134 / DM 6,80

Der Leibarzt der Zarin
● 14001 / DM 4,80

2 Stunden Mittagspause
● 14007 / DM 4,80

Ninotschka, die Herrin der Taiga
● 14009 / DM 4,80

Transsibirien-Express
● 14018 / DM 5,80

Der Träumer / Gesang der Rosen / Sieg des Herzens
● 17036 / DM 6,80

Goldmann-Taschenbücher

Die schweigenden Kanäle
2579 / DM 6,80

Ein Mensch wie du
2688 / DM 5,80

Das Lied der schwarzen Berge
2889 / DM 6,80

Die schöne Ärztin
● 3503 / DM 7,80

Das Schloß der blauen Vögel
3511 / DM 7,80

Morgen ist ein neuer Tag
3517 / DM 5,80

Ich gestehe
● 3536 / DM 6,80

Manöver im Herbst
3653 / DM 8,80

Die tödliche Heirat
● 3665 / DM 5,80

Stalingrad
3698 / DM 7,80

Schicksal aus zweiter Hand
3714 / DM 7,80

Der Fluch der grünen Steine
3721 / DM 6,80

Auch das Paradies wirft Schatten
Die Masken der Liebe
2 Romane in einem Band.
● 3873 / DM 6,80

Verliebte Abenteuer
3925 / DM 6,80

Eine glückliche Ehe
3935 / DM 7,80

Das Geheimnis der sieben Palmen
3981 / DM 6,80

Das Haus der verlorenen Herzen
6315 / DM 9,80

Wilder Wein
Sommerliebe
2 Romane in einem Band.
● 6370 / DM 7,80

Sie waren Zehn
6423 / DM 9,80

Der Heiratsspezialist
6458 / DM 7,80

Eine angesehene Familie
6538 / DM 7,80

Unternehmen Delphin
● 6616 / DM 6,80

Das Herz aus Eis
Die grünen Augen von Finchley
2 Romane in einem Band.
● 6664 / DM 5,80

Wie ein Hauch von Zauberblüten
6696 / DM 7,80

Die Liebenden von Sotschi
6766 / DM 8,80

Ein Kreuz in Sibirien
6863 / DM 9,80

Im Zeichen des großen Bären
6892 / DM 7,80

Heyne-Taschenbücher

Die Rollbahn
01/497 - DM 6,80

Das Herz der 6. Armee
01/564 - DM 7,80

Sie fielen vom Himmel
01/582 - DM 5,80

Es war der Idiot Jefim, der schnuppernd die Nase hob. »Es riecht nach Petroleum und Benzin...«, sagte er mit seiner hellen Stimme. »Riecht ihr es nicht, Genossen?«

Tigran griff zu und zog ihn wie einen nassen Hasen an sich. »Das ist der Gestank des Teufels, der ausgetrieben wird!« rief er.

»Es riecht nach Petroleum«, beharrte Jefim eigensinnig.

Tigran hauchte ihn an, hob ihn am Kragen hoch und warf ihn weit weg in den Schnee. Dort fiel Jefim in sich zusammen und wagte sich nicht mehr zu rühren.

»Er ist eben doch nur ein Idiot!« verkündete Tigran feierlich. »Kommt, lasset uns den Satan durch einen Choral vertreiben...«

Sie faßten sich an den Händen – alle Männer und Frauen von Satowka, ein großer Kreis um das brennende, in sich zusammenstürzende Haus. Dann umkreisten sie es singend, als sei es ein Erntebaum; und sie sangen und tanzten ihren Reigen so lange, bis das verfluchte »Leere Haus« nur noch ein Haufen qualmender Balken war. Müde Flammen züngelten noch dazwischen.

Fünf Tage später traf ein Funkspruch aus Omsk im Lager der Geologen ein. Er lautete:

»HABEN SOEBEN GEHEIRATET STOP DENKEN AN EUCH ALLE STOP NATALIA UND MICHAIL«

»Das habe ich geahnt«, sagte der Chefgeologe, als er den Funkspruch vorgelesen hatte. »Nur daß es so schnell geht... Er kennt das Mädchen doch kaum eine Woche! Brüder, muß unser Michail Sofronowitsch verliebt sein!«

Verliebt, sagte er.

Es war nicht das rechte Wort.

Es war eine Liebe, so grenzenlos wie der Himmel über der Taiga.

KONSALIK

Bastei Lübbe Taschenbücher

Die Straße ohne Ende
10048 / DM 5,80

Spiel der Herzen
10280 / DM 6,80

Die Liebesverschwörung
10394 / DM 6,80

Und dennoch war das Leben schön
● 10519 / DM 6,80

Ein Mädchen aus Torusk
10607 / DM 5,80

Liebe am Don
11032 / DM 6,80

Bluthochzeit in Prag
11046 / DM 6,80

Heiß wie der Steppenwind
11066 / DM 6,80

Wer stirbt schon gerne unter Palmen... Band 1: Der Vater
11080 / DM 5,80

Wer stirbt schon gerne unter Palmen... Band 2: Der Sohn
11089 / DM 5,80

Natalia, ein Mädchen aus der Taiga
● 11107 / DM 5,80

Leila, die Schöne vom Nil
● 11113 / DM 5,80

Geliebte Korsarin
● 11120 / DM 5,80

Liebe läßt alle Blumen blühen
● 11130 / DM 5,80

Es blieb nur ein rotes Segel
● 11151 / DM 5,80

Mit Familienanschluß
● 11180 / DM 6,80

Kosakenliebe
12045 / DM 5,80

Wir sind nur Menschen
● 12053 / DM 5,80

Liebe in St. Petersburg
12057 / DM 5,80

Ich bin verliebt in deine Stimme/Und das Leben geht doch weiter
● 12128 / DM 5,80

Vor dieser Hochzeit wird gewarnt
● 12134 / DM 6,80

Der Leibarzt der Zarin
● 14001 / DM 4,80

2 Stunden Mittagspause
● 14007 / DM 4,80

Ninotschka, die Herrin der Taiga
● 14009 / DM 4,80

Transsibirien-Express
● 14018 / DM 5,80

Der Träumer/ Gesang der Rosen/ Sieg des Herzens
● 17036 / DM 6,80

Goldmann-Taschenbücher

Die schweigenden Kanäle
2579 / DM 6,80

Ein Mensch wie du
2688 / DM 5,80

Das Lied der schwarzen Berge
2889 / DM 6,80

Die schöne Ärztin
● 3503 / DM 7,80

Das Schloß der blauen Vögel
3511 / DM 7,80

Morgen ist ein neuer Tag
3517 / DM 5,80

Ich gestehe
● 3536 / DM 6,80

Manöver im Herbst
3653 / DM 8,80

Die tödliche Heirat
● 3665 / DM 5,80

Stalingrad
3698 / DM 7,80

Schicksal aus zweiter Hand
3714 / DM 7,80

Der Fluch der grünen Steine
● 3721 / DM 6,80

Auch das Paradies wirft Schatten
Die Masken der Liebe
2 Romane in einem Band.
● 3873 / DM 6,80

Verliebte Abenteuer
3925 / DM 6,80

Eine glückliche Ehe
3935 / DM 7,80

Das Geheimnis der sieben Palmen
3981 / DM 6,80

Das Haus der verlorenen Herzen
6315 / DM 9,80

Wilder Wein
Sommerliebe
2 Romane in einem Band.
● 6370 / DM 7,80

Sie waren Zehn
6423 / DM 9,80

Der Heiratsspezialist
6458 / DM 7,80

Eine angesehene Familie
6538 / DM 7,80

Unternehmen Delphin
● 6616 / DM 6,80

Das Herz aus Eis
Die grünen Augen von Finchley
2 Romane in einem Band.
● 6664 / DM 5,80

Wie ein Hauch von Zauberblüten
6696 / DM 7,80

Die Liebenden von Sotschi
6766 / DM 8,80

Ein Kreuz in Sibirien
6863 / DM 9,80

Im Zeichen des großen Bären
6892 / DM 7,80

Heyne-Taschenbücher

Die Rollbahn
01/497 - DM 6,80

Das Herz der 6. Armee
01/564 - DM 7,80

Sie fielen vom Himmel
01/582 - DM 5,80

Seine großen Bestseller im Taschenbuch.

Der Himmel über Kasakstan
01/600 - DM 6,80

Natascha
01/615 - DM 7,80

Strafbataillon 999
01/633 - DM 6,80

Dr. med. Erika Werner
01/667 - DM 5,80

Liebe auf heißem Sand
01/717 - DM 6,80

Liebesnächte in der Taiga
(Ungekürzte Neuausgabe)
01/729 - DM 9,80

Der rostende Ruhm
01/740 - DM 5,80

Entmündigt
01/776 - DM 6,80

Zum Nachtisch wilde Früchte
01/788 - DM 7,80

Der letzte Karpatenwolf
01/807 - DM 6,80

Die Tochter des Teufels
01/827 - DM 6,80

Der Arzt von Stalingrad
01/847 - DM 6,80

Das geschenkte Gesicht
01/851 - DM 6,80

Privatklinik
01/914 - DM 5,80

Ich beantrage Todesstrafe
01/927 - DM 4,80

Auf nassen Straßen
01/938 - DM 5,80

Agenten lieben gefährlich
01/962 - DM 5,80

Zerstörter Traum vom Ruhm
01/987 - DM 4,80

Agenten kennen kein Pardon
01/999 - DM 5,80

Der Mann, der sein Leben vergaß
01/5020 - DM 5,80

Fronttheater
01/5030 - DM 5,80

Der Wüstendoktor
01/5048 - DM 5,80

Ein toter Taucher nimmt kein Gold
● 01/5053 - DM 5,80

Die Drohung
01/5069 - DM 6,80

Eine Urwaldgöttin darf nicht weinen
● 01/5080 - DM 5,80

Viele Mütter heißen Anita
01/5086 - DM 5,80

Wen die schwarze Göttin ruft
● 01/5105 - DM 5,80

Ein Komet fällt vom Himmel
● 01/5119 - DM 5,80

Straße in die Hölle
01/5145 - DM 5,80

Ein Mann wie ein Erdbeben
01/5154 - DM 6,80

Diagnose
01/5155 - DM 6,80

Ein Sommer mit Danica
01/5168 - DM 6,80

Aus dem Nichts ein neues Leben
01/5186 - DM 5,80

Des Sieges bittere Tränen
01/5210 - DM 6,80

Die Nacht des schwarzen Zaubers
● 01/5229 - DM 5,80

Alarm! Das Weiberschiff
● 01/5231 - DM 5,80

Bittersüßes 7. Jahr
01/5240 - DM 5,80

Engel der Vergessenen
01/5251 - DM 6,80

Die Verdammten der Taiga
01/5304 - DM 6,80

Das Teufelsweib
01/5350 - DM 5,80

Im Tal der bittersüßen Träume
01/5388 - DM 6,80

Liebe ist stärker als der Tod
01/5436 - DM 6,80

Haie an Bord
01/5490 - DM 6,80

Niemand lebt von seinen Träumen
● 01/5561 - DM 5,80

Das Doppelspiel
01/5621 - DM 7,80

Die dunkle Seite des Ruhms
● 01/5702 - DM 6,80

Das unanständige Foto
● 01/5751 - DM 4,80

Der Gentleman
● 01/5796 - DM 6,80

KONSALIK – Der Autor und sein Werk
● 01/5848 - DM 6,80

Der pfeifende Mörder/ Der gläserne Sarg
2 Romane in einem Band.
01/5858 - DM 6,80

Die Erbin
01/5919 - DM 6,80

Die Fahrt nach Feuerland
● 01/5992 - DM 6,80

Der verhängnisvolle Urlaub / Frauen verstehen mehr von Liebe
2 Romane in einem Band.
01/6054 - DM 7,80

Glück muß man haben
01/6110 - DM 6,80

Der Dschunkendoktor
● 01/6213 - DM 6,80

Das Gift der alten Heimat
● 01/6294 - DM 6,80

Das Mädchen und der Zauberer
● 01/6426 - DM 6,80

Frauenbataillon
01/6503 - DM 7,80

Heimaturlaub
01/6539 - DM 7,80

Die Bank im Park / Das einsame Herz
2 Romane in einem Band.
● 01/6593 - DM 5,80

● = Originalausgabe   Preisänderungen vorbehalten

Konsalik

Als Band mit der Bestellnummer 10 280 erschien:

Heinz G. Konsalik

SPIEL DER HERZEN

Frank und Helga sind glücklich verheiratet. Die junge Ehe hat nur einen kleinen Webfehler: Helgas Eifersucht und Franks Neigung, diese zu schüren. Auf Drängen seines Freundes, der in einem Verlag arbeitet und eine Buchidee realisieren will, läßt sich Frank auf ein Spiel mit dem Feuer ein, indem er mit einer unbekannten jungen Frau einen nicht ganz harmlosen Briefwechsel beginnt. Durch Zufall kommt Helga hinter das abgekartete Spiel der Freunde, und plötzlich stehen alle Zeichen auf Sturm...